W0363845

Dolmen

Dans la même collection

Défigurée, Rania Al-Baz.
La Règle de quatre, Ian Caldwell et Dustin Thomasson.
4 Groupes sanguins, 4 Régimes, Dr. Peter J. D'Adamo

Nicole JAMET
Marie-Anne LE PEZENNEC

Dolmen

Michel LAFON

Les prénoms et noms patronymiques des personnages apparaissant dans cet ouvrage de fiction dont l'action se déroule en Bretagne ont été choisis en fonction de leur consonance bretonne.
Toute ressemblance avec des personnes existant ou ayant existé ne serait donc que pure coïncidence.

Tous droits de traduction, d'adaptation et de reproduction réservés pour tous pays.

© Éditions Michel Lafon, 2006.
7-13, boulevard Paul-Émile Victor - Île de la Jatte
92521 Neuilly-sur-Seine Cedex

1

Un demi-sourire aux lèvres, je regardai ces gens qui m'étaient proches s'activer fébrilement pour préparer l'enterrement de vie de garçon, ignorant tous que, demain, nul n'aurait plus le cœur à rire.

Ni à se marier.

Je bus d'un trait le fond de ma tasse et jouai des coudes pour rejoindre la sortie. Mon salut à la cantonade se perdit dans la fébrilité ambiante.

Je longeai l'embarcadère, dépassai la mairie située à l'extrême pointe du port, et reçus en plein visage le souffle brutal de l'océan. On était à moins de trois semaines de l'été et, en dépit d'un soleil radieux, l'air était vif, renforcé par des rafales de noroît qui balayaient l'île.

Entouré de récifs et de courants violents, régulièrement noyé dans la brume, totalement isolé par gros temps, ce bout de rocher et de lande de quinze kilomètres sur dix fut longtemps boudé par les touristes qui lui préféraient les îles du Morbihan, plus septentrionales. Plus accessibles aussi.

« Lands'en » ne signifiait pas le bout du monde *par hasard.*

De nos jours, une liaison maritime régulière mettait l'île à moins d'une heure et demie de Brest. On parlait de la construction d'un aérodrome pour l'année prochaine. D'un autre hôtel, d'un centre de thalasso...

Les vieux disaient que Lands'en était en train de vendre son âme au diable.

Pour moi qui savais, et pour quelques autres dont je partageais le secret, il y avait longtemps qu'elle l'avait vendue.

Au prix du sang.

J'avais laissé le bourg loin derrière moi et arrivai là où tout avait commencé. Sur la pointe la plus au nord de l'île. La plus sauvage. Ty Kern.

Le sentier des douaniers longeait une falaise tombant à pic dans la mer, terminée par une crique hérissée de récifs aussi acérés que des lames d'abordage, et s'interrompait à un petit pont de pierre menant au phare, aujourd'hui désaffecté, dont la lanterne ne brillait plus depuis une vingtaine d'années.

Les vieux disaient qu'on n'aurait jamais dû laisser un écrivain s'installer dans le minuscule appartement autrefois occupé par le gardien. Le fait qu'il soit irlandais n'entrait pas en ligne de compte. Les vieux d'ici étaient méfiants envers les étrangers, quels qu'ils soient. Pour être accepté des îliens, il fallait au minimum être breton, de préférence depuis plusieurs générations, de préférence né ici. Comme moi.

Bien que connaissant par cœur ce qui fut le terrain de jeu de mon enfance, je ne pus m'empêcher de retenir mon souffle en voyant se dresser devant moi les menhirs de Ty Kern. Six géants de granit plantés en demi-cercle autour d'un dolmen, tournés vers le large, dont la légende disait qu'à la lune montante ils rougissaient encore du sang des naufrageurs.

Je regardai un à un chacun des monolithes auxquels le soleil de juin donnait une apparence faussement débonnaire, m'arrêtai un peu plus longtemps sur celui au profil de vieil éléphant, mon préféré. Et posai la main sur la pierre chaude du dolmen.

Le contact me glaça.

La nuit prochaine, ce serait lune montante. Le sang coulerait. Il ne ferait pas bon traîner alors sur la lande...

– Arrête de te trémousser ! Ça ne le fera pas arriver plus vite.

Marie pencha légèrement la tête vers sa mère qui, agenouillée à ses pieds, venait de tirer d'un coup sec sur le bas de la robe, pour l'inciter à se calmer. Le cheveu court et gris, le visage émacié et prématurément ridé des femmes trop souvent exposées aux embruns, Jeanne avait fêté ses soixante-dix ans l'an dernier.

– Il a quitté Saint-Malo à l'aube. Les vents sont pour lui. Il devrait déjà être là, soupira la future mariée.

– Quand ton père partait au thon, c'était pour six mois, décréta Jeanne sans relever la tête. Et toi, tu te languis pour quelques heures... Tiens-toi tranquille.

La robe en dentelle finement brodée par une lointaine aïeule avait été rallongée à plusieurs reprises pour suivre l'évolution des tailles, laissant sur le tissu immaculé, à chaque nouvelle longueur d'ourlet récupérée, d'imperceptibles lignes, comme ces traits que l'on fait sur les murs, à mesure que les enfants grandissent, et qui s'estompent avec le temps sans vraiment disparaître tout à fait. Jeanne n'était pas femme à s'apitoyer sur le passé, et son observation minutieuse n'avait qu'un but : s'assurer que le passage des ans avait été effacé par les lavages délicats et répétés et vérifier que la robe avait la longueur idoine pour affleurer le sol, sans le balayer. Elle se redressa, satisfaite, et fit pivoter sa fille en direction du miroir.

– On dirait qu'elle a été faite pour toi.

Marie observa son reflet dans la psyché et fronça légèrement les sourcils, le regard vert en point d'interrogation, comme si l'image que lui renvoyait le miroir lui était inconnue. Presque étrangère.

La blancheur de la robe soulignait son teint nacré et mettait en valeur la lourde chevelure blond vénitien, d'ordinaire nattée, qui croulait sur ses épaules et dégringolait jusqu'au creux des reins. Une chevelure de morgane, disait Christian, son fiancé. Une sirène aux yeux verts, de quoi rendre fous tous les marins du monde. Les hommes qu'elle avait connus avant lui avaient dit qu'elle était belle. Aujourd'hui, elle les croyait.

Elle sourit timidement à l'inconnue dans le miroir. Puis fronça subitement les sourcils en apercevant, par le biais du reflet, sa mère qui se hissait sur la pointe des pieds pour attraper le métrage de mousseline posé sur l'étagère supérieure de l'armoire.

– Attends, je vais le faire ! dit-elle en pivotant.

Mais Jeanne tirait déjà le tissu à elle, entraînant dans le mouvement un objet qui tomba lourdement sur le parquet, lui faisant faire un bond en arrière, et un rapide signe de croix, comme pour exorciser une quelconque possession du diable. Pour Jeanne, c'en était une.

Il s'agissait d'un pistolet automatique. Un Sig pro 9 mm Parabellum. Une arme redoutable qui n'aurait jamais dû quitter Brest, et lui vaudrait sans nul doute un blâme autrement sérieux, mais moins blessant, que le regard lourd de reproche que sa mère dardait sur elle.

Marie rafla le pistolet et le rangea rapidement dans un tiroir qu'elle ferma à clé.

– Ne fais pas cette tête-là. Il n'est pas chargé, marmonna-t-elle avec la pointe d'agressivité de ceux qui se font prendre en défaut.

Elle s'approcha de Jeanne dont les traits s'étaient imperceptiblement altérés et, avec un sourire contrit, pencha docilement la tête pour qu'elle y fixe le voile.

– C'est juste un outil de travail, ajouta-t-elle, câline.

– Tu aurais pu le laisser là-bas, remarqua Jeanne en accrochant le flot de mousseline aux cheveux de Marie.

Là-bas. Jeanne n'avait jamais pu se résoudre à appeler le SRPJ autrement. Tout comme elle répondait pudiquement, à ceux qui la questionnaient, que sa fille était fonctionnaire pour le ministère de l'Intérieur.

Marie eut un regard au miroir et à son visage que la délicate mousseline auréolait de douceur, mais la magie avait disparu.

Et ses pensées s'envolèrent. Là-bas.

Le pot que ses collègues avaient organisé pour son départ

l'avait prise au dépourvu, et sa première réaction avait été de leur dire un peu sèchement qu'elle ne partait pas pour toujours.

– Dès qu'elle aura compris qu'elle n'a pas épousé le bon, elle reviendra.

Conscient de son malaise, Franck avait volé à son secours, avec sa légèreté habituelle et une pointe de regret, celui de n'avoir pas su se faire aimer d'elle. Tous avaient ri, Marie un peu plus fort que les autres.

Lèvres charnues, joues rebondies, teint de jeune fille. À trente ans, le lieutenant Franck Caradec déplorait un visage poupin manquant singulièrement de virilité, à son goût, et qu'il rendait responsable d'un célibat qui lui pesait. Bien que son cadet de cinq ans, et son inférieur hiérarchique, il avait eu une brève liaison avec Marie, avant de convenir – tous deux mais surtout elle – de rester amis.

Un an. Une année sabbatique sans remettre les pieds au SRPJ, sans supporter les vannes de Franck, sans pester contre l'inertie, le manque de moyens, la hiérarchie, la machine à café, la procédure. Douze mois sans interrogatoire, flag, enquête, planque et filature. Marie avait beau se voiler la face dans de la mousseline cent pour cent soie et se répéter qu'elle était totalement heureuse, elle savait que ce n'était pas entièrement vrai.

Tout cela allait lui manquer. Terriblement.

Personne n'avait compris sa décision de devenir flic. Chez les Kermeur, elle avait eu l'effet d'un raz de marée. Jeanne avait résumé le sentiment général à sa façon. Lapidaire. « Tu nous as toujours fait souci. »

Marie savait qu'elle n'obtiendrait aucun soutien de ses frères. Même s'ils l'adoraient. Ou parce qu'ils l'adoraient. Et puis Loïc et Gildas ne se seraient pas risqués à émettre un avis contraire à celui de leur mère. À Lands'en, les femmes de marins pêcheurs avaient depuis longtemps acquis le respect dû aux chefs de famille. Quand elles parlaient, on les écoutait.

Le père de Marie s'était d'ailleurs contenté de mordiller sa pipe, sans rien dire. Non que Milic approuvât sa fille, même s'il lui passait tout. Mais il savait que rien ni personne ne pourrait la faire renoncer.

Rien ni personne. Excepté Christian.

*
**

– Le voilà !

S'arrachant aux mains de sa mère, balayant au passage une carafe d'eau qui éclaboussa généreusement son voile, Marie se précipita sur le balcon de la suite dans un envol de mousseline aussi blanche que la grand-voile de la goélette que la brise de suroît faisait gonfler.

La silhouette haute et baraquée du skipper se découpait derrière le gouvernail.

Il était encore trop loin pour distinguer ses traits, mais elle n'avait qu'à fermer les yeux pour voir le large sourire qui découvrait deux rangées de dents solidement plantées – un sourire de loup de mer, disait-elle, gamine. Pour voir le cheveu blond bouclant sur la nuque, le regard bleu céleste, le teint hâlé, l'éternelle barbe de trois jours, les larges épaules contre lesquelles il faisait si bon se nicher.

Il y a du corsaire chez ce Breton, affirmait Milic.

Marie rouvrit les yeux.

Tous les doutes qui l'avaient assaillie précédemment s'envolèrent alors que le deux-mâts lofait pour entrer dans le port et que le marin, radieux, la saluait très bas, une main sur le cœur.

Ils s'étaient trouvés nez à nez à la capitainerie de Saint-Malo, en janvier dernier. Lui venait faire immatriculer sa goélette ancienne, elle remontait une filière de passeurs.

Leur coup de foudre avait été immédiat.

Il est vrai qu'ils s'aimaient depuis tellement d'années...

Elle avait à peine six ans quand elle avait décrété le plus sérieusement du monde qu'elle l'épouserait un jour. De dix ans son aîné, il avait failli céder à un grand éclat de rire. Puis il avait considéré le petit visage tendu vers lui, si sensible et si fier, et la gravité des grands yeux verts qui viraient si vite à l'orage. Il aurait pu lui dire qu'il la considérait comme sa petite sœur, mais la facilité de la réponse, et de l'esquive, n'était pas ce qu'elle attendait de lui. Alors il lui avait parlé comme on parle à une femme. Il n'était pas dans son schéma, à court ou à long terme, de se créer une attache. Depuis tout môme, il n'aspirait qu'à une chose : courir les mers.

Devant le petit menton qu'elle pointait en avant pour l'empêcher de trembler, il lui avait fait une promesse qu'elle n'oublia jamais : si un jour il se mariait, ce serait avec elle, et avec aucune autre.

À quinze ans, elle entrait au pension au lycée Kérichern à Brest. Christian, considéré comme l'un des espoirs de la voile française, quittait Lands'en pour son premier tour du monde en solitaire. Dix ans plus tard, la jeune lieutenant intégrait le SRPJ, lui gagnait la quinzième édition de la Route du Rhum.

Ils revenaient l'un et l'autre dès qu'ils le pouvaient dans leur île mais, hasard de calendrier ou caprice du destin, ne s'y trouvaient jamais en même temps. Leur seul trait d'union était Gildas, Loïc et Anne, les frères et la meilleure amie de l'une, les meilleurs amis et la sœur de l'autre. Grâce à eux, il se tint au courant de ce qu'elle devenait. Elle n'eut qu'à lire les journaux pour faire de même.

Trente ans jour pour jour après la demande en mariage faite par une gamine, Christian mit un genou à terre pour supplier la femme qu'elle était devenue de l'épouser.

Elle s'abattit contre sa poitrine comme si elle ne l'avait pas vu la veille encore, et l'entraîna à l'intérieur du carré lambrissé d'acajou qui luisait doucement sous les appliques en cuivre. S'il n'avait tenu qu'à elle, ils n'auraient jamais atteint la cabine double.

Mais Christian aimait prendre son temps. La regarder. La sentir. La humer. Il disait que c'était l'avant-goût du meilleur. Elle avait l'impression qu'il avait peur de la casser. L'amour avec lui était quelque chose de tendre, de doux, de pudique. Elle regrettait parfois qu'il ne mette pas à l'aimer la même passion qu'il mettait à prendre la mer, et se traitait d'éternelle insatisfaite.

Les mains calleuses du marin savaient se faire si douces pour la caresser qu'elle en eut le vertige. Elles explorèrent ses joues, effleurèrent la courbe tendre de ses lèvres, la ligne de son menton volontaire, puis plongèrent dans ses cheveux tandis que leurs bouches se trouvaient. Enfin leurs corps enlacés basculèrent sur la couchette, leurs jambes se mêlèrent. Un léger roulis accentua leur plaisir alors qu'ils s'unissaient.

*
**

L'Iroise, vingt chambres dont une suite, un restaurant panoramique ouvert sur une longue plage de sable blanc, était exceptionnellement fermé pour le mariage.

C'est Gildas qui les aperçut en premier.

– Tout de même !

Il se précipita sur le couple et tomba dans les bras de Christian qui finit par crier grâce. Loïc les rejoignit et prit la suite des effusions, puis ce fut au tour de Nicolas, son fils. Des yeux d'un bleu stupéfiant, pailleté d'or. Même pas seize ans et un regard d'homme fait, songea Marie, déconcertée.

Gildas et Loïc lorgnèrent du côté de la jeune femme dont les yeux brillants, soulignés de bistre, en disaient long sur la façon dont son fiancé et elle avaient occupé les deux dernières heures. Elle les vit se détourner, embarrassés d'être les témoins involontaires de l'intimité de leur petite sœur, et se sentit prise en faute comme lorsqu'elle était gamine.

– Et on a bien l'intention de recommencer, lança-t-elle avec provocation. Souvent.

Christian et Nicolas éclatèrent du même rire franc devant l'air piteux des deux frangins qui s'empourpraient comme des rosières.

Marie s'étonna une fois de plus de leur surprenante ressemblance. On aurait dit des jumeaux. Pourtant, enfants, Gildas et Loïc Kermeur étaient physiquement très différents. Une quarantaine d'années les avaient façonnés à l'image l'un de l'autre, comme deux galets érodés par la mer. Même regard clair profondément enchâssé, même façon de se déplacer, rire identique, soupe au lait tous les deux. Seule différence : les cheveux. Blond foncé, Gildas les portait aux épaules, Loïc, qui tenait de leur mère d'avoir grisonné tôt, les avait coupés court. À ce détail près, ils étaient pareils. Mimétisme.

Elle rit aussi.

– C'est ça, marrez-vous, bande de mécréants ! riposta Gildas. N'empêche que cette nuit, tradition oblige, la future mariée sera seule dans son lit.

– Les hommes au bistrot, les femmes au dodo, décréta sentencieusement Loïc.

– Oh les gars, protesta Christian avec une petite grimace comique, je peux quand même prendre une douche, ou la tradition veut que je reste dégueu jusqu'à la cérémonie ?

– La tradition ne dit rien là-dessus, hein frérot ? dit Loïc.

Son aîné d'un an secoua doctement la tête.

– Par contre, elle te fait dire d'être à 20 heures pétantes au café de ta sœur, où les gars de l'île vont te montrer ce que c'est d'enterrer sa vie de garçon avec un peu de panache.

Loïc jeta un trousseau de clés que le skipper réceptionna habilement.

– Dernier étage. Suite nuptiale. Tu vas voir, j'ai pas mégoté.

– Laisse-moi juste le temps de ranger ma robe de mariée, lança Marie à Christian qui attrapait déjà son gros sac de marin.

« Simple superstition. »

La jeune femme eut un sourire en voyant que sa mère avait déjà glissé la robe dans une housse, plus pour la protéger des regards indiscrets que de la poussière. En revanche, le voile que Marie avait généreusement arrosé d'eau en se précipitant sur la terrasse, et que Jeanne avait suspendu devant la baie vitrée pour qu'il sèche à la brise, était roulé en boule sur le parquet. Il avait dû s'envoler, et échouer là.

Soudain, une angoisse sourde lui tordit le ventre. Son instinct lui disait de se méfier, de partir, loin, sans se retourner.

Elle ne l'écouta pas, attrapa le flot de mousseline d'une main, et se figea, gagnée par l'épouvante.

Une tache de sang s'élargissait à la surface du tulle.

Oubliant toute maîtrise, elle lâcha le flot éclaboussé de pourpre, qui, en retombant à terre, s'ouvrit avec grâce telle une corolle.

Au cœur gisait le cadavre ensanglanté d'une mouette.

Le hurlement glacé se répercuta à tous les étages.

2

Il était un peu plus de minuit quand l'incident éclata entre Gildas et Ryan.

C'est Anne qui, l'air de rien, avait suggéré que Christian invite l'écrivain à son enterrement de vie de garçon.

– En tant que spécialiste des rites celtes, il n'ignore pas que tous les gars de l'île seront de la fête. Il pourrait se vexer d'être tenu à l'écart.

– Et annuler ta fameuse séance de dédicace ?

Anne Bréhat avait toujours aimé les livres. Son rêve secret aurait été d'ouvrir un café littéraire, mais pour cela il lui aurait fallu quitter Lands'en, alors elle avait revu ses ambitions à la baisse et transformé l'arrière-salle du café, que leur père tenait autrefois, en coin librairie-journaux. Au grand dam des habitués qui avaient coutume d'y taper le carton les jours de pluie. Ils continuaient néanmoins d'y venir. Et pour cause. C'était le seul bistrot du port.

En la voyant rosir, Christian se rappela que sa sœur ne pratiquait pas le même genre d'humour que le sien. À vrai dire, elle n'en pratiquait aucun. Non qu'elle manquât d'intelligence, simplement elle prenait tout au pied de la lettre.

D'habitude plutôt réservée, elle était partie au quart de tour. Les mots s'étaient bousculés pour prendre la défense de l'écrivain, ce n'était pas tous les jours qu'un homme de sa classe débarquait sur l'île. Et y restait.

Consciente du regard soudain scrutateur de son frère, elle

avait eu un bref sourire comme pour tempérer l'ardeur de ses propos, avant de conclure rapidement :

– Je n'ai pas envie qu'il nous prenne pour des péquenots, c'est tout. Mais, bon, c'est à toi de voir.

Pour Christian, c'était tout vu. Si ce Patrick Ryan arrivait à faire sourire sa sœur, îlien ou pas, il était le bienvenu.

La bière coulait à flots depuis quelques heures lorsque l'écrivain arriva. Il balaya du regard la salle saturée de fumée, le petit orchestre improvisé, le plateau chargé de pintes qui semblait se déplacer tout seul au-dessus des têtes, et sourit en voyant Anne – qui le tenait à bout de bras – émerger du peloton d'hommes hilares et bruyants.

– On ne pensait plus que vous viendriez. Ils ont presque tout bu, ajouta-t-elle pour s'excuser.

– C'est mon premier enterrement breton, je n'aurais manqué ça pour rien au monde, répondit-il en haussant la voix pour couvrir le vacarme.

Devant l'air interdit d'Anne, il afficha un sourire contrit.

– N'y voyez rien d'autre que le très mauvais jeu de mots d'un écrivain vieillissant touché d'avoir été convié à pénétrer un cercle aussi fermé.

Anne en était encore à se demander si c'était sa façon de dire qu'il était content d'être là quand Christian les rejoignit. Tout en jetant un coup d'œil négligent sur celui qui avait l'heur d'émouvoir sa petite sœur, il lui serra la main. La poigne était franche et sans détour. Elle lui plut. Christian tendit un verre à Ryan et y choqua le bord du sien. « *Yec'hed mat !* » Puis il retourna vers les autres qui réclamaient à grand bruit la suite du discours.

– J'en étais où ?... Ah oui... Quand j'ai gagné le Vendée Globe...

– C'est moi qui lui ai construit son premier bateau ! brailla Gildas.

– Mais c'est moi qui lui ai appris à remonter au vent ! hurla Loïc.

Un concert de voix se joignit à celles des Kermeur.

– Ouais, mais c'est lui qui va prendre le départ de la Transat dans huit jours !

– La course en solitaire et sans escale la plus dangereuse du monde !

– Une formalité pour qui sait parler à la mer !

– Oh, je peux causer ? protesta le skipper... Alors, quand j'ai gagné le Vendée Globe, j'ai cru que c'était le plus beau jour de ma vie...

Le reste se perdit dans les éclats de rire.

De la cuisine où elle était allée chercher des verres propres, Anne repéra Ryan qui était accoudé seul, à l'autre bout du bar, et s'autorisa discrètement le tour du propriétaire. Quelque part aux alentours de soixante ans, il était de ces hommes auxquels les rides donnent très injustement un surcroît de séduction. Des vêtements de bonne coupe. Pas une once de graisse pour autant qu'elle pouvait en juger. Et un sourire qui lui allait droit au cœur même s'il n'atteignait pas le regard gris ardoise. L'espace d'un instant, Anne crut y percevoir comme un éclat de tristesse alors qu'il observait Christian, rayonnant de bonheur, expliquer pour la énième fois que le plus beau jour de sa vie était celui où Marie lui avait dit oui.

Puis quelqu'un héla Anne, attirant le regard de Ryan sur elle, et, confuse, elle retourna à ses occupations. L'écrivain la suivit des yeux. Drôle de fille. Elle avait mis plusieurs jours à l'aborder pour lui parler de son projet d'organiser une séance de signature de son roman. Et elle ne l'avait fait qu'avec des mots choisis dont il était presque certain qu'elle les avait appris par cœur. Il eut un regard à la devanture du coin librairie, et fronça les sourcils. Le lutrin, sur lequel Anne avait installé son roman le matin même, était vide.

C'est alors qu'il vit Gildas s'approcher de lui avec la démarche incertaine de ceux qui ont un peu trop chargé la mule. Et qu'il comprit ce qu'était devenu le livre.

– Oh l'écrivain ! Tu dois savoir, toi, ce que ça veut dire !

Sa voix était pâteuse, son haleine chargée d'alcool. Ryan réprima un mouvement de recul.

– Ce que veut dire quoi ?

– Une mouette qui vient mourir dans un voile de mariée, t'interprètes ça comment ?

Devant le silence de Ryan, Gildas brandit le bouquin. *Les pierres qui parlent.* Un bandeau rouge signalait qu'il s'agissait d'un polar historico-fantastique. Genre en vogue.

– C'est bien toi qui as écrit ce truc, non ? Alors, tu crois quoi ?

Et il rota bruyamment. Ryan haussa légèrement les épaules.

– Que ce n'est ni le lieu ni le moment de parler de ça, et que tu es bourré.

– Pas assez pour voir que t'es qu'un frimeur ! Spécialiste des légendes celtes, mon cul !

Et il balança violemment le bouquin sur le comptoir qui, après avoir balayé les verres sur son passage, alla s'écraser à terre.

Personne ne fit vraiment attention. Excepté Anne.

Ryan lui fit de loin un signe apaisant, puis il ramassa le livre, défroissa le bandeau qui s'était corné dans la chute, le reposa tranquillement sur le zinc et planta son regard dans celui déjà vitreux de Gildas.

– Un voile qui se transforme en linceul, c'est un présage de malheurs sur la famille de la mariée.

L'écrivain haussa légèrement les épaules en voyant le frère de Marie contracter ses mâchoires.

– Y a toujours une façon de conjurer le sort, marmonna Gildas entre ses dents. Vas-y ! Parle.

– Cela n'a rien d'une science exacte et ça risque de ne pas te plaire.

– Parle, je te dis !

Ryan prit le temps de sortir une cigarette d'un étui.

– Les anciens disaient qu'il fallait chasser la future, tant qu'elle était fille.

– 'Culé !

De l'autre bout de la salle, Anne sursauta en voyant Gildas attraper Ryan par le col de sa chemise, et approcher son visage tout près du sien. Posant brutalement son plateau sur le bar, elle fonça sur un jeune type, à peine la trentaine, visage ouvert, regard rieur, dont rien en apparence n'indiquait qu'il était maréchal des logis-chef.

– Stéphane, va voir un peu ce que fabrique Gildas, je crois bien qu'il... Oh mon dieu !

Ryan, visiblement énervé, venait de frapper sèchement Gildas, l'envoyant bouler contre une table qui se renversa avec fracas dans un éclat de verres brisés. Déclenchant l'hilarité des hommes, bien trop imbibés pour s'en formaliser.

Stéphane Morineau ne s'embarrassa pas de formules de politesse. Il saisit fermement Ryan par l'épaule.

– Vous cuverez en cellule !

– Je n'ai bu qu'une bière ! Et c'est lui qui m'a cherché !

– Mais c'est vous qui l'avez frappé. Et puis lui, c'est pas pareil !

– Les étrangers ont toujours tort, c'est ça ?

Le jeune gendarme soutint son regard.

– Souvent.

L'écrivain haussa les épaules et se laissa entraîner, suivi du regard navré d'Anne qui n'osa toutefois pas prendre publiquement son parti.

Avant que la porte du bar ne se referme sur lui, Ryan vit Loïc relever son frère et brandir son verre vide.

– À boire !

Les rires reprirent. Gras et tonitruants.

*
**

De la mer s'exhalait une brume cotonneuse nimbant la crête des récifs d'un halo vaporeux comme une haleine moite. Sur la falaise, les fougères ondulaient doucement sous la brise. La lune montante couvrait d'une lueur blafarde le site de Ty Kern. Les menhirs n'étaient jamais aussi imposants que dans ce clair-obscur où ils apparaissaient comme des masses sombres prêtes à s'animer.

Sans que rien de tangible ne le justifiât, l'atmosphère semblait chargée de mauvais présages.

Et les six silhouettes fantomatiques apparurent, débouchant du sentier, sinistres messagers. Elles marchaient l'une derrière l'autre, à allure régulière, passèrent entre les menhirs sans s'arrêter, et disparurent une à une derrière le dolmen, comme happées par la pierre plate taillée dans le granit.

Une septième silhouette arriva à son tour. Une silhouette à la démarche étrange, hésitante et saccadée. Au lieu d'aller vers le dolmen, comme les autres, elle alla se poster près d'un cairn érigé à proximité et ne bougea plus.

Le silence revint. Uniquement troublé par le bruit du ressac sur les récifs de la crique des Naufrageurs, vingt mètres en contrebas.

*
**

La gorge envahie d'eau salée, elle se mit à suffoquer et se sentit tirée vers le fond par un violent courant. Elle résista, battit la mer de ses pieds, griffa la roche pour remonter à la surface, insensible aux angles vifs qui lacéraient sa chair, et émergea à l'air libre. Sous ses yeux écarquillés de terreur, l'écume se teintait de sang... Des hurlements stridents déchirèrent la nuit, en écho à son cri silencieux...

Recroquevillée en position fœtale, les genoux sous le menton, les bras repliés étroitement autour du corps, la bouche ouverte comme pour aspirer désespérément un peu d'air, Marie se réveilla en sursaut, hagarde et en sueur.

Elle se précipita sur la terrasse et respira profondément à plusieurs reprises avant que son cœur ne retrouve un rythme à peu près normal. Au diable les traditions ! Elle eut la tentation de rejoindre Christian, de se jeter dans ses bras, de se serrer fort contre lui pour chasser l'angoisse sourde qui la tenaillait.

L'espace d'un instant, la mousseline ensanglantée se superposa à l'écume rouge de sang. Puis elle regarda la mer et les vaguelettes dont les crêtes argentées scintillaient doucement sous la lune, et se traita d'idiote. La mer n'était pas son ennemie. C'était un cauchemar.

Rien de plus ?

Elle allait rentrer quand un mouvement furtif attira son attention. Son regard se rétrécit, fouilla l'obscurité et se focalisa sur une silhouette qui débouchait rapidement de la plage, jetant de fréquents coups d'œil en arrière. Comme suivie, paniquée.

Chez Marie, l'instinct de flic n'était pas une seconde nature, mais sa nature même. Elle détailla la silhouette. Trop longue, trop fine, pour être celle de Loïc. D'ailleurs le café du port était à l'opposé. Et pourquoi son frère aurait-il pris autant de soin à dissimuler son retour tardif ? Même s'il avait trop picolé – or la silhouette n'accusait pas la démarche hasardeuse caractéristique de l'ivresse – aucune épouse ne l'attendait le reproche à la bouche.

Le jeune femme progressa sur la terrasse, de façon à suivre la silhouette alors qu'elle s'approchait du bâtiment, rasant les murs. C'est à la faveur d'un des lampadaires du jardin qu'elle reconnut les boucles noires et légères de son neveu, hirsute et la chemise reboutonnée de travers.

Elle grimaça un sourire. Jeanne avait raison, son job finissait par lui monter à la tête, au point de voir la mer rouge de sang et de prendre son Nico pour un vulgaire cambrioleur. Ces douze mois loin de la violence inhérente à son métier seraient sans doute une parenthèse salutaire.

Marie rentra dans sa chambre, bien décidée à oublier que le même cauchemar avait déjà hanté ses nuits quand elle était toute petite.

Trois heures plus tard, incapable de fermer l'œil, elle y pensait encore en trottinant sur le sentier des douaniers. En temps normal, courir lui vidait la tête. Là, ses pensées revenaient en boucle, obsédantes, rythmant ses pas. La mouette. Le voile. L'écume. Le sang. La mouette... Et ces hurlements stridents qui déchiraient la nuit...

Marie marqua le pas en réalisant qu'elle les entendait encore.

C'est alors qu'elle les vit. Des dizaines et des dizaines de mouettes qui passaient en piaillant au-dessus de sa tête, tirant droit sur la falaise derrière laquelle elles disparaissaient.

Intriguée par leur nombre, et par leur manège, elle repartit en accélérant l'allure, laissa les menhirs sur sa droite, dépassa le cairn et s'approcha du bord, là où les mouettes plongeaient en piqué à la façon des bombardiers japonais.

Les vagues de la marée montante commençaient à lécher le sable de la crique vingt mètres en contrebas, et la nuée d'oiseaux s'acharnait furieusement sur quelque chose que Marie pensa être un dauphin échoué.

Alors pourquoi ce sentiment de malaise diffus, insidieux ?

Le souffle court, elle dégringola les rochers qui permettaient d'accéder à la crique, passa en courant devant l'entrée de la grotte où les naufrageurs entreposaient autrefois le butin des pillages, et cria pour éparpiller les volatiles hystériques qui n'avaient même pas daigné remarquer sa présence.

Son œil accrocha alors brièvement l'éclat d'une rayure orange et, soudain saisie d'une angoisse irrépressible, elle ramassa des galets qu'elle jeta avec force sur les bestiaux. Ceux-ci finirent par s'envoler à grands battements d'ailes en piaillant leur courroux d'avoir été dérangés, et Marie découvrit l'objet de leur convoitise, dont elle savait déjà qu'il ne s'agissait pas d'un dauphin.

Bien qu'habituée aux cadavres, elle ne devait jamais oublier l'horrible vision de l'œil qui pendait, à demi sorti de son orbite, ni les crevasses sanguinolentes de chair arrachée par le bec acéré des mouettes.

L'éclat orange venait de l'écharpe que l'homme, échoué sur le dos, portait déjà la veille au soir.

Gildas.

Marie se laissa tomber à genoux auprès de lui, accablée d'un chagrin remontant loin dans son enfance. Elle eut la tentation de s'allonger à son côté, et de laisser la marée montante les submerger tous les deux, avant de les emporter. C'est en glissant sa main dans celle de son frère qu'elle découvrit le papier qui y était serré.

Elle le dégagea délicatement et le déplia. La lecture du mot écrit en breton l'épouvanta :

Pour Marie, le Très-Haut jugera
Du cœur de pierre le sang coulera et la lumière jaillira.

3

Stéphane Morineau enclencha les roues motrices du quatre-quatre pour franchir plus facilement la centaine de mètres accidentés séparant le cairn de la petite route. Il se gara près du véhicule de pompiers, ouvrit la portière arrière droite, et fit signe à Ryan qu'il pouvait rentrer chez lui. L'écrivain ne prit pas la peine de saluer le gendarme et se dirigea vers la jeune femme qui se tenait de dos au bord de la falaise.

– On ne se connaît pas, mais Gildas m'a beaucoup parlé de vous... Je m'appelle Patrick Ryan. Je suis...

Les mots moururent sur ses lèvres alors que Marie se retournait. Ce regard vert noyé de chagrin, ce petit menton qu'elle redressait bravement sans arriver vraiment à l'empêcher de trembler... Durant une fraction de seconde, Ryan crut être le jouet d'une illusion, puis il s'ébroua pour chasser la fragile fantaisie et ponctua sa phrase : « Désolé. »

Dans sa bouche, l'expression perdait de sa banalité, sans doute parce qu'il y avait mis une réelle sincérité. Le pâle sourire qu'esquissa Marie lui alla droit au cœur. Il s'inclina brièvement et alla donner un coup de main aux pompiers qui, après avoir arrimé le corps de Gildas sur une civière, le remontaient à la force des poignets, tandis qu'en contrebas, un homme à la calvitie naissante guidait la manœuvre rendue périlleuse en raison de l'escarpement.

Stéphane rejoignit Marie, chercha visiblement quelque chose à lui dire, se contenta de lui adresser un regard qu'il espéra chargé de tout ce qu'il ressentait, et fila aider les autres.

La civière arrivait juste sur la falaise quand le vent se leva, rabattant d'un coup sec un coin de la bâche, mettant à nu le visage horriblement mutilé du cadavre.

Le jeune gendarme tourna les talons et alla se plier en deux derrière le quatre-quatre, où son estomac révulsé se vida à grands jets.

Gants latex, sachets plastiques, bandes jaunes, triangle de détresse... Il retourna l'arrière du véhicule pour tenter d'y trouver de quoi s'essuyer la bouche. En pure perte. Bien que mortifié, il prit avec reconnaissance le mouchoir en papier que Marie vint lui tendre.

– C'est mon premier cadavre, marmonna-t-il, peu fier d'un aveu qui accusait son manque d'expérience. Je m'en veux tellement...

Elle allait lui dire que cela n'avait pas d'importance quand il lui raconta ce qui s'était passé, la veille, au café.

Elle ferma à demi les yeux.

Son frère s'était battu à cause d'elle. Pour elle. *Pour Marie...*

– Si seulement j'avais embarqué Gildas, cette nuit, au lieu de coffrer l'écrivain. Si seulement je...

Le reste se perdit dans le Kleenex.

Elle eut envie de dire au jeune gendarme qu'il n'y était pour rien, que les regrets étaient stériles. Au lieu de ça, elle attrapa un des sachets de plastique et y glissa délicatement le mot trouvé dans la main de Gildas. Agir au lieu de s'apitoyer.

– Photocopiez-le et envoyez l'original au lieutenant Caradec, SRPJ de Brest, dit-elle en tendant le sachet à Stéphane. Je veux savoir si quelqu'un d'autre a laissé ses empreintes dessus, à part Gildas et moi. Les miennes, ils les ont. Joignez-leur un échantillon de celles de mon frère.

– Et je les trouve où ?

– À votre avis ?

Stéphane déglutit avec difficulté. L'idée de prendre les empreintes d'un mort lui fichait tellement les jetons qu'il préféra la différer et, pour se donner une contenance, il se plongea dans la lecture du mot.

Il releva la tête, déconcerté.

– Marie... c'est de vous que ça parle ? Et le reste, ça veut dire quoi ? demanda-t-il avec une grimace d'excuse. Je ne lis pas le breton.

– Ça veut dire qu'il n'y a pas une minute à perdre !

Le gendarme porta machinalement l'index à son képi, sans se formaliser une seule seconde qu'un flic ait pris d'autorité des commandes qui lui revenaient de droit. Il claqua la portière du quatre-quatre au moment où celles du véhicule de pompiers s'ouvraient pour glisser la civière à l'intérieur.

Marie s'approcha rapidement de l'homme à la calvitie naissante. Yves Pérec. L'unique toubib de l'île et actuel maire de Lands'en. Comme son père avant lui. Et comme son grand-père. De ses ancêtres, il avait hérité un regard bleu minéral, seul véritable attrait d'un visage un peu mou. Vêtu sans recherche de vêtements coûteux, il accusait plus que ses quarante-cinq ans et un début d'embonpoint. Un reste de gueule de bois alourdissait son propos.

– Je ne sais pas quoi te dire... Ton frère... On a tous beaucoup bu hier soir... Cet accident...

– Ce n'est pas un accident.

Yves s'assombrit et dévisagea Marie dont l'évident chagrin n'arrivait pas à altérer la beauté. En cet instant, elle lui fit penser à la *Pieta*. Sauf que la *Pieta* n'avait pas dans le regard cette lueur particulière qu'il lisait dans les yeux de la jeune flic. Celle de la traque. Son sentiment de malaise s'accrut.

– Qu'est-ce que tu racontes ? Il était complètement bourré, Gildas. D'ailleurs on l'était tous !

Il rabattit rapidement le col de sa veste.

– Regarde ça !

Trois griffures bien nettes lui barraient le cou.

– Je me suis vautré dans les thuyas en rentrant à la maison à 1 heure du mat'.

Marie ne sembla même pas l'entendre.

– Emmène-le à ton cabinet. Le temps que je prenne les dispositions pour le faire évacuer sur l'IML [1] de Brest.

Il la regarda fixement comme si elle délirait et aurait sans doute cherché à la raisonner si elle ne l'avait pas planté là.

La jeune femme attendit d'être seule sur la falaise et alla jeter un dernier regard à la crique que les vagues de la marée montante, dans leur mouvement de va-et-vient, lavaient du sang de son frère. L'écume se teinta-t-elle vraiment de rouge ? Ou était-ce juste l'illusion d'un cauchemar trop présent ? L'instant d'après, le sable était vierge de toute trace du drame.

Pas le cœur de Marie.

*
**

L'homme avança vers elle, animé de sentiments douloureux qui le torturaient. De sous son bras gauche replié étroitement contre son flanc, s'échappait un tas de vieux chiffons dont la couleur blanche n'était plus qu'un lointain souvenir. En dépit de son aspect massif, il se déplaçait en silence, d'une démarche étrange, hésitante et saccadée. Arrivé dans son dos, il leva le bras droit en avant. Et sa main en forme de battoir visa l'épaule de la jeune femme.

Pierric Le Bihan était né quarante-deux ans plus tôt, victime d'une malformation congénitale de la hanche qui l'avait laissé bancal. Il en avait à peine six quand il fut retrouvé, transi de froid et errant sur la lande, au lendemain d'une nuit de tempête mémorable. Depuis, Pierric n'avait plus jamais parlé, et son cerveau était resté bloqué à l'enfance. Les moins charitables disaient qu'il était né débile, ce qui n'avait rien d'étonnant quand on avait connu son père, Hervé Leguellec, communément élevé au rang d'idiot congénital de l'île. Tous reconnaissaient néanmoins que Pierric aurait pu s'en sortir plus mal. A priori, il n'avait pas hérité des penchants violents

1. Institut médico-légal.

de son père. Ou, du moins, il n'en avait jamais fait démonstration jusque-là.

La lourde patte s'abattit sur l'épaule de Marie qui vacilla en laissant échapper un cri étouffé. Mais au lieu de la pousser, la main l'attira violemment en arrière. Ses traits se décontractèrent en reconnaissant Pierric, et c'est avec douceur qu'elle lui demanda de la lâcher. Il l'agrippa plus fortement, la décollant presque de terre, les traits déformés par une expression de terreur sur laquelle Marie se méprit. Bien sûr, il avait dû voir le corps, et en était encore tout retourné.

– Je sais, Pierric, c'est horrible, mais il faut rentrer chez toi, Gwen va s'inquiéter...

Il secoua frénétiquement la tête, la balança de droite et de gauche, tordant sa bouche dont s'échappaient des onomatopées inintelligibles. Il cherchait visiblement à lui faire comprendre quelque chose, mais quoi ? Marie n'avait ni le temps ni l'envie de jouer aux devinettes. Elle glissa sa main dans la grosse patte de Pierric.

– Conduis-moi.

Les premiers rayons du soleil de juin caressaient les menhirs dressés au levant. Sur la masse grise de l'un d'eux, deux rigoles pourpres ruisselaient.

Du sang !

Retenant sa respiration, Marie leva les yeux et remonta à la source. Au fronton du menhir, le sang semblait sourdre du cœur même d'un signe profondément gravé dans le granit.

Du cœur de pierre le sang coulera...

Un signe en forme de V. Des ailes déployées. Un oiseau. Une mouette morte dans le voile. Des mouettes s'acharnant sur le corps de Gildas.

Un vertige la saisit. La ramena en un éclair à ce qui s'était passé la veille. À Gildas, devenu blanc comme un linge en voyant la mouette morte dans le voile ensanglanté.

Christian avait parlé de hasard. Un môme dégommant une mouette au lance-pierres. Un voile devant une fenêtre ouverte. Une pauvre bête venue mourir là. Rien de plus. Jeanne s'était empressée d'emporter le voile pour réparer les dégâts, en disant que demain il n'y paraîtrait plus.

Le hasard. Marie s'y était raccrochée. C'était plus facile, plus rassurant, comme d'ignorer le cauchemar qui était revenu la hanter.

Elle savait désormais que tout était lié.

La mouette. Le voile. L'écume. Gildas. Elle.

– Hier soir, c'était lune montante.

Le propos, abrupt, la fit tressaillir. Elle fit volte-face et se heurta au regard gris de Ryan. Il anticipa la question qu'elle s'apprêtait à lui poser.

– J'étais sur le chemin de garde, mais je n'ai rien vu, expliqua-t-il. À part Pierric Le Bihan qui s'agitait bizarrement face au menhir.

Elle jeta machinalement un regard au muet qui s'éloignait de sa démarche saccadée, son tas de chiffons serré sous le bras, puis reporta son attention sur Ryan.

– Vous avez parlé de lune montante, dit-elle en le scrutant. Vous connaissez donc la légende des naufrageurs ?

– C'est même à cause d'elle que je suis là. J'en fais le sujet de mon prochain roman, précisa-t-il. Or, d'après la légende...

– On dit qu'à la lune montante les menhirs rougissent encore du sang des suppliciés, l'interrompit-elle, incisive. Vous croyez au surnaturel ?

– Tout le monde y croit ici, répondit-il prudemment. Pas vous ?

– Et vous pensez vraiment que c'est mon retour qui a tout déclenché ?

Elle était sans détours. Et lui plut d'emblée.

Il aurait aimé lui dire qu'il s'en voulait de ne pas avoir su garder son sang-froid face à Gildas. Il avait suffisamment d'instinct pour savoir que ce n'était pas d'excuses dont elle avait besoin, mais d'une réponse à une question qui l'obsédait. Il lui offrit la plus honnête selon lui.

– Je pense qu'il faut être attentif aux signes, dit-il doucement. Ils ont toujours un sens.

La jeune femme fut traversée d'un frisson. C'était presque

mot pour mot ce qu'avait dit Gildas, la veille. Elle se maudirait toute sa vie de ne pas l'avoir écouté.

Avant de s'éloigner, Ryan l'informa qu'il avait aperçu un bracelet accroché dans les fourrés à mi-chemin entre le phare et le cairn. Au cas où ce serait important, il n'y avait pas touché, mais il pouvait lui montrer l'emplacement.

Elle le suivit, non sans jeter un dernier regard à la pierre qui continuait à suinter.

Plus tard, l'analyse confirmerait ses pires appréhensions.

Le sang était celui de Gildas.

Il avait coulé sur le menhir plusieurs heures après sa mort.

*
**

– Ton frère nous a quittés... et tout ce que tu trouves à faire, c'est jouer au flic ? Méfie-toi, ma fille. À voir le Mal, on attire le Mal !

Marie sentit son estomac se remplir de plomb. Elle était venue vers sa mère pour mêler ses larmes aux siennes, mais Jeanne l'avait repoussée dès qu'elle avait compris qu'elle ne reviendrait pas sur sa décision d'envoyer le corps de Gildas à Brest, et, depuis, ne s'était plus départie de la dureté qui figeait ses traits. Un masque.

La maison de pêcheur où ils s'étaient tous repliés, abandonnant l'hôtel dont la décoration rendait trop présente l'absence de mariage, donnait sur le port et avait échappé à la vague de colorisation des façades que la mairie avait votée l'an dernier.

De mémoire de murs, ceux des Kermeur n'avaient jamais autant tremblé. Même quand Marie les avait informés qu'elle s'était *déjà* inscrite à l'école de police.

Qu'était-il arrivé à ceux qu'elle chérissait ? Le chagrin seul ne pouvait expliquer la colère et la fureur qui secouèrent leur réunion de famille quand elle leur fit part de sa décision.

– J'ai appelé ma hiérarchie et je leur ai demandé de me détacher ici le temps nécessaire.

Inutile de préciser que Lefloch, commandant du SRPJ,

devait d'abord en référer au procureur de Brest avant de donner son blanc-seing.

– Par nécessaire, tu entends quoi exactement ? demanda Christian d'une voix dangereusement douce. Au cas où tu l'aurais oublié, nous devons partir en Angleterre à la fin de la semaine. Et contrairement au mariage, la transat ne peut pas être reportée !

Si l'accusation sous-jacente lui fit l'effet d'une claque, la férocité de Loïc la blessa profondément.

– Te bile pas, mon pote. Super flic va te trouver la vérité en moins de deux. Pas vrai, petite sœur ?

Le cœur à la dérive, elle se raccrocha aux objets qui émaillaient la salle basse de plafond. C'est là que Marie avait passé toute son enfance, parmi ces bibelots dont elle connaissait par cœur la provenance et l'histoire. Une place pour chaque chose et chaque chose à sa place, répétait Jeanne à l'envi. De fait, rien n'avait bougé.

Et pourtant tout avait changé.

Son regard perdu se posa sur sa mère en un appel muet : c'était son petit qui lui avait été arraché, son premier-né, celui que Jeanne couvait plus que les autres car il n'avait pas su trouver femme pour prendre soin de lui. Ne voulait-elle donc pas savoir qui le lui avait pris ?

Puis ses yeux glissèrent vers son frère qui émiettait nerveusement du sucre sur la toile cirée. Et sous le désarroi pointa la colère née de l'incompréhension.

– Et toi, Loïc ? articula-t-elle sourdement. Toi qui disais que Gildas était plus qu'un frère pour toi ! Tu ne veux pas savoir pourquoi son sang a coulé sur le menhir ? Et qui a écrit ce mot qu'il avait dans la main ?

Loïc se leva violemment, renversant sa chaise.

– Tout le monde l'adorait. Personne sur l'île ne lui aurait jamais fait le moindre mal. C'est tout ce que j'ai besoin de savoir. Et si tu penses le contraire, c'est que tu es devenue folle !

Et il partit en claquant la porte.

Quelques minutes plus tard, Jeanne fit de même, mais en silence. Christian prétexta vaguement un coup de fil à donner à son team pour s'éclipser à son tour. Seul Milic ne l'avait pas condamnée.

– Quoi qu'on te dise, tu ne renonceras pas. Et quoi qu'on me dise, je serai avec toi.

Il rejoignit son chalutier pour tenter de tromper sa peine en la noyant en mer.

Marie se retrouva seule, dans la petite salle basse. Il lui suffisait de fermer les yeux pour que les murs lui renvoient les rires des enfants qu'ils avaient été.

Elle ravala les larmes qui montaient – plus tard, le chagrin –, en se rappelant un détail. La panique de Nicolas quand il avait appris la mort de Gildas. Identique à celle qu'il avait la nuit précédente en rentrant tardivement à l'hôtel. Elle songea au bracelet d'Aude Pérec, découvert dans les fourrés de la lande par Ryan. Aude, quinze ans. Folle de son neveu comme toutes les filles de l'île.

La jeune flic avait une piste.

4

Gwenaëlle Le Bihan était arrivée très en retard à la mairie et avait failli louper Christian venu décommander les invités. Elle s'était immédiatement rendue sur le port à proximité de la maison des Kermeur et avait attendu.

Une heure plus tard, Loïc en sortait.

Elle le suivit de loin. Il marchait droit devant lui, visiblement sans but, insensible à ses appels, et ne s'arrêta qu'en arrivant au bout de la jetée.

Elle le rejoignit et l'appela doucement. Il tourna vers elle un visage aux traits déformés par la haine.

– Tu es contente ? Il ne parlera plus, maintenant ! éructa-t-il violemment.

À quarante-quatre ans, la sœur de Pierric avait la réputation non usurpée d'être une femme redoutable, une meneuse d'hommes.

Elle recula pourtant comme s'il l'avait frappée.

En une fraction de seconde, la nuit précédente lui revint en mémoire. Elle avait cru agir au mieux de leurs intérêts. Si cette histoire éclatait, c'en était fini d'eux. Gwen était prête à tout pour ne pas perdre Loïc, mais elle était prête à tout également pour qu'il ne la perde pas.

– Pourquoi Gildas ? Pourquoi pas moi ? Ou toi ? poursuivit-il d'une voix sourde. Nous sommes tous autant responsables !

– Moi plus encore, c'est ça ?

Il vit le regard bleu se voiler, le pli amer aux coins des lèvres pleines.

L'instant d'après, il s'abattait dans les bras de Gwen et fondait en larmes en lui demandant pardon.

La matinée était bien avancée quand elle arriva à la faïencerie, où la nouvelle de la mort de Gildas avait déjà fait le tour des ateliers. Le menhir qui saignait aussi. Gwen mit de façon péremptoire un terme aux rumeurs les plus folles qui commençaient à circuler.

– Le premier que j'entends dire que les naufrageurs sont de retour ira pointer à l'ANPE ! déclara-t-elle d'une voix forte et glaciale.

Puis elle monta rapidement la volée de marches accédant à la mezzanine qui desservait les bureaux vitrés. Et entra dans celui qu'occupait sa mère.

D'Yvonne, Gwen avait pris la blondeur, l'œil bleu vif perpétuellement en mouvement, les formes généreuses et sensuelles. Le caractère – de l'acier trempé – et la pugnacité.

Yvonne était une bosseuse, dure au mal et à la tâche. Elle avait commencé de travailler à treize ans comme porteuse de pain. À dix-huit, elle avait épousé Leguellec, s'était retrouvée veuve à vingt-deux, avec deux enfants à charge et une confortable assurance-vie qu'elle avait investie dans une faïencerie traditionnelle : bols à oreilles et santons celtes.

L'entreprise générait aujourd'hui un chiffre d'affaires que leur enviait nombre de leurs concurrents et faisait vivre plus de la moitié des îliens. Les jaloux murmuraient que la soif de réussite des Le Bihan n'avait pas de cesse. De fait, Gwen avait réussi à convaincre sa mère d'agrandir l'entreprise, ce qui nécessitait fonds et terrains. Les premiers avaient été obtenus facilement auprès des banques, les seconds attendaient l'aval de la mairie. Le vote pour – ou contre – classer les terrains attenants en zone constructible devait avoir lieu dans deux jours.

Yvonne raccrochait le téléphone quand sa fille referma la porte derrière elle. Rien qu'à voir sa bouche tordue en une expression de mépris, Gwen sut qu'elle allait lui parler de Pierric.

– Ton crétin de frère a encore été vu en train de traîner à Ty Kern, maugréa Yvonne. On n'a vraiment pas besoin de ça avec ce qui vient de se passer.

– Je ne peux pas le mettre sous cloche, répliqua Gwen.

– Mais à Sainte-Guénolé, si. Je viens d'appeler. Une chambre s'est libérée, il peut y être demain.

Sainte-Guénolé. Pudiquement appelé Institut pour personnes en difficulté. En réalité un asile d'aliénés dont la visite avait fait froid dans le dos de Gwen. Elle aimait Pierric et s'était farouchement opposée à son placement. « S'il part, je pars aussi », avait-elle menacé.

Yvonne vouait une véritable adoration à sa fille, aussi avait-elle cédé. En se disant qu'un jour elle s'en mordrait les doigts.

Gwen ramena la conversation sur Gildas.

– Sa mort est effectivement fâcheuse, décréta Yvonne pour toute oraison. Cela dit, avec ce qu'il descendait, il aurait fini par crever d'une cirrhose. Au moins, là, il n'a pas souffert.

Philippe était entré sans même qu'elles le remarquent et sans qu'il s'en formalise. L'époux de Gwen s'était habitué à passer inaperçu.

À part de grands yeux doux, et des mains de pianiste, rien en lui ne sortait de l'ordinaire. Un physique totalement insignifiant. À vingt-deux ans, il était venu en vacances à Lands'en avec des copains et n'était jamais reparti, estomaqué d'avoir su se faire aimer d'une femme aussi sexy que Gwenaëlle, son aînée de six ans. Il l'avait épousée enceinte de leur fils Ronan, avait accepté la place de comptable à la faïencerie, et très vite réalisé que la corbeille de mariage comprenait également la belle-mère. Philippe n'était pas de taille à lutter et avait capitulé sans même livrer bataille.

Il s'était souvent demandé pourquoi Gwen avait jeté son dévolu sur lui, puis, en connaissant mieux Yvonne, il s'était dit qu'elle n'avait fait que répéter le schéma maternel : épouser un crétin dont, à l'instar de sa mère, elle n'avait pas pris le nom et qu'elle pouvait humilier à loisir. Philippe n'avait pas une très haute opinion de lui-même, mais il aimait bien Gildas, et sa mort le peinait.

– Il aimait trop son île pour vouloir qu'on la défigure en construisant à tout va, lança-t-il par provocation. Il aurait voté contre l'agrandissement de la faïencerie. Sa mort fait plutôt vos affaires, non ?

– Ce n'est pas parce que ma fille a eu la bêtise de vous épouser et de vous faire un gosse qu'il faut vous considérer autrement que comme un employé, cracha Yvonne, méprisante. J'attends toujours le bilan !

Philippe battit en retraite sans que Gwen ait seulement songé à prendre sa défense. Alors qu'il refermait la porte, il entendit sa belle-mère, qui ne faisait déjà plus cas de lui, décréter :

– Il faut absolument que Loïc la boucle. Tu crois qu'il tiendra le coup ?

– Il ne fera jamais rien contre moi, répondit Gwen.

– Il vaudrait mieux.

Philippe se raidit. La nuit précédente, il s'était levé à deux reprises pour avaler de quoi juguler une migraine lancinante. La deuxième fois, il avait aperçu sa femme qui rentrait en douce à la maison, peu après 3 heures du matin. Il aurait juré qu'elle était aux abois. L'espace d'un instant, il se demanda s'il devait en parler à Marie, puis décida qu'il valait mieux garder ce détail pour lui. Ça pouvait toujours servir.

*
**

Le vieux châtelain assistait rarement au mariage ou à l'enterrement d'un îlien. Il laissait en général ce soin à son fils Pierre-Marie, et à sa bru, Armelle, très au fait des obligations liées au nom qu'elle portait et à la position que cela lui conférait, et se contentait d'envoyer une gerbe. Mais Gildas était le fils de Jeanne Kermeur, leur gouvernante depuis plus de quarante ans, et, à ce titre, Arthus de Kersaint s'était déplacé.

La limousine s'était arrêtée devant la mairie. Christian s'était approché pour éviter au patriarche d'en descendre inutilement.

Quatre-vingts ans passés, une stature de vieil éléphant, un

appendice nasal fortement busqué et une canne à pommeau d'argent frappé aux armes de la famille faisaient de lui un homme imposant.

La mort de Gildas l'avait contrarié, au point qu'il s'était allongé jusqu'au déjeuner.

Arthus dévisagea son fils, Pierre-Marie, communément appelé PM, qui, assis face à lui dans la grande salle à manger du château, écalait le dessus de ses œufs coque avec une lenteur exaspérante. Blond-roux, un éternel foulard noué autour du cou, un air fat, et l'intime conviction, qu'il ne partageait qu'avec lui-même, d'être d'une intelligence redoutable, à quarante-cinq ans l'unique héritier des Kersaint était exactement ce dont il avait l'air : un parfait fin de race.

– La perte de Gildas est un coup dur pour nous, marmonna Arthus.

– Surtout pour sa famille, non ?

PM lança un regard vers l'office et apostropha son épouse en train de s'y activer.

– Le blanc est glaireux ! Vous savez que je déteste ça, Armelle !

Arthus réprima une furieuse envie de frapper son fils d'un coup de canne, comme il le rossait parfois quand il était gamin, et qu'il l'horripilait, déjà, avec ses jérémiades.

– Laisse ta femme tranquille, elle fait de son mieux en l'absence de Jeanne, dit-il glacial. Le vote est fichtrement plus important que tes œufs, cuits ou pas, et la mort de Gildas, dont la voix nous était acquise, peut faire le jeu des Le Bihan.

– Au risque de vous contredire, père, cela peut au contraire servir nos desseins.

– Vraiment ?

– Christian sera sûrement ravi qu'on le débarrasse des parts du chantier naval maintenant que son associé n'est plus là pour faire tourner la boutique. Et je vous fais confiance pour convaincre Jeanne de vous céder celles de leur défunt fils.

Arthus lui jeta un regard agréablement surpris. PM avait-il une once d'intelligence, au bout du compte ? Ou nourrissait-il enfin le même rêve que lui ? L'époque où les Kersaint régnaient en maîtres absolus sur Lands'en était révolue, mais l'espoir de voir les choses redevenir comme avant était toujours profondément ancré chez le vieil homme. Cela passait par le rachat des terrains cédés au fil des siècles par des ancêtres ayant peu le goût de l'effort.

Émoustillé par l'intérêt – trop rare – que son père lui portait, PM eut envie de briller et ne put s'empêcher d'en rajouter.

– De plus, Gildas aurait fini par parler...

– Parler de quoi ? s'enquit Arthus soudain alarmé.

PM retint une grimace. Nom de Dieu, pourquoi avait-il dit ça ?

– Explique-toi, bon sang ! tonna le patriarche.

L'époux d'Armelle se mit à bredouiller lamentablement. L'arrivée inopinée de Juliette lui sauva la mise, du moins momentanément, à en juger par le regard que son père lui lança avant de dévisager la jeune fille.

Quinze ans, blonde, belle, un air angélique, la seule à pouvoir amadouer le vieil homme, sans doute parce qu'elle ressemblait beaucoup à sa défunte épouse, Gaïdick.

– J'étais avec Aude et Nicolas, mentit-elle effrontément, dédiant un sourire contrit à son grand-père. Je suis désolée d'être en retard, papi.

Arthus lui rendit brièvement son sourire et se remit à manger. Sa petite-fille lui glissa un regard en coulisses et s'amusa intérieurement de la facilité avec laquelle elle l'embobinait. S'il avait su qu'elle avait passé une partie de la nuit dehors, et surtout avec qui elle était, il aurait eu beaucoup moins d'appétit.

C'était très exactement la réflexion que PM se faisait. Si seulement il avait su tenir sa langue. Le vieux le harcèlerait jusqu'à savoir la vérité et PM finirait par avouer qu'il était dehors la nuit dernière, et pourquoi. Rien que d'y penser, il en frissonna et repoussa d'un air dégoûté le blanc glaireux qui se gélifiait.

*
**

La salle de restaurant avait l'allure figée d'un lendemain de fête qui n'aurait pas eu lieu.

Loïc reposa brusquement sa tasse de café sur le bar, visiblement sous le coup d'une intense stupéfaction, et dévisagea Jeanne qui se tenait devant lui.

– J'arrive pas à le croire, m'man ! Mais pourquoi tu ne nous as jamais dit la vérité sur elle ? Pourquoi ?

– Pour vous protéger, ton frère et toi, répondit-elle, laconique.

– Nous protéger ?

Elle eut comme un rictus de désespoir, et c'est d'un ton plus sourd qu'elle poursuivit :

– Tu comprends maintenant pourquoi il faut te taire.

La panique fit monter Loïc dans les aigus.

– Ça ne changera rien à rien. Lui là-haut il sait tout, et il réclame du sang !

Il passa derrière le comptoir et, sans même lever la tête, attrapa l'une des bouteilles suspendues au-dessus du bar. Scotch. Il s'en versa une bonne rasade qu'il descendit cul sec.

Le visage de Jeanne se plissa d'inquiétude. De ses enfants, il était le plus vulnérable, et elle sut qu'il lui faudrait à nouveau le tenir à bout de bras pour lui éviter de se noyer. À la mort de son épouse, Catherine, treize ans auparavant, il avait littéralement craqué. Alcool, médicaments, dépression, en même pas trois mois Loïc était devenu une loque. Une descente aux enfers à laquelle Jeanne avait mis un terme en l'envoyant d'autorité dans une clinique psychiatrique du Morbihan où, grâce aux relations d'Yves Pérec, une chambre avait pu lui être trouvée. Six mois de traitements et d'entretiens plus tard, il revenait sur l'île.

Un an après, la chance tournait enfin, Jeanne gagnait au Loto et L'Iroise sortait de terre.

Elle lui prit la bouteille des mains.

– Ce n'est pas Dieu qui a envoyé cette lettre anonyme à ton frère, gronda-t-elle. Quelqu'un est en train de déterrer le passé et, crois-moi, ce quelqu'un est tout ce qu'il y a de plus réel.

– Mais qui ? Et pourquoi ?

Le téléphone sonna à la réception. Loïc eut un mouvement pour aller décrocher mais Jeanne le retint par le bras.

– Laisse.

Elle le dévisagea sans détour.

– Il faut absolument tenir Marie à l'écart de tout ça, tu m'entends, Loïc ? Tu m'entends ?

– Mais oui, m'man. Évidemment... Bon Dieu ! Si seulement j'étais rentré avec Gildas cette nuit ! Au lieu de ça, je l'ai engueulé en lui disant d'arrêter de baliser et je l'ai laissé avec Yves.

Il se prit la tête dans les mains, accablé.

– Tu veux dire qu'Yves Pérec est le dernier à l'avoir vu ?

Saisi par l'âpreté de la voix de sa mère, Loïc releva la tête. L'expression de Jeanne lui fit froid dans le dos.

– Tu ne penses quand même pas que... marmonna-t-il avant de s'interrompre, envahi par le dégoût. Non... Non... Gildas était son ami...

– Quand on risque de tout perdre, il n'y a plus d'ami.

Loïc ouvrait la bouche pour prendre la défense du toubib quand il se souvint que c'était Yves qui avait insisté pour rester en arrière. Pour attendre Gildas. Cette nuit, sur la falaise.

*
**

Les Laboratoires Pérec s'étalaient sur deux hectares en bordure de mer, noyés dans une végétation qui devait plus à la main de l'homme, et à d'effarants frais de jardiniers, qu'à une nature peu clémente. Unité de recherche et de fabrication de produits de soins et cosmétiques à base d'algues et de plancton, l'entreprise créée par le vieux Pérec dans les années soixante-dix avait surfé sur la vague d'un retour à la nature extrêmement d'avant-garde à l'époque. À sa mort, Yves, médecin généraliste, comme son père avant lui, avait logiquement repris la direction des labos, mais n'en avait pas pour autant arrêté d'exercer. Il disait volontiers qu'il n'avait pas vraiment eu le choix. Il était le seul toubib de l'île, et les émules d'Esculape, tentés par l'exil que représentait une installation à Lands'en, n'étaient pas légion. Pour Yves, la question ne s'était jamais posée en ces termes. Il était né et mourrait ici. Et sa philosophie de la vie était relativement simple : mieux valait être roi chez soi que valet chez les autres.

– Je te répète qu'elle n'a pas cru à l'accident !

Yves arpentait nerveusement son cabinet, portable vissé à l'oreille.

La pièce était vaste et dépouillée jusqu'à en paraître vide. Marbre au sol, bureau en verre dépoli, large canapé bas en cuir blanc. Minimaliste et dénué de vie. Seule note dissonante : un long meuble ancien qui occupait tout un pan de mur, mémoire vive du passé médical des îliens depuis plusieurs générations, scrupuleusement entretenu de père en fils. Par une porte entrebâillée, on apercevait la salle d'examen attenante.

Yves leva les yeux au ciel.

– Je sais que c'est un problème, mais je ne pouvais décemment en faire plus sans que ça paraisse curieux.

Il tâtonna dans ses tiroirs à la recherche de la cigarette qu'il gardait depuis qu'il avait arrêté de fumer. En cas de coup dur. Et le fait que Marie ait refusé qu'il signe le permis d'inhumer était un putain de coup dur. Sans parler d'envoyer le corps à l'autopsie.

Il s'était insurgé :

– Ton frère est mort d'une fracture du crâne, en tombant sur les rochers.

– Je l'ai trouvé sur le sable, avait-elle rétorqué avec ce petit air buté qu'elle tenait des Kermeur.

– Il aura heurté la falaise dans sa chute.

– Il avait le vertige rien qu'en montant sur un tabouret. Et il serait allé se balader au bord d'un à-pic de vingt mètres ?

– Enfin, Marie, il avait près de trois grammes dans le sang ! À ce degré, j'ai vu des mecs se prendre pour des oiseaux !

– Et faire couler du sang sur un menhir, tu as déjà vu ça ?

Yves avait alors changé de tactique. Si l'autopsie était la seule façon de mettre un terme aux doutes qui tenaillaient cette fille, il fallait en faire une. Mais laisser Gildas aux mains d'inconnus qui se raconteraient les dernières blagues salaces tout en lui ouvrant la cage thoracique et en l'éviscérant...

– Ton frère aurait détesté ça, tu le sais, et je me détesterais de le lui infliger. Par respect pour lui – et ce n'est pas de gaieté de cœur que je te propose ça – laisse-moi m'en charger.

Bien que touchée, elle avait refusé.

– Tu es... tu étais trop proche de lui pour avoir la distance indispensable. Et tu ne disposes pas de la technologie nécessaire.

Yves avait capitulé. Il avait prévu l'éventualité d'un refus et pris certaines dispositions pour que rien ne puisse le compromettre.

Marie était repartie avec les affaires récupérées sur le corps de son frère. Les gars du SRPJ arriveraient par le bac de 16 heures pour rapatrier le corps à l'institut médico-légal. Yves pouvait-il faire en sorte que le corps de son frère soit à l'embarcadère pour cette heure-là ?

Il pouvait.

Il retint un juron en se coinçant les doigts dans le tiroir. C'était maintenant qu'il avait besoin de cette clope ! Si jamais la fille Coursin la lui avait jetée en faisant le ménage, elle était bonne pour se... Et il la trouva, coincée sous l'agrafeuse.

La voix s'égosillait à l'autre bout du fil.

– Quoi ? aboya-t-il dans le téléphone. Évidemment que j'ai vérifié. À part les alliances, son portefeuille, quelques photos et un peu de ferraille, il n'avait rien de compromettant dans les poches.

Il allait craquer l'allumette quand il sourcilla. La lettre anonyme ! Nom de Dieu ! Comment avait-il pu oublier ce détail ? Gildas aurait dû l'avoir sur lui. Marie l'aurait-elle trouvée sur le corps ? Non, si c'était le cas, elle aurait déjà compris une partie de la vérité. Alors où était-elle passée ? Yves se perdit un bref instant en conjectures, sans retenir d'hypothèse satisfaisante. Une chose était sûre, cette lettre ne devait jamais refaire surface. Jamais.

Quant à Marie, il fallait trouver le moyen de la faire partir. Vite.

Au bout du fil, l'autre en convint.

Yves raccrocha, alluma enfin la cigarette et aspira profondément une première bouffée qui lui fit tourner la tête, comme à dix ans quand, avec Gildas, Loïc et Christian, ils avaient tiré les Maïs du vieux Bréhat et étaient allés les fumer en cachette, planqués derrière les menhirs.

Il eut une pensée fugace pour Gildas puis la chassa résolument. Le frère de Marie aurait fini par parler. Sa mort était regrettable, mais elle l'arrangeait bien. Dans quelques jours les griffures de son cou auraient disparu, et tout rentrerait dans l'ordre.

Yves ouvrit la baie donnant sur une terrasse et admira, au loin, sa villa accrochée à un promontoire rocheux. Lignes pures, façades vitrées, piscine à débordement. Un hymne à la mer. Juste retour des choses quand on songeait que c'était d'elle qu'il tirait l'essentiel de son train de vie.

Il eut un regard vers le court de tennis ombragé, jouxtant la villa, et sur lequel une femme brune et élancée frappait des balles propulsées à intervalles réguliers par un lanceur automatique.

Chantal avait renoncé à le convertir – lui son truc c'était le golf – alors elle s'était rabattue sur les amis de sa fille, ravis de profiter du court en lui servant de partenaires. La petite de Kersaint venait une fois par semaine, tout comme Ronan Le Bihan, ou encore la fille qui aidait Anne au café. Mais le plus assidu, le plus doué aussi, était sans conteste le jeune Kermeur. Nicolas.

Yves fronça les sourcils en voyant la Méhari s'engager dans l'allée et se garer près du court. Pourquoi Marie venait-elle chez lui ? S'était-il montré trop insistant, avec cette histoire d'autopsie ? Non, il avait extrêmement bien manœuvré et jurerait qu'elle avait sincèrement apprécié sa grandeur d'âme. Tout comme il aurait juré qu'elle avait avalé son histoire de thuyas. Venait-elle néanmoins vérifier qu'il était bien rentré à 1 heure du matin, comme il le lui avait dit quand elle l'avait questionné sur la soirée ? Si tel était le cas, Yves n'avait pas de souci à se faire. Sous prétexte qu'il « respirait fort » et qu'elle avait besoin de ses douze heures de sommeil, Chantal avait fait passer la pilule de chambres séparées. Il en avait conçu une certaine aigreur à l'époque, aujourd'hui il s'en félicitait.

– Madame Lasalle vient d'arriver, docteur. Je l'installe dans la salle d'examen ?

Il sursauta, tourna la tête et acquiesça. Sa jeune secrétaire nota la cigarette qu'il tenait entre ses doigts, puis s'éloigna. Elle aussi s'était remise à fumer à la mort d'une amie, alors elle comprenait...

Yves écrasa la clope dont le goût lui parut soudain amer. Lorsqu'il rejoignit la salle d'examen, il se rappela soudain qu'il avait cru voir de la lumière sous la porte de Chantal quand il était rentré cette nuit. À 3 heures du matin. L'idée qu'elle l'avait peut-être entendu lui provoqua des sueurs froides.

Marie poussa la porte grillagée du court et fit quelques mètres avant que l'épouse d'Yves, centrée sur son coup droit, ne se rende compte de sa présence.

La Parisienne. C'est ainsi que les îliens parlaient entre eux de Chantal Pérec. Pourtant elle vivait à Lands'en depuis vingt ans. Plus qu'à un ostracisme quelque peu mesquin, c'était à son allure trop sophistiquée pour les locaux, et à sa façon de leur faire sentir qu'elle n'avait rien de commun avec eux, qu'elle devait ce surnom ridicule. D'autant qu'elle était née à Rennes.

Un corps mince et musclé, des dents étincelantes, une bouche charnue, à quarante ans Chantal en paraissait dix de moins et n'en devait le mérite qu'aux soins constants et naturels dont elle entourait son corps. Traquer la ride était devenu une occupation à plein temps. De toute façon, il n'y avait pas grand-chose d'autre à faire dans ce trou.

Une expression de contrariété assombrit fugitivement son

visage avant d'être remplacée par un sourire contraint quand elle s'avança vers la jeune flic. La formule de condoléances dont elle usa était un modèle du genre et témoignait d'une aisance que seuls possèdent les gens très bien nés.

Pourtant Marie la sentit fébrile, inutilement éloquente pour expliquer qu'Aude n'était pas à la maison, et sur la défensive.

Elle décida de pousser son avantage et exhiba une chaînette de poignet à laquelle étaient accrochées une dizaine de breloques. L'une d'elles était une médaille de baptême au nom d'Aude Pérec.

Le sourire qui découvrit la parfaite denture de Chantal était trop large et sonnait faux. Une fois de plus elle en fit des caisses, alors que rien ne le justifiait, et surtout pas un bracelet dont la plus coûteuse des breloques ne devait pas excéder vingt euros.

– Ma fille va être si contente qu'on ait retrouvé son bracelet ! Cela fait des jours qu'elle le cherche. Elle y tient comme à la prunelle de ses yeux. Où était-il ?

– Sur la falaise, où elle l'a perdu...

La jeune flic prit un temps, avant d'ajouter, sans quitter l'épouse de Pérec des yeux :

– La nuit dernière.

Le sourire de Chantal s'estompa. Net.

Pendant un court instant, on n'entendit plus sur le court que le « dum... dum... » régulier des balles expulsées par le lanceur.

*
**

Nicolas essaya à nouveau de l'appeler et eut un mouvement d'humeur en tombant pour la énième fois sur la messagerie. Il lorgna vers son père qui, aidé de Jeanne, enlevait les dernières nappes brodées main que sa grand-mère réservait aux occasions spéciales. Le mariage de sa tante Marie devait en être une.

Il laissa un nouveau message, la pressant de le rappeler, et raccrocha.

Nicolas n'arrivait plus à aligner une pensée cohérente

depuis que Marie l'avait coincé, une heure plus tôt. Il avait été sidéré d'apprendre qu'elle l'avait vu rentrer vers 3 heures du matin, mais c'est quand elle avait exhibé le bracelet qu'il s'était affolé.

Il avait fini par avouer qu'il était avec Aude, cette nuit, sur la falaise, mais ils n'avaient rien vu, rien entendu. Il avait demandé à Marie de lui rendre le bracelet, de ne pas faire d'histoires et, devant son refus, il avait pété les plombs.

La violence avec laquelle il avait réagi avait visiblement surpris sa tante, qui s'était alors mise à le bombarder de questions. Heureusement qu'Aude était partie passer la journée sur le continent, cela donnait le temps à Nicolas de trouver la meilleure solution pour eux deux.

Mais pourquoi ne répondait-elle pas ?

Et comment avait-elle pu perdre ce bracelet ?

Il le lui avait offert pour fêter leur premier mois ensemble.

– C'est l'une des deux choses les plus précieuses qu'on m'ait jamais données, avait-elle dit en l'attachant à son poignet.

Il avait tiqué.

– Et l'autre ?

Elle avait souri en y accrochant une médaille de baptême.

Depuis, le bracelet ne l'avait plus quittée. Jusqu'à la nuit dernière. Nicolas avait beau fouiller sa mémoire pour essayer de comprendre comment il avait pu se retrouver dans les fougères, seules les images torrides de leur étreinte lui revenaient. L'amour qu'il ressentait pour elle était si violent qu'il lui faisait peur. Pour elle, il était prêt à tout.

Surtout à taire le nom de l'assassin de Gildas.

*
**

La pièce en L faisait dans les cent mètres carrés. De partout on voyait la mer. Une terrasse en bois courait tout le long, littéralement suspendue au-dessus des flots. Un escalier taillé dans la roche permettait d'accéder à une minuscule crique privée.

L'intérieur était à l'image du cabinet. Dépouillé. Presque clinique.

Chantal revint vers Marie, un verre de citronnade à la main. Elle le leva légèrement dans sa direction.

– Vraiment pas ? Je la fais moi-même, sans sucre.

Évidemment.

Marie déclina à nouveau l'offre et la dévisagea, qui buvait à petites gorgées. Aux glaçons qui tintaient dans le verre, elle savait que le calme de nouveau affiché par l'épouse d'Yves n'était que de surface.

Elle choisit de se taire, une des meilleures façons de déstabiliser l'autre en lui mettant la pression. Les plus aguerris pouvaient tenir longtemps. Les autres trouvaient très vite le silence insupportable et craquaient généralement en moins d'une minute.

– Et quand bien même Aude aurait été avec Nicolas sur la falaise cette nuit, je ne vois pas le rapport avec la mort de Gildas.

Trente secondes. Chantal serait une proie facile. Marie s'enferma dans le silence. Bruit mat du verre posé sèchement sur la table.

– Qu'est-ce que vous cherchez à la fin ? Que mon mari attaque Nicolas pour détournement de mineure ? Aude n'a pas encore quinze ans. J'imagine la tête de votre frère Loïc !

Au cours d'un interrogatoire, un suspect traverse toute une série de phases, généralement ordonnées comme suit : d'abord le mensonge. Puis la menace. La tentative de se concilier les bonnes grâces du flic. La révolte. L'abattement. Et enfin les aveux. Chantal avait brûlé ses deux premières cartouches, elle devait logiquement en appeler aux bons sentiments de la jeune flic.

Comme dans un ballet bien réglé, la femme du toubib esquissa un sourire désolé. Une perfection. Tout comme la douceur qu'elle mit dans sa voix.

– Excusez-moi, Marie, vous êtes bien la dernière personne à qui je devrais m'en prendre. Vous devriez être en train de vous marier... Tout cela est tellement horrible...

Elle redressa une mèche d'un ongle soigneusement peint.

– Croyez-moi, si ma fille savait quoi que ce soit sur la mort de votre frère, elle me l'aurait dit. Elle me dit tout.

Marie hocha la tête, sensible à l'imperceptible expression de soulagement qui détendit brusquement les traits de Chantal, persuadée qu'elle avait gagné le point.

Après un temps, la jeune flic se leva. Lentement.

– Très bien, dit-elle en s'apprêtant à glisser le bijou dans sa poche. Je me contenterai de lui rendre son bracelet, et si elle confirme la version de Nicolas...

– Non ! Ne faites pas ça !

Marie suspendit son geste et se prépara à la révolte qu'annonçaient les traits soudain durcis de Chantal.

– Ça vous amuse de mettre la Parisienne sur le gril, n'est-ce pas ? Se payer une bourgeoise, ça doit vous changer de la racaille habituelle ! Je vous croyais au-dessus du lot, Marie Kermeur, mais vous êtes comme les autres. Étroite d'esprit et sans imagination.

Elle se laissa choir sur l'un des canapés en cuir blanc, la tête dans les mains. L'abattement. Les aveux ne tarderaient plus.

Marie eut soudain hâte d'en terminer.

– Ce bracelet n'est pas à Aude, n'est-ce pas ?

Pas de réponse.

– D'une façon ou d'une autre, je finirai par le savoir...

Chantal releva la tête et la dévisagea. Le temps des aveux était venu. La jeune flic savait déjà qu'ils n'allaient pas lui plaire.

– Il est à moi. J'y ai accroché la médaille du baptême d'Aude. Je ne m'étais pas rendu compte que je l'avais perdu.

Le petit Nico. Marie ferma à demi les yeux et le revit lorsqu'il tendait ses bras vers elle pour traverser le salon des Kermeur, aussi chancelant que Bambi sur ses jambes. Non que la liaison de Chantal et Nicolas la choquât du fait de leur différence d'âge – encore que – mais elle avait l'impression que tous ceux qu'elle aimait, et qu'elle croyait connaître, devenaient des inconnus.

*
**

Nicolas coupa les gaz à l'approche de la petite crique, et, de l'eau aux chevilles, alla planquer son jet-ski dans une anfractuosité de rocher de façon à ce qu'on ne le voie pas depuis la villa des Pérec. Le tout lui prit moins d'une minute. La force de l'habitude. Il monta en silence les marches taillées dans la roche et s'arrêta net en voyant Marie prendre congé de Chantal.

– Je vous en supplie, Marie, rendez-moi ce bracelet.

– Je ne peux pas, Chantal, c'est un élément du dossier. Mais aussi longtemps que ce sera possible, tout ceci restera entre vous, Nicolas et moi.

– Merci.

– Je ne le fais pas pour vous.

Il attendit que le bruit du moteur de la Méhari ait décru pour pénétrer dans la villa. Chantal leva la tête et tressaillit en croisant le regard bleu pailleté. C'est elle qui, la première, détourna le sien.

– Marie ne dira rien à Aude, pour la nuit dernière, articula-t-elle, laconique.

– Je connais ma tante, elle ne va pas en rester là, tu peux en être sûre. Si elle apprend ce qui s'est vraiment passé...

Chantal lui lança des yeux anxieux. Sa voix se fit sourde.

– Elle ne doit jamais savoir. Jamais.

Le regard de Nicolas devint fuyant. Elle s'approcha de lui et, prenant son menton dans sa main, lui releva la tête et plongea son regard dans le sien.

– Promets-moi de ne rien dire.

Il acquiesça mollement. Elle lui caressa furtivement la joue.

– On devrait cesser de se voir pendant quelque temps.

Ne plus l'approcher, ne plus la toucher, ne plus la sentir, ne plus la caresser. Nicolas ne pourrait jamais s'y résoudre. Il prit dans ses bras cette femme devenue toute sa vie en si peu de temps.

– J'ai envie de toi.

Les mêmes mots prononcés quelques mois plus tôt, quand,

après un match de tennis particulièrement chaud, il l'avait rejointe sous la douche extérieure pour l'aider à revisser la pomme qui giclait tous azimuts. Il avait suffi d'un regard.

Plus tard, Chantal s'était fait le couplet habituel de ceux qui, repus, peuvent se permettre d'avoir des remords. Plus du double de son âge, même si elle ne les faisait pas, c'était trop, beaucoup trop. Ce moment d'égarement ne devait pas se reproduire. Cela faisait trois mois que cette résolution, sans cesse renouvelée, fondait dès qu'il apparaissait.

Une fois de plus la magie opéra et Chantal se laissa entraîner vers sa chambre.

À peine la porte refermée sur eux, ce fut elle qui le déshabilla et, se laissant glisser à ses pieds, elle le prit dans sa bouche. Tandis que le désir montait, elle oublia qu'Yves pouvait les surprendre, tout comme elle oublia l'horreur de la nuit dernière sur la falaise.

5

Le bac était à quai quand la Méhari se gara sur le port. Les lettres cursives blanches tranchaient nettement sur l'émail bleu marine de la cheminée. *Compagnie de l'Iroise*. Gildas disait qu'un jour il la rachèterait, et que la navette conduirait directement les touristes à l'hôtel de Loïc...

Marie monta à bord. Jeanne et Loïc entouraient la civière sur laquelle reposait le corps dans une housse fermée. L'absence de son père ne l'étonna pas. S'il l'avait soutenue, tout au fond de lui il ne digérait pas plus que les autres le départ de Gildas pour l'IML de Brest. Milic était croyant. Plus par superstition que par foi véritable, reconnaissait-il avec un sourire malicieux. Or la coutume disait qu'un mort ne devait jamais quitter Lands'en au risque de voir son âme condamnée à errer entre ciel et mer sans trouver la paix. Milic aimait sa fille, mais il ne voulait pas que l'âme de son fils soit tourmentée.

Le regard de Jeanne sembla la transpercer, celui que Loïc posa sur elle un bref instant la glaça. Elle aurait juré qu'elle lui faisait peur. Pire même : horreur !

Elle s'ébroua pour chasser le malaise et se dirigea vers les deux hommes qui attendaient à l'écart. Franck Caradec pressa gentiment la main de sa coéquipière, façon pudique de lui dire qu'il était avec elle. Puis il alla à l'essentiel.

– Il n'y a pas d'autres empreintes que les tiennes, dit-il en lui rendant l'original du mot trouvé sur le corps.

– Même pas celles de Gildas ? demanda-t-elle à voix basse. Cela voudrait dire qu'on lui a mis ce mot dans la main après sa mort ?

– Possible. L'encre utilisée est des plus courantes, le papier aussi. Les gars du labo n'en ont rien tiré de plus.

Marie hocha la tête et tendit à Franck une autre pochette plastique, contenant un téléphone portable en morceaux.

– C'est à Gildas.

Elle rectifia en déglutissant.

– Enfin, c'était le sien. La chute l'a complètement bousillé, l'eau de mer aussi, mais on peut peut-être encore faire parler la carte Sim. C'est pressé, Franck, précisa-t-elle, alors tu mets la pression à la PS [1] et tu m'appelles dès que tu as du concret.

Si fugitif fût-il, le sourcillement de Franck ne lui échappa pas.

– Il y a un problème ?

– Je n'avais pas compris que c'était toi qui suivais l'affaire, répondit-il prudemment.

Il allait ajouter autre chose quand la corne du bac retentit, annonce d'un départ imminent. Marie prit congé en voyant sa mère et Loïc descendre du bac. Elle allait les rejoindre quand Christian monta à bord.

Le cœur de la jeune femme chavira devant ses traits lourds de chagrin. Elle avait essayé de l'appeler à plusieurs reprises depuis le clash familial, mais son portable était toujours occupé.

– J'accompagne Gildas jusqu'à Brest, dit-il simplement.

Et il lui effleura la joue d'un baiser alors que la corne retentissait pour la dernière fois.

Un instant plus tard, Marie réalisa qu'il ne lui avait pas proposé de venir avec lui.

*
**

1. Police scientifique.

Un attroupement s'était formé devant l'embarcadère.

Il fallait remonter à la dernière fête de l'Écaille pour voir réunis sur le port tout ce que l'île comptait d'âmes. Si tous avaient interrompu leur tâche, ce n'était pas tant pour dire adieu à l'un des leurs que pour manifester leur réprobation à celle qui osait piétiner les croyances de l'île. Employés du chantier naval, de la faïencerie, des labos, simples pêcheurs ou piliers de bar, ils la dévisageaient tous avec une hostilité non déguisée. Aux premiers rangs, Jeanne et Loïc, la famille Le Bihan, Yves Pérec. Un peu en retrait, Ryan, et Anne Bréhat à laquelle il venait de présenter des excuses pour l'algarade de la veille. En dépit de sa tristesse, elle avait apprécié.

Une fois n'est pas coutume, les Kersaint s'étaient mêlés au peuple, même s'ils n'avaient pas daigné descendre de la limousine garée à l'écart.

Je la regardai leur faire face. Se mordant la lèvre pour contrôler sa voix. La native de Lands'en comprenait le courroux de chacun. La petite Kermeur pleurait la mort de son frère. L'OPJ voulait savoir qui l'avait tué. Et qui avait fait couler son sang sur le menhir, réveillant de façon aussi macabre le douloureux passé de l'île.

J'avais tout imaginé, sauf de m'attendrir devant ce visage tendu de douleur rentrée. Je savais qu'elle en baverait, elle aussi, mais j'ignorais que cela allait avoir un écho en moi, comme une idée insupportable.

Puis je vis une détermination farouche envahir son visage alors qu'elle tentait, en vain, de briser le mur de haine.

– Je découvrirai la vérité. Avec ou sans vous. Sans, cela prendra un peu plus de temps.

Comment avais-je pu m'autoriser des états d'âme ? Comment avais-je pu croire un seul instant que Marie était innocente ? Et m'apitoyer sur elle ? Allons donc ! C'était un flic avant tout. Un sale flic.

C'est d'un regard froid que je la vis poursuivre.

– Au lieu de me juger, je vous demande de m'aider.

Je dévisageai un à un les seuls qui auraient pu le faire et qui avaient juré de garder le secret jusqu'à leur mort.

Ils n'imaginaient pas à quel point elle était proche.

Le bac partait quand Pierre-Marie de Kersaint quitta finalement la limousine et vint présenter ses condoléances aux Kermeur. Il embrassa spontanément Jeanne, la seule adulte à lui avoir témoigné une sincère affection quand il était enfant, et serra la main de Loïc.

– N'hésitez pas à faire appel à nous si vous avez besoin de conseils pour le chantier naval.

– Merci, mais Christian s'en charge, répondit laconiquement Loïc.

PM n'insista pas et désigna la voiture où l'on apercevait, à l'arrière, se découpant derrière la vitre à demi baissée, le profil d'aigle d'Arthus.

– Père vous demande de l'excuser, mais son arthrose le fait beaucoup souffrir aujourd'hui.

Le vieil homme coiffé d'un chapeau noir adressa un signe de tête à Jeanne. Yvonne Le Bihan n'avait pas perdu une miette de la scène.

– Les charognards ! Je te parie qu'ils sont déjà en train de reluquer le chantier, persifla-t-elle, cynique, en se penchant vers sa fille.

Puis elle décida que la mascarade avait assez duré et, avançant d'un pas, coupa la parole à Marie qui annonçait qu'elle mènerait l'enquête conjointement avec le chef Morineau.

– À Lands'en, on a toujours réglé les affaires entre nous. La police n'a rien à faire ici ! Va-t'en, Marie Kermeur !

Un sourd murmure monta de la foule, scandant l'injonction. *Va-t'en... Va-t'en... Va-t'en...*

Yvonne donna le signal du départ en tournant le dos et en s'éloignant. Au passage de la limousine des Kersaint, elle adressa un bref regard à Arthus.

– Pour une fois, on est d'accord, non ?

Il soutint son regard, sembla cligner imperceptiblement des yeux, et remonta la vitre tout en demandant au chauffeur de les ramener au château.

En moins d'une minute, le port fut désert.

Ravalant sa déception et son chagrin, Marie se tourna vers Stéphane Morineau qui se dandinait, hésitant sur la conduite à tenir.

– Gildas a quitté le café vers 1 heure du matin. Anne l'a vu se diriger vers son chantier.

*
**

L'aîné des Kermeur n'avait pas discuté quand Jeanne lui avait dit de reprendre le chantier naval, à la retraite de l'oncle Joseph. Qu'il eût préféré devenir marin n'entrait pas en ligne de compte. Après tout, il s'agissait de bateaux, même si c'étaient des chalutiers qu'il construisait. Quand le chantier avait traversé une mauvaise passe, il y a dix ans, Christian, alors très à l'aise financièrement, avait injecté de l'argent frais dans la boîte et en était naturellement devenu associé.

Les noms de Kermeur et Bréhat étaient accolés sur la façade... Comme ils auraient dû l'être dans leur livret de famille, songea brièvement Marie avant d'entrer résolument dans le hangar, suivie de Morineau.

Une quinzaine d'artisans – menuisiers, charpentiers, peintres – s'activait en silence autour de bateaux montés sur cales. Christian leur avait proposé de prendre leur journée, mais ils avaient refusé, ils disaient qu'en se donnant de la peine ils en auraient moins... Tous adoraient Gildas.

Marie passait près d'un chalutier, auquel il ne manquait plus qu'une couche de peinture, quand elle nota le mouvement d'un jeune ouvrier pour se mettre en retrait sous la coque. Faisant signe à Stéphane de continuer sans elle, elle fit rapidement le tour pour prendre l'ouvrier de court.

Le jeune rouquin avait à peine seize ans, et un visage constellé de taches de son qui se noyèrent dans une subite rougeur.

– Alors, Paul, tu préfères que je te convoque au poste ?

– On n'a rien fait de mal, bafouilla l'apprenti, je voulais juste lui montrer le bateau. À ma copine.

De ses explications confuses, il ressortait qu'il était en train de flirter avec sa petite amie dans la cabine du chalut, la nuit précédente, quand Gildas était arrivé.

– On s'est planqués, le temps que le boss s'en aille. On pensait qu'il ne resterait pas, mais ça a duré au moins dix bonnes minutes. On l'a entendu discuter.

– Il y avait quelqu'un avec lui ? demanda âprement la jeune flic.

– Ben non. Il était au téléphone.

– Qu'est-ce qu'il disait ?

– J'sais pas. On l'a juste entendu crier : « Tu viens, ou je vais aux flics ! »

Le jeune rouquin ajouta qu'ils avaient vu Gildas partir peu après, en courant, furieux.

– Il était 1 h 30 du mat'.

– C'est tout ?

– Ben ouais.

Il fronça les sourcils.

– Ben maintenant que j'y pense, il avait surtout l'air d'avoir les jetons... Je sais pas si c'est important, mais quand il est parti, le boss, il tenait...

Un craquement sinistre l'interrompit. En une fraction de seconde, Marie vit les madriers céder, et le bateau de cinq tonnes s'abattre sur eux. Elle faucha littéralement le jeune Paul pétrifié, et roula à terre avec lui alors que la coque se fracassait dans un bruit épouvantable.

Une enquête menée par les gendarmes conclurait plus tard à l'accident. Rien n'expliquerait que les madriers aient pu céder. Le jeune Paul avait eu beaucoup de chance que Marie se soit trouvée là. Celle-ci aurait aimé s'en convaincre, mais une petite voix intérieure lui disait, en dépit de toute logique, que rien ne serait peut-être arrivé si elle n'avait pas été là.

Elle jeta un regard à l'épave du bateau gisant au sol. Naufragé avant même d'avoir été mis à flot, pensa-t-elle.

Puis elle trouva l'enveloppe, posée sur le bureau de Gildas.

Vide. Les propos du jeune Paul, une fois remis du choc, lui revinrent en mémoire.

Quand il est parti, le boss, il tenait une lettre à la main...

L'enveloppe portait un sceau de cire brisé en deux. C'est en remettant machinalement le rabat en place qu'elle vit ce qu'il représentait. Et blêmit.

Un V. Comme le signe au fronton du menhir qui avait saigné.

Il n'y avait pas de hasard. Tout était lié.

*
**

Le ciel charriait de lourds nuages, le vent s'était levé, un grain se préparait, mais Marie n'en avait pas conscience. Debout au bord de la falaise, elle essaya une nouvelle fois de joindre Christian et tomba sur la messagerie. Pourtant il était revenu de Brest : le costume qu'il portait sur le bac était abandonné en vrac sur leur lit à l'hôtel.

Loïc le lui avait confirmé sèchement.

– Tu ferais bien de t'occuper de ton mec sinon il va te filer entre les pattes.

– Il finira par comprendre.

– Comprendre quoi ? tonna-t-il. Gildas est mort, bordel ! Y a rien d'autre à comprendre.

– C'est plus fort que moi. C'est comme... comme si, d'une certaine façon, j'étais liée à sa mort.

– Conneries !

La découverte du mot évoquant son prénom n'était que la confirmation d'un malaise ressenti avant même d'avoir débarqué à Lands'en – était-ce seulement deux jours plus tôt ? – alors que le bac avait longé la falaise. Sans que rien ne l'explique, et sans qu'un seul nuage ne soit venu troubler le ciel serein, tout s'était soudainement obscurci au passage du site et les six menhirs de Ty Kern lui étaient apparus comme autant de menaces.

Loïc l'avait interrompue d'un rire bref.

– Et dans un instant, tu vas prétendre que la mouette dans ton voile était un présage.

– Gildas le croyait et il en est mort, répliqua-t-elle, têtue. Et si le malheur avait vraiment choisi notre famille pour cible ?

En deux mots, elle lui avait rapporté ce qui s'était passé au chantier.

– Dans ce cas, fais ce que Ryan suggère pour conjurer le sort : barre-toi ! avait-il balancé avec froideur.

Elle jeta un regard aux vagues qui explosaient avec force sur les récifs de la crique des Naufrageurs et vacilla. Sans l'écrivain, qui l'avait aperçue depuis le phare, elle serait peut-être tombée.

– Vous êtes folle ? Vous devriez savoir que cette falaise est instable ! cria-t-il en l'obligeant à reculer.

Il la dévisagea et s'adoucit.

– Vous êtes toute pâle. Vous devriez vous reposer...

– Vous aussi, vous allez me conseiller de partir ? demanda-t-elle aigrement.

Il se fendit d'un sourire amusé.

– L'avis d'un étranger vous intéresse vraiment ?

Marie haussa légèrement les épaules et s'apprêta à s'éloigner. Il la retint par le bras.

– Très égoïstement, je regretterais de ne plus vous voir. J'étais sur le port. Je vous ai trouvée très courageuse. Très belle aussi... ajouta-t-il après un temps.

C'était dit simplement, elle ne s'en offusqua pas.

Il vit le ciel qui s'alourdissait de plus en plus, plongeant la lande dans une pénombre précoce, et dit qu'il venait juste de se faire du thé. Elle prit cela pour une invitation et, curieuse d'en savoir plus sur lui, le suivit. Ils firent une centaine de mètres en silence et abordaient le petit pont menant au phare quand elle le rompit abruptement.

– Vous croyez vraiment aux signes ?

– Je suis irlandais, autant dire que les légendes ont baigné mon enfance.

Elle lui adressa un regard mi-figue mi-raisin. Il comprit qu'il ne devait pas tourner autour du pot, et se fit plus grave :

– J'ai rencontré tellement de choses inexplicables que...

Oui, j'y crois. Comme je crois à l'au-delà et aux messages qu'il peut nous adresser, souvent par des voies détournées.

– Et quel est, d'après vous, celui d'un menhir qui saigne ?

Il regarda un instant les vagues s'engouffrer avec force sous le petit pont.

– Il renvoie aux naufrageurs de façon évidente. À la mémoire collective de l'île. Quant à l'oiseau gravé dans la pierre, il fait peut-être référence à Ryannon, cette déesse celte dont les oiseaux avaient le pouvoir de réveiller les morts et de faire mourir les vivants. Tout cela n'est évidemment basé que sur...

Il s'interrompit en réalisant qu'elle n'écoutait plus.

Les pupilles légèrement dilatées, elle fixait un point loin derrière son épaule, plusieurs sentiments se succédant sur son visage. Surprise, inquiétude, incompréhension.

Intrigué, il tourna la tête et aperçut la goélette de Christian qui venait de doubler la pointe de Soaz et se dirigeait vers le large, sa grand-voile gonflée au vent. À l'horizon, les premiers éclairs commençaient à zébrer le ciel.

– Ne vous inquiétez pas, dit-il gentiment. Les marins reviennent toujours à leur port d'attache.

Marie hocha machinalement la tête et s'éloigna après avoir marmonné une vague excuse, tout en pianotant fébrilement le numéro de Christian. Les sonneries s'égrenèrent, puis le portable bascula sur la boîte vocale. Le message que Marie laissa fut bref. « Rappelle-moi vite. Je t'aime. »

Elle suivit des yeux la goélette qui s'éloignait dans le couchant, droit vers l'orage. Et s'il ne revenait pas ?

Les premières gouttes de pluie s'écrasèrent sur le pare-brise alors qu'elle atteignait sa voiture. Elle ouvrit la portière, créant un appel d'air qui fit voltiger les papiers du vide-poche. Refermant rapidement, elle entreprit de ramasser le tout, et sursauta en découvrant un mot écrit sur une feuille de carnet.

Je t'attends là où tu m'as dit oui.

Interloquée, Marie regarda à nouveau vers l'horizon où la goélette s'amenuisait, puis relut le mot écrit par Christian. Après une hésitation, elle démarra.

6

Les nuages qui s'amoncelaient avaient eu raison du crépuscule et c'est dans l'obscurité complète que Marie se dirigea vers l'abbaye en ruine.

Elle vit apparaître dans la lumière de ses phares la silhouette imposante et mystérieuse de l'édifice dont il ne restait aujourd'hui que les murailles d'enceinte que reliaient encore les hautes arches gothiques.

Elle alluma une petite lampe torche et pénétra dans l'ancienne nef au moment où un éclair illuminait soudain l'abbaye à ciel ouvert, donnant la vision d'un gigantesque squelette de pierre. Elle sursauta puis eut un sourire d'autodérision en repensant aux parties de cache-cache mémorables, aux frayeurs délicieuses éprouvées sur ce terrain de jeu privilégié des enfants de l'île.

La jeune femme se remémora le mot succinct de Christian et se dirigea droit vers la petite crypte dédiée à la Vierge.

En approchant, elle vit, au pied de la Madone, une photo posée en évidence. Intriguée, elle la saisit et eut à nouveau un sourire. L'angoisse sourde qui s'était emparée d'elle en voyant son skipper s'éloigner vers le large se dissipa d'un coup en reconnaissant son écriture.

Elle est à nous, mon amour, je voulais te faire la surprise.

La photo représentait l'élégante longère qu'avec Christian elle avait visitée quelques mois auparavant.

« La maison de mes rêves ! » lui avait-elle dit, éblouie.

Une vague de tendresse l'envahit. Pauvre amour, il avait

pris la peine de cette mise en scène romantique, il avait dû l'attendre, impatient et fier de sa surprise, puis repartir, déçu de son absence à ce rendez-vous.

Elle glissa la photo dans sa robe en songeant que Christian était tout de même étrange... N'aurait-il pas pu, tout simplement, lui passer un coup de fil ?

Un souffle rauque, juste derrière elle, interrompit net ses pensées.

Tous ses sens en alerte, elle fit volte-face et balaya de sa torche la crypte. Vide. Le vent dans les ruines peut-être...

Une lueur tremblotante attira alors son attention quelques mètres plus loin. Elle s'immobilisa.

Son instinct et son expérience professionnelle prenant le dessus, elle éteignit sa lampe et se déplaça silencieusement dans l'obscurité. La lumière disparut soudainement.

Désorientée, Marie éleva la voix avec une assurance forcée.

– Qui est là ? Répondez, qui est là ?

Le silence ne fut troublé que par un grondement menaçant de l'orage. Précautionneusement, elle se dirigea vers la travée centrale.

Elle allait sortir de la crypte quand une silhouette effrayante se dressa d'un coup devant elle.

Haute, massive, en robe de bure sombre, tel un moine médiéval dont la grande capuche ne laissait voir à la place du visage qu'un vide béant.

Marie bondit de côté avec un cri.

– Qui êtes-vous ?

Elle brandit sa lampe juste à temps pour voir le sinistre personnage disparaître derrière un pilier.

Prenant sur elle pour vaincre l'oppression qui l'envahissait, la jeune flic dégaina et marcha droit vers la zone d'ombre où venait de se dissoudre l'étrange apparition.

Un coup l'atteignit dans le dos.

Souffle coupé, elle pivota et sursauta. Face à elle, le même moine exhalait un souffle de sa face invisible.

« *Maudite... Va-t'en, maudite...* »

D'un revers soudain de sa large manche, il percuta le bras de Marie, envoyant son arme voler à plusieurs mètres.

Ses réflexes prirent le relais de sa pensée, annihilée par l'irrationnel de la situation. Elle repéra son arme, bondit dans sa direction mais interrompit net son élan.

Un moine identique au premier se trouvait devant elle.

La frayeur l'empêcha d'esquiver un coup violent qui la projeta au sol.

« Tu es maudite, Marie », murmura une voix sépulcrale.

Refusant d'intégrer le sens de ces paroles, elle s'accrocha à un reflet de son 9 mm qui gisait non loin. Elle rampa, tendit la main pour le saisir quand, sortant d'un autre pan d'ombre, une nouvelle apparition surgit, tournant vers elle sa capuche béante, sans visage.

Marie fit un roulé-boulé, saisit son arme et se releva d'un bond. La lueur d'un éclair illumina un instant l'immense abbaye. Vide.

Les terribles paroles se répétaient sans pitié dans la tête de Marie.

Maudite, maudite, maudite...

L'orage éclata alors violemment au-dessus d'elle, libérant des trombes d'eau. Elle choisit la fuite.

Elle atteignait le porche sous la pluie battante quand une nouvelle silhouette encapuchonnée déboucha juste devant elle, barrant la sortie. Emportée par son élan, Marie la percuta de plein fouet, tous deux se retrouvèrent projetés au sol.

L'homme, plus prompt à réagir, dégaina une arme et la mit en joue en hurlant :

– Police ! Ne bougez plus !

Sidérée, elle découvrit alors celui qui la menaçait.

– Commandant Fersen, Brigade criminelle de Paris !

Débarrassé par le choc du grand poncho plastique qui l'abritait, l'homme portait un costume élégant, bien que ruisselant de pluie et maculé de boue.

Il grimaçait de douleur en se frottant l'estomac.

– Qu'est-ce qui vous prend de m'agresser comme ça ? Vous êtes complètement malade, ou quoi ?

Marie, reprenant ses esprits, se redressa et exhiba alors sa carte de police.

– Capitaine Kermeur, SRPJ de Brest ! C'est moi qui ai été agressée !

– Par qui ?

– Par... Venez, il faut les retrouver !

– Mais qui ?

Pour toute réponse, elle l'entraîna vers l'intérieur de l'abbaye.

Balayant de sa torche les recoins du bâtiment, Lucas Fersen la suivait, dégoulinant, intrigué par cette splendide créature – la pluie plaquait à son corps sa légère robe d'été – qui lui racontait avec aplomb une invraisemblable histoire d'agresseurs fantomatiques. Il s'avoua que si elle avait été moche, il ne serait pas en train de patauger dans la boue sous une averse diluvienne, mais au sec et en route vers l'hôpital psychiatrique le plus proche.

– Des moines sans tête... Et qui parlent en plus, oui oui oui...

Interpellée par le ton sarcastique, elle tourna sa lampe vers lui et le surprit à reluquer sa silhouette involontairement provocante. Elle fit demi-tour en marmonnant.

– De toute façon, avec cette pluie, on ne trouvera plus aucune trace.

– Enfin une parole sensée.

– Vous me prenez pour une folle ?

– Quelle idée ! Se faire attaquer en pleine nuit par des moines sans tête dans une abbaye en ruine, en plein déluge, quoi de plus normal...

Quand ils furent revenus à leur point de départ, il ramassa son poncho boueux et le lui posa sur les épaules, elle le remercia distraitement.

Il regarda ostensiblement ses seins qui pointaient sous l'étoffe mouillée.

– Pas de quoi, c'est pour moi, je préfère garder la tête froide.

Marie lui jeta un regard agacé, sa question se teinta involontairement d'agressivité.

– Et qu'est-ce que vous faisiez là ?

– J'avais un costard neuf et une paire de Weston à bousiller, grogna-t-il en pataugeant.

Elle sentit qu'il commençait à s'énerver.

– Attendez, la photo que j'ai trouvée au pied de la Vierge, je ne l'ai pas inventée, plaida-t-elle, mon fiancé a dû me déposer le mot bien plus tôt dans la journée, il m'aura attendu et, vexé que je ne le rejoigne pas, il sera parti bouder en mer.

– Bouder en mer ?

Il explosa en sentant la boue s'immiscer entre ses doigts de pied.

– Vous vous êtes connus à l'asile, ou quoi ? Il faut vraiment être cinglé pour sortir avec une météo aussi nase !

– Pas plus cinglé que de se balader au milieu de nulle part avec des Weston et un costume aussi nase !

La repartie immédiate et virulente le désarçonna. Il se faisait engueuler, en plus ! Vexé par l'allusion à son style vestimentaire, Fersen entra d'autorité dans la voiture de Marie et claqua la portière.

La jeune flic se glissa derrière volant.

– Vous arrivez directement de Paris ?

– J'étais à Nantes, je finissais de boucler un dossier pour le DCR.

– Le DCR, qu'est-ce que c'est ?

– Département des crimes rituels... Le DCR traite de tous les homicides liés à des éléments qui, comment dire ? Qui dépassent l'entendement. Comme un menhir qui saigne. Et, pourquoi pas, des moines sans tête...

Marie avait tressailli.

– Un homicide ? Mon frère a donc bien été poussé de la falaise...

– Non. Il était déjà mort avant de tomber.

Il la vit blêmir et lui proposa de prendre le volant, mais elle démarra sans répondre.

*
**

« Costume nase, un grand classique de chez Cerruti, il faut vraiment ne jamais être sorti de son trou », bougonna Lucas

Fersen en suspendant soigneusement sa veste trempée devant l'un des radiateurs de la gendarmerie.

Sa rancœur fut vite distraite par la vision de Marie qui se changeait dans le bureau voisin. Il fit un pas de côté pour améliorer son angle de vue sur la plastique sensuelle et irréprochable de la jeune femme, et recouvra sa bonne humeur.

Le café chaud exhala son parfum familier et rassurant. Marie emplit un bol et le posa devant Fersen. Il la remercia d'un sourire, puis se fit direct.

– Que ce soit clair : je ne crois pas aux phénomènes surnaturels. Tout s'explique toujours. Je veux le maximum de faits, précis.

Marie, docilement, lui exposa par le menu les éléments en sa possession depuis la mort de Gildas.

En parlant, elle détaillait le flic qui examinait les pièces contenues dans le dossier. Les cheveux bruns et souples de Fersen balayaient son front, ombrant un regard noisette qui observait tout avec acuité, cherchait par brefs instants à sonder son interlocuteur jusqu'à l'intime, mais ne livrait rien de lui qui fût personnel.

Elle s'irrita qu'il paraisse ne pas l'écouter et qu'à certains détails de son récit il la gratifie d'une expression ironique. Elle le trouvait insaisissable, agaçant, affichant une indifférence propre aux êtres trop sûrs d'eux.

Il l'interrompit en plein milieu d'une phrase pour lui faire remarquer qu'il ne trouvait pas la déposition de son neveu Nicolas, ni celle de Chantal Pérec.

Marie soutint son regard.

– Je ne vois pas à quoi ça sert de créer un scandale et de ravager deux familles si ce n'est pas indispensable à l'enquête.

– Oh, mais c'est une leçon de déontologie !

– C'est toujours mieux que de faire de l'ironie facile.

Ils se jaugèrent un instant en silence. Bien que fasciné par l'aplomb, et aussi, il se l'avouait, par la beauté de la jeune femme, Fersen se demandait jusqu'à quel point il était possible de lui faire confiance.

Marie se défiait également du flic parisien dont l'humour cynique l'horripilait.

Il s'était renseigné avant d'arriver. Marie Kermeur était un excellent flic. Intelligente, courageuse, équilibrée. Mais dans cette étrange histoire qui lui valait d'être coincé dans ce trou perdu, Fersen n'ignorait pas que la famille de la jeune OPJ était doublement impliquée.

– Quel est votre avis sur ce menhir qui saigne ? demanda-t-il.

Marie soupira, elle avait examiné le monolithe de tous côtés, sondé les profondes encoches dessinant le signe de l'oiseau, elle n'avait rien trouvé d'anormal hormis les traces de sang.

– Il s'est mis à couler vers 8 h 30... Plusieurs heures après la mort de Gildas.

– Où est le truc ?

– Il n'y a pas de truc.

Lucas appuya ses mots :

– Il ne s'agit que d'une mise en scène, elle adresse un message précis, je veux savoir lequel, et à qui.

Marie hésita un instant, la brusquerie de Fersen ne l'encourageait pas à parler, mais tôt ou tard lui aussi ferait le rapprochement.

– La légende des naufrageurs, murmura-t-elle.

– Une légende, maintenant...

La colère l'emporta.

– Cette légende fait partie de notre histoire ! Elle raconte comment, il y a deux siècles, le sang a déjà coulé sur les menhirs de Ty Kern. Si vous n'en tenez pas compte, vous ne comprendrez jamais les gens d'ici et vous n'arriverez à rien !

– Waouh. Directe, hein ?

Ne supportant plus le ton ironique de Fersen, Marie se leva et arpenta le bureau. Elle faillit se prendre les pieds dans la valise à roulettes qu'il avait posée au milieu de la pièce. Visiblement il avait pris ses aises dans la gendarmerie sans rien demander à personne, s'octroyant d'office le bureau le plus vaste, celui de Morineau.

Lucas Fersen se cala dans le fauteuil et eut un léger sourire en la dévisageant les yeux mi-clos.

– Alors, cette légende ? Allez-y, j'adore qu'on me raconte des histoires. Mmmm...

Ce type avait le don d'éveiller en elle une sourde rage qu'elle contenait difficilement. Elle ouvrit un placard et en sortit un trousseau de clefs.

– Le musée du site y est entièrement consacré, vous trouverez le texte de la légende et tout ce qui s'y rapporte de près ou de loin.

Elle posa sèchement le trousseau devant lui. Lucas se leva aussitôt.

– Allons-y.

– Maintenant ?

Des vagues hérissées, monstrueuses, un trois-mâts éventré sur des brisants, des corps disloqués rejetés sur la grève... La gravure devant laquelle se tenait Fersen était sinistre.

– La *Mary Morgan* était l'unique bateau de pêche de l'île au XVIIIe siècle, expliqua Marie. Partie pour une campagne de six mois, elle n'est jamais revenue. La famine s'est installée sur Lands'en, alors, pour la survie de tous, six îliens ont décidé de naufrager les bricks croisant au large. Les nuits de tempête, ils accrochaient des lanternes aux cornes des vaches et les promenaient sur la falaise à l'aplomb de la crique. Trompés par ces lueurs, les bateaux venaient s'écraser sur les récifs. Les naufrageurs égorgeaient les survivants et pillaient les cargaisons.

Le flic s'arrêta sur un détail au réalisme barbare : un des naufrageurs, tenant par les cheveux une jeune femme à l'attitude suppliante, lui tranchait la gorge dans un flot de sang.

– L'accueil, c'est une tradition chez vous, persifla-t-il.

La jeune flic haussa les épaules et poursuivit.

– Les massacres et les pillages ont continué durant plus de deux ans. Jusqu'à cette terrible nuit où les naufrageurs ont fait s'écraser un énième bateau et égorgé les marins... Sans savoir que c'étaient les pêcheurs de la *Mary Morgan* enfin de retour.

Lucas eut un rire bref, sarcastique.

Marie décida de ne pas relever et passa à une grande maquette reproduisant les monolithes de Ty Kern. Des petits personnages naïfs figuraient six hommes suppliciés sur les menhirs ensanglantés. Sans état d'âme, elle expliqua comment les femmes de l'île avaient crucifié les naufrageurs pour les punir d'avoir fait sombrer la *Mary Morgan* et égorgé leurs hommes.

Fersen se tourna vers elle, goguenard.

– Et les femmes sont toujours comme ça, chez vous ?

– On a du caractère. Riez si vous voulez mais tous les gamins d'ici ont grandi fascinés par cette histoire.

– Belle éducation pour susciter des générations d'égorgeurs...

– La visite est terminée, répliqua-t-elle sèchement en se dirigeant vers la sortie.

Il lui tardait de rentrer à L'Iroise pour savoir si Christian était enfin revenu de son étrange balade en mer.

Fersen, sans tenir aucun compte de son impatience, traînait devant les restes de l'épave de la *Mary Morgan.*

Soudain, toutes les lumières s'éteignirent.

Lucas trébucha et laissa échapper une exclamation. Il entendit la voix de Marie, sarcastique.

– N'ayez pas peur, je suis là. C'est juste l'orage.

Elle se dirigea vers le disjoncteur. Les éclairs illuminaient brièvement la grande salle, donnant aux objets un aspect fantomatique.

Elle allait ouvrir le tableau électrique lorsque son regard fut attiré par une brillance sur le mur auquel elle faisait face. La lueur se précisa d'un coup, et des lettres lumineuses apparurent nettement pendant une fraction de seconde.

Stupéfaite, elle reconnut immédiatement la phrase en breton :

Pour Marie, le Très-Haut jugera
Du cœur de pierre le sang coulera et la lumière jaillira.

La jeune flic devint blême, cette fois encore le message lui était personnellement adressé. Elle ressentit la même angoisse sourde que lorsqu'elle s'éveillait de cet horrible cauchemar qui la hantait à nouveau depuis qu'elle était revenue sur l'île.

Lucas s'impatientait.

– Vous avez besoin d'aide ?

Elle enclencha le disjoncteur, rétablissant une ambiance rassurante.

Il remarqua sa pâleur.

– Ça ne va pas ?

– Vous avez vu l'inscription lumineuse ?

– Une inscription lumineuse ? Où ça ?

Elle désigna le mur, en silence. Lucas se demanda une fois de plus si elle se foutait de lui, mais il nota que la jeune femme avait perdu de son assurance habituelle. Il scruta la pièce, cherchant ce qui dans cet axe aurait pu être la source d'une projection. Rien. Il ne put s'empêcher de sourire.

– Et... c'était quoi cette inscription ?

Marie évoqua la lettre trouvée sur le cadavre de Gildas, et soudain reproduite sur les murs, l'espace d'un éclair. Devant l'air narquois de son interlocuteur, elle renonça à poursuivre.

– En fait je ne sais plus, rien... La lumière de l'orage, sans doute... Désolée, je suis fatiguée...

Cette fille devait en savoir plus qu'elle ne le disait, songea Lucas. Qui sait si elle ne couvrait pas sa famille, ou des îliens. Dès son arrivée, il les avait sentis si fermés et solidaires dans leur méfiance à l'égard de l'étranger qu'il était.

Il afficha un air aimable.

– Je vous remercie pour la visite.

Marie fit immédiatement demi-tour vers la sortie. Lucas la talonnait, poursuivant d'un ton léger :

– En tout cas, je vais vous regretter...

Elle fit volte-face.

– Que voulez-vous dire ?

– C'est moi qui suis chargé de l'enquête, et j'entends la mener seul.

Devant la stupéfaction de Marie, il enchaîna aussitôt :

– Le procureur vous trouve personnellement trop impliquée pour pouvoir enquêter lucidement. Votre demande de détachement sur l'affaire a été refusée.

La colère rendit à Marie ses couleurs et son assurance.

– Vous saviez ça depuis le début et vous ne m'avez rien dit ! protesta-t-elle. Vous m'avez pressée comme un citron et maintenant vous me balancez ?

– De toute façon, ça n'aurait pas été possible...

– Quoi ?

– Vous et moi...

Il la contempla avec un sourire ambigu :

– Je n'aurais pas eu la tête au boulot...

– Vous êtes un grand malade ! explosa-t-elle.

– Sérieusement, capitaine, qui sait ce que vous allez découvrir sur les vôtres ? Ou subir encore ?

– Que voulez-vous dire ?

– La phrase en breton fait référence au Très-Haut, donc très certainement à Dieu. C'est souvent la marque de fabrique d'un tueur en série, un taré qui se croit investi d'une mission divine.

D'autres meurtres... L'idée glaça brièvement la jeune flic.

– Toute votre famille est d'ici, poursuivit Lucas, vous connaissez tout le monde sur cette île...

– Et vous, vous ne connaissez personne, rétorqua-t-elle. Sans moi, personne ne vous aidera !

– Si vous faites obstruction à l'enquête, vous devrez en rendre compte...

– Je me fiche de vos menaces ! Je ne quitterai pas l'île avant d'avoir trouvé l'assassin de mon frère !

– Vous mettrez votre carrière en jeu !

D'un geste rageur, Marie sortit alors sa plaque de police, son arme de service, et les lui colla dans les mains.

– Je démissionne. Ça vous va, comme ça ?

Elle ouvrit la porte, du seuil elle lui jeta les clefs du musée et disparut dans la bourrasque.

Il ramassa le trousseau et se justifia intérieurement d'avoir tranché dans le vif, cette fille avait un caractère de chien, elle aurait été ingérable.

Il referma derrière lui et se retourna, cherchant la jeune femme du regard. Il ne vit que les feux arrière de la Méhari s'éloignant sur le chemin.

– Saleté de Bretonne ! tonna-t-il en ramassant sa valise à roulettes, balancée en vrac du coffre et gisant dans une flaque.

Évidemment, la pluie s'était remise à tomber.

– Saloperie de pays !

Les rafales gémissaient en s'engouffrant entre les monolithes du site, sinistrement désert. Furieux, pataugeant dans la glaise détrempée qui, avec des bruits de succion, tentait de lui aspirer ses Weston, il progressa avec difficulté, traînant péniblement sa valise.

*
**

Marie noua ses cheveux encore humides. La pluie battait par vagues les portes-fenêtres de la suite. La tempête semblait forcir encore et Christian n'était toujours pas rentré.

Lorsqu'elle descendit dans le hall de l'hôtel, Loïc était en train de boire un verre derrière le comptoir de la réception. Elle ne put retenir un regard de reproche qu'il intercepta et éluda d'un haussement d'épaules agacé. Il sentit l'inquiétude sur le visage de sa sœur, mais ne la réconforta pas comme il l'aurait fait avant. Elle tenta de nouer la conversation.

– Quelle idée de sortir par un temps pareil...

– Le gros temps, y a pas meilleur pour s'entraîner, grogna-t-il en se détournant pour mettre un point final à l'entretien.

Elle préféra une altercation à ce silence, ça aurait au moins l'arrière-goût de leurs empoignades de jeunesse.

– Le procureur a envoyé un flic pour enquêter... Un spécialiste des crimes rituels... Un Parisien...

Touché. Il se retourna, la colère dans les yeux.

– Si t'avais pas tout déclenché, il n'aurait jamais débarqué !

– Tu crois peut-être qu'un menhir qui saigne, ça peut rester secret ? Si tu veux savoir, il m'a viré de l'enquête, et j'ai donné ma démission, tu es content ?

– Enfin une bonne nouvelle !

– Mais Bon Dieu, s'emporta-t-elle à son tour, comment peux-tu être aussi borné ? Ce type n'est pas d'ici ! Pour trouver la vérité, il n'épargnera rien ni personne ! Tu ne comprends pas que tu ferais mieux de m'aider ?

– Fous-moi la paix !

– Aide-moi, Loïc, convaincs le conseil municipal d'être avec moi !

– T'as qu'à le faire toi-même ! Y a réunion demain...

Marie allait répliquer quand la porte du hall s'ouvrit sur la silhouette de Lucas Fersen.

Il était dégoulinant et exténué, ne prenant même plus la peine d'une quelconque attitude de dignité.

La jeune femme ne put s'empêcher de sourire en détaillant ostensiblement ses vêtements trempés, ses chaussures couvertes de boue, sa valise crottée.

Évitant ses yeux narquois, le flic se traîna jusqu'au comptoir de la réception pour demander une chambre.

– L'hôtel est complet, asséna Loïc.

Le regard morne de Lucas se posa sur le tableau des clefs qui attestait que quasiment toutes les chambres étaient libres.

Marie se fendit de son plus beau sourire.

– Mais par affection pour moi, mon frère va certainement vous trouver quelque chose...

Loïc eut un bref coup d'œil surpris vers sa sœur, puis, d'un air maussade, il tendit une clef au flic. Sans demander son reste, Fersen se dirigea vers l'ascenseur, laissant derrière lui, à la façon d'une limace, une traînée humide et boueuse.

Lorsque les portes de la cabine se furent refermées, Marie se pencha vers Loïc.

– Je préfère avoir un œil sur lui. Et dans ses affaires si c'est nécessaire...

Son frère la dévisagea avec défiance, comme une étrangère, un regard qu'elle ne comprit pas. Il vida son verre d'un trait, saisit son imperméable, ses clefs de voiture, et passa sans plus un mot devant elle pour se diriger vers la sortie.

– Où vas-tu ?

– Prendre l'air, fit-il laconiquement avant de partir sans se retourner.

Marie resta perplexe. Décidément, ils ne se comprenaient plus, la tendresse qui les avait toujours liés avait fait place à une agressivité froide. Pourquoi était-il aussi hostile à sa quête de vérité sur la mort de Gildas ? Avait-il quelque chose à lui cacher ? Qui était-il allé rejoindre ? Où allait-il à cette heure et par ce temps, lui aussi ?

Une évidence glaça alors Marie. Elle était en train de soupçonner son propre frère. Elle s'en voulut. Pourtant, ce sentiment d'être incomprise et rejetée par les siens persistait, et la portait à douter de tous. Pourquoi Loïc, Jeanne et même Christian s'obstinaient-ils à vouloir l'éloigner de l'île et de son enquête ?

Malgré l'angoisse que cela provoquait à nouveau en elle, la jeune femme s'obligea à se remémorer le plus précisément possible la scène étrange qu'elle avait vécue à l'abbaye.

Comment croire à des fantômes de moines ? Fersen devait avoir raison : la tuer aurait été plus simple, il s'agissait à nouveau d'une mise en scène qui lui était précisément destinée. Qui sur Lands'en avait tellement intérêt à lui faire peur pour qu'elle parte ?

Sa respiration se bloqua en pensant que c'était Christian qui lui avait donné rendez-vous là... Puis elle se défendit de cette pensée, elle avait vu son bateau s'éloigner vers le large avant même qu'elle ait trouvé son mot.

Il était tout de même incroyable qu'elle soit la seule à vouloir chercher la vérité sur la mort étrange de Gildas. Et qu'on le lui reproche lui paraissait encore plus surprenant.

Un sentiment d'injustice, de solitude et de chagrin la submergea, comme si elle réalisait soudain que Lands'en et tous les siens la rejetaient. Comme si son enfance insouciante et radieuse sur cette île n'avait été qu'un mensonge.

Elle pleura longtemps avant qu'un sommeil agité ne prenne le dessus.

*
**

La tempête faisait toujours rage au-dehors lorsqu'un souffle d'air déplaça les voilages du lit dans lequel elle reposait enfin. Dans la pénombre, la porte d'entrée de la chambre s'ouvrit lentement, silencieusement.

Engloutie dans ses rêves, elle ne sentit pas approcher la présence qui se tenait maintenant au-dessus d'elle mais, lorsque la silhouette se pencha pour la toucher, Marie s'éveilla d'un coup.

Prenant instantanément conscience d'un danger, elle poussa un hurlement strident, se débattit, repoussa violemment l'agresseur qui s'accrochait à elle. L'homme cria lui aussi sous le choc du coup qu'elle lui avait décoché. S'agrippant l'un à l'autre, ils roulèrent au sol dans l'obscurité.

– Marie ! Marie, c'est moi ! s'exclama Christian.

Il se redressa et alluma la lumière. La jeune femme découvrit alors son fiancé, trempé, hirsute, la mine épuisée, encore sidéré par la violence de sa réaction.

– Pardon, je... Je faisais un cauchemar, balbutia-t-elle.

La porte de la chambre s'ouvrit à la volée.

Sur Lucas Fersen, arme au poing.

– Lâchez-la ! Ne bougez plus !

Voyant la jeune femme au sol et un homme de dos qui se penchait vers elle, il avait mis Christian en joue.

Marie se releva, le skipper fit volte-face, tous deux considérèrent Fersen avec stupéfaction.

– Qui c'est, celui-là ? demanda Christian en le fixant comme s'il s'agissait d'un malade mental.

Marie fit les présentations, instillant par ironie un léger ton mondain.

– Commandant Lucas Fersen... Christian Bréhat, mon fiancé...

Lucas rengaina en s'insultant intérieurement, parfaitement conscient du ridicule de son intervention. Son prestige était calciné, il allait devoir s'aplatir en excuses devant ce type et faire une sortie minable en le laissant avec cette bombe.

– Désolé... fit-il, minimaliste, avant de battre piteusement en retraite.

Marie dut expliquer qui était le commandant Fersen, et pourquoi il lui reprenait l'enquête.

– Pas si nul, ce flic, finalement, je ne suis pas mécontent qu'il prenne le relais, ça t'évitera de te mettre en danger.

Avec un zeste d'amertume, elle comprit que ça l'arrangeait bien qu'elle soit dessaisie de l'affaire.

Elle le débarrassa de ses vêtements mouillés, hésitant à lui parler de l'abbaye. La sensualité de ses gestes ne lui laissa pas le temps d'aborder le sujet, Christian l'enlaça.

Plus tard, se dit-elle en basculant sur le lit.

Le lendemain matin, un soleil radieux inondait la chambre lorsque Marie s'éveilla.

Elle contempla Christian encore endormi à son côté. Il avait, dans son sommeil, un air préoccupé, deux rides verticales entre les sourcils. La mort de Gildas le laissait comme orphelin.

Dans la nuit, ils s'étaient serrés l'un contre l'autre, tels des gamins, lui aussi avait la sensation qu'on lui volait tout à coup son enfance, et tous ses rêves : une vie toute tracée entre son amour pour elle et sa passion pour la mer...

Maintenant il sentait Marie lointaine et angoissée. Il avait eu le cœur battant en lui laissant ce mot dans sa voiture, il l'avait attendue des heures à l'abbaye pour partager avec elle la nouvelle de l'achat de leur future maison, il s'était senti abandonné.

– J'ai peur que tu oublies tous nos projets : les voyages, cette maison, le bébé... Ne me laisse pas, Marie, j'ai besoin de toi...

Elle avait protesté mais, tout en le réconfortant, elle ne se sentait plus si certaine de tenir les promesses qu'elle lui renouvelait pour le consoler.

Marie soupira pour chasser le léger malaise que lui diffusaient ces pensées. Elle quitta tout doucement le lit pour ne pas le réveiller.

7

L'absence irradiait de la chaise vide.

Une minute de silence, avait réclamé Yves Pérec, ceint de son écharpe de maire. Pour rendre hommage à Gildas.

L'atmosphère pesante emplissait la grande salle du conseil de la mairie. Autour de la table, tous avaient acquiescé.

Parmi d'autres élus, Loïc et Milic Kermeur, le visage creusé de chagrin, puis la belle et solide Gwenaëlle Le Bihan, apparemment émue elle aussi. En face d'elle, Pierre-Marie de Kersaint, tête baissée, semblait plongé dans un recueillement douloureux. En fait, il grattait discrètement une petite tache rebelle sur son pantalon.

Yves reprit la parole. Il annonça, à l'ordre du jour, le vote sur le principe de rendre constructibles certains terrains de l'île, notamment ceux qui permettraient aux Le Bihan d'agrandir leur faïencerie. Gwen, intéressée au premier chef, fut la plus rapide à ouvrir son sous-main.

Elle poussa un cri.

Ce qu'elle découvrait semblait la choquer au plus haut point. Elle sortit une feuille qu'elle déchiffra, stupéfaite, à l'intention des autres :

« Le vote est truqué. Le maire a été acheté. »

Elle les fixa avant d'ajouter :

– C'est signé Gildas !

L'incrédulité générale fit rapidement place à la consternation : tous avaient dans leur sous-main le même message.

Les visages convergèrent vers Yves Pérec, qui suffoquait de saisissement.

– Vous n'allez tout de même pas croire que... émit-il avec difficulté en les dévisageant tour à tour.

Il fit visiblement un effort pour affermir sa voix.

– Je n'ai absolument rien à me reprocher ! C'est... C'est une très mauvaise plaisanterie...

Pierre-Marie renchérit, scandalisé.

– Évidemment ! Cette accusation est d'un mauvais goût révoltant ! C'est stupide !

– Pas si stupide que ça ! rétorqua agressivement Gwen, dardant son regard bleu sur PM. Ça n'étonnerait personne d'apprendre que les Pérec et les Kersaint magouillent ensemble ! Vous êtes de mèche pour vous opposer à un vote qui nous permettrait d'agrandir la faïencerie ! Et si on n'agrandit pas, on crève, vous le savez tous très bien !

– Tant qu'un Kersaint sera vivant, nous ferons tout pour vous empêcher de défigurer Lands'en !

– Il avoue ! Vous entendez, il avoue !

– Ta mère et toi, vous êtes prêtes à tout sacrifier pour de l'argent ! Chez les Le Bihan, vous êtes tous monstrueux ou tarés !

– Ordure ! Tu veux qu'on sorte les cadavres du placard ?

Un violent coup de poing sur la table mit fin à l'échauffourée.

Milic Kermeur, pour une fois, haussait le ton.

– Taisez-vous ! Par respect pour la mort de Gildas, taisez-vous !

Ils prirent alors conscience que Marie se tenait sur le seuil de la salle. Dans le silence revenu, elle s'approcha de la table, prit une des lettres et lut le message, le visage bouleversé.

Milic sortit sans un mot, posant au passage la main sur l'épaule de sa fille. Sans un regard pour sa sœur, Loïc le suivit.

La séance était ajournée.

Il s'agite trop, pensa Marie.

Yves Pérec arpentait son bureau en tous sens, il voulait

immédiatement lancer son enquête personnelle pour savoir comment et par qui ces messages avaient été disposés dans les sous-main des conseillers. Elle dut le saisir vigoureusement et le faire pivoter vers elle pour qu'il la regarde en face.

– Yves, réponds-moi ! Où étais-tu la nuit de la mort de Gildas ?

– Arrête, Marie. Je te le dis avec toute l'affection que j'ai pour toi et pour ta propre sauvegarde. Arrête !

– Tu veux dire : de chercher la vérité ?

– Certaines peuvent être fatales. C'est la boîte de Pandore que tu risques d'ouvrir, laisse tomber.

Le ton de sincérité, autant que l'avertissement, choqua la jeune femme.

Elle allait répliquer, mais la porte s'ouvrit soudain sur Fersen. Le flic eut une expression de surprise puis d'accablement en découvrant Marie en compagnie de Pérec.

– Vous ne frappez jamais ? ironisa-t-elle.

– Sur vous, ça pourrait venir.

Il vint faire face à la jeune femme.

– Pour la dernière fois, je vous avertis que si vous vous mêlez de l'enquête...

Sans le laisser poursuivre, Marie afficha un étonnement candide.

– Monsieur le maire devait célébrer mon mariage, nous allions juste régler le report de la cérémonie.

Lucas sentit la moutarde lui monter au nez, il était clair qu'elle se foutait de lui ouvertement. Il se contenta de lui désigner la porte d'un geste sec. Marie prit un air faussement contrit et s'exécuta.

Deux pneus crevés. Ah non, les quatre...

Le quatre-quatre de la gendarmerie avec lequel Lucas avait dû arriver avait bien été torpillé. Les îliens n'aimaient décidément pas les étrangers, se réjouit Marie, et pour une fois elle ne les en blâmait pas.

Le bruit d'une portière qui claque la fit se retourner.

Yves Pérec démarrait à toute allure. La jeune femme sentit la colère monter en elle : Fersen n'avait pas pu s'en empêcher ! De toute évidence, il avait dévoilé à Yves la liaison de sa femme avec Nicolas.

Elle vit alors le flic surgir de la mairie et suivre du regard la voiture de Pérec qui disparaissait. Curieusement, il se tamponnait le nez avec un mouchoir et, tandis qu'il approchait en droite ligne sur elle, elle comprit, avec un éclair de jubilation, que Pérec avait au moins pris le temps de lui faire payer un minimum sa muflerie.

Elle attendit Fersen de pied ferme, bien décidée à ne pas manquer une occasion de lui faire sentir son handicap à travailler dans un milieu qui lui serait définitivement hostile.

Le flic, apparemment indifférent à la présence et au sourire narquois de Marie, la poussa d'un geste comme on chasse une mouche, et s'apprêta à monter dans le quatre-quatre.

Il se bloqua net en avisant les pneus crevés.

Sans l'ombre d'une quelconque expression, il se tourna alors vers elle.

– Vous avez bien fait de rester. Où est votre voiture ?

Marie, surprise, balbutia à peine une protestation que Lucas n'écouta même pas, il tendit la main.

– Vos clefs. C'est un ordre de réquisition.

À sa voix, elle comprit avec une montée de rage qu'elle n'avait pas le choix, elle fit demi-tour vers sa voiture en déclarant, péremptoire, que dans ce cas ce serait elle qui conduirait, c'était à prendre ou à laisser.

– Ralentissez. Ralentissez, c'est un ordre !

La jeune femme, connaissant par cœur les routes de l'île, conduisait à toute allure sur les lacets de la corniche, en direction de la villa des Pérec.

Lucas, qui essayait d'évaluer l'état de son nez tuméfié dans le miroir du pare-soleil, était brinquebalé dans la Méhari qui tanguait dans les virages. Il aboya.

– Je vais vraiment finir par vous coller en garde à vue !

– Ça ne vous aidera pas à délier les langues. Surtout quand on apprendra que vous avez mis la famille Pérec à feu et à sang sur de vagues présomptions...

Lucas lui jeta un regard en biais.

– Pas si vagues, dévoila-t-il. J'ai eu le légiste de Brest en ligne, il a relevé des traces de sang sous les ongles de Gildas Kermeur. Je suis prêt à parier que les analyses en cours révéleront qu'il s'agit de celui de Pérec.

– Vous êtes voyant ?

– Juste logique. Les ongles de la victime ont été soigneusement brossés après la mort, mais pas suffisamment pour ne laisser aucune trace. Or le seul qui ait eu la possibilité de le faire, c'est Yves Pérec, dans son cabinet. Et les griffures qu'il a au cou, à mon avis, ne doivent rien aux thuyas.

Il nota que, tout à son écoute et sans y prendre garde, Marie avait ralenti l'allure, il l'en félicita.

Elle tira alors de sa poche une des lettres anonymes qu'elle avait récupérées à la mairie et la lui tendit.

– Sans moi vous serez incapable de progresser.

Il déchiffra la phrase d'un coup d'œil et lui adressa un sourire.

– Vous collaborez ? C'est gentil...

– J'ai juste pitié de vous. À l'heure qu'il est, vous êtes sans doute le seul sur Lands'en à ignorer ce qui s'est passé au conseil municipal.

Lucas cacha soigneusement son agacement et prit un air blasé.

– Je vais l'envoyer au labo, mais je suis persuadé qu'ils n'en tireront rien. Pour moi, c'est sans rapport avec le crime et la mise en scène du menhir. Quelqu'un a profité de la situation pour régler ses petites affaires de façon minable, c'est tout.

Il lui glissa un regard.

– Ce n'est pas en me jetant des miettes que vous m'inciterez à vous reprendre sur l'enquête : vous êtes caractérielle, insolente et sans doute mouillée jusqu'au cou dans cette affaire...

Pour toute réponse, Marie écrasa l'accélérateur.

– Et dangereuse, ajouta-t-il en se cramponnant à son siège.

*
**

Marie fit crisser les pneus en se garant devant la grande villa des Pérec. Lorsqu'ils approchèrent de l'entrée, ils furent saisis par les cris qui s'en échappaient. Elle eut un regard furieux vers Lucas.

– Vous êtes content de vous ?

Sans l'attendre, elle s'engouffra dans la maison.

Yves avait perdu toute mesure et hurlait des insultes à Chantal qui, recroquevillée dans un coin de la pièce, se protégeait tant bien que mal des coups qu'il lui assenait.

Qu'elle le trompe ce n'était pas nouveau, mais ici, sur Lands'en et avec un gamin de seize ans, c'était monstrueux !

Il fallut toute l'énergie de Fersen, qui prit le médecin à bras-le-corps, pour mettre fin à sa crise de violence.

Tandis que Marie relevait Chantal, le visage marqué par les coups, Fersen balançait Pérec sur le canapé où il s'effondra et, soudain apathique, resta avachi.

Son attitude révèle la mollesse de son caractère, se dit le flic, ou bien c'est ce qu'il tente de me faire croire.

Il posa la main sur l'épaule d'Yves.

– Je vais vous demander de me suivre, monsieur Pérec, je vous mets en garde à vue...

Marie sentit Chantal tressaillir, mais elle ne lut aucun étonnement, aucune protestation sur le joli visage maltraité.

Pérec émergea du canapé et protesta.

– Vous n'avez rien contre moi !

– Vous voulez qu'on énumère ? Accusation portée par le message signé de Gildas Kermeur, absence d'alibi, traces de griffures dans le cou...

– Ce sont des branches que...

– Ou les conséquences d'une bagarre qui dégénère en meurtre !

– Je n'ai pas tué Gildas, c'était mon ami, geignit Pérec en se tournant vers Marie. Dis-lui, toi, défends-moi...

Mal à l'aise sous le regard acéré de Lucas, la jeune flic se détourna pour se concentrer à nouveau sur Chantal dont la lèvre saignait. Fersen passa les menottes à Yves et se tourna vers son épouse.

– Je vous attends au poste dès que possible pour votre déposition.

Il eut un signe autoritaire vers Marie.

– Venez.

Elle le toisa.

– À quel titre ? Chantal a besoin d'aide.

Fersen tourna les talons en entraînant Yves, qui sortit sans un regard pour sa femme.

Marie posa un pansement et nettoya le visage de Chantal presque sans un mot, sans poser une question.

Elle se rappela qu'adolescente, la beauté parfumée de l'élégante Mme Pérec lui renvoyait rudement sa nature brute de sauvageonne. Elle comprit la fascination que cette femme sophistiquée devait exercer sur Nicolas.

Elle l'installa dans un fauteuil, vint s'accroupir devant elle et la dévisagea en silence. Puis, avec douceur, elle lui demanda où était sa fille Aude.

– Chez son amie, Juliette de Kersaint.

– Si votre famille pouvait la prendre en charge quelque temps sur le continent, je pense que ce serait mieux pour elle, non ?

Baissant aussitôt le regard, Chantal acquiesça avec gravité. Marie passa alors à l'attaque très directement.

– Vous avez vu Yves sur la falaise lorsque vous étiez avec Nicolas.

L'épouse du toubib ne bougea pas d'un millimètre.

– Si vous étiez sûre de son innocence, vous l'auriez défendu.

Chantal se crispa nettement, une larme tomba sur son élégant tailleur mis à mal par les coups de Pérec. Marie contempla en silence la petite goutte d'eau salée qui s'élargissait en auréole sur la soie de la jupe, laissant un instant la femme d'Yves face à l'évidence de ses affirmations. Se succédant, deux autres larmes tombèrent et la voix grave de Chantal, monocorde, sans aucune résistance, livra son aveu presque avec soulagement.

– Nous avons entendu des éclats de voix, il était 3 heures

environ, ils sont passés à quelques mètres de nous, sans nous voir... Yves invectivait Gildas...

– Il l'a menacé ?

– Oui, souffla-t-elle comme concentrée sur ses souvenirs. Il hurlait qu'il ferait tout pour qu'il se taise... Avec Nicolas, on a pris la fuite le plus vite possible, on est rentrés chacun chez soi...

– Et quand vous avez appris la mort de Gildas, vous avez pensé qu'Yves était coupable. Et vous avez demandé à Nicolas de se taire.

Chantal hocha la tête. Les larmes coulaient maintenant abondamment.

– Si on parlait, on dévoilait notre liaison. Et je ne pouvais pas dénoncer mon mari...

Elle lissa lentement la soie tachée de sa jupe, et prit sans trembler une cigarette dans son sac.

Fersen cuisinait le toubib depuis un bon moment.

Yves ne leva même pas le regard sur sa femme lorsqu'elle entra dans le bureau, accompagnée de Marie.

Lucas eut un geste d'agacement, elles arrivaient juste au moment où il faisait avouer au médecin qu'il avait effectivement touché des pots-de-vin de la part des Kersaint.

Chantal tomba des nues.

– Pourquoi as-tu fait ça ?

Pérec se tourna lentement vers sa femme et, la considérant comme avec détachement, il parla d'une voix atone, prenant les deux flics à témoin.

– Elle est belle, non ? Ça coûte très cher, la beauté... Depuis que je la connais, je ne lui ai jamais rien refusé, j'ai cédé à tous ses caprices, à tous ses goûts de luxe. Maison, bijoux, fourrures, voyages, rien n'est assez beau pour elle... Et il lui en faut toujours plus... C'est pour elle que je travaille comme un dingue, au cabinet médical, au laboratoire. Mais les affaires vont très mal... J'ai de plus en plus de dettes, les labos sont hypothéqués...

Chantal devint blême.

– Pourquoi ne m'as-tu rien dit ?

Sa voix tremblait. D'émotion pour son mari, ou de désespoir d'être ruinée ?

– Pour t'épargner, amour, grinça-t-il. Pour ne pas te perdre. Amusant, non ? Maintenant je peux te le dire, la maison aussi est hypothéquée, on n'a plus rien, nos comptes sont vides... La proposition des Kersaint, c'était beaucoup d'argent, juste pour faire basculer un vote dans leur sens... Pourquoi crois-tu que j'ai accepté ? Pour que tu sois heureuse, que tu aies la vie facile.

Il eut un ricanement douloureux.

– Tout cela pour rien : tu m'as trahi, une fois de plus, une fois de trop, et de façon tellement ignoble... Ta petite ordure de Nicolas, si je lui mets la main dessus, je le tue !

– N'aggravez pas votre cas, monsieur Pérec, conseilla Lucas.

– Où qu'il soit je le retrouverai, je lui ferai payer... Et toi, je ne te le pardonnerai jamais !

– Ça suffit, maintenant !

Le flic amorça un mouvement vers Marie.

– Ne vous inquiétez pas pour votre neveu, il...

Mais Marie n'était plus là.

Elle roulait vers le château des Kersaint.

Pour garder une longueur d'avance sur Fersen, elle voulait savoir si l'aveu de Pérec serait confirmé par Arthus et PM.

Elle se demandait jusqu'où ils avaient été capables d'aller pour obtenir ce qu'ils voulaient. La sensation d'écœurement qu'elle avait ressentie à la gendarmerie lui revint. Elle ouvrit en grand les vitres de sa voiture et aspira l'air frais pour tenter de trouver un soulagement.

Toute cette histoire la révoltait, non qu'elle fût tellement plus choquante que tout ce qu'elle avait rencontré au SRPJ de Brest, mais elle ne supportait pas qu'à chaque instant les personnages familiers de Lands'en lui révèlent un à un leurs côtés obscurs. Quel aveuglement d'avoir toujours voulu croire que son île était un monde idéal, préservé de la corruption et des compromissions qui régnaient ailleurs...

*
**

La masse austère du château se profila au détour de la route, elle interrompit sa réflexion en passant le porche de la propriété.

La silhouette de Jeanne portant un panier de linge se découpait sur l'eau grise de l'aber qui bordait le parc.

Marie fut surprise que sa mère soit venue travailler. Et peinée en constatant, pour la première fois, que sa démarche lente et pénible était celle d'une vieille femme. Le poids qu'elle portait, sans doute. Celui du chagrin plus que celui du linge. Jamais elle ne l'avait entendue se plaindre, pourtant elle avait toujours travaillé dur, entre la vente de la pêche, ses trois enfants et son emploi au château. Elle réalisa que sa mère n'avait jamais dit un mot de ce qui se passait chez les Kersaint, jamais un commentaire, jamais une indiscrétion.

Jeanne se retourna en entendant la voiture se garer. Elle s'immobilisa et, le visage sans expression, elle fixa sa fille qui se dirigeait vers elle.

Marie eut envie de la prendre dans ses bras, de l'embrasser, mais la raideur et la dureté de son regard la retinrent, elle se contenta de mettre de la tendresse dans sa voix.

– Maman, tu n'aurais pas dû venir travailler...

– Si j'avais pu veiller ton frère, je ne serais pas là. Apparemment, tu n'as pas arrêté de travailler non plus.

La sécheresse de sa voix fit à Marie l'effet d'une gifle, elle sentit les larmes lui monter aux yeux.

– Maman, ne me fais pas la guerre, s'il te plaît.

Une expression triste adoucit fugitivement le visage de Jeanne, elle comprit qu'elle avait blessé sa fille. Elle posa un baiser rapide sur sa joue et la précéda vers la porte d'entrée massive. Marie lui prit son panier des mains, en notant que sa mère ne lui demandait même pas ce qu'elle venait faire là.

À peine étaient-elles entrées qu'Armelle de Kersaint apparut dans le hall. Le corps sec et plat, guère mis en valeur par un twin-set beige et des mocassins, elle dardait un visage pointu, nu de tout maquillage, que n'adoucissait pas le rang de perles étalé sur un classique foulard Hermès.

Elle posa sur Marie un regard froid et précis comme une radiographie et, sans lui laisser le temps d'ouvrir la bouche, d'une voix nette et aiguë, lui demanda l'objet de sa visite.

La voix cauteleuse de Pierre-Marie de Kersaint se superposa alors à celle de sa femme, et résonna dans l'austère entrée.

– Marie Kermeur ! Ne bougez pas, Armelle, c'est sans doute pour moi...

Marie leva la tête et aperçut PM en haut de l'escalier de pierre. Armelle lâcha la jeune femme des yeux et donna ostensiblement ses ordres à Jeanne.

– Ne perdez pas de temps ! On vous attend en cuisine. Je veux que vous vous surpassiez pour recevoir ce cher Patrick Ryan ! Allez...

Marie frissonna, elle trouvait sinistre l'entrée de ce vieux manoir. Des armures gardaient l'escalier de granit ; aux murs des panoplies d'armes anciennes et quelques vieux trophées accentuaient l'impression qu'ici le temps s'était arrêté quelques siècles plus tôt.

L'entrée soudaine de Juliette de Kersaint fut comme une bouffée de printemps. La jeune fille frêle et ravissante était tout habillée de rose, elle alla spontanément embrasser Marie et lui murmura vivement qu'elle venait d'accompagner Aude Pérec sur le bac et de la confier aux bons soins de sa grand-mère maternelle.

– Qu'est-ce que vous complotez, toutes les deux ?

PM était descendu sans bruit. Sa fille lui adressa un sourire d'enfant sage et fila vers le premier étage.

– Alors, à qui ai-je l'honneur ? À la fille de notre gouvernante ou à l'ex-officier de police ?

PM ne pouvait s'empêcher d'être sarcastique et condescendant, pensa Marie. Elle le connaissait depuis toujours, mais la barrière sociale et la dizaine d'années qui les séparaient avaient fait qu'ils se croisaient régulièrement sans jamais rien échanger d'autre que quelques salutations ou propos banals.

PM entraînait déjà Marie vers la bibliothèque, il se déclarait ravi de répondre à ses questions.

– Je me ferai un plaisir de vous en poser également quelques-unes, j'aimerais savoir de première main ce qu'il y a de vrai dans tous les ragots qui circulent en ce moment, susurra-t-il. C'est très excitant ! Pour une fois qu'il se passe quelque chose dans ce trou !

– Je vous confirme que le meurtre de mon frère n'a rien d'un ragot, fit-elle sèchement, le calmant net.

Il prit un air ennuyé et la fit entrer dans la bibliothèque.

Autant le reste du château avait un air de tombeau gothique, autant la magnifique bibliothèque se révélait fascinante. Les rayonnages de bois étaient pleins à craquer de livres anciens, il flottait dans l'air un parfum de vieux papier et de cire d'abeille. PM avait repris son bavardage, sur les bruits qui lui étaient parvenus à propos de l'arrivée du commandant Fersen, et sur le fait que celui-ci avait retiré l'enquête à Marie. Il en concluait qu'elle était donc ici à titre privé...

Marie l'interrompit pour aller droit au but.

– Yves Pérec affirme que vous l'avez payé pour influencer le vote du conseil municipal...

– Quoi ? Mais c'est absolument faux !

Une voix caverneuse les fit alors sursauter

– C'est tout à fait exact !

Marie et PM n'avaient pas vu Arthus de Kersaint, embusqué dans la pénombre d'un grand fauteuil, immobile et hiératique. Le profil d'aigle du vieil homme sortit lentement de l'ombre. Marie se raidit imperceptiblement. Les rares fois où elle croisait la stature imposante et l'étrange visage du châtelain, elle ne pouvait s'empêcher d'être saisie.

Il poursuivit avec un calme et une assurance imposants :

– C'est moi qui ai proposé deux cent cinquante mille euros à Pérec. Je savais qu'il était en difficulté.

Il posa un regard impénétrable sur Marie et retroussa une seconde ses lèvres minces, dans ce qui se voulait sans doute un sourire. Sa voix prit alors une inflexion de courtoisie.

– Bien entendu, tout a été fait dans les règles de l'art pour que cette transaction apparaisse comme parfaitement légale. Si vous voulez éplucher nos livres de comptes...

– Ravi d'être tenu au courant !

La surprise et le dépit de PM paraissaient sincères.

– Deux cent cinquante mille euros, c'est une somme énorme, juste pour empêcher les Le Bihan de s'agrandir ! décréta Marie.

Arthus se leva en s'appuyant sur sa canne à pommeau d'argent. Sa voix se fit autoritaire. Sa position était claire : contrairement à Loïc qui rêvait sottement de modernité, et aux Le Bihan qui, par lucre et vulgarité, étaient prêts à tout dénaturer, lui voulait, quel qu'en soit le prix, préserver le caractère sauvage de son île, défendre ce qui restait de sa nature originelle.

Marie prit sur elle pour le regarder en face.

– Comment expliquez-vous que ce marché passé avec Pérec se trouve révélé à la mairie, et présenté de façon aussi macabre ?

Le patriarche eut une moue d'ennui.

– Aucune idée. Pérec et moi étions les seuls à être au courant. À moins qu'il ait eu la stupidité d'en parler à sa femme. Et vous savez mieux que moi avec quelle légèreté elle se conduit. N'est-ce pas ?

Il appuya son mépris d'un regard insistant sur la jeune flic.

Elle eut une bouffée d'angoisse, comprit qu'il était déjà au courant de la liaison avec son neveu et changea immédiatement de sujet, haussant le ton malgré elle.

– Savez-vous si quelqu'un est sorti du château, la nuit du meurtre de mon frère ?

PM, qui ne tenait visiblement pas en place, se mit à glapir.

– De quoi elle se mêle ? Elle est insensée ! Pourquoi pas nous accuser, tant qu'elle y est !

D'un geste autoritaire, Arthus interrompit son fils et, venant faire écran en lui tournant ostensiblement le dos, il s'inclina légèrement devant Marie pour s'adresser à elle avec une douceur mielleuse qui la hérissa.

– Ma chère enfant, je suis hélas insomniaque et j'entends

le moindre bruit, si qui que ce soit avait quitté le château cette nuit-là, croyez bien que cela ne m'aurait pas échappé.

PM crut bon d'en rajouter en pérorant pour se justifier.

– Absolument. D'ailleurs je ne me suis même pas rendu à l'enterrement de vie de garçon de votre fiancé. C'est sans mérite, franchement je n'ai aucun goût pour ce genre de beuverie arrosée de mauvais vin et je...

– Veuillez raccompagner mademoiselle, Pierre-Marie.

L'ordre était tombé comme un couperet.

Avant de sortir, Marie ne put s'empêcher de se retourner vers le vieil homme arrogant.

– Je vous préviens que la partie sera moins facile à jouer avec le commandant Fersen.

La porte se referma sur elle.

Arthus, d'un coup sec de sa canne, fit pivoter PM vers lui et gronda en le fusillant d'un regard mauvais.

– Tu n'as pas plus de nerfs que de cervelle ! Et tu as tort de prendre cette fille pour une idiote ! Maintenant, je t'ordonne de me dire sur-le-champ où tu étais et ce que tu faisais la nuit de la mort de Gildas !

PM lui jeta un regard en biais sans répondre.

– Je t'ai vu rentrer à plus de 3 heures du matin ! Alors ?

S'offrant le luxe d'un instant de silence, PM eut un sourire torve, et défia le vieil homme.

– J'ai passé l'âge de rendre des comptes...

– Je veux savoir ! Ça te pose un tel problème de répondre ?

– Aucun, père, il n'y a pas de problème. Il n'y a plus de problème.

Il accentua son sourire qui semblait contredire l'animosité de son regard, fit rapidement demi-tour et sortit.

8

La nouvelle de la liaison de Chantal et Nicolas faisait déjà le tour de l'île. En un éclair, les pipelettes du marché se chuchotaient l'événement avec des délectations effrayées et gourmandes. Chacune, se prévalant de porter la nouvelle, filerait l'essaimer, avec le plaisir de susciter sur d'autres visages les émotions qu'elle venait d'éprouver.

Gwen n'était pas du genre à gaspiller son temps à ragoter, elle traversait le marché avec une apparente indifférence, mais ne perdait pas une miette de ce qui se murmurait.

– Un crime ? C'est pas Dieu possible !

– Et ce serait le sang du Gildas qui a coulé sur le menhir ?

– Ma doué ! Comme les naufrageurs d'antan !

– Paraît que le policier de Paris a arrêté le docteur Pérec !

– En plus il vient d'apprendre que sa femme le trompait avec le petit Nicolas Kermeur !

Gwen s'arrêta net. Loïc chargeait ses casiers dans le break de l'hôtel, à l'autre bout de la place. La rumeur n'allait pas l'épargner. Elle pressa le pas pour le rejoindre.

– C'est pas possible ! Ils ont vingt ans de différence !

– La Chantal, quand elle veut un homme... Le petit Kermeur, il a bien dû en profiter !

Cette fois, Loïc avait entendu. Il lâcha un casier et prit violemment la commère par le bras.

– Qu'est-ce qui vous prend, de raconter n'importe quoi sur mon fils, espèce de tarée !

– Tout le monde le sait ! Lâchez-moi !

Gwen courut s'interposer pour qu'il cesse de secouer la pauvre femme protestant qu'elle ne faisait que dire la vérité.

– Gwen, dis-moi que ce n'est pas vrai ?

Son silence embarrassé fut une réponse. Loïc, le visage blanc et crispé, fit demi-tour et monta dans son break.

– Loïc ! Loïc, attends !

Il avait déjà démarré. Le hayon ouvert laissa s'échapper des casiers dont les crabes se carapatèrent aussitôt.

Marie avait compris à la réflexion méprisante d'Arthus que la nouvelle de la liaison de Chantal et Nicolas s'était répandue. Elle accéléra en direction de l'hôtel.

Son frère était un cœur d'artichaut, mais elle connaissait les accès de violence dont il était capable. Aussi tenait-elle à être dans les parages quand il apprendrait la liaison de son fils avec Chantal.

Décidément, son neveu ne cessait de se laisser entraîner dans de drôles d'histoires. L'année précédente, elle avait dû intervenir car il s'était fait embarquer dans un jeu de rôles qui avait mal tourné. Un adolescent avait trouvé la mort par asphyxie, lors d'une « épreuve initiatique » que le groupe lui avait infligée. L'enquête du SRPJ de Brest avait conclu à l'accident. La presse n'avait pas cité les noms des adolescents impliqués, tous mineurs.

Marie avait caché à Loïc qu'à cette occasion elle avait découvert que Nicolas fréquentait une secte, soi-disant druidique, qui utilisait la fascination crédule de jeunes gens pour se livrer à de menus trafics de drogue.

Elle se reprocha une fois de plus de ne pas s'être mieux occupée de son neveu après la mort de sa mère. Il n'avait alors que trois ans, elle se rappela le petit visage blême et fermé au cimetière. Il n'avait pas pleuré, il refusait la trop dure réalité et s'était réfugié dans son monde imaginaire.

Loïc, écrasé de chagrin, avait laissé leurs parents prendre Nicolas en charge. Jeanne adorait son petit-fils mais manquait parfois de tendresse, Marie aussi en avait souffert, et le gamin, tout comme elle, se réfugiait souvent auprès de Milic, dont les silences étaient plus chaleureux que les manières énergiques de sa femme.

La tête du jeune homme heurta violemment la cloison.

Loïc ne se maîtrisait plus. Sans prendre conscience de sa force, il avait plaqué son fils au mur et l'insultait sans mesure.

– Tu es pire qu'un chien ! Ce que tu as fait est abject, tu me dégoûtes !

– Mais écoute-moi ! C'est pas ce que tu crois, Chantal et moi on s'aime...

La fureur de Loïc redoubla, le coup partit, Nicolas parvint à l'esquiver mais son père, déséquilibré, heurta durement un meuble.

Alors il cogna, avec les mots encore plus fort qu'avec ses poings.

– Chantal est une traînée, toute l'île le sait ! Cette salope va se faire sauter à Brest par n'importe qui !

Nicolas, révulsé, incapable d'en entendre plus, bondit sur son père et lui décocha un coup de poing si brutal qu'il l'envoya bouler au sol.

– Nicolas ! hurla Marie qui surgit alors.

Elle s'interposa, mais le jeune homme, déchaîné, la bouscula pour se ruer à nouveau sur son père. Elle parvint à grand-peine à ceinturer le garçon qui pleurait de rage. Loïc gisait encore au sol.

– Petite ordure, tu m'as frappé, je ne te le pardonnerai jamais !

Nicolas, tremblant de colère, balbutia qu'il s'en foutait, il ne laisserait personne salir Chantal, elle était la seule personne qui l'ait jamais aimé !

Loïc se releva avec difficulté. Il fixa son fils avec dégoût.

– Je ne veux plus jamais te voir dans cette maison ! Ni sur cette île ! Dès demain je te boucle dans une boîte qui saura te mater, je te le garantis !

– Tu ne penses pas ce que tu dis, laisse-moi lui parler, plaida Marie...

– Je ne veux plus que qui que ce soit lui adresse la parole !

– Papa...

– Tu n'es plus mon fils ! hurla Loïc.

– Tu n'as pas le droit de lui dire ça ! protesta Marie. Nico, je te jure qu'il ne le pense pas !

– Dehors ! Sors de là !

Prenant rudement sa sœur par le bras, Loïc l'obligea à quitter la pièce. Nicolas s'était recroquevillé sur son lit, le mouvement de ses épaules trahissant des pleurs de désespoir.

Deux heures plus tard, Marie revenait gratter à sa porte.

– Nicolas ? Nico, réponds-moi, s'il te plaît...

La porte était fermée à clef, il ne répondait pas aux appels de sa tante.

Loïc était monté et lui avait une fois de plus ordonné de foutre la paix à son fils.

– Je ne veux plus que tu te mêles de nos affaires !

À son haleine, elle comprit qu'il avait bu et, connaissant l'effet de l'alcool sur le caractère irascible de son frère, elle savait qu'il valait mieux ne pas le contrer mais le prendre par la douceur.

En redescendant vers le bar, elle tenta d'aborder le proche avenir de son neveu, mais Loïc ne décolérait pas, il tourna son agressivité contre Marie.

– Tu as fait assez de dégâts comme ça ! Depuis ton retour sur l'île, tout tourne à la catastrophe ! Tu ne comprends pas que tu nous portes la poisse ?

– Arrête, je ne suis pour rien dans tout ça ! Qu'est-ce que vous avez tous contre moi ? Qu'est-ce que je vous ai fait ? Je me bats pour faire justice à la mort de Gildas, je fous en l'air mon métier, je...

– Personne ne t'a rien demandé ! Personne ! Si tu veux nous aider, fous le camp !

Il claqua la porte de son bureau derrière lui, laissant Marie douloureusement décontenancée, à nouveau face à cet incompréhensible rejet qu'on lui opposait sans cesse.

Marie marcha longtemps sur la plage de l'hôtel pour calmer l'exaspération de son sentiment d'injustice et tenter de mettre de l'ordre dans ses idées. Puis elle pensa à Christian ; elle avait soudain besoin de se blottir contre lui pour qu'il lui communique un peu de son énergie et qu'elle se sente moins seule.

Elle réactiva son portable. Il y avait onze messages de Christian. Elle se mordit les lèvres, se reprochant de l'avoir complètement oublié pendant tant d'heures.

Il lui disait qu'il partait faire un saut à Brest, il avait un rendez-vous de presse, il rentrerait dans la soirée, qu'elle ne l'attende pas pour dîner, il la retrouverait à l'hôtel.

– Je t'embrasse, mon amour, terminait-il avant de raccrocher.

Marie tenta de le rappeler, mais il était à son tour sur répondeur.

Elle lui laissa un message d'autant plus tendre qu'elle se sentait coupable.

*
**

« Famille Pérec, famille Kermeur. »

Le jeune maréchal des logis-chef, fier de son travail, remettait à Fersen les topos qu'il lui avait demandés. Dans un élan de zèle, il en avait également rédigé un sur Patrick Ryan et y avait joint les deux derniers bouquins de l'écrivain.

– Après tout, il faut faire gaffe, ce type n'est pas d'ici...

– Moi non plus, avait ajouté Lucas pour le plaisir de le mettre dans l'embarras.

Le spécialiste des crimes rituels avait du mal à se concentrer sur le dossier consacré aux Kermeur, ses pensées le ramenaient obstinément à Marie. Il laissa échapper un sourire en revoyant son corps moulé par la pluie battante, ses seins ronds aux bouts dressés... Des jolies filles, il en avait vu beaucoup, et même connu plus d'une, mais Marie Kermeur était mieux que cela.

Il admit qu'il était troublé en pensant à elle.

Avec pragmatisme, il cherchait à analyser pourquoi : son regard vert si direct, sa façon de lui résister, son caractère de chien ? Non, c'était indéfinissable, c'était... La sonnerie du téléphone le sauva d'une songerie qui devenait dangereuse.

Il se contenta d'écouter son interlocuteur et raccrocha.

– Morineau !

La bouille du jeune maréchal des logis apparut dans l'entrebâillement de la porte.

– Je viens d'avoir le SRPJ, ils viendront transférer Pérec demain à la première heure, en attendant, je vous le confie pour la nuit.

Morineau grimaça, mais n'osa pas rechigner.

Fersen s'étira en se levant de sa chaise et attrapa sa veste. Il prit les deux bouquins de Ryan dont il déchiffra les titres, *Le Calvaire de Carridwen* et *Les pierres qui parlent.*

Au moins, ça ne le déconcentrerait pas de l'affaire.

Avant de sortir, il demanda à Morineau de lui préparer aussi quelque chose sur les employés du chantier naval.

Cette fois, Stéphane fit carrément la gueule.

– Je croyais qu'on avait arrêté le coupable, ronchonna-t-il avec un coup de menton en direction de la cellule de Pérec.

– La présomption d'innocence, vous connaissez ? Tant que je n'aurai pas le résultat de sa prise de sang, on continue l'enquête.

Dès que Lucas eut refermé la porte, le gendarme se laissa aller à râler tout haut :

– Ce type, comment il se la pète grave ! Et Morineau faites ci, et Morineau faites ça...

La porte s'était rouverte sur Fersen qui n'avait rien perdu de la réflexion.

– Et tant que vous y êtes, mon petit Morineau, faites-moi aussi un topo sur les Kersaint. Bonne nuit !

Stéphane, furax, jeta un regard excédé vers la cellule où Pérec s'était allongé face au mur, puis alla s'avachir dans un fauteuil.

*
**

Armelle de Kersaint, tout émoustillée de recevoir un romancier, avait exceptionnellement mis une touche de rouge à lèvres et sorti son diamant du coffre.

Les réceptions étaient rares chez les Kersaint. On se

contentait de convier parfois quelques membres de l'aristocratie bretonne, triés sur le volet, les moins ruinés, les plus traditionalistes, et quelques notables utiles, comme Dantec, le procureur de Brest et sa femme Carline, dont le plus grand regret était de ne pas avoir de titre. Armelle ne se privait pas du plaisir d'enfoncer le clou, illuminant lustres et chandeliers, sortant l'argenterie armoriée et le linge au chiffre des Kersaint.

La conversation, bien entendu, ne roula que sur l'affaire du menhir sanglant. Arthus tenta de changer de sujet mais Carline et Armelle, fascinées par Ryan, le pressaient de questions sur ce qui était son passionnant domaine : les légendes et rites celtes mêlés au romanesque, tout comme sur Lands'en en ce moment, c'était si excitant !

Ryan, très en forme, charmeur et convivial, répondait volontiers à leurs questions, évoquant la légende de la *Mary Morgan* et les menhirs rougis du sang des victimes. Il prit un malin plaisir à rappeler que, d'après un vieux grimoire qu'il avait consulté, un Kersaint aurait fait partie des naufrageurs et serait tragiquement mort crucifié sur un des menhirs...

– Si vous aviez des documents traitant de la légende et des faits qui l'ont inspirée, je serais heureux de pouvoir les consulter...

Arthus s'assombrit, d'autant que PM, passionné, en rajoutait.

– Absolument ! Père est incollable sur le sujet, n'est-ce pas ?

– J'ai fait don de tout ce qui touchait de près ou de loin à cette histoire au musée. Il n'est guère prudent de remuer ces histoires propres à enflammer les esprits faibles...

Ils furent interrompus par le fracas d'un plateau d'argent chutant sur le sol dallé. Tous levèrent les yeux sur Jeanne qui, plantée sur le seuil, venait de le laisser échapper de ses mains. Ryan fut le premier à réagir aux excuses troublées que Jeanne balbutiait. Il prit gentiment sa défense lorsque Armelle la réprimanda sèchement, il trouvait Mme Kermeur très courageuse d'assumer son service dans les circonstances qui frappaient sa famille.

– C'est terrible de perdre un fils, de quelque façon que ce soit...

– Père en sait quelque chose, il ne s'est jamais remis de la perte de mon glorieux frère aîné, fit remarquer PM.

Le malaise d'Arthus n'échappa pas à Ryan, qui ne put résister à la curiosité.

– Que lui est-il arrivé ?

Armelle se rengorgea, heureuse d'attirer l'attention de Ryan sur elle.

– Mon beau-frère est mort en héros, tombé sous les balles de la guerre d'Algérie. Malheureusement je n'ai pas eu le bonheur de le connaître et...

Elle remarqua un net mouvement d'agacement d'Arthus.

– Et... je vous propose de passer à la salle à manger, bifurqua-t-elle, en maîtresse de maison modèle.

*
**

Dans sa chambre, Marie tournait en rond. Elle avait vainement tenté de se concentrer sur les premières pages d'un roman, mais l'idée qu'elle avait en tête depuis le début de la soirée tournait à l'obsession. Elle n'y tint plus et rejeta son bouquin.

Elle sortit silencieusement, tira de sa poche le passe qu'elle avait « emprunté » à la réception et se dirigea vers la chambre de Lucas.

Après avoir fait le tour de la pièce, elle ouvrit l'armoire et eut un sourire de commisération en découvrant l'alignement de chaussures de ville, identiques, luxueuses, cirées, impeccablement rangées, à l'exception d'une paire complètement bousillée par l'eau et la boue.

Poursuivant sa fouille silencieuse, elle tomba sur une mallette qu'elle ouvrit sans hésitation. Elle contenait des dossiers que Marie souleva délicatement pour en lire les titres. Elle s'arrêta net sur l'un d'eux : *« GILDAS KERMEUR – RAPPORT D'AUTOPSIE »*.

Elle le sortit fébrilement et se plongea dans sa lecture, visiblement ébahie par ce qu'elle déchiffrait.

La porte s'ouvrit alors sans bruit.

– Flagrant délit ! proclama Fersen depuis le seuil.

Marie sursauta violemment et reposa illico le dossier, puis elle se redressa et lui fit face avec aplomb.

– OK, je me suis fait prendre. J'assumerai.

Sans le lâcher du regard, elle lui tendit ses poignets et osa même un sourire entre défi et charme.

Lucas déglutit et, pour se donner une contenance, ramassa le dossier.

– Étranges, ces petites traces rouges qu'ils ont trouvées sur l'index et le majeur, non ? Votre frère se droguait ?

Marie secoua ses cheveux dénoués. Certes Gildas avait une bonne descente, mais la seule fois qu'il avait tiré sur un joint il était tombé dans les pommes.

Lucas poursuivit.

– Pour le labo, ce sont des traces assimilables à des piqûres d'aiguille.

– Ça expliquerait peut-être comment l'assassin lui a prélevé du sang pour le faire ensuite couler sur le menhir, hasarda-t-elle.

– Un prélèvement de cette importance sur les doigts, c'est matériellement impossible.

– Et un menhir qui saigne, c'est matériellement possible ? Vous devriez demander au labo d'approfondir ses recherches.

Lucas eut une bouffée d'adrénaline. Décidément, cette fille ne manquait pas d'air : elle était en situation de se faire coffrer pour effraction, et elle lui donnait des conseils sur son boulot !

Il la fixa d'un regard qui se voulait sévère et désigna la porte.

– Dehors ! Allez vous coucher.

À son étonnement, Marie se dirigea docilement vers la sortie. Elle se retourna sur le seuil avec un sourire angélique.

– Bonne nuit, patron.

Elle referma tranquillement la porte, laissant Lucas effondré par une évidence : cette fille le bouleversait totalement.

De retour dans sa chambre, Marie se sentit pour une fois assez contente d'elle. Elle avait su tenir tête à ce flic qui, en fin de compte, ne s'était pas montré aussi antipathique qu'elle l'aurait cru.

Elle jeta un œil à sa montre et tenta de reprendre son roman depuis la première page. Ce polar était fade, finalement, la réalité était toujours plus étonnante que la fiction.

Elle tourna une page et sentit le reflet d'une lumière sur le papier blanc. Elle poursuivit sa lecture de quelques lignes mais, fugitivement, la lumière passa à nouveau.

Intriguée, Marie releva la tête.

Elle crut à une hallucination : la lueur venait du phare !

Elle se précipita sur le balcon, n'en croyant pas ses yeux.

La lanterne, qui n'avait pas fonctionné depuis plus de vingt ans, balayait le paysage à intervalles réguliers !

*
**

Fixant alternativement la route et le faisceau lumineux qui tournait, Marie roulait en direction du phare.

Soudainement, la lumière s'éteignit.

Elle ralentit, perplexe, c'était à douter de sa raison.

Ryan habitait juste sous la lanterne, il aurait forcément une explication à fournir. Elle accéléra.

Elle eut un geste de la main pour chasser une bestiole qui venait de toucher sa jambe.

Il était invraisemblable que l'écrivain ait pu se permettre de remettre en état cette mécanique complexe et de la relancer sans en avertir personne...

Elle réagit à nouveau, sentant une autre bestiole l'importuner. Elle jeta un regard vers ses jambes, mais ne distingua rien dans l'obscurité. Intriguée par la sensation qui se répétait sur son autre jambe, Marie alluma le plafonnier.

L'épaisseur du tissu de sa veste la protégeant, elle ne sentit pas les pattes velues du petit crabe qui rampait en biais sur son épaule, un second apparut, progressant vers son cou.

Elle commença à s'affoler en sentant de plus en plus nettement des bestioles qui grimpaient le long de ses jambes, elle hurla de frayeur : une demi-douzaine de crabes poursuivaient leur escalade sur sa veste !

L'un d'eux atteignit son cou, Marie sursauta violemment car, en le chassant, elle se rendit compte que des dizaines d'autres étaient maintenant agrippés à elle, s'accrochant à ses cheveux, tombant dans son décolleté, dans ses bottes de caoutchouc, escaladant ses cuisses, sa jupe...

Elle se débattait comme dans un cauchemar, incapable de comprendre comment une telle chose était possible, essayant de se débarrasser des bestioles qui crissaient contre son dos. Les pattes velues l'égratignaient, elle lâcha son volant.

La voiture fit un tête-à-queue, qu'elle ne parvint pas à contrôler, et se mit à glisser inexorablement vers le ravin.

Une lumière aveuglante se rapprocha à vive allure, l'éblouissant complètement. Marie, en proie à une panique totale, ne comprenait plus ce qui se passait, ne contrôlait plus rien. Le choc fut soudain et violent.

Sa voiture s'était immobilisée.

Elle reprit alors conscience des crabes qui grouillaient sur elle, elle tenta d'ouvrir sa portière, mais l'affolement et le dégoût l'empêchaient d'y parvenir.

Une silhouette indistincte se rapprocha et la portière s'ouvrit d'un coup. Marie jaillit du véhicule comme une folle, se secouant frénétiquement pour se libérer des bestioles qui s'accrochaient encore à ses vêtements et à ses cheveux, il lui fallut quelques instants pour découvrir Ryan qui la contemplait d'un air ahuri.

– Qu'est-ce qui vous prend, de trimballer des crabes à une heure pareille ?

Marie, qui avait encore du mal à reprendre ses esprits, s'énerva sur-le-champ.

– Je ne trimballe pas de crabes, je ne sais pas d'où ils sortent !

– De votre voiture, apparemment, fit Ryan sans se départir de son calme.

Mais Marie avait perdu tout sens de l'humour, c'était trop pour elle. Elle s'assit tout bonnement sur une pierre, comme tétanisée, incapable de mettre de l'ordre dans ses pensées.

Après un temps de silence, Ryan soupira et s'approcha d'elle.

– Quelques explications de votre part seraient tout de même bienvenues. Je viens de bousiller ma voiture pour empêcher la vôtre de basculer dans le ravin, il est près de minuit et je n'ai aucune envie de camper là.

Marie se reprit, s'excusa, puis l'image du phare en fonction lui revint.

– Vous avez fait réparer la lanterne ? fit-elle tout à trac.

Ryan haussa les sourcils puis eut un soupir. Jusque-là il appréciait Marie bien que la connaissant peu, mais ce soir il la trouvait particulièrement incohérente. Pragmatique devant son insistance, il lui proposa de monter jusqu'à la lanterne pour en vérifier l'état.

En gravissant l'interminable escalier en colimaçon, Marie lui raconta ce qui s'était passé.

Armée d'une puissante lampe torche que Ryan lui avait prêtée, elle constata avec perplexité que les câbles électriques rouillés et rongés par le sel, dont l'amas désordonné était couvert de poussière, étaient bel et bien hors d'usage. Elle posa même la main sur l'énorme lentille de verre et vérifia qu'elle était froide.

Une sourde angoisse, qui lui devenait hélas familière, avait resurgi. Elle n'avait pourtant pas eu une hallucination ! Encore une fois, quelqu'un s'employait à lui faire peur en créant un phénomène qui lui semblait en relation avec la légende des naufrageurs...

Ryan sentit son malaise.

– En tout cas, cette invasion de crabes est bien réelle, c'est clairement une malveillance à votre encontre.

Elle leva le regard sur lui, il semblait lire dans ses pensées. Il poursuivit.

– Vous seule pouvez éventuellement savoir qui a intérêt à vous effrayer, et à vous nuire...

Elle ne pouvait ni ne voulait imaginer que quelqu'un de l'île, qu'elle connaissait depuis des années, puisse lui en vouloir au point de...

– Qu'est-ce que vous faisiez sur la route, à cette heure-là ?

Surpris par la soudaineté de la question, l'écrivain éclata de rire.

– Décidément, en toute circonstance vous restez irréprochablement pro !

Il expliqua qu'il revenait de chez les Kersaint, la soirée avait été assez ennuyeuse, le procureur de Brest et sa femme avaient l'air peints sur les chaises, il s'était senti convié à faire l'animateur de la soirée et s'était bravement acquitté de la fonction.

Ils étaient côte à côte, accoudés à la rambarde de la passerelle, une brise légère jouait dans les cheveux de Marie.

Dans la nuit qu'éclairait une lune voilée par intermittence, on pouvait contempler quasiment toute l'île. Une vingtaine de mètres plus bas, les vagues cognaient sourdement au pied du phare, explosant en gerbes dont la blancheur lumineuse retombait en bruissant. Marie sentit le regard de Ryan sur elle.

– Drôle d'endroit pour vivre, fit-elle pour rompre le silence.

Ryan prit un temps en s'absorbant dans le paysage.

– Je m'y sens libre... En équilibre entre le ciel, la terre, la mer...

Le timbre de sa voix eut une douceur voilée de tristesse qui émut Marie. Elle se trouvait bien à ses côtés. Ce lieu, sa présence, sa voix surtout, avaient sur elle un effet presque envoûtant. Étrange personnage, étrange choix de venir s'installer là.

– Il faut aimer la solitude, songea-t-elle à voix haute.

– C'est une habitude dont je ne peux plus me passer...

Il posa sa veste sur ses épaules d'un geste rapide et délicat.

– Vous n'avez pas de famille ? questionna doucement Marie.

Avec simplicité, il lui confia qu'il avait perdu ses parents très tôt, il n'avait pratiquement plus d'attaches en Irlande dont il était originaire, et n'avait ni femme ni enfant. Il termina en la regardant avec un sourire très doux.

– Je vous ai rencontrée trop tard...

Marie fixa ses yeux gris, légèrement voilés, qu'il ne détourna pas. Un sentiment troublant, qu'elle ne put définir, la fit frissonner. Elle rassembla ses cheveux et rompit l'instant.

– Pour un Irlandais, vous n'avez gardé aucun accent...

Ryan rit à nouveau, elle l'amusait franchement.

– Confidences ou interrogatoire, avec vous on ne sait jamais... Ça fait très longtemps que je vis en France... Vous êtes un adorable personnage.

Entre plaisir et malaise, elle s'ébroua, s'excusa de ne pas l'avoir encore remercié de l'avoir tirée d'affaire, et prit rapidement congé, prétextant que son fiancé devait l'attendre et risquait de s'inquiéter.

Deux petits points rouges zigzaguaient sur la route, Ryan regardait la voiture de Marie s'éloigner... Il était à la fois admiratif et ému chaque fois qu'il croisait cette fille. Elle ne manquait pas de cran, chaque obstacle semblait affermir sa détermination, c'était mal la connaître que de croire qu'elle renoncerait à sa quête de vérité. Il espéra qu'elle saurait prendre garde à elle.

9

En arrivant devant L'Iroise, Marie leva la tête vers les fenêtres de sa chambre. La lumière était allumée, elle vit la silhouette de Christian qui marchait de long en large. Elle courut, vaguement culpabilisé de le voir l'attendre, mais heureuse à l'idée de se blottir sur sa poitrine.

Contrarié, il ne la laissa pas s'attarder contre lui quand elle se jeta dans ses bras.

– Où étais-tu passée, je me suis fait du souci !

Il désigna le portable de Marie, abandonné sur le lit.

– Je ne pouvais même pas te joindre !

– Moi aussi je t'ai attendu hier, quand tu es parti en mer, en pleine tempête, sans me prévenir...

– Où étais-tu ? s'entêta Christian. Encore en train de mener ton enquête, tu ne peux pas t'en empêcher ?

Marie oscillait entre déception et colère.

– J'attendais autre chose qu'une scène... Christian, nous avons suffisamment discuté de nos métiers respectifs, ce sont deux passions, on a décidé qu'on n'y renoncerait ni l'un ni l'autre, tu ne vas pas revenir là-dessus...

– Je te rappelle que tu es censée être en congé pour un an !

– Moi qui avais besoin de compréhension, de réconfort...

Voyant sa tristesse, il s'excusa.

– J'ai eu tellement peur qu'il te soit arrivé quelque chose... Je ne supporterais pas de te perdre...

Marie chassa un doute qui affleurait : la perdre ? Dans un accident de voiture dû à une invasion de crabes, par exemple ?

Elle se contenta de murmurer qu'elle avait eu besoin d'aller prendre l'air. Pourquoi ne parvenait-elle pas à lui parler de tout ce qui lui arrivait ? Elle s'en voulut : de ne pas réussir à lui faire vraiment confiance, des soupçons stupides qui lui traversaient parfois la tête, mais aussi de lui mentir par omission pour la deuxième fois.

Culpabilisée, elle s'adoucit. Ils avaient assez perdu de temps à s'attendre réciproquement, inutile d'en gaspiller davantage en se disputant.

Vaincu, Christian enfouit son visage dans la chevelure de Marie.

– Il faut faire attention, mon amour, attention à ne pas nous perdre toi et moi... Crois-moi, il faut quitter Lands'en...

Marie se raidit instantanément, il le sentit et la tint face à lui, son regard plongé dans le sien, argumentant avec douceur.

– Je sais à quel point tu veux savoir la vérité sur la mort de Gildas, mais ça va t'avancer à quoi, de découvrir qu'il était mêlé à une vulgaire magouille financière à la mairie ?

– Il n'y a pas que ça !

– Marie, il vaut peut-être mieux ne pas savoir. Moi je refuse de voir ternir l'image de Gildas. Et notre avenir est plus important, non ? Il est ailleurs que sur ce petit bout de rocher, Lands'en n'est que le monde de notre enfance, toi et moi il faut qu'on s'en détache.

En proie à la tristesse de ne pas se sentir sur la même longueur d'onde que lui, elle ne répondit pas. Elle revint se glisser contre lui, respira son odeur, mais pour la première fois elle ne retrouva pas instantanément l'apaisement qu'elle éprouvait habituellement.

Il glissa ses mains sous son pull de coton, la douce chaleur de ses caresses lui fut agréable, sa bouche qui la parcourait en murmurant des mots d'amour la rassura peu à peu, le désir qu'il s'employait à faire doucement monter en elle finit par estomper son malaise, elle ferma les yeux, décidant de s'accorder une trêve, de ne plus se concentrer que sur les plaisirs délicieux qu'il savait lui prodiguer.

*
**

Morineau achevait d'engloutir une Vulcano pour quatre. Il était confortablement installé devant l'un des bureaux, face à un carton de pizza ouvert. Il interrompit sa mastication, surpris par le bruit de la porte d'entrée qui s'ouvrit.

Nicolas apparut dans l'encadrement.

Contrarié, le gendarme s'adressa à lui sans ménagement :

– Qu'est-ce que tu viens foutre ici ?

– Parler à Pérec, fit le garçon visiblement très tendu.

La voix de Nicolas fit instantanément se dresser le médecin dans sa cellule, il interpella le jeune homme avec fureur.

– Petite ordure ! Ça ne te suffit pas de coucher avec ma femme, il faut que tu viennes me narguer jusqu'ici ?

– Elle m'aime, elle m'a choisi ! Il faut que vous le compreniez ! C'est avec moi qu'elle veut vivre, et ça servira à rien de l'en empêcher !

Pérec, ivre de rage, s'agrippait aux barreaux de la cellule.

– Salaud ! Je te jure que dès que je sors de là, je te règle ton compte !

– Elle ne veut plus de vous, vous ne pourrez rien contre nous !

– Je vous ferai la peau ! Je vais vous massacrer !

Stéphane, d'abord dépassé par les événements, s'arc-bouta de toutes ses forces pour jeter Nicolas dehors, et verrouilla la porte derrière lui.

Il laissa vociférer Pérec qui ne cessait de promettre la mort et pire à sa femme, autant qu'à son gigolo. Le jeune gendarme se mit à la fenêtre. Il vit Nicolas rejoindre sa maîtresse dans la voiture.

Chantal avait pris la main de son amant et tentait de l'apaiser.

Le garçon tremblait de rage, il lui jura que plus jamais ce type ne pourrait l'approcher, plus jamais il ne porterait la main sur elle, plus jamais ! Chantal, qui ne s'était pas départie de son calme, eut un regard vers la gendarmerie.

– Nico, calme-toi, laisse-moi faire. Je te promets qu'on fera ce qu'on s'est juré.

Les lumières étaient maintenant éteintes, à l'exception de la lueur bleutée des faibles veilleuses de sécurité. À travers la fenêtre grillagée de la cellule, la clarté opalescente de la lune éclairait vaguement la silhouette de Pérec. Il n'avait plus bougé depuis des heures, allongé sur la couchette, face contre le mur.

Stéphane, renversé sur sa chaise, avait les yeux clos.

Le verrou de la porte d'entrée se mit à tourner lentement, silencieusement, puis la clenche s'abaissa doucement et la porte s'entrebâilla.

Le visage de Marie émergeait à peine des mèches de cheveux que la sueur y avait collées. Le couple dormait, enlacé, le petit jour entrait faiblement par la porte-fenêtre restée entrouverte.

La stridence soudaine du téléphone fut comme un électrochoc, Marie se dressa et, d'un réflexe, décrocha le combiné. Une voix cria dans l'appareil. Le visage de Marie, qui portait encore les traces du sommeil, se contracta.

– Calmez-vous, Stéphane, ne hurlez pas comme ça... Quoi ? Je ne comprends rien... Quoi ?... Mais calmez-vous ! J'arrive.

Elle raccrocha, prit une grande inspiration et s'obligea à expirer lentement pour recouvrer son calme et une réflexion claire.

Elle posa un regard sur Christian, qui avait à peine bougé dans son sommeil, et entreprit de quitter le lit le plus discrètement possible. Mais soudain le bras de son fiancé surgit des draps et l'enserra, la ramenant brusquement contre lui. Elle tenta de se dégager, Christian ne lâchait pas prise, elle expliqua que Stéphane appelait au secours.

– Et alors ? C'est à ce flic ridicule d'aller s'en occuper...

Marie eut une petite grimace de contrariété, elle posa un baiser sur le front de Christian et plaida que c'était grave, il fallait vraiment qu'elle y aille.

Il la lâcha, se retourna avec humeur et s'enfouit dans les draps en grommelant qu'il ferait la grasse matinée tout seul.

Marie se leva d'un bond, rafla ses vêtements et fila dans la salle de bains. En s'habillant à la hâte, elle se demanda si elle allait réveiller Fersen pour qu'il l'accompagne à la gendarmerie. Oui. Elle ne pouvait pas faire autrement. Mais elle ne se priverait pas de lui faire remarquer que si Stéphane avait eu le réflexe de l'appeler elle, c'est parce que c'est à elle qu'il faisait confiance.

Elle tambourina énergiquement à la porte de Fersen. Pas de réponse. Elle insista. Faute de réaction, elle ouvrit la porte qu'il n'avait pas fermée à clef.

Elle fit un pas à l'intérieur et vit surgir Lucas de la salle de bains, nu comme un vers, une serviette éponge à la main qu'avec précipitation il plaqua devant lui pudiquement. Marie, confuse, s'excusa.

– Euh désolée, commandant, je... Morineau vient d'appeler. C'est urgent !

– J'espère, parce que je déteste qu'on me voie pas maquillé.

Le trouble de Marie s'accentua car Fersen, qui ne pensait pas devoir protéger ses arrières, n'avait pas conscience qu'il lui offrait le reflet de ses fesses dans le miroir de l'armoire.

Quelques minutes plus tard, ils étaient tous les deux plantés face à la cellule de Pérec, complètement stupéfaits.

Elle était vide. Et pourtant fermée à clef.

Morineau avait l'air décomposé.

– C'est une hallu totale, c'est pas possible, c'est pas possible ! Il a disparu ! C'est de la magie, un truc pas normal, comme le sang qui sort des menhirs...

Lucas lui ordonna fermement de la boucler, ce qu'il disait n'avait pas de sens.

– Quelqu'un est entré dans le poste, a ouvert la cellule, fait sortir Pérec et a refermé ensuite, c'est tout.

– C'est pas possible ! J'ai les clefs sur moi, là ! glapit Morineau en glissant la main dans sa poche.

Il s'immobilisa net, les yeux écarquillés :

– Les clefs ! Elles ont disparu !

Lucas eut un geste d'accablement.

Marie, qui était en train de fouiller le poste de sa main gantée de latex, agita alors un trousseau de clefs.

– Elles sont là !

– Pas possible, c'est dingue, c'est complètement dingue, si on me les avait prises dans ma poche je l'aurais senti ! Je n'ai pas dormi, presque pas, je vous jure !

Fersen, de mauvais poil, demanda à Morineau d'arrêter de faire le guignol. Il commençait sérieusement à lui pomper l'air. Puis il s'interrompit. Il venait de voir, posé sur la couchette, un rectangle de papier. Marie avait suivi son regard, elle ouvrit délicatement la porte de la cellule et laissa Lucas prendre avec précaution ce qu'il découvrit être une enveloppe.

Stéphane ne put s'empêcher d'intervenir.

– La même ! C'est la même que celle qu'on a retrouvée au chantier naval, sur le bureau de Gildas Kermeur !

– Oui. Mais malheureusement, cette fois, le cachet de cire est réduit en miettes.

Lucas s'occupa d'en récupérer le maximum de morceaux qu'il glissa dans la même pochette plastique que l'enveloppe. Il fit demi-tour sans commentaire vers son bureau et passa à l'action : il fallait faire boucler Lands'en de toute urgence. De son portable il appela la capitainerie du port pour faire surveiller les arrivées et départs de l'île.

Dès qu'il referma la porte, Stéphane revint couiner dans le giron de Marie.

– Fersen va me saquer, c'est sûr ! Ce sera ma faute si Pérec s'est évaporé !

– Stéphane, cessez de vous agiter, calmez-vous...

Elle décrocha un téléphone pour passer elle aussi quelques appels, mais Stéphane fut repris d'agitation. Il tenait à la main un fax qui venait juste d'arriver.

– Ah là là ! C'est le labo, c'est bien le sang de Pérec qui était sous les ongles de Gildas ! C'est lui l'assassin ! À tous les coups c'est lui qui a fait saigner les menhirs, c'est pas étonnant qu'il sache disparaître !

Il s'agrippa à Marie.

– Vous vous rendez compte, il aurait pu me tuer moi aussi ! Et s'il met la main sur votre neveu, on est mal, enfin surtout le môme...

– Quoi, mon neveu ?

Le gendarme raconta rapidement la visite de Nicolas, la veille, en fin de soirée, et les menaces sans ambiguïté que Pérec avait proférées.

Marie jeta un bref regard vers le bureau de Lucas, et décida de s'éclipser. Il fallait au plus vite qu'elle prévienne Nicolas du danger. Elle ordonna à Stéphane de porter immédiatement le fax à Fersen.

– Mais pour le moment, inutile de lui parler de Nicolas, promis ?

Elle sortit en pianotant déjà un numéro sur son portable, elle espérait que Loïc allait décrocher et qu'il serait capable de faire passer la sauvegarde de son fils avant la colère qu'il éprouvait à son égard.

– T'inquiète pas, je vais prévenir Nico tout de suite, il n'a pas bougé de sa chambre.

Marie fut soulagée d'entendre que Loïc s'était calmé.

– Dis-lui de ne pas sortir tant qu'on n'a pas remis la main sur Yves, d'accord ?

Loïc, tout en écoutant Marie, arpentait déjà le couloir menant à la chambre de son fils. Il frappa à sa porte, et fut surpris qu'elle s'ouvre toute seule sous la pression.

La pièce était vide. Il cria dans le combiné.

– Nom de Dieu ! Le petit salaud, il s'est foutu de moi ! Le lit n'est même pas défait ! S'il est allé retrouver cette garce de Chantal, je te jure que je le démolis !

– Loïc, calme-toi ! Ne bouge pas, et écoute-moi ! martela Marie dans le téléphone.

Son frère l'entendait à peine, il faisait rageusement le tour de la chambre, envoyant voler des affaires, cherchant fébrilement une trace, un mot que son fils aurait pu lui laisser.

Sur la route, Marie changea brusquement de direction.

– Reste où tu es, je vais chez les Pérec, fouille sa chambre, l'hôtel, vérifie si son jet-ski et son scooter sont là...

Mais Loïc avait déjà raccroché. Il sentait monter des larmes de rage et d'impuissance. Ce petit salaud était allé trop loin, il se foutait de lui, l'avait frappé, jamais il n'aurait imaginé que ce gosse... Non, ce n'était plus un gosse, comment ne l'avait-il pas admis plus tôt ? Depuis des mois, il avait senti Nico changer, il s'était dit cent fois qu'il devrait avoir une grande conversation avec lui, et l'avait remise de jour en jour. Pourquoi n'avait-il jamais su parler à son fils ?

Maintenant, entre eux, le lien risquait d'être définitivement rompu. Il n'en supportait pas l'idée, d'autant qu'il s'en savait largement responsable. La colère fit alors place à l'angoisse. Il s'assit sur le lit de son fils et détailla du regard ses objets familiers, comme une conversation sans interlocuteur.

*
**

La porte d'entrée de la villa des Pérec était ouverte. Curieux, à une heure si matinale.

Marie entra, sur ses gardes, consciente qu'il se passait quelque chose d'anormal. Tout était silencieux, personne ne répondit à ses appels. Elle traversa le grand living, vide, et se dirigea vers les chambres. Vides également. Elle remarqua dans celle de Chantal que l'armoire était entrouverte, elle entra.

Des vêtements manquaient, les tiroirs du secrétaire avaient été vidés, un petit coffre mural était ouvert, il ne recelait plus que des écrins vides. Aucune trace d'effraction, ni de fouille, Marie comprit que Chantal avait rapidement pris ce qu'elle avait de plus précieux et s'était enfuie. Avec Nicolas, certainement.

Par routine, elle poussa la porte de la salle de bains. Elle fronça les sourcils, il y avait une odeur de brûlé.

Dans la baignoire, elle trouva une pile de papiers à demi calcinés, elle saisit sur le lavabo une pince à épiler et souleva les cendres.

Quelques feuillets ne s'étaient pas consumés, elle reconnut l'écriture de Nicolas.

... ce que tu voudras, par amour pour toi je suis capable de tout, mon amour je te le jure...

Ses lettres à Chantal. Fersen ne pourrait que les interpréter à charge. Elle hésita un instant puis, avec précaution, elle récupéra les feuillets lisibles.

Par acquit de conscience, elle passa quelques coups de fil aux meilleurs copains de Nicolas pour tenter de le localiser. En vain. Comment le couple avait-il pu fuir ? Elle pensa au petit chalutier de son père. Nicolas savait parfaitement le manœuvrer. Depuis que le gamin tenait debout, Milic l'emmenait en mer et, jusqu'à ces derniers mois, il allait régulièrement l'aider, par plaisir.

Elle arrivait en vue des viviers quand son téléphone sonna. *Fersen*, indiqua l'écran. Elle coupa directement la communication.

*
**

La fouille minutieuse à laquelle Loïc venait de se livrer le rapprocha de son fils. Les objets lui rappelaient de trop rares moments partagés, cadeau d'anniversaire ou de Noël, joie du gamin devant le sapin, souvenir d'avoir traîné ensemble des heures dans une boutique pour choisir son appareil photo... Il lui parlerait, il réussirait à lui faire entendre raison, il fallait qu'il le retrouve.

Loïc entra dans le garage, le scooter de Nicolas était là, renversé sur le côté. Il le redressa et avisa la grande poubelle inhabituellement ouverte. Il allait la refermer d'un geste machinal quand il y jeta un coup d'œil.

Il aperçut un morceau de jean.

Intrigué, il se pencha et sortit des vêtements roulés en boule.

Il eut un coup au cœur, c'étaient ceux que portait Nicolas. Pourquoi les avait-il jetés ? Il les déroula.

– Non...

L'angoisse le broya, ses mains tremblèrent, il laissa tomber le jean et la chemise : ils étaient maculés de sang.

*
**

Le chalutier tanguait paisiblement, il n'avait pas bougé de son mouillage. Milic avait écouté sa fille attentivement, désolé de ne pas pouvoir l'aider. Il comprenait maintenant pourquoi, depuis quelque temps, Nicolas s'était éloigné de lui. Il ne porta aucun jugement, simplement il s'inquiéta que son petit-fils se soit coupé des siens.

Marie s'assit, accablée.

Milic posa affectueusement la main sur sa tête, puis retourna d'un pas plus lourd pour prendre des casiers.

Elle le suivit du regard. Son père lui faisait penser à l'albatros. Comme le grand oiseau, il était gauche et malhabile à terre, il n'était pleinement lui-même qu'en mer, en osmose avec la nature, et savait mieux se comporter avec les éléments qu'avec les humains.

Son téléphone la tira de ses pensées, c'était Loïc.

– Quoi ?... Les vêtements de Nicolas... Où ça ?...

Sa voix s'altéra.

– Du sang ? Attends, ne touche à rien, calme-toi, calme-toi, répéta-t-elle, pour tenter elle-même de contenir l'angoisse qui la glaçait et ne pas rajouter à la panique de son frère.

Un cri rauque la fit alors sursauter. Milic.

Elle le vit laisser choir ses casiers et tituber sur place, comme sous le coup d'une violente émotion, le regard hypnotisé, rivé sur le contenu de l'un de ses viviers. Marie hurla.

– Papa !

Elle courut le rejoindre, sans prendre le temps de couper la communication avec Loïc.

– Non, oh non !...

Debout à côté de son père, elle ne pouvait détacher son regard du bassin qu'ils surplombaient : dans le grouillement des tourteaux et des araignées de mer, presque entièrement recouvert par l'agitation des gros crustacés, on devinait un corps, seule une jambe émergeait.

Milic saisit la main de sa fille, tous deux étaient anéantis par la même pensée.

Nicolas.

La voiture de Loïc arriva à toute allure jusqu'au chemin qui bordait les viviers. Le cri de Marie à l'autre bout du fil lui résonnait encore dans les oreilles.

De loin, il vit sa sœur dans les bras de Milic, le vieil homme fixait toujours le vivier que recouvrait maintenant une vieille bâche.

La poitrine oppressée, il courut les rejoindre et, sans attendre que l'un ou l'autre lui dise quoi que ce soit, il tira sur le coutil pour dégager le bassin.

Il resta saisi devant le cadavre que les crabes avaient lacéré et remercia Dieu.

C'était Yves Pérec qui gisait devant eux.

Loïc se détourna, puis dévisagea sa sœur et son père. Il lut dans leurs yeux le même sentiment que celui qu'il éprouvait. Marie eut une voix blanche.

– J'ai averti le commandant Fersen. Il est sûrement en route, il vaut mieux que tu files, que tu continues à chercher Nicolas ; d'après ce que j'ai pu savoir, personne ne l'a vu quitter l'île. Je préfère que ce soit toi qui le retrouves plutôt que Fersen.

– Tu ne penses tout de même pas que c'est lui qui a... s'étrangla Loïc.

– Non, je ne peux pas imaginer ça... Mais sa disparition et la découverte de ses vêtements pleins de sang ne plaident pas pour lui...

Elle s'interrompit en entendant le deux-tons d'un des véhicules de la gendarmerie.

Sans attendre davantage, Loïc courut vers sa voiture dans laquelle il s'engouffra. Marie le regarda démarrer, et sentit le bras de son père entourer ses épaules.

– Ne laisse pas ton frère seul. Il est imprévisible. Je vais me débrouiller avec le flic. Va, ma fille.

Marie le serra brièvement contre elle. Elle savait qu'il assumerait parfaitement la situation et lui en était reconnaissante.

Elle allait atteindre sa voiture mais comprit qu'il était trop tard. Fersen arrivait, barrant le chemin.

Il descendit rapidement du quatre-quatre et, de loin, s'adressait déjà à elle.

– Vous avez mieux à faire que de répondre à mes questions ?

– J'ai le choix ?

L'évidence s'imposait, il ne lui répondit même pas, passant à une autre question qu'il posa avec une telle indifférence qu'elle le détesta.

– Qui est-ce ?

– Votre assassin... Assassiné.

Ignorant le sarcasme, Fersen lui fit signe de le suivre et se dirigea vers le vivier.

– Qu'est-ce que vous faisiez là ?

Mais Milic les rejoignit et commença à lui raconter par le menu sa découverte, empêchant Fersen de poursuivre ses interrogations. Marie apprécia la connivence et la présence d'esprit de son père. Discrètement, elle fit quelques pas en direction du chemin, mais Lucas lui jeta un regard sévère. Elle s'assit en soupirant sur une borne de pierre.

Le flic s'énerva en voyant Morineau, emprunté, manipuler maladroitement le cadavre au mépris de toute précaution, effaçant peut-être les éventuels indices qui permettraient aux scientifiques de la police de reconstituer le scénario du meurtre. Il lui fonça dessus et l'écarta sans ménagement.

Les mains gantées de latex, il déplia délicatement celles du mort et, braquant sa torche sur les phalanges, en examina la face interne.

Elles étaient là, sur l'index et le majeur.

D'imperceptibles traces de piqûres identiques à celles trouvées par le légiste sur les doigts de Gildas Kermeur.

– Ensachez les mains, jeta-t-il brièvement à Morineau dont le regard se teinta d'incompréhension. Les mains, Morineau ! précisa Lucas, en lui agitant les siennes sous le nez, comme une marionnette. Vous les emballez !

Tandis que Stéphane obtempérait avec cette fébrilité qui caractérise le manque d'assurance, Lucas écarta les cheveux de la victime, poisseux de sang coagulé. La plaie était située à l'arrière de la tête, là où la calvitie naissante laissait apparaître la peau plus rose du crâne.

Il était prêt à parier que l'autopsie confirmerait qu'Yves et Gildas avaient été tués de la même façon. Il reposait la tête sur le sol quand il remarqua le minuscule bout de papier collé à la commissure des lèvres du cadavre, comme un morceau de papier à rouler qu'un vieux se serait mis sur la joue pour cautériser une coupure de rasoir, et qui aurait glissé.

Il l'attrapa délicatement du bout de l'ongle, sentit une résistance et, écartant les lèvres de la victime, puis les mâchoires, en extirpa petit à petit la totalité, roulée en boule. Il déplia le papier humide de salive avec précaution.

Pour Marie, le Très-Haut jugera
Du cœur de pierre le sang coulera et la lumière jaillira.

Marie... Il tourna automatiquement les yeux vers le muret, et réprima un juron en réalisant qu'elle n'était plus là.

*
**

Marie déboula dans la buanderie au moment où Loïc vidait copieusement un jerrican d'essence dans un grand bac en pierre, et comprit immédiatement ce qu'il était en train de faire.

– Détruire les vêtements de Nico ne l'aidera pas ! lança-t-elle en courant vers son frère. Surtout s'il est innocent !

Mais Loïc ne sembla pas l'entendre, et ne réalisa vraiment sa présence que quand elle essaya de lui arracher le jerrican des mains. Il tourna vers elle un visage aux traits déformés par la haine – une image qui hanterait longtemps la jeune femme – de même que les mots qu'il éructa avec violence.

– Fous le camp, Marie ! T'es pas des nôtres !

Remisant la douleur à plus tard, Marie s'accrocha au jerrican et lutta pied à pied avec un Loïc dont la force était décuplée par la rage, insensible aux giclées d'essence qui fusaient au passage, arrosant leurs vêtements et le sol autour d'eux. La jeune flic eut beau convoquer toutes ses forces, celles-ci l'abandonnèrent un bref instant, suffisant pour que son frère la repousse et sorte un Zippo dont il fit jouer la flamme. Celle-ci se refléta brièvement dans ses pupilles dilatées.

Oubliant toute prudence, Marie lui fonça dessus tel un taureau chargeant le matador et eut le temps de voir le briquet voler dans les airs avant de se faire cueillir d'un rude revers, en pleine face, qui lui ouvrit l'arcade et la propulsa à terre. Le bruit mat de sa tête heurtant le sol s'estompa alors qu'elle glissait dans le néant, ignorant que l'essence répandue venait de s'enflammer et progressait vers elle. Inexorablement.

La rage de Loïc retomba. Net. Pétrifié, comme hypnotisé, il suivit du regard la langue de feu qui encerclait déjà sa sœur et léchait ses vêtements.

– Putain, mais restez pas là ! Allez chercher un extincteur !

Lucas arracha une nappe qui séchait sur un fil, bouscula Loïc qui lui barrait le passage et, sautant dans le cercle de feu, la jeta sur Marie pour étouffer les flammes tandis que Loïc, enfin sorti de sa torpeur paralysante, venait lui filer un coup de main.

Le flic se pencha sur la jeune femme livide.

Et soudain ce fut le visage de Valentine qui lui vint en mémoire.

C'était il y a dix ans. Elle faisait ses premières armes de flic, avec l'inconscience et l'optimisme d'une jeunesse persuadée que la vie est éternelle. Un matin, elle était partie sur un flag et n'en était jamais revenue. À la PJ, personne ne savait qu'ils étaient amants. Il avait tenu à assister à la levée du corps. Avant que le cercueil ne se referme pour toujours, et sans que personne ne le remarque, il avait glissé un petit écrin à l'intérieur. Le diamant taillé en brillant pesait plus d'un carat, sa monture était en or blanc. Il l'avait acheté quelques jours avant le flag et attendait le bon moment pour demander Valentine en mariage. Le bon moment ne viendrait jamais. Un jeune junkie farci de crack en avait décidé autrement... Le cercueil s'était refermé sur Valentine, sur la bague. Et sur le cœur du flic.

La première image qui frappa sa rétine fut celle du regard noisette de Lucas, penché sur elle. Marie y lut une angoisse sourde et diffuse, qui fut balayée si rapidement qu'elle pensa avoir rêvé.

– Décidément, on ne peut pas vous laisser seule ! furent les premiers mots qu'il lui décocha, troublé par le sentiment violent qu'il avait éprouvé en la voyant, inconsciente et si pâle.

Le genre de sentiment dont il ne voulait plus jamais s'encombrer.

Il sourcilla en la voyant faire mine de se relever.

– Ne bougez pas, j'appelle des secours.

Mais Marie se redressa quand même.

Il contempla les vêtements roussis par endroits, le sang qui creusait un sillon sur la joue maculée de noir de fumée, et sortit un Kleenex qu'il lui appliqua sur l'arcade sourcilière avec fermeté.

– Je sais que dans le coin vous avez la tête dure, mais je préfère qu'un toubib vous examine.

– Au cas où vous l'auriez oublié, le seul médecin de l'île est mort, articula-t-elle non sans difficulté, en lui prenant le mouchoir des mains.

Il soutint son regard un instant, puis haussa les épaules et décrocha son portable sans plus faire cas d'elle.

– Morineau ? Fersen. Rejoignez-moi immédiatement à l'hôtel avec vos hommes.

Il leva les yeux au ciel.

– Évidemment, chez Loïc Kermeur ! Vous connaissez d'autres hôtels à Lands'en ?

Il raccrocha sèchement et sourcilla en voyant que Marie en avait profité pour se rapprocher de Loïc. Mettre le frère en état d'arrestation sous ses yeux lui déplaisait souverainement, mais elle ne lui laissait pas le choix. Il était intimement persuadé que Loïc savait où son fils avait pu se planquer, et espérait bien qu'une garde à vue l'inciterait à collaborer.

– S'il le savait, vous croyez vraiment qu'il serait aussi angoissé ?

Les yeux de Marie étincelaient de colère et de désespoir.

– Laissez-moi lui parler, je connais bien mon frère, vous n'obtiendrez rien de lui en le prenant de front.

Il ne se donna même pas la peine de lui répondre. À ce stade, il ignorait si Nicolas avait vraiment pu tuer Yves Pérec, mais que son père le crût au point d'être prêt à détruire d'éventuelles preuves lui suffisait pour amorcer l'interrogatoire.

– Vous voulez vraiment m'aider ? lança-t-il à Marie d'un ton glacial, en sortant les menottes. Ne vous mêlez plus de rien. *Capito ?*

Marie ouvrait la bouche pour répliquer quand Loïc s'adressa à elle d'une voix empreinte de lassitude.

– Fais ce qu'il te dit, Marie. S'il te plaît.

Elle crut l'entendre murmurer *pardon*, et s'exécuta à regret.

10

Elle trouva la suite nuptiale vide, les draps roulés en boule sur le lit déserté, pourtant il était encore très tôt. Marie ne s'appesantit pas sur l'absence de Christian. Au reflet que lui renvoya le miroir en pied, elle estima même préférable qu'il ne la voie pas dans cet état.

Vingt minutes plus tard, il ne restait pour toute trace du drame qui s'était joué dans la buanderie qu'une arcade soigneusement barrée de Stéristrip. Dans quelques jours, il n'y paraîtrait plus. Mais la jeune femme savait que les vraies blessures mettraient beaucoup plus longtemps à cicatriser.

Elle sortait de l'ascenseur quand elle aperçut Jeanne et Christian, assis dans la salle à manger vide. Complot. Tel fut le mot qui lui vint spontanément à l'esprit. De fait ils parlaient d'elle, et ne s'interrompirent pas à son approche.

– J'ai fait avancer notre départ, disait Christian. Nous ne serons malheureusement pas là pour l'enterrement de Gildas.

– Il serait le premier à vouloir que Marie s'en aille, le rassura Jeanne.

– Je peux être consultée sur mon propre sort, ou c'est trop demander ?

Pourquoi la regardaient-ils comme si elle venait de proférer une incongruité ? Pourquoi ne les croyait-elle pas quand ils affirmaient qu'ils ne pensaient qu'à la mettre à l'abri. De qui ? De quoi ? Pourquoi avait-elle la nette impression qu'ils avaient plus peur d'elle que *pour* elle ? Pourquoi Jeanne était-elle partie sans lui répondre ? Pourquoi Christian prenait-il le parti de sa mère contre elle ?

– Arrête, avec tes questions ! Jeanne tremble pour toi et préfère te savoir à l'abri, loin d'ici. Tu peux comprendre ça, non ?

Non, elle ne comprenait pas. Et le simple fait que Christian ne lui ait pas demandé son avis pour avancer leur départ au lendemain la mettait dans une rage froide. Il s'emporta.

– Il a toujours été prévu qu'on parte ensemble à Plymouth !

– Et que Gildas soit assassiné, c'était prévu aussi ?

En voyant le visage de Christian se décomposer, Marie s'en voulut immédiatement de ce coup bas, que même une grande colère n'excusait pas. Il ne lui laissa pas le temps de trouver les mots pour se faire pardonner.

– Tu m'inquiètes, Marie, déclara-t-il d'une voix sourde. Où est passée la femme que j'aime ? Celle que j'ai devant moi est devenue dure, inaccessible... égoïste même !

Égoïste ? Elle voulut lui hurler que c'était lui qui l'était. Lui qui ne pensait qu'à sa course alors que sa famille était dans la douleur. Mais les mots s'étranglèrent dans sa gorge. Elle partit en courant, droit devant elle, vers la longue plage de sable et la mer qui commençait à moutonner.

La tempête signalée sur Brest était en train d'arriver.

Christian rattrapa Marie juste avant qu'elle n'atteigne le rivage et dut presque la plaquer au sol pour l'obliger à s'arrêter. Il écarta les longs cheveux qui balayaient le visage de la jeune femme, croisa son regard humide de larmes et lui demanda pardon pour sa brutalité.

– Essaye de comprendre, mon amour, murmura-t-il sans la lâcher des yeux. Je ne veux pas passer ma vie à trembler pour toi.

– Tu crois que je ne tremble pas, quand tu es en mer ? protesta-t-elle. Simplement je l'accepte, parce que je n'ai pas le droit de te demander de renoncer à ce qui est l'essence même de ta vie. J'ai accepté de mettre mon métier entre parenthèses parce que je t'aime, mais les circonstances m'y ramènent malgré moi.

Elle le dévisagea, implorante.

– Laisse-moi jusqu'à la fin de la semaine, comme c'était prévu.

– Qu'espères-tu, en si peu de temps ?

– Des nouvelles de Nicolas.

Elle soupira.

– Enfin j'espère.

Il la scruta un long moment avant de répondre.

– J'ai ta parole qu'on partira dès que tu seras rassurée sur son sort ?

Elle acquiesça un peu trop vite. Sans ciller.

*
**

Les haubans agités par un vent de force 7 cliquetaient sur les mâts avec frénésie, et les bateaux, pourtant ancrés à l'abri, semblaient pris d'une furieuse danse de Saint-Guy. Sur le port déserté, quelques nasses oubliées, littéralement soufflées, traversèrent la place et allèrent s'échouer sous l'Algeco de la Compagnie de l'Iroise, dont l'auvent était rabattu. Des vagues montaient déjà à l'assaut du débarcadère.

L'île était coupée du continent, sine die.

Par gros temps, il n'était pas rare de voir la terrasse de l'hôtel balayée par les vagues que la houle poussait loin en avant dans les terres, allant jusqu'à inonder les terrains situés à peine plus haut que le niveau de la mer. Là, elles emportèrent carrément le mobilier de jardin que personne n'avait songé à rentrer.

Assis dans un coin de la buanderie, abattu et menotté, Loïc regardait d'un œil morne Lucas, ganté, glisser les vêtements à demi consumés dans un grand sac plastique et les tendre à Leroux, l'un des adjoints de Morineau, la quarantaine couperosée et la moustache fournie.

– Je veux les résultats d'analyse en priorité.

– Faut dire ça à la tempête, mon commandant.

– Il y a des laboratoires sur l'île, que je sache !

– Ils travaillent surtout sur les algues et le plancton.

– Eh bien ça les changera ! bougonna Lucas. Dès qu'ils

ont les résultats, qu'ils les faxent à Brest pour qu'on les compare avec le sang d'Yves Pérec. Et dès que vous avez fini ici, rejoignez-moi chez le toubib pour la perquisition.

La tempête mettait ses nerfs à rude épreuve, d'autant que les renforts dont il avait besoin pour faire quadriller l'île – au cas improbable où Nicolas y serait encore – n'étaient pas près d'arriver. Lorsqu'il avait cherché à savoir quand les liaisons seraient rétablies, il s'était entendu répondre de s'adresser directement à Dieu.

Depuis le début de la matinée, Lucas ne décolérait pas, et Morineau faisait les frais de son humeur de dogue, et d'un déluge de questions.

– Vous avez fait poser les scellés sur le cabinet du toubib ? Vous avez faxé l'avis de recherche concernant Nicolas Kermeur et Chantal Pérec au SRPJ de Brest ? Vous avez prévenu la capitainerie de ne laisser sortir aucun bateau ?

La dernière question prit Stéphane au dépourvu.

– Avec cette tempête, il faudrait être complètement dingue pour prendre la mer, bredouilla-t-il.

– Eh bien, faites comme si le tueur était *complètement dingue*, Morineau, répliqua Lucas en singeant méchamment le jeune gendarme.

Puis il désigna Loïc.

– Vous attendez quoi, pour l'emmener au poste ? aboya-t-il. Qu'il avoue ?

Un violent appel d'air précéda l'entrée de Gwen dans l'hôtel, charriant au passage des feuilles qui tourbillonnèrent avant d'aller joncher le sol. Elle passait machinalement la main dans ses courts cheveux ébouriffés pour tenter de les discipliner quand Morineau sortit de la buanderie, remorquant Loïc. Son cœur se serra en voyant qu'il était menotté. La rumeur était donc fondée.

– Vous avez perdu la tête, Stéphane ? siffla-t-elle en décochant un regard glacial au jeune gendarme. Enlevez-lui ça immédiatement !

– Je peux pas, madame Gwen, répliqua-t-il, navré, avec un vague signe de tête en arrière. J'ai des ordres...

Parce qu'il était incapable de lui résister, il accepta néanmoins qu'elle s'entretienne une minute avec Loïc, à condition de rester en vue. Il s'éloigna de quelques mètres et, ne sachant de qui, Gwen ou Fersen, il craignait le plus les foudres, se plaça de façon à avoir à la fois le couple et la porte de la buanderie dans son champ de vision.

– Je vais te trouver un avocat pour te tirer de là, glissa Gwen à Loïc. Ne t'inquiète pas.

– C'est trop tard, marmonna-t-il. Quitte cette île avant qu'elle devienne ton cercueil.

– Partir sans toi ? Jamais.

– Bon Dieu, Gwen ! souffla-t-il avec force. Tu ne comprends pas qu'on va tous y passer ?

– Les autres essaient de garder leur sang-froid. Alors je t'en prie, garde le tien.

– Et si c'était l'un des nôtres qui nous avait mis sur sa liste des espèces en voie de disparition ? Tu y as pensé ? Moi, je ne fais que ça depuis que Gildas a reçu cette lettre. Personne ne pouvait savoir. Personne.

– Mais ça n'a aucun sens ! répliqua-t-elle, la voix pourtant moins assurée. Chacun a tout à perdre à révéler notre secret.

– Tout ? Vraiment ? Et s'il s'agissait au contraire de tout récupérer ? Réfléchis, Gwen. Demande-toi lequel d'entre nous a le plus intérêt à ce que les autres disparaissent.

Gwen vit Stéphane, dont la nervosité allait croissant à chaque fois que la porte de la buanderie s'ouvrait, rappliquer vers eux. Elle comprit qu'elle n'avait plus le temps d'ergoter. Elle approcha sa bouche de l'oreille de Loïc.

– Je retrouverai Nico, mon amour, je te le promets.

Elle lui effleura la joue d'un rapide baiser et lança une œillade assassine à Stéphane qui entraînait Loïc vers la sortie.

– Si vous aviez eu les couilles de prendre l'enquête en main à la mort de Gildas, on n'en serait pas là !

Et elle sortit à son tour, tenaillée par le doute que Loïc lui avait instillé.

En dépit des violentes bourrasques, ils étaient nombreux à s'être massés devant l'hôtel dès que la rumeur de l'arrestation de Loïc s'était propagée, et assistaient, impuissants, au départ de la voiture de gendarmerie qui transportait le frère de Marie au poste.

Un silence pesant, uniquement troublé par le sifflement des rafales de vent, accompagna la sortie de Lucas. Il affronta un instant le mur compact de regards hostiles quand une voix, dure et coupante, s'éleva.

– Tu es fière de toi, oiseau de malheur ?

Ce n'est qu'en voyant Marie sur le seuil qu'il comprit que la diatribe ne s'adressait pas à lui.

– Tu ne vois pas que tu sèmes le mal depuis que tu es sur cette île ? poursuivit Yvonne Le Bihan en agrippant la jeune femme qui tentait de se frayer un passage.

– Ça suffit, maintenant ! tonna Lucas, en repoussant la mère de Gwen. Rentrez chez vous ! Tous !

Il posa une main compatissante sur le bras de Marie et, baissant d'un ton, lui conseilla d'en faire autant.

– Je ne serai pas toujours là pour veiller sur vous.

– Ne vous y trompez pas, répliqua-t-elle vertement. C'est vous qui avez besoin de moi, pas l'inverse.

Comme pour illustrer ses propos, un vieil îlien débarqua, porteur d'une nouvelle en breton qui déclencha quelques embryons de signes de croix et secoua l'assistance d'une onde de commentaires : *Les pierres se réveillent... C'est l'Ankou qui frappe... Le sang des naufrageurs...*

En d'autres circonstances Marie aurait pris un plaisir malin à voir Lucas tourner vers elle un regard quémandeur. Là elle se contenta de déclarer sourdement qu'un autre menhir s'était mis à saigner.

Lorsque le flic arriva sur le site, courbé en deux par les rafales de plus de cent kilomètres à l'heure qui balayaient la falaise, Ryan était déjà là, face au menhir dont les rigoles de sang suintantes frisaient sous la violence du vent.

Lucas avait beau avoir vu pas mal de choses étranges depuis qu'il travaillait pour le DCR, c'était son premier menhir qui saigne. Il devait avouer que cela avait de la gueule.

– Le bouquin sur les pierres qui parlent, c'est vous ? demanda-t-il après avoir reluqué l'écrivain, et jugé intérieurement qu'un type aussi bien fringué ne pouvait pas être un local de l'étape.

Ryan hocha la tête et déclina son nom tout en lui tendant la main.

– Vous devez être le commandant Fersen.

Plus une affirmation qu'une question. Lucas se contenta d'acquiescer en lui serrant la main et reporta son attention au fronton du menhir, et au signe gravé dont le sang suintait.

Un ovale surmonté de deux tirets obliques.

– Après la mouette, le crabe, murmura Ryan. Évidemment.

– Vous dites cela comme s'il s'agissait d'une suite logique.

– Il y a de ça, répondit-il. La veille de la mort de Gildas, Marie Kermeur a trouvé une mouette ensanglantée dans son voile de mariée. Le lendemain matin, elle découvrait le corps de son frère que des mouettes étaient en train de dépecer.

Il désigna le menhir circonscrit de bandes de police.

– Et le menhir portant le symbole de l'oiseau s'est mis à saigner.

– Oh... Et qu'a-t-elle trouvé hier soir ? rétorqua Lucas, sarcastique. Un tourteau mayonnaise dans son assiette ?

L'écrivain s'autorisa un mince sourire.

– Pas exactement.

Et il lui narra rapidement l'épisode des crabes ayant failli coûter la vie à Marie.

– Même si l'on ne croit pas aux présages, avouez que c'est troublant.

Lucas s'apprêtait à répondre quand il aperçut Pierric qui s'était approché en silence et qui, serrant son tas de chiffons contre lui, s'était planté à quelques mètres, les observant fixement de ses yeux légèrement globuleux. Le regard étrange du muet mit Lucas mal à l'aise, même après que Ryan lui eut assuré que, en dépit d'une apparence inquiétante, Pierric était tout ce qu'il y avait d'inoffensif.

– Vous pensez que le tueur prévient Marie des meurtres qu'il s'apprête à accomplir ? demanda Fersen.

– C'est vous le flic, répondit Ryan avec ironie, moi je me contente d'étudier les phénomènes irrationnels, les légendes...

– Une légende n'est qu'un récit dont les faits historiques ont été déformés par l'imagination populaire, souligna Lucas. Et les gens, par ici, ne manquent pas d'imagination !

– À votre place, je ne me risquerais pas à prétendre que l'histoire de la *Mary Morgan* n'est pas réelle, à moins que vous n'ayez envie de vous mettre à dos tous les îliens. Les gens d'ici tiennent à leur passé, même s'il n'est pas des plus glorieux, précisa-t-il. Quant au menhir qui saigne, c'est un fait, pas un produit de l'imagination.

– Il y a toujours une explication, répliqua Lucas, avec une pointe d'agacement. Et je la trouverai, même si je dois finir mes jours sur ce tas de cailloux et me mettre au breton.

Ryan désigna le phare.

– Si je peux vous être utile en quoi que ce soit, vous savez où me trouver.

Lucas acquiesça, le regarda s'éloigner, se heurtant à nouveau au regard fixe de Pierric, et décrocha son portable pour demander à Morineau de rappliquer, afin de virer les curieux avant que le site ne ressemble à la fête à Neuneu.

Puis il entreprit de faire le tour du menhir, visiblement dans l'espoir de découvrir le truc permettant à une masse de granit de plus d'une tonne de verser des larmes de sang.

Pierric lui emboîta le pas, s'arrêtant quand il s'arrêtait, repartant quand il repartait, à la façon dont les enfants jouaient – et jouent parfois encore – à « un, deux, trois... soleil ». Exaspéré par ce manège, Lucas décida de ne plus y prêter attention, mais la présence constante de ce type mal dégrossi dans son dos le mettait à cran. N'y tenant plus, il fit volte-face pour en découdre une bonne fois et resta saisi.

Aussi loin que portait sa vue, le site était désert.

***

Fidèle à la promesse faite à Loïc, Gwen avait fini par convaincre sa mère de fermer la faïencerie pour la journée, et de mobiliser chacun des employés pour quadriller l'île à la recherche de Nicolas.

– Considère le manque à gagner comme un investissement, expliqua-t-elle à Yvonne. Lorsque je postulerai à la succession d'Yves, à la mairie, j'aurai besoin de tous les votes. Les îliens n'ont pas la mémoire courte et chacun se souviendra que nous avons tout fait pour ramener à nous l'un des nôtres.

Yvonne se rendit finalement à ses raisons et rassembla immédiatement les employés auxquels elle s'adressa depuis la mezzanine dominant l'atelier. Le discours qu'elle leur servit fut un modèle du genre, et Gwen, admirative, l'écouta un instant scier habilement la branche aux Kersaint, expliquant que la logique aurait voulu que l'élan de solidarité vienne d'eux mais suggérant que les Le Bihan étaient sans doute plus proches du peuple, en raison d'origines modestes jamais reniées, pour avoir cette initiative altruiste.

– Je pensais que c'était toi qui te présenterais aux élections municipales !

Gwen dévisagea Philippe qui s'était rapproché d'elle, pas dupe de la perfidie du propos en dépit du regard innocent qu'il lui adressait, et tourna les talons. Non que la remarque la titillât – encore que – mais une fois de plus Pierric jouait les filles de l'air, et Gwen frémissait à l'idée qu'il soit de nouveau allé rôder sur la falaise.

*
**

– Eh bien, dites au procureur que si les renforts étaient partis hier, comme je l'avais demandé, ils ne seraient pas bloqués sur le continent à attendre que la tempête veuille bien se calmer.

Lucas hurlait dans l'appareil pour couvrir le bruit du vent.

– Faire appel à des bénévoles ?

Il rattrapa au vol la bande jaune de police avec laquelle Stéphane bataillait ferme et qui venait de lui échapper, emportée par une bourrasque.

– On voit que vous ne connaissez pas les locaux. Au mieux

ils me cracheront à la figure, au pire ils aideront le petit Kermeur à se planquer... C'est ça, au revoir.

Il raccrocha, puis aida le maréchal des logis à élargir le périmètre de sécurité au second menhir. Plus loin, les deux adjoints de Morineau arpentaient la falaise, courbés en deux, à la recherche d'improbables indices.

Stéphane grimaça en entendant Lucas lui dire que ses hommes et lui devraient se relayer sur le site, le temps que le matériel de vidéo-surveillance commandé sur le continent puisse être acheminé et opérationnel.

– On a mis une barrière interdisant l'accès du site au public, argumenta le jeune gendarme, peu enthousiaste. En général les gens respectent plutôt bien les consignes, et puis avec ce qui vient de se passer...

Les mots moururent sur ses lèvres en voyant l'expression goguenarde de Lucas qui lui désignait Gwen, encapuchonnée, venant vers eux d'un pas décidé et enjambant sans vergogne les bandes jaunes avant de se planter devant le flic.

Sans même le saluer, elle s'enquit froidement de la réalité d'une rumeur qui circulait sur l'éventuelle fermeture du site. Lucas s'étonna une fois de plus de la rapidité avec laquelle l'information avait fait le tour de Lands'en, et acquiesça.

– C'est exact, et je boucle également l'île. Seuls les résidents auront le droit d'aller et venir. Dès que Dieu aura décidé de rétablir les liaisons maritimes, cela va de soi, ajouta-t-il non sans un certain plaisir féroce.

– Interdire l'île, c'est la mort des commerces qui font leur chiffre pendant la saison, protesta vigoureusement Gwen. Vous n'avez pas le droit de prendre une telle décision tout seul, le conseil municipal...

– ... N'a aucun pouvoir, moi si, l'interrompit-il avec froideur. Entendons-nous bien, madame Le Bihan, l'époque où vous régliez les affaires entre vous est révolue et, que cela vous plaise ou non, vous allez devoir vous plier à mes directives, sinon vous vous retrouverez en garde à vue pour obstruction à une enquête criminelle. Pour utiliser le langage du coin, disons que, comme Dieu, j'ai le pouvoir de faire la pluie et le beau temps à Lands'en. Quant à la mort du tourisme breton, excusez-moi de ne pas partager vos états d'âme, mais pour le moment ce sont des îliens qui meurent, alors tant que l'assassin ne sera pas sous les verrous l'île sera bouclée.

*
**

Vers 15 heures le vent tomba et le déluge céda peu à peu la place au crachin, cette pluie fine et pénétrante dont la Bretagne détient depuis toujours le secret de fabrication. La liaison avec le continent serait bientôt rétablie.

Au café du port, Anne et la petite serveuse distribuaient des sandwichs et des grogs à ceux qui, frigorifiés, venaient de passer des heures à fouiller l'île à la recherche de Nicolas, et faisaient une pause avant d'y retourner. La sœur de Christian apprécia de voir que Ryan était du lot, une attitude qui ne pouvait que lui attirer la sympathie de tous.

La porte n'arrêtait pas de s'ouvrir sur un nouvel arrivant qui, interrogé du regard par les autres, secouait invariablement la tête en soupirant.

Nicolas restait introuvable.

Poussé par Armelle qui estimait inconcevable, et contraire aux devoirs de leur charge, que son époux ne participât pas à l'effort de guerre, Pierre-Marie de Kersaint s'était mollement résigné à battre la lande des heures durant en sa compagnie. PM allait mordre dans un sandwich généreusement beurré quand son épouse le lui prit des mains d'autorité.

– Pensez à votre cholestérol, lui glissa-t-elle sèchement, tout en distribuant des sourires alentour. Et à notre avenir. Ces gens sont tous des électeurs, alors quittez cet air suffisant et prenez exemple sur votre fille : mêlez-vous au peuple !

Armelle aurait sans doute été moins sereine si elle avait pu voir sa fille Juliette et Ronan Le Bihan profiter d'être noyés dans un groupe compact de jeunes pour laisser leurs mains s'égarer en douce.

Depuis le bar où elle était accoudée, Yvonne eut un rictus de mépris en désignant Pierric qui secouait avec force le flipper près de la porte.

– Regarde-moi ce débile, il n'y a même pas d'argent dans la machine, glissa-t-elle à Gwen, juchée sur un tabouret à ses côtés. Note que ça ne coûte rien, c'est déjà ça.

Son regard dériva sur les Kersaint qui allaient de l'un à l'autre, distribuant poignées de main, sourires hypocrites et mots gentils. Elle leva les yeux au ciel en entendant PM lancer à la cantonade qu'il offrait une tournée générale, suscitant l'enthousiasme de la foule.

– Ce vautour est en train de récupérer la situation à son profit, commenta-t-elle, non sans aigreur. Fermer la boutique n'aura servi à rien, d'autant que Nicolas doit être loin à l'heure qu'il est.

Elle s'interrompit en voyant PM venir vers elles, deux coupes à la main, s'apitoyant avec hypocrisie sur la fermeture de l'île, extrêmement préjudiciable aux affaires des Le Bihan.

– Si je peux vous aider en quoi que ce soit... commença-t-il, mielleux.

– Ton argent pue, PM, et toi avec, l'interrompit vertement Yvonne en refusant la coupe et en prenant tout le monde à témoin d'une voix forte. Vous ne sentez pas cette odeur de pourriture, vous autres ?

– Vieille peau.

Ulcérée, Gwen agrippa fermement PM par le col et commença à le secouer avec une force insoupçonnée. Oubliant la réserve due à sa position de châtelain, PM lui cracha au visage et allait la gifler quand Morineau s'interposa.

Dans le désordre qui s'ensuivit, personne ne vit la main qui glissait subrepticement le contenu d'une pipette dans le verre d'Yvonne.

Insensible au crachin qui nimbait ses cheveux d'un réseau de fines gouttelettes, Yvonne marchait d'un pas énergique, tenaillée par la peur qu'avait déclenchée l'appel téléphonique reçu une demi-heure plus tôt au café.

Comment avait-il pu découvrir la vérité sur ses enfants ? Seul le vieux Pérec était au courant, mais il avait falsifié les documents sous ses yeux. Yves l'aurait-il appris ? La mère de Gwen repoussa immédiatement cette idée : Yves venait tout juste de naître à l'époque. Bien sûr, cela n'excluait pas que le vieux Pérec lui en ait parlé, des années plus tard, afin de se mettre en règle avec sa conscience – bien qu'elle doutât qu'il en ait jamais eu une – ni qu'Yves en ait parlé à son tour. Mais quoi qu'il en soit, ils étaient morts tous les deux et ne pourraient plus témoigner.

Et elle allait clouer définitivement le bec d'un maître chanteur suffisamment inconscient pour oser s'attaquer à elle. Tout allait rentrer dans l'ordre.

Rassérénée par cette pensée, elle poussa la porte de la faïencerie plongée dans la pénombre. Elle actionna en vain l'interrupteur commandant les lumières des ateliers et fronça les sourcils.

Sur ses gardes, elle traversa en silence l'atelier dévolu à la peinture, se faufilant sans mal, par la force de l'habitude, entre les rayonnages surchargés de faïences en attente d'être peintes. Les figurines blanches alignées comme à la parade avaient quelque chose de martial dans l'allure, et semblaient la suivre de leurs yeux sans pupilles alors qu'elle progressait vers les marches montant aux bureaux.

Le malaise la prit au dépourvu.

Elle vacilla et s'agrippa au montant d'une des étagères pour retrouver son équilibre. Son cœur, comprimé par une main géante, semblait vouloir s'échapper de sa poitrine. Elle respirait à petits coups quand elle entendit des pas derrière elle.

Elle tenta de se retourner et lança une main au jugé.

– C'est toi, espèce de sale...

Le reste se perdit dans le fracas que firent les faïences en se brisant au sol, lorsque les rayonnages s'abattirent sur Yvonne.

Alors qu'elle gisait face contre terre, la dernière pensée qui lui vint, avant de sombrer dans le néant, fut que le vieux Pérec avait peut-être laissé un témoignage écrit concernant les bébés.

11

Le cœur de Marie s'était gonflé d'espoir en voyant tous les îliens quadriller l'île pour retrouver son neveu. Adultes, enfants, vieillards... même les châtelains s'étaient déplacés en dépit de la tempête. Pour la première fois depuis la mort de Gildas, elle retrouvait ces gens tels qu'ils étaient dans son souvenir : forts en gueule, souvent prêts à s'empailler, mais profondément solidaires en cas de coup dur.

Elle leur avait laissé le soin des recherches et était allée fouiller la chambre de Nicolas avant que les gendarmes ne mettent les scellés. Elle avait consulté la messagerie e-mail de son neveu et trouvé son agenda qu'elle avait soigneusement épluché. Elle avait appelé les copains de lycée, ceux qui vivaient à Brest, mais personne n'avait eu de nouvelles de lui récemment.

L'un d'entre eux avait précisé :

– Ça fait un bon moment que Nico est trop occupé pour voir ses potes. Le bac français, soi-disant. Moi je pense plutôt à une nana. Vous devriez chercher de ce côté-là.

Marie avait raccroché en songeant à Chantal. Et aux lettres que son neveu lui avait écrites. Celles qu'elle avait exhumées des cendres semblaient soudain peser une tonne dans sa poche.

Et si Nicolas, envoûté par cette femme, avait vraiment fait une connerie ? Elle chassa l'idée, trop odieuse, et alla voir Loïc à la gendarmerie.

Son frère était prostré. Centré sur sa douleur. Et sur le remords de s'être comporté comme une brute avec son fils.

– Je ne supporterais pas de le perdre, souffla-t-il d'une voix étranglée.

– Alors aide-moi, Loïc. Aide-moi à comprendre ce qui se passe sur cette île depuis que je suis revenue.

Il releva les yeux, aperçut l'arcade abîmée et le bleu qui s'élargissait en mangeant la pommette. Et baissa la tête à nouveau.

– Je ne voulais pas, marmonna-t-il d'une voix si ténue qu'elle faillit ne pas l'entendre.

Elle eut beau l'exhorter à parler, elle n'obtint rien de plus qu'un simple : *désolé*. Elle aussi l'était – ô combien ! Où était passée la complicité qui les unissait, avant ?

Fersen entra dans la gendarmerie.

Vingt minutes plus tôt, il avait accueilli les renforts. Et les avait rapidement briefés à la descente du bac. Photos et signalements à l'appui.

– Je veux que vous interrogiez tous les habitants, un par un. Bousculez les copains du jeune Kermeur, et les relations de Chantal Pérec. Je veux savoir si l'un ou l'autre, ou les deux, ont été vus ou aperçus après minuit. Questionnez les pêcheurs partis en mer la nuit dernière. Je veux obtenir, avant 18 heures, la liste précise de tous les engins à moteur susceptibles de flotter – y compris les bateaux pneumatiques ! – ayant quitté l'île au cours des douze dernières heures, même pour quelques minutes. Je veux connaître le moindre déplacement suspect, le moindre départ imprévu, la moindre visite inhabituelle. Bref, tout ce qui sort de l'ordinaire m'intéresse. On reste en liaison.

Avant, après, le flic avait essayé de joindre Marie, à plusieurs reprises, mais elle avait laissé ses messages s'empiler jusqu'à la saturation de sa boîte vocale.

Il avait interrogé Loïc durant plus de deux heures quand un ténor du barreau avait déboulé, maudit pingouin brandissant le code et tout un tas d'arguments visant à écourter la garde à vue. Un coup de fil au procureur et Fersen, manquant d'un faisceau d'éléments – probants et convergents – avait dû capituler. Loïc Kermeur serait relâché dans une heure ou deux. Il n'en avait rien tiré d'autre qu'un léger haussement d'épaules qu'il gardait obstinément penchées, la tête dans les mains.

Qu'avait-il bien pu dire à sa sœur ?

Le flic prit Annick à part. Persuadée qu'elle allait se faire remonter les bretelles, la secrétaire prit les devants.

– C'est son frère. Et puis Marie ne ferait jamais rien contre la loi.

Ben tiens ! garda-t-il pour lui.

– Attendez qu'elle ait quitté les lieux, et relâchez-le.

– Elle va être contente, répondit Annick, soulagée.

Il se dirigea vers le bureau de Morineau qu'il avait réquisitionné dès son arrivée, obligeant le maréchal des logis à squatter celui de ses subordonnés, et, d'un geste sec du menton, fit signe à Marie de le suivre.

La porte à peine refermée sur elle, il explosa. Il en avait plus qu'assez d'apprendre par d'autres ce qu'elle s'ingéniait à lui dissimuler. Pourquoi ne lui avait-elle pas parlé des crabes dans sa voiture ?

La mauvaise foi de Marie le confondit.

– Vous ne croyez pas aux signes, déclara-t-elle innocemment. J'ai jugé inutile de vous encombrer l'esprit avec de tels détails.

Devant la fureur qu'elle déclencha chez Lucas, la jeune femme jugea prudent de garder un profil bas, et subit, sans broncher, les reproches qu'il lui assenait violemment. Elle attendit qu'il se taise pour poser le petit paquet de feuilles à demi calcinées sur son bureau et anticipa la question qui allait suivre.

– Ce sont des lettres que Nicolas a écrites à Chantal, expliqua-t-elle. Ce sera facile pour vous d'en faire un élément à charge contre mon neveu, d'autant que l'une d'elles peut paraître particulièrement explicite. Pour ma part je suis certaine qu'il n'a rien à voir dans la mort d'Yves.

Lucas prit celle du dessus et la parcourut des yeux. Nicolas y écrivait, entre autres, qu'Yves ne serait bientôt plus un obstacle entre Chantal et lui.

Puis il dévisagea Marie.

– Les hommes de Morineau ont perquisitionné la villa des Pérec ce matin. Ils auront dû passer à côté, ajouta-t-il, pas dupe du fait qu'elle y était allée en douce.

– Tout indique que la belle Chantal a mis les voiles pour ne jamais revenir.

– Et vous en concluez qu'elle et Nico filent le parfait amour après s'être débarrassés du mari gênant.

– L'hypothèse des amants terribles en vaut une autre.

– Mais pourquoi tuer Yves ? lui opposa-t-elle. Il était déjà hors circuit !

– Pour combien de temps ?

Il alla classer les lettres dans l'un des dossiers consacrés à l'affaire.

– Vous savez comme moi que la justice est imparfaite – le vice de procédure est devenu la bête noire des flics qui passent plus de temps à vérifier qu'ils n'ont pas violé un alinéa du code qu'à enquêter à proprement parler. Rien ne leur garantissait qu'Yves serait inculpé et condamné pour le meurtre de Gildas. D'autant que je ne suis plus aussi sûr qu'il l'ait tué. *Nom de Dieu* !

Déconcertée, elle suivit son regard exorbité et se figea à son tour.

Sur la vitre extérieure, deux mains en forme de battoir glissaient en maculant le verre dépoli de traînées sanguinolentes.

Un visage au faciès grimaçant vint se plaquer contre la vitre.

Pierric.

Le quatre-quatre de la gendarmerie était garé devant la faïencerie.

C'est en réalisant que Pierric n'était pas blessé, que le sang sur ses mains n'était donc pas le sien, et en le voyant marteler d'un index frénétique un point précis sur la carte de l'île affichée au mur, que Marie avait réussi à décoder les mimiques du muet, et littéralement forcé la main à Lucas pour qu'il l'emmène.

– À quel titre ? avait-il aboyé.

– Interprète, avait-elle répondu sur le même ton.

Yvonne avait eu de la chance. Beaucoup de chance. L'étagère qui s'était abattue sur elle avait été arrêtée dans sa chute par celle qui lui faisait face, lui évitant d'être écrasée sous son poids. Son visage affichait une pâleur anormale, ses narines étaient pincées, et Lucas eut bien du mal à trouver un pouls. Mais il le trouva. Tandis que Marie appelait les secours, il examina soigneusement les mains d'Yvonne avant de les reposer au sol et secoua la tête pour répondre à la question muette de la jeune flic.

Pas de trace de piqûres sur les doigts.

– Son visage est intact, signe qu'elle est tombée face au sol. C'est sans doute en la retournant que Pierric s'est mis du sang sur les mains, dit Marie en désignant la petite flaque rouge sombre qui s'élargissait sous la tête.

Lucas la releva délicatement. La plaie située à l'arrière du crâne était constellée d'éclats de faïences, et d'esquilles de bois, englués dans le sang.

– Ce sera difficile d'établir si l'étagère est tombée toute seule, dit Lucas un peu plus tard en redescendant de la mezzanine. Ou si quelqu'un l'a un peu aidée.

À Marie qui fronçait les sourcils, il expliqua que la porte du bureau comptable était grande ouverte et qu'une caisse métallique contenant sans doute du cash avait été forcée.

Il observa Pierric qui, à genoux près de sa mère, profitait de son inconscience pour lui caresser doucement les cheveux, l'air béat.

– Il a toujours été muet ? s'enquit Lucas.

Marie le détrompa et évoqua brièvement la nuit de tempête à l'issue de laquelle Pierric, errant, avait perdu l'usage de la parole sans que quiconque ne comprenne pourquoi.

– Sans Gwen, Yvonne l'aurait mis dans un asile depuis longtemps.

– Elle aurait peut-être mieux fait, marmonna Lucas.

– Vous pensez que c'est lui qui l'a agressée ? Regardez-le, il est en adoration...

– L'un n'empêche pas l'autre...

Marie allait répliquer quand un fil blanc dépassant des débris de faïence attira son attention. Tirant dessus, elle réalisa qu'il s'agissait d'écouteurs, et ne tarda pas à exhumer l'objet auxquels ils étaient reliés : un mini I-pod bleu métal.

– Quatre gigas de mémoire vive, lui avait expliqué le vendeur de la Fnac. De quoi télécharger un millier de chansons.

Marie avait trouvé le prix un peu élevé puis s'en était voulu de sa mesquinerie. Après tout elle n'avait qu'un neveu, et seize ans était un âge important.

Les yeux de Nicolas avaient brillé de plaisir quand elle le lui avait offert, dès son arrivée à Lands'en. Quatre jours auparavant.

La première pensée qui venait à l'esprit en entrant chez les Le Bihan était qu'ils n'avaient pas regardé à la dépense. La seconde, qu'ils avaient un goût prononcé pour le clinquant. Le tout sentait les parvenus à plein nez.

Construite dans les années soixante-dix, la maison, située à proximité de la faïencerie, était une bâtisse imposante de style néo-breton. Les deux tourelles dont elle était flanquée n'étaient pas dues à un caprice d'architecte, mais à la volonté non déguisée d'Yvonne de rivaliser avec les Kersaint. Désormais, qu'ils le veuillent ou non, il y aurait deux châteaux dans l'île.

À l'intérieur, les copies d'ancien alternaient avec le marbre froid des sols, les peintures laquées avec les tableaux censés raconter l'histoire d'une famille sans aucun lien de parenté avec les Le Bihan.

Dans la vaste chambre qu'Yvonne occupait au rez-de-chaussée, un monitoring avait été installé par un toubib transporté du continent en hélico. Des électrodes étaient fixées sur la poitrine de la femme qui avait repris conscience. Le docteur lisait le tracé de l'électrocardiogramme à mesure que la machine le crachait. Gwen se tenait au chevet de sa mère. Pierric, tapi dans un coin, serrait son tas de chiffons compulsivement contre lui, la menotte de Marie serrée dans sa paluche.

Le médecin laissa retomber la bande qui glissa au sol en ondulant.

– Ça ressemble à un infarctus, dit-il, laconique.

– Vous dites ça comme si vous n'en étiez pas sûr, souligna Lucas, en s'avançant.

– J'ai eu son cardiologue en ligne. Le dernier bilan ne présentait rien d'anormal, à part une légère faiblesse coronarienne.

Il adressa un regard inquisiteur à sa patiente.

– Vous n'êtes pas allergique ? Vous n'avez pas pris d'antalgiques particuliers, au cours des deux dernières heures ? Codéine, mépéridine, morphine ?

Yvonne secoua faiblement la tête, le toubib eut une mimique évasive.

– L'essentiel est que tout soit rentré dans l'ordre, mais je vous conseille de refaire un bilan cardiaque le plus vite possible.

Il dévisagea Gwen.

– Où puis-je me laver les mains ?

– Je vais vous montrer le chemin, proposa Philippe qui se tenait en silence près de la porte.

Il s'éclipsa, jugeant préférable de ne pas être là lorsque Fersen apprendrait aux deux femmes que la caisse métallique conservée dans le bureau comptable – pour ce qu'on appellerait pudiquement les faux frais et contenant une dizaine de milliers d'euros en liquide – avait été forcée. Et vidée.

De fait Yvonne, qui jusque-là répondait d'une voix faible aux questions de Lucas, recouvra toute sa vigueur pour décréter que celui qui avait volé l'argent ne ferait pas de vieux os.

– Qu'alliez-vous faire à la faïencerie alors qu'elle était fermée pour la journée ?

– Quand on n'est pas fainéant, on a toujours de quoi s'occuper, persifla-t-elle. J'imagine que ça doit échapper au fonctionnaire que vous êtes.

Pour toute réponse, Lucas exhiba l'I-pod trouvé par Marie.

– Ce lecteur MP3 était coincé sous votre corps lorsque nous vous avons trouvée. Nous avons vérifié, il appartient à Nicolas Kermeur...

– Il l'aura perdu en venant voir Ronan, l'interrompit Yvonne avec aigreur. Les jeunes n'ont plus aucun respect pour rien de nos jours.

Lucas s'autorisa un bref sourire ironique.

– Laissez au moins le pauvre fonctionnaire justifier son salaire en posant ses questions avant d'y répondre, madame Le Bihan.

– Vous n'êtes quand même pas en train d'insinuer que Nicolas aurait agressé ma mère et volé l'argent ? s'exclama Gwen.

– Je me dis juste qu'une cavale coûte cher.

– Si Nico était venu à la faïencerie, on l'aurait vu, lui opposa-t-elle fermement. Les recherches ont repris, entre les îliens et la cavalerie...

Les yeux du flic revinrent se poser sur Yvonne.

– Vous êtes vraiment sûre que vous n'avez pas reconnu celui qui...

– Combien de fois faut-il vous répéter que j'ai juste entendu des pas, et après, plus rien ? Le trou noir. Aucun souvenir.

Lucas eut un regard à l'écran du monitoring que le toubib n'avait pas encore débranché et suivit un instant le tracé qui s'emballait.

– Pas mal comme détecteur de mensonge, commenta-t-il suavement tout en décrochant son portable qui vibrait.

– Oui, Morineau... Quoi ?

Ses sourcils s'arquèrent.

– Ne touchez à rien, surtout. J'arrive !

Il raccrocha rapidement.

– Je vais vous laisser vous reposer, madame Le Bihan, c'est souverain pour les problèmes de mémoire.

Et il fila.

Dégageant doucement sa main de celle de Pierric, Marie lui emboîta le pas, inquiète.

Gwen attendit que le bruit de leurs pas ait décru pour

demander à sa mère de qui venait l'appel qu'elle avait reçu avant de quitter le café.

– Ce coup de fil t'a suffisamment contrariée pour que tu t'en ailles sur-le-champ. Tu n'as même pas voulu que je t'accompagne. Pourquoi ?

Yvonne arracha les électrodes d'un geste sec.

– Vous me fatiguez, tous, avec vos questions ! tonna-t-elle froidement. Fiche le camp ! Dehors ! DEHORS ! répéta-t-elle en voyant Gwen hésiter.

Elle désigna Pierric, toujours recroquevillé dans un angle.

– Et emmène ce débile, il me déprime.

*
**

Le bout sectionné net pendait à l'anneau.

Lucas se tourna vers Marie et montra la place vacante entre les autres bateaux arrimés au ponton.

– Il s'agit d'un *cabin-cruiser* équipé de deux moteurs de quatre-vingt-dix chevaux. Celui qui l'a volé était pressé de partir.

Elle ne fit aucun commentaire.

La nouvelle qu'un bateau venait d'être signalé en détresse dans la passe de Molène – dont les récifs affleurants étaient le cauchemar des marins –, ajouté à la découverte de l'I-pod et du vol des dix mille euros, lui faisait craindre le pire concernant son neveu.

Comme s'il avait lu dans les pensées de la jeune femme, Lucas s'adoucit et lui conseilla de rentrer chez elle, promettant de la tenir au courant dès qu'il aurait des nouvelles des sauveteurs. Ce fut le moment que choisit Stéphane pour rappliquer, si vite qu'il faillit s'étaler sur le ponton que le crachin avait transformé en patinoire.

Il tendit son portable à Lucas.

– C'est le labo de la PS, commandant. Ils ont reçu les résultats d'analyse du sang trouvé sur les vêtements du petit Kermeur. Vous n'allez pas le croire. D'ailleurs je préfère qu'ils vous le disent eux-mêmes !

Trente secondes plus tard, Lucas raccrochait, abasourdi, sensible au regard suppliant de Marie vrillé sur lui.

– Le sang... c'est celui d'Yves Pérec, c'est ça ? demanda-t-elle d'une petite voix.

Après une hésitation, Lucas hocha la tête.

– Oui. Mais ce n'est pas tout, Marie, ajouta-t-il doucement. Ils ont également trouvé des traces plus anciennes. Des traces de sang.

Celui de Gildas Kermeur.

⁂

Je rejoignis le gros des îliens qui avaient repris les recherches et ignorai ostensiblement, comme eux, les gendarmes arrivés en renfort. Le bourg, le port, la falaise, les abers... Je savais que nous perdions notre temps, mais mon absence aurait paru suspecte. Et puis j'avais envie de voir jusqu'où irait la pugnacité de certains... ou certaines. Alors je me gelais, comme les autres.

Mon esprit dériva. Cynique.

Froid... Très froid... Tiède... Ça se réchauffe... Vous brûlez ! Non ! Tiède à nouveau... froid... Glacial... aurais-je pu leur dire comme nous le faisions, gamins, quand on jouait à cacher un objet que les autres cherchaient.

Je les observais, jeunes et moins jeunes, allant de maison en maison, de coin en recoin. J'avais vu dans leurs yeux l'espoir s'amenuiser à mesure que la nuit se profilait. Qu'ils aillent au diable, tous. Je ne leur dirais rien.

Je savais où était passé Nicolas. Chantal aussi d'ailleurs. Je les avais vus rôder autour de la gendarmerie la nuit dernière. Je savais qu'ils étaient ensemble. Je savais qu'ils ne reviendraient plus. Maudits soient-ils !

J'aurais pu, d'un mot, mettre un terme aux recherches. Aux questions. Aux angoisses.

Ce mot, je ne le prononçai pas.

⁂

Marie était assise derrière le volant, la tête dans ses bras repliés, quand Lucas ouvrit la portière et s'assit à son côté, posant une main amicale sur son épaule et murmurant qu'il était désolé. La jeune femme releva la tête, farouche. Ses yeux brillaient d'un mélange de larmes contenues et de fureur.

– Jamais on ne me fera croire que Nico a tué Gildas, jamais. C'était son oncle, il l'adorait.

– Je sais, dit-il gentiment. Mais sa fuite ne plaide pas en sa faveur.

– Rien ne prouve que c'est lui qui a fauché le bateau.

– Si c'était le cas, vous ne seriez pas là à attendre que les sauveteurs reviennent.

Elle baissa la tête sans répondre. Un silence en forme d'accord tacite.

– Si Gildas avait surpris votre neveu et Chantal en train de s'envoy... en train de flirter sur la falaise, corrigea-t-il vivement, comment aurait-il réagi, à votre avis ?

– Il lui aurait flanqué une bonne raclée, répliqua-t-elle sans hésitation. Voyez-vous, en dépit d'une nette tendance à picoler et sous des dehors extravertis, mon frère avait un côté très puritain. Il ne m'en a jamais parlé, mais je l'ai toujours soupçonné d'être amoureux de Gwen Le Bihan et d'être resté seul uniquement parce qu'elle était déjà mariée. D'autres auraient essayé d'en faire leur maîtresse. Pas Gildas. Ce n'était pas dans sa façon de voir les choses, tout simplement.

Elle passa sous silence le fait que Loïc lui aussi était fou de Gwen, et que Gildas n'aurait jamais fait quoi que ce soit pouvant blesser son frère.

Lucas l'avait laissée parler sans l'interrompre, il savait qu'elle avait besoin de s'épancher et qu'il n'y avait plus grand monde dans l'île auprès de qui elle pouvait le faire.

– Imaginons que votre neveu ait perdu la tête, qu'il se soit défendu, qu'il ait involontairement tué Gildas et qu'il l'ait poussé de la falaise pour faire croire à un accident...

– Mais le mot en breton, le menhir qui saigne ?

– Une mise en scène destinée à brouiller les pistes, organisée par lui ou par quelqu'un ayant décidé de le protéger. Comme Chantal.

Marie secoua légèrement la tête, plus pour chasser les larmes qu'elle sentait monter que pour le contredire.

– Peut-être... Je ne sais pas. Je ne sais plus. J'ai besoin d'être seule, souffla-t-elle.

– Vous avez surtout besoin de pleurer un bon coup.

– Non, ça va aller.

Et une marée de larmes la prit d'assaut. Des gros sanglots de petite fille qui ravagèrent le cœur de Lucas. Au diable les bonnes résolutions, il se débrouillerait plus tard avec ses sentiments et ses contradictions.

Il attira Marie à lui, nicha sa tête dans le creux de son épaule sans qu'elle résiste, et n'eut même pas la plus petite pensée pour le précieux cachemire de sa veste dont elle noyait le col de ses larmes salées.

Couvertes de crachin et saturées de buée, les vitres du quatre-quatre occultaient l'habitacle.

La main accrocha la poignée de la portière et la tira à elle.

Bien que rapide, le mouvement qu'eurent Marie et Lucas pour se séparer ne passa pas inaperçu aux yeux de Christian.

– Le bateau a été retrouvé, par sept mètres de fond, jeta-t-il au flic, avant de tourner un visage impassible vers la jeune femme.

– Je peux te dire un mot ?

Christian n'avait pas jugé utile de la prévenir qu'il partait avec les sauveteurs. Il connaissait suffisamment la passe de Molène pour s'être frotté à elle à plusieurs reprises et savait qu'elle avait déjà coûté la vie à plus d'un marin expérimenté. Il voulait préserver la jeune femme, déjà terriblement éprouvée, d'une éventuelle découverte macabre.

– Les gars ont plongé sur l'épave, il n'y avait personne à bord, expliqua-t-il. L'annexe a disparu et c'est plutôt bon signe, ajouta-t-il pour la rassurer. Je pense que Nico l'a prise pour rejoindre le continent.

– Rien ne prouve que c'est lui qui...

Elle s'interrompit en voyant l'objet qu'il sortait de sa poche et exhibait discrètement, de façon à ne pas être vu de Lucas qui, à quelques mètres, s'entretenait avec les sauveteurs.

Il s'agissait d'une boussole.

La première boussole de Christian, qu'il avait offerte à Nicolas quand celui-ci avait commencé la voile.

– L'un des gars l'a trouvée à bord de l'épave, j'ai sa parole qu'il gardera ça pour lui.

Il plongea son regard dans celui de Marie.

– Je te l'ai juste montrée pour que tu saches que Nicolas s'en était sorti.

L'intention était claire. Christian était en train de lui rappeler la promesse qu'elle lui avait faite de partir avec lui dès qu'elle serait rassurée sur le sort de son neveu.

Elle biaisa.

– Couvrir la fuite de Nicolas n'est pas la meilleure façon de l'aider.

– Alors donne cette boussole à Fersen et partons.

Elle acquiesça.

– On dirait que vous avez fait la paix tous les deux, ne put-il s'empêcher d'ajouter.

– Tu es bête, murmura-t-elle tendrement en regardant Lucas venir vers eux.

Entourant étroitement Marie d'un bras de propriétaire, Christian résuma brièvement la découverte de la boussole à l'intention du flic, l'informa qu'ils quitteraient Lands'en par le premier bac du lendemain et qu'ils devaient aller faire leurs bagages.

Lucas dissimula la contrariété que lui causait la nouvelle sous une froideur accrue.

– Je n'en ai pas encore fini avec vous, déclara-t-il en s'adressant uniquement à elle. Rassurez-vous, ajouta-t-il sans prendre la peine de regarder Bréhat, ça ne devrait pas être très long. Quelques points obscurs à éclaircir.

Marie pressa doucement la main de Christian qu'elle sentait à deux doigts de sauter à la gorge de Fersen. Le skipper embrassa rapidement la jeune femme en lui glissant qu'il l'attendait à l'hôtel.

– Je ne pense pas qu'on se revoie, jeta-t-il au commandant en guise de salut.

– La vie est pleine de surprises, répondit le flic, glacial.

Christian s'éloigna. Il avait désormais une raison supplémentaire de vouloir emmener Marie loin d'ici.

*
**

Le jour déclinait. La jeune femme était sur la falaise surplombant la crique des Naufrageurs, visiblement plongée en plein dilemme.

Les fameux points obscurs que Lucas voulait éclaircir rejoignaient ses propres interrogations. Pour le spécialiste des crimes rituels, même si l'hypothèse des amants terribles se tenait, il n'en demeurait pas moins que Marie était au cœur de l'histoire. La mouette, les crabes, le mot en breton. Tout ramenait toujours à elle, lui avait-il dit en substance.

– Vous êtes un témoin clé, même à votre insu. J'ai besoin de vous pour comprendre pourquoi.

En réalité, la seule pensée de ne plus la voir lui était intolérable. Justifiait-elle pour autant qu'il lui demandât de rester ? Égoïstement, il avait décidé que oui.

– Seriez-vous en train de me proposer de collaborer à l'enquête ? lui avait-elle demandé, non sans ajouter qu'il lui faudrait une preuve de sa bonne volonté pour éventuellement commencer à seulement y réfléchir.

Il avait désigné la cellule, vide. Son frère Loïc était déjà rentré chez lui depuis plusieurs heures, si c'était à cela qu'elle pensait. Ça l'était, mais elle était bien trop orgueilleuse pour le reconnaître.

– Si vous croyez qu'il va vous mener tout droit à Nicolas, c'est que vous n'avez rien compris.

– Alors expliquez-moi, avait-il décrété en plongeant son regard dans le sien.

Pour toute réponse, elle avait décroché le combiné et le lui avait tendu.

– Dès que le procureur m'aura officiellement remise sur l'enquête.

Il n'avait pas eu un geste pour prendre l'appareil et elle l'avait sèchement reposé sur son socle avant d'attraper sa veste. Puis elle s'était dirigée vers la porte.

– Vous ne trouvez pas curieux que votre neveu sème autant de choses derrière lui, comme le Petit Poucet ? Il voudrait nous persuader qu'il a quitté l'île, il ne s'y prendrait pas autrement.

Elle avait marqué le pas, mais ne s'était pas retournée.

– Pensez-y avant de partir pour Plymouth !

Les mots avaient claqué. La porte aussi.

Hantée par la justesse de la remarque de Fersen, Marie pensait à Nicolas, mais aussi à Christian qui l'attendait à l'hôtel et qui devait se demander où elle était passée, d'autant qu'elle avait coupé son portable pour réfléchir en paix. Elle rebroussa chemin et se dirigeait vers sa voiture quand un léger mouvement venant du site attira son attention.

De loin, cela ressemblait vaguement à la fumée papale qui s'élève du Vatican pour annoncer l'élection du souverain pontife.

Là, l'émanation évanescente et blanche semblait monter du cœur même du dolmen.

Intriguée, elle s'approcha du mégalithe qui lui arrivait à la hauteur de la poitrine et frissonna en réalisant qu'il s'agissait d'un morceau de tulle de mariée éclaboussé de sang qui, lesté d'une pierre ronde et plate, était le jouet des vents.

Elle grimpa rapidement sur le dolmen et dans le mouvement qu'elle fit pour saisir la pierre, le voile délesté s'envola, emporté vers la mer.

L'angoisse chevillée au corps, elle le suivit des yeux un instant, puis elle prit la pierre ronde et plate à deux mains.

Ses sourcils s'arquèrent.

Des signes semblaient tracés dessus. Des signes qu'une poussière grise rendait indéchiffrables.

Mouillant son doigt à plusieurs reprises, Marie les nettoya un à un et se raidit en reconnaissant les symboles identiques à ceux gravés au fronton des menhirs.

Cinq d'entre eux couraient à la lisière de la pierre, le sixième, un cercle entouré de petits traits, était au centre.

Elle cherchait à comprendre quelle était la signification de cette mise en scène macabre quand sa vue se brouilla et qu'une torpeur soudaine l'envahit, l'empêchant d'aligner deux pensées cohérentes.

Elle lutta en vain contre l'engourdissement. Ses jambes se dérobèrent et, lâchant la pierre, elle s'effondra sur le dolmen.

Le cri glaçant se répercuta sur la lande et fit tressaillir Ryan, plongé en pleine écriture dans le petit appartement du phare. Il se précipita sur le chemin de garde, armé d'une paire de jumelles à vision nocturne qu'il porta à ses yeux pour balayer les alentours. Le site se trouva soudain baigné d'une douce lueur verte.

Sur la pierre plate du dolmen, une silhouette recroquevillée en position fœtale était agitée de spasmes.

*
**

Lucas était au téléphone avec le SRPJ de Brest. En dépit des fouilles organisées sur le continent, l'annexe du *cabin-cruiser* volé par Nicolas demeurait introuvable.

– Fouillez les criques une par une s'il le faut et rappelez-moi avec de bonnes nouvelles !

Il raccrocha, énervé, et finit de fermer une grande enveloppe kraft molletonnée sur laquelle il inscrivit le nom de Marie.

– Ryan vient d'appeler, déclara Stéphane en entrant sans frapper dans le bureau de Lucas. Il dit qu'il y a une forme allongée qui hurle sur le dolmen... C'est peut-être un sacrifice.

– Vos hommes gardent le site, non ? Qu'ils aillent voir !

Morineau se trémoussa, mal à l'aise.

– C'est-à-dire... Il fait presque nuit, bafouilla-t-il piteusement. Les gars sont superstitieux, alors les histoires de menhirs qui saignent... Ça leur fout les jetons, quoi.

Lucas jura en comprenant que le site était sans surveillance. Il rafla son holster pendu à la patère et quitta le bureau, l'enveloppe kraft à la main.

Il demandait à Annick de bien vouloir la faire déposer à l'hôtel quand il réalisa que Morineau ne suivait pas. Sa voix cloua sur place le jeune gendarme qui cherchait à rejoindre discrètement ses quartiers.

– Vous venez ou vous préférez être le prochain sacrifié ? jeta Fersen, féroce.

Assise sur le lit bateau, Marie balaya machinalement des yeux le petit appartement circulaire du phare, le coin bureau, l'ordinateur portable, les étagères croulant sous les bouquins, puis son regard glissa sur Ryan en train de s'activer dans la cuisine de poche. Elle sentait encore sur elle le poids rassurant des bras qui l'avaient emportée loin du dolmen.

– Vous êtes sujette aux « absences » ? demanda-t-il sans se retourner.

L'écrivain faisait allusion au fait qu'elle était restée inconsciente plus d'une heure, du moins était-ce la durée qu'elle avait estimée.

– Vous voulez dire : comme les somnambules ?

Elle secoua la tête, puis, sans vraiment savoir pourquoi – peut-être parce que son instinct lui disait qu'elle pouvait lui faire confiance – elle évoqua le violent cauchemar qu'elle faisait depuis son retour à Lands'en, et qui la laissait à chaque fois paradoxalement vidée et remplie d'effroi.

Elle resserra les pans de la couverture dont il l'avait emmitouflée avant de préparer un thé bouillant qui achèverait de la réchauffer, avait-il dit. Il avait raison. Le breuvage fort et sucré lui donna le coup de fouet dont son corps avait besoin pour récupérer.

– Peut-être avez-vous failli vous noyer quand vous étiez petite, commenta Ryan. Cela expliquerait cette vague énorme et la sensation d'être engloutie.

– Je m'en souviendrais. Ou ma famille me l'aurait dit... du moins je crois, ajouta-t-elle en replongeant son nez dans la tasse fumante.

Comment pouvait-elle prétendre savoir ce qu'aurait dit ou fait une famille qu'elle n'arrivait plus à comprendre ?

L'écrivain sembla lire en elle comme dans un livre ouvert.

– Tout le monde a des zones d'ombre, temporisa-t-il gentiment.

– Moi je n'en ai pas. Enfin je ne crois pas, soupira-t-elle. Si seulement je savais pourquoi je fais ce cauchemar...

– Quel cauchemar ? demanda Lucas.

La jeune femme s'assombrit en le voyant débarquer. Il était bien le dernier auquel elle avait envie de confier une partie de ses errements nocturnes, au risque de le voir les tailler en pièces sans vergogne.

Ryan croisa son regard et eut brièvement l'air contrit en déclarant que c'était lui qui avait prévenu la gendarmerie.

– Que s'est-il passé ? demanda Lucas, en retenant le *encore* qu'il avait sur le bout des lèvres.

– Dites-le-lui, vous, lança Marie à Ryan. Moi, il ne me croira pas.

Elle ne se trompait pas. D'autant que Morineau, parti fouiller la lande autour du dolmen, n'avait rien trouvé.

– Un voile qui s'envole, soit. Mais une pierre... Décidément vous ne faites pas dans la demi-mesure, décréta Lucas, après que Ryan lui eut narré les faits. Vous aussi, vous les avez vus ?

L'écrivain fut bien obligé de reconnaître que non.

Marie eut un mouvement d'humeur qui fit glisser la couverture de ses épaules.

– En réalité, j'ai eu envie de piquer un petit somme, rétorqua-t-elle aigrement. Le dolmen passait par là, je suis montée dessus.

Elle se leva, sentit ses jambes se dérober et, sans Lucas qui la retint fermement, elle serait tombée. Il coupa court à ses refus de la reconduire et prit congé de l'écrivain qu'il remercia à mots couverts de s'être trouvé là.

Ce n'est qu'une fois en voiture que Marie prit connaissance des nombreux messages, agacés puis anxieux, que Christian lui avait laissés.

– Je peux lui expliquer, si vous préférez, proposa Lucas.

– Vaut mieux pas, marmonna-t-elle.

De l'index, elle appuya sur la touche d'effacement, et releva vivement le doigt comme si le simple contact du clavier l'avait piquée.

Alerté, le flic pila, lui prit la main sans qu'elle songe à s'en offusquer et la plaça sous la lumière du plafonnier.

Elles étaient là, sur la première phalange de l'index et du majeur.

Des piqûres, identiques à celles de Gildas et Yves.

– Sans Ryan, je serais morte à l'heure qu'il est, proféra Marie d'une voix blanche.

Lucas ne chercha même pas à la détromper. La main de Marie toujours dans la sienne, il s'excusa de ne pas l'avoir prise au sérieux tout à l'heure et se déclara finalement heureux qu'elle quitte l'île le lendemain.

Elle retira sa main sans répondre. Il redémarra, soucieux.

*
**

Christian tirait nerveusement sur un cigarillo en faisant les cent pas dans la suite nuptiale lorsque la porte s'ouvrit. Il fit volte-face.

Ce n'était que la réceptionniste, une fille anguleuse aux yeux de myope, qui apportait une enveloppe déposée pour Marie. Devant l'expression de vive contrariété qui peignit les traits du skipper, elle devint écarlate et se répandit en excuses balbutiantes sur son entrée intempestive. Un flot qu'il interrompit sèchement en lui arrachant presque l'enveloppe des mains.

La fille battit en retraite.

Énervé, Christian jeta l'enveloppe sur le lit où elle s'ouvrit, vomissant son contenu. Une plaque. Une arme. Et un mot qu'il lut avec une fureur croissante.

J'ai besoin de vous... Lucas

Il balança rageusement le tout au fond du tiroir vide d'une commode, le ferma à clé et quitta la chambre.

Loïc, auprès duquel il se réfugia, avait déjà trop picolé pour lui être d'un quelconque secours.

– C'est ta femme, bordel ! dit-il la voix pâteuse. Ne lui laisse pas le choix !

– Je ne peux tout de même pas l'embarquer de force.

– Si c'est la seule solution pour qu'elle parte, si !

Et il se resservit généreusement.

Christian se demanda combien de temps le frère de Marie tiendrait, à ce rythme, avant de craquer et de tout raconter.

Il était plus qu'urgent qu'il mette les voiles, dans tous les sens du terme.

Il allumait un autre cigarillo quand il vit Marie entrer dans l'hôtel, suivie de Fersen. La jeune femme enregistra d'un seul coup d'œil le regard chargé de reproches de Christian et l'état d'alcoolémie avancé de Loïc.

Ce fut à ce dernier qu'elle s'adressa en premier.

– Le commandant Fersen vient d'apprendre que l'annexe du *cabin-cruiser* a été retrouvée dans une crique de Morgat. Nicolas s'en est sorti, ajouta-t-elle pour rassurer son frère.

Du coin de l'œil, elle vit Christian sourire brièvement. Soulagé.

– Sorti ?

Loïc tourna vers elle des yeux injectés de sang et ricana.

– Jusqu'à ce que les flics lui remettent la main dessus, tu veux dire !

– L'essentiel est qu'il aille bien, plaida la jeune femme, sachant qu'en disant cela elle brûlait ses vaisseaux. Pour le reste, on avisera en temps utile.

– Marie a raison, déclara immédiatement Christian. L'avocat qui t'a fait relâcher s'occupera de ton fils, mon vieux, ne t'inquiète pas.

La jeune flic glissa un regard en coin à Lucas qui s'était attribué, sans vergogne, le mérite de cette libération anticipée. Quel faux jeton !

Christian l'entraînait déjà par la main en décrétant que plus rien, désormais, ne s'opposait à leur départ.

Lucas les rattrapa au moment où ils entraient dans la cabine d'ascenseur.

– Je peux vous dire un mot, Bréhat ? Seul.

– Chacun son tour alors, ricana Christian. Ça tombe bien, moi aussi j'ai un truc à vous dire. Commence tes bagages, chérie, je te rejoins dans une minute.

Avant que les portes ne se referment, Marie les vit se diriger vers la terrasse.

Ce que Christian avait à dire à Lucas était simple. Et direct.

– Rien ni personne, et surtout pas vous, ne pourra empêcher ma femme de partir avec moi demain.

– Votre femme ? s'étonna hypocritement le flic. Oh, vous parlez de Marie ! Vu son caractère, je l'imagine mal se laisser dicter sa conduite. Même par vous. Cela dit, je pense qu'il est préférable qu'elle s'en aille. Elle sera plus en sécurité loin d'ici.

Il fixa Christian sans détour avant d'ajouter :

– Du moins je l'espère.

Christian dévisagea Fersen avec une stupeur non feinte.

– Ça veut dire quoi, ça ?

– Marie a peut-être gobé l'histoire du mot lui donnant rendez-vous dans une abbaye en ruine pour lui offrir la maison de ses rêves, dit-il en exhibant le Polaroïd qu'il gratifia d'un *joli* avant de poursuivre : Moi pas. Mais contrairement à elle, je ne vous aime pas.

Le regard de Christian se rétrécit.

– Vous pensez vraiment que j'aurais pu lui faire du mal ?

– Le but était surtout de lui faire très peur. Vous l'avez dit vous-même, vous êtes prêt à tout pour qu'elle parte avec vous.

– Cette nuit-là, j'étais en mer, lui rappela-t-il, glacial.

– Votre goélette était en mer, ce qui n'est pas exactement pareil.

Il reluqua Christian dont le cigarillo se consumait trop vite, témoin de la rage intérieure du skipper.

– Savez-vous quel est le meilleur moyen de déjouer toute séance d'identification, quand on s'apprête à commettre un délit ? Être le plus voyant possible. S'affubler d'un ciré jaune ou piloter une Ferrari, par exemple. Vous pouvez être sûr que les témoins auront tous focalisé sur ce détail, au point d'être incapables de décrire l'individu. Ainsi, continua-t-il, en arrivant en bac, j'ai aperçu votre goélette qui s'éloignait...

Il savoura un instant ce qui allait suivre.

– Eh bien j'aurais juré que celui qui barrait faisait dix bons centimètres de moins que vous.

– Et vous vous seriez trompé.

Le cigarillo rougeoya.

– C'est comme le *cabin-cruiser* volé en pleine tempête, la boussole de Nicolas très opportunément retrouvée dans l'épave, et l'annexe soigneusement planquée dans une crique de Morgat, poursuivit Lucas, implacable. Tout ça sans quitter le café du port où votre sœur et quelques piliers de bar sont prêts à jurer vous avoir vu. Je dois dire que vous ne perdez pas le nord.

Il planta son regard dans celui du skipper.

– Laissez-moi deviner, Bréhat... Marie vous aurait-elle promis de vous suivre dès qu'elle serait rassurée sur le sort de son neveu ?

Christian pointa son cigarillo en direction du flic.

– Écoutez-moi bien, espèce de connard...

Il n'eut pas le temps de finir sa phrase, Lucas venait de le propulser violemment contre le mur, et l'y maintint cloué d'une poigne de fer.

– C'est vous qui allez m'écouter, Surcouf ! Je ne peux malheureusement pas empêcher cette femme de vous aimer, ni de partir avec vous. Mais si jamais elle devait souffrir par votre faute, l'océan ne serait pas assez grand pour que je ne vous y retrouve !

Et il le lâcha.

– Waouh. J'ai très très peur, lança Christian sans grande conviction, avant de balancer son cigarillo et de s'engouffrer dans l'hôtel.

Le temps de rejoindre l'ascenseur, il avait discipliné ses esprits : ce flic bluffait, il n'avait rien contre lui sinon il l'aurait déjà bouclé.

C'est d'un pas plus serein qu'il s'engouffra dans la cabine, ignorant qu'au même moment Lucas ramassait soigneusement le mégot du cigarillo jeté sur le sable, non dans un souci de protéger l'environnement mais dans le but de l'envoyer au labo de la PS afin que les techniciens comparent l'ADN de la salive à celui d'éventuels cheveux ou fragments de peau trouvés à bord de l'annexe.

Marie se dressa en voyant entrer Christian et ne put s'empêcher de lui demander ce que lui voulait Lucas. Le fait qu'elle utilisât le prénom du flic déplut fortement à Christian, dont le regard se porta involontairement sur le tiroir de la commode dans lequel il avait enfermé l'arme et la plaque de la jeune femme.

– Il voulait que je t'emmène loin d'ici, le plus vite possible.

Il se força à esquisser un sourire qui n'atteignit pas ses yeux.

– Allez, fais ton sac.

– Il t'a dit pourquoi ?

– Pour ta sécurité.

– Et toi, qu'est-ce que tu voulais lui dire ?

– C'est fini, les questions ?

Christian eut beau prendre sur lui, l'agacement perçait dans sa voix. Il alla dans la salle de bains et en ressortit avec sa trousse de toilette qu'il glissa dans le gros sac de marin.

Marie s'approcha dans son dos et l'enlaça. Instinctivement il se raidit.

– Je ne peux pas partir, glissa-t-elle dans un souffle. Pas comme ça. Pas maintenant.

Christian savait qu'elle allait dire ça. Il le savait dès qu'il avait vu le contenu de l'enveloppe kraft. Bien avant, même. En réalité, il avait toujours su qu'elle ne le suivrait pas.

– Comment ai-je pu croire que tu allais mettre ton métier entre parenthèses, déclara-t-il, amer. En fait, tu n'as jamais eu l'intention de le faire. Tu m'as dit ça parce que tu savais que c'était important pour moi. Et moi, pauvre con, je t'ai crue.

– J'étais sincère, Christian. Je le suis toujours. Je te rejoindrai dès que...

Christian eut un ricanement qui l'interrompit net.

– Regarde-toi ! Tu n'y crois pas toi-même.

Il boucla son sac en forçant sur la glissière récalcitrante.

– C'est fini, les promesses, Marie. Ou on part ensemble demain, ou toi et moi c'est terminé.

La stupeur, le désarroi, la déception se succédèrent sur le visage de la jeune femme.

– Tu n'as pas le droit d'exiger cela. C'est dégueulasse.

– Ah ouais ? Et renier sa parole, tu appelles ça comment ?

Il alla ouvrir le tiroir fermé à clé et jeta sur le lit l'arme et la plaque qu'il y avait enfermées.

– Je t'attendrai au bac, à 6 heures.

Et il partit en claquant la porte.

Marie n'eut pas un geste pour le retenir.

12

À l'aube, entre brume et embruns mêlés, entre nuit et matin, les contours de Lands'en n'étaient pas distincts, île et océan étaient confondus.

Les anciens disaient qu'à cette heure, comme au crépuscule, le monde des vivants et celui des morts communiquaient. À ces instants indéfinis et fugitifs, les esprits, les fées et les korrigans se mêlaient aux vivants, ceux qui croisaient alors l'Ankou encapuchonné de noir, sa faux à l'épaule, glissaient sans retour dans l'au-delà.

Un pâle rayon redessina les lisières du réel, les fées disparurent dans les pierres de granit, les korrigans sous la lande.

Le mugissement bref de la corne du premier bac annonça le jour.

Anne posa un café brûlant sur le zinc devant Christian.

La mine sombre, le skipper n'entendait même pas les paroles de réconfort que sa sœur lui prodiguait : Marie avait encore le temps de le rejoindre, et si ce n'était pas le cas il fallait la comprendre, après son frère assassiné, Nicolas disparu...

Christian tressaillit en entendant la porte du bistrot s'ouvrir.

Anne lut sa déception et sa rancœur en voyant une dizaine de gendarmes entrer bruyamment dans le bar. Les quelques îliens présents se détournèrent pour se concentrer avec tristesse sur leurs verres de blanc. L'affaire prenait de plus en plus d'ampleur, de plus en plus de continentaux allaient venir traîner leurs guêtres sur Lands'en.

D'un geste brusque, Christian saisit son sac de voyage et se leva.

Anne fit vivement le tour du comptoir pour le rejoindre.

– Je ne pensais pas qu'elle me décevrait un jour, murmura-t-il en posant un baiser rapide sur la joue de sa sœur.

– Attends encore un peu...

– Elle ne viendra pas.

– Écoute, Marie t'aime depuis...

– Je ne veux plus entendre son nom, coupa-t-il en s'éloignant.

Marie sortit sur le balcon de sa chambre en enfilant sa veste en cuir. Ses cheveux, sagement tressés en une lourde natte, dégageaient son visage en accentuant sa pâleur, elle avait peu dormi.

Elle se crispa en entendant la corne du bac et se contint pour ne pas bouger. Mentalement elle se représenta Christian, sur la passerelle, se retournant vers le quai dans un dernier espoir.

L'ultime coup de corne retentit.

Marie se tortura en imaginant le sentiment d'abandon, de trahison qu'il devait ressentir. Elle tenta de mettre fin à son supplice en faisant énergiquement demi-tour pour rentrer dans sa chambre. Elle prit son holster, le boucla, y glissa son arme et sortit, le regard vide.

Elle frappa presque violemment à la porte de la chambre de Fersen et lorsqu'il surgit, étonné, elle ne lui laissa même pas le temps d'ouvrir la bouche.

– On a du boulot, je vous attends en bas.

Elle pivota aussitôt. Lucas évita de peu la lourde natte qui passa sous son nez, exhalant un léger parfum. Il sourit franchement en la regardant s'éloigner d'un pas martial, sa veste courte laissait voir le balancement de ses fesses qu'il trouvait décidément très jolies.

Cette journée commençait bien.

Très pro, la jeune OPJ s'était plantée devant le plan de l'île, affiché au mur de la gendarmerie. Ils récapitulèrent les éléments en leur possession puis Lucas chercha un feutre. Morineau, désireux de prouver son utilité, lui tendit la boîte entière.

Fersen désigna successivement des points sur la carte en émettant son hypothèse.

– La falaise et le site : Nicolas et Chantal sont surpris par Gildas, bagarre, Nicolas tue Gildas.

Marie se rembrunit.

– Accidentellement, ajouta-t-il, aimable, à son intention. Chantal et votre neveu balancent le corps en bas de la falaise...

– Et Yves Pérec, alors ? Il était sur la falaise avec Gildas, intervint Moreneau.

Fersen se retourna, agacé, et se retrouva nez à nez avec un Stéphane totalement passionné.

– Il a raison, remarqua ironiquement Marie.

– Le couple peut très bien avoir menti. C'est leur intérêt : en faisant accuser Yves du crime, ils se débarrassent du mari gênant.

Stéphane ne put s'empêcher d'intervenir à nouveau.

– Et ils vont filer le parfait amour ailleurs !

– Merci Morineau, le gratifia Fersen.

Le gendarme, fier de lui, fila avec empressement vers le fax qui émettait.

– C'est un complément d'information sur l'autopsie d'Yves Pérec ! claironna-t-il, de plus en plus impliqué. Le labo a trouvé une forte concentration de Mésadrol dans son sang !

Lucas lui prit le fax des mains et précisa à Marie qu'il s'agissait d'un dérivé morphinique inscrit au tableau A, un puissant calmant capable d'altérer l'état de conscience.

Le flic se rendit compte que le visage de la jeune femme s'était figé.

– Vous connaissez quelqu'un ici qui utilise du Mésadrol ?

Avec réticence, elle acquiesça.

– L'été dernier, j'ai vu une ordonnance de Mésadrol sur

le buffet chez mes parents... Ma mère l'a récupérée en disant que c'était une course qu'elle devait faire pour Arthus de Kersaint...

– Intéressant...

Il lut sa contrariété, et poursuivit en essayant d'être léger.

– Votre mère devrait pouvoir nous dire qui a prescrit ce traitement à Arthus et pourquoi...

– À cette heure-là elle n'est pas chez elle, elle travaille au château, indiqua-t-elle, atone.

– Ça tombe bien ! Comme ça on va pouvoir aussi demander des comptes là-dessus au Vieux ! fit Stéphane enthousiaste.

– Morineau ! Vous nous laissez bosser tranquille, OK ? Contentez-vous de garder le poste.

La porte se referma sur les deux flics. Stéphane, vexé, singea Fersen.

– Contentez-vous de garder le poste... Pauvre nase !

Ils avaient roulé en silence.

Fersen respectait le mutisme de Marie, la pensant préoccupée par cette ordonnance qui jetait une suspicion sur sa mère.

Mais l'inquiétude de Marie était ailleurs, car elle ne pouvait pas croire un instant que Jeanne puisse être mêlée en quoi que ce soit à la mort d'Yves Pérec. En revanche, sa mère la pensait partie avec Christian par le bac du matin et non en train de reprendre officiellement l'enquête avec Fersen. Bien qu'elle fût adulte depuis fort longtemps, et malgré les années passées loin de chez elle, Marie se sentait comme une gamine prise en faute de désobéissance.

Jeanne s'affairait à l'étendoir. Lorsqu'elle fit face à sa fille, le regard gris et glacial qu'avant le moindre bonjour elle lui décocha la fit frissonner.

– Tu l'as laissé partir seul ! Il faut toujours que tu n'en fasses qu'à ta tête...

Lucas, resté quelques pas en arrière, s'avança pour écourter ce moment qu'il devinait pénible, et se présenta.

Jeanne le dévisagea sans un mot, comme un insecte nuisible.

Agacé, il lui demanda tout de go où était rangé le Mésadrol destiné à Arthus de Kersaint. Elle se contenta de lui tourner le dos et de reprendre sa besogne.

– Maman, le commandant Fersen ne fait que son travail, Yves Pérec a été drogué au Mésadrol avant d'être assassiné.

– Et votre fille a failli subir le même sort pas plus tard qu'hier, ça vous est égal ? assena Lucas.

– Je lui avais dit de partir, murmura Jeanne. Le Mésadrol est dans l'armoire à pharmacie, lâcha-t-elle laconiquement avant de s'éloigner vers le château.

La tristesse de Marie émut Lucas qui tenta de la minimiser.

– Mes parents non plus n'ont pas digéré que je devienne flic...

Elle lui jeta un œil distant et se dirigea à son tour vers le château sans l'attendre. Il vit Jeanne refermer la porte d'entrée, presque au nez de sa fille.

Au moins, se dit Lucas, il savait maintenant d'où Marie tenait son charmant caractère.

Arthus les fit attendre assez longuement dans le salon.

Une sensation de malaise se dégageait de la grande pièce austère. Lucas l'attribua aux rangées de portraits qui, de part et d'autre, semblaient monter la garde. Les regards altiers des ancêtres Kersaint les fixaient avec morgue du haut de leurs cimaises.

Pour tenter de détendre l'atmosphère, Fersen demanda à Marie ce qu'elle savait de ces orgueilleux personnages. Elle désigna l'une des toiles, le portrait en pied d'un jeune officier de fière allure. Une plaque de cuivre indiquait son pedigree : *Erwan-Marie de Kersaint. 1753-1782.*

– On dit de lui qu'il aurait été le chef des naufrageurs de la légende...

Arthus l'interrompit.

– Je vous prie de m'excuser de vous avoir fait attendre...

L'entretien commença avec courtoisie, et l'imposant vieillard reconnut très simplement avoir toujours du Mésadrol à disposition pour soulager ses crises de rhumatismes articulaires.

– Vous devez le savoir, mon petit, c'est votre mère, notre domestique, glissa-t-il vers Lucas, qui m'administre les injections.

Marie l'ignorait, elle resta impassible.

– La pharmacie du château est à la disposition de tous, y compris de nos employés. Encore faut-il un mobile sérieux pour se servir de ce calmant, très efficace je dois dire...

Il poursuivit, pour une fois prolixe.

– Je suppose que vous avez bien sûr pensé à Chantal Pérec. C'est enfantin pour elle d'utiliser l'ordonnancier de son mari. Et son mobile est si évident... À ce propos, avez-vous des nouvelles de votre neveu ? fit-il vers Marie avec une fausse mansuétude.

Elle renvoya immédiatement la balle en le fixant droit dans les yeux.

– Vous comptez récupérer les laboratoires et leurs terrains ?

– Absolument, oui. Madame Pérec ne sera sans doute pas en position d'être trop exigeante. D'ailleurs, je compte aussi acquérir le chantier naval.

Le propos et son arrogance électrisèrent Marie.

– Christian n'acceptera jamais !

– Vous le connaissez bien mal, ma chère ; votre fiancé a déjà accueilli ma proposition avec grand intérêt.

Voyant la jeune femme blêmir, Lucas intervint, certain de changer le cours de ses pensées.

– Parlez-moi de l'appel téléphonique que Gildas a passé au château la nuit de sa mort, à 1 h 30 pour être précis.

Le résultat fut efficace, Marie, qui apprenait l'info, tressaillit comme si une mouche l'avait piquée.

Arthus aussi avait réagi, bien que plus discrètement, mais il ne se départit pas de son aplomb et fut encore plus péremptoire.

– C'est moi qui ai pris l'appel. Gildas était ivre et tellement incohérent que je n'ai pas songé un instant qu'il pût être utile de vous en parler.

– Et vous avez écouté des incohérences pendant onze minutes ? Vous êtes patient, monsieur de Kersaint...

Arthus s'empourpra.

– Si cet entretien doit se transformer en interrogatoire, j'appelle mon avocat et le procureur à Brest, mon ami Dantec...

– Je ne pense pas que ce soit nécessaire pour l'instant...

Fersen capitulait, il n'avait pas assez d'éléments pour répondre à un coup de semonce du procureur.

Alors qu'ils regagnaient le quatre-quatre, Lucas eut un regard en coin vers Marie. Elle faisait la tête. Ça lui allait bien : sous son front bombé, ses yeux s'étaient assombris, une moue agacée lui creusait une fossette au coin de la bouche, son menton contracté saillait un peu. Il la trouvait décidément plus jolie en colère qu'angoissée. Il concéda une tentative d'excuse.

– Pour le portable de votre frère, je n'ai pas eu le temps de vous avertir que le labo a...

– Est-ce que je vous demande des comptes ?

Très jolie, mais très bretonne tout de même.

Encaissant cette réponse au lance-flammes, Fersen se mit derrière le volant mais resta immobile et silencieux jusqu'à ce qu'elle s'en étonne.

Il hocha la tête.

– Je vois mal le vieil Arthus de Kersaint droguer Pérec et le trimballer jusque dans les viviers. Tandis que Nicolas et Chantal...

– C'est votre hypothèse, fit-elle froidement. Au lieu de la ressasser, on ferait mieux de vérifier qui d'autre à Lands'en prend du Mésadrol, tous les dossiers médicaux sont conservés au cabinet d'Yves.

– Vous avez raison, allons-y.

Il prit la direction des laboratoires, comme il avait l'intention de faire depuis le début. Il sourit intérieurement. Il lui avait lâché un peu de lest et en fut récompensé car elle se détendit et secoua ses cheveux : il recueillit un effluve de son parfum.

Une odeur fade d'algues et d'eau de mer brassée flottait dans les laboratoires déserts. Les éclairages de service tremblotèrent puis se stabilisèrent quand Fersen pressa l'interrupteur.

Les deux flics ouvrirent les portes, les unes après les autres, vérifiant l'intérieur des pièces, vides. *Dr Pérec*, indiquait une plaque en laiton sur la dernière porte.

Elle était entrouverte, les scellés étaient arrachés.

Du bout du pied, Fersen poussa le battant, ils entrèrent.

Tout le cabinet était sens dessus dessous, les tiroirs du meuble ancien avaient été retournés, les dossiers ouverts, éparpillés, jonchaient le sol.

– Quelqu'un est passé avant nous, maugréa Lucas.

Marie soupira, découragée.

– Il va falloir des heures pour tout reclasser et trouver ce qui a été volé...

Fersen avait déjà dégainé son portable.

– Ça prouve qu'on est sur la bonne piste... Morineau ? J'ai un petit boulot pour vous...

*
**

La nuit était tombée sur Lands'en depuis plusieurs heures quand Marie sortit de la gendarmerie sous prétexte de se dégourdir les jambes. Elle composa le numéro de portable de Christian.

En fait son image l'obsédait, elle se sentait trop mal vis-à-vis de lui, il fallait qu'elle lui parle, qu'elle rétablisse le lien entre eux.

Elle fut saisie en entendant le message vocal annoncer que le numéro n'était plus en service. Christian avait mis sa menace à exécution, il avait coupé les ponts.

Elle ressentit de l'incrédulité, jamais elle n'avait imaginé son avenir sans lui, leur histoire ne pouvait pas se terminer de cette façon. Il y avait aussi en elle de la colère, de l'orgueil blessé, la peur de l'abandon, et fugitivement passa l'émotion d'un souvenir très ancien. Ses premiers pas, la main qui vous lâche, le vertige d'avancer seule pour la première fois, mélange de terreur et d'excitation devant l'inconnu...

Marie révoqua cette infime sensation et refusa de s'attarder davantage sur une réflexion qui agitait trop de points obscurs et douloureux. Elle regagna le bureau.

– Oui, monsieur le procureur, on progresse...

Lucas leva ostensiblement les yeux au ciel à destination de Marie.

– Mais non, monsieur de Kersaint s'est mépris, c'était juste un interrogatoire de routine... Ça avance, oui, mais on est sur une île, autant dire au bout du monde... Bien sûr, ce n'est pas une excuse... Mes respects, monsieur le procureur.

Il raccrocha furieux.

– Ce vieux chacal de Kersaint n'a pas perdu de temps, grogna-t-il.

Marie lui adressa une expression de lassitude : les gares, les aéroports, les péages étaient sous surveillance, ils avaient appelé tous les copains de Nicolas, toutes les relations de Chantal, l'un et l'autre restaient introuvables.

Fersen haussa les épaules.

– Ils ne pourront pas indéfiniment se nourrir d'amour et d'eau fraîche, ils finiront bien par sortir de leur trou...

– Ils sont peut-être encore sur l'île...

– Les renforts les auraient trouvés.

Il vit qu'il n'avait pas rassuré Marie.

Elle avait un mauvais pressentiment en pensant à Nicolas, mais inutile de le dire à Fersen et de lui donner une fois de plus l'occasion d'ironiser...

Ils se figèrent tous deux.

Quelqu'un tentait de crocheter discrètement la serrure de la porte d'entrée.

Lucas, déjà debout, dégaina son arme, et d'un geste fit passer Marie derrière lui pour la protéger, elle se dégagea et dégaina également tandis qu'en silence ils progressaient ensemble vers la porte.

Celle-ci s'ouvrit brutalement.

Morineau entra, les bras chargés de dossiers qu'il laissa tomber en poussant un cri, terrifié par les armes que Fersen et Marie pointaient sur lui. Son ahurissement était si comique que Marie éclata de rire, le vexant de surcroît.

– Vous trouvez ça drôle ? J'ai oublié ma clef...

Il contempla avec consternation les dossiers éparpillés au sol.

– Je les avais tous rangés par ordre alphabétique ! couina-t-il tragiquement.

Lucas rengaina placidement son arme, Marie aida Stéphane à ramasser les feuillets épars.

– J'ai fait un boulot de dingue ! Et pour rien ! Il ne manquait pas un dossier, pas une page ! Et personne d'autre que Kersaint ne prend du Mésadrol...

– Soit le visiteur qui nous a précédés n'a pas trouvé ce qu'il voulait, soit il a été interrompu avant.

Morineau ramassa alors un vieux registre qui s'ouvrit tout seul. Il tiqua.

– Tiens, on dirait que des pages ont été arrachées...

Marie le lui prit des mains et le feuilleta.

– C'est le registre personnel du vieux Pérec... On dirait que...

Elle le scruta plus attentivement et vint montrer un détail à Lucas.

– Il a raison, toutes les pages sont jaunies, mais à la pliure, là, on voit que deux feuilles ont été arrachées, c'est récent, le papier est plus clair à la déchirure...

Lucas feuilleta le registre.

– Ce qui manque remonte à 1960, ça concerne Yvonne Le Bihan. Ça ne mange pas de pain d'aller l'interroger...

– Surtout qu'autrefois elle était boulangère ! clama Stéphane, la bouille épanouie.

Fersen le dévisagea avec commisération.

– Mort de rire. Vous auriez dû faire comique.

– Vous avez vu l'heure ?

L'accueil que leur réserva Gwen fut frigorifique et lapidaire.

Yvonne dormait, épuisée. Leurs questions devraient attendre le lendemain.

Elle leur claqua la porte au nez à peine sa phrase terminée.

Marie passa la main sur son visage. De lassitude mais aussi de découragement : jusque-là Gwenaëlle ne l'avait jamais regardée avec autant d'agressivité.

– Je vous ramène à l'hôtel, murmura Fersen, sensible à la fatigue qui marquait les traits de la jeune femme.

Elle secoua la tête.

– L'enterrement de Gildas a lieu demain, je veux passer cette soirée avec ma famille...

Lucas hésita entre l'envie d'insister pour qu'elle aille se reposer et celle de lui dire son admiration pour son courage. Il se contenta d'acquiescer sans un mot.

*
**

Curieusement, l'ambiance n'était pas au recueillement chez les Kermeur. Milic n'avait pu s'empêcher de partir poser ses casiers en mer, et Loïc, face à sa mère, était agité d'une colère sourde, d'évidence motivée par la peur. Jeanne tentait de raisonner son fils.

– Personne d'autre que nous deux ne peut être au courant pour Marie...

– C'est elle qui est responsable de toutes ces horreurs ! Le diable qui est à l'œuvre sur Lands'en, c'est à cause d'elle.

– Tais-toi !

– Il faut lui donner ce qu'il cherche et tout s'arrêtera !

– Jamais je ne la sacrifierai, tu m'entends, jamais !

– Tu préfères sacrifier tes propres fils ? Tu l'as toujours aimée plus que nous !

– Je t'interdis de dire ça, ce n'est pas vrai ! J'ai juste essayé de réparer le mal qui lui a été fait...

Loïc se laissa choir sur une chaise.

– On va tous y passer...

Jeanne savait qu'il n'avait peut-être pas tort. Mais elle pensait, vivait de façon double depuis tellement d'années maintenant...

Il fallait qu'elle fasse son devoir jusqu'au bout, personne ne l'en empêcherait. Elle réprima l'angoisse qui la tenaillait, car elle craignait la force d'un destin qui risquait d'anéantir ce qu'elle avait combiné depuis si longtemps.

Elle posa sa main sur l'épaule de son fils.

– Il faut que tu t'en ailles, le plus vite possible. Quitte cette île et emmène Marie avec toi. Si tu ne le fais pas pour elle, fais-le pour toi, et pour moi. Je t'en prie...

Jeanne tressaillit et se tut immédiatement.

Sur le seuil, sa fille la fixait, durement. Elle se demanda depuis combien de temps elle était entrée.

– Je t'en prie, maman, ne t'interromps pas pour moi...

La voix blanche de Marie lui tordit le cœur.

– Ne juge pas sur quelques mots que tu comprends de travers.

Marie la considéra avec un mélange de peine et de révolte.

Une fois de plus, elle se sentit rejetée, coupée des siens. Leurs regards étaient changés, ils étaient comme inaccessibles. Qu'est-ce qui les transformait à ce point ? Elle considéra Loïc, effondré sur sa chaise, le visage détourné.

– Tu as dit : on va tous y passer... Tu parles de qui ?

– Toi tu me parles comme un flic, pas comme une sœur ! cracha-t-il. Tu veux me passer les menottes aussi, me coller au trou ?

Il la défiait l'air mauvais. Elle scruta ce regard qu'elle ne reconnaissait pas, qui semblait s'adresser à quelqu'un d'autre qu'elle.

Jeanne s'interposa.

– Marie, si tu fais ça, tu n'es plus ma fille.

Comment sa mère pouvait-elle lui dire une chose pareille ? De la même façon, elle ne trouvait plus dans ses yeux aucune trace d'affection, seulement une détermination adressée à une étrangère.

Loïc se leva et quitta la pièce, Marie amorça un mouvement pour le suivre, mais Jeanne lui saisit fermement le bras.

– Laisse-le, il souffre suffisamment comme ça.

– Tu crois que je ne souffre pas, moi ?

Sa mère choisit de regarder ailleurs. Marie se dégagea d'un coup et sortit à son tour dans la nuit, elle préférait pleurer sans témoin.

*
**

Dans les trois seules chambres occupées de l'hôtel, personne ne dormait. Ni Loïc, ni Marie, ni Fersen.

Pour s'empêcher de céder complètement à l'angoisse qui ne la quittait plus depuis des heures, Marie avait vidé les quelques mignonnettes d'alcool du frigo de sa chambre, mais le résultat escompté n'était pas suffisant.

Elle descendit au bar et se servit une rasade de la première bouteille qui lui tomba sous la main. Elle dut faire plusieurs tentatives avant de réussir à se jucher sur l'un des grands tabourets, et entreprit de vider consciencieusement son verre.

Elle n'avait même pas remarqué Lucas qui, embusqué dans un fauteuil du hall, l'observait de loin. La voyant vaciller dangereusement sur son siège, il s'approcha et lui arracha un cri de surprise en la saisissant pour la remettre d'aplomb.

Le regard brumeux, Marie le vit passer derrière le bar où lui aussi se servit généreusement un verre.

– Vous avez une sacrée descente, dans la famille...

Elle fronça les sourcils et dut faire un effort pour fixer son regard sur Lucas. Il poursuivit en faisant tinter les glaçons dans son scotch.

– Vous préférez picoler seule comme votre frère ou bien je peux vous tenir compagnie ?

– Quoi, mon frère ? articula-t-elle péniblement.

Lucas l'informa que Loïc avait raflé une bouteille avant d'aller s'enfermer.

– Il est plutôt dépressif, non ?

Fersen se rappelait le topo fait par Morineau. Loïc avait plongé gravement dans la déprime après la mort de sa femme. Marie piqua du nez sur son verre et bredouilla.

– S'il est arrivé quelque chose à Nicolas, il va replonger, il ne tiendra pas le coup.

Elle tendit la main vers la bouteille, Lucas, plus rapide, l'empêcha de la saisir. Elle s'affala à demi sur le comptoir.

– À ce rythme-là, vous non plus vous ne tiendrez pas le coup...

Elle protesta, réclamant un dernier verre. Lucas, inflexible, lui ordonna d'aller se coucher. Elle secoua la tête et tenta de lui prendre la bouteille. Ils se retrouvèrent alors si proches qu'il sentit s'écraser contre lui sa poitrine pleine et douce. Cette fois, il ne fit rien pour aider la jeune femme à se redresser.

Marie lut clairement dans son regard le désir de Lucas. Elle le repoussa violemment.

– Ne me touchez pas !

– Qu'est-ce que vous imaginez ? fit-il d'un air d'autant plus scandalisé qu'il était de mauvaise foi. Le jour où vous me tomberez dans les bras, ce sera à jeun et de votre plein gré.

La colère, attisée par l'humiliation et l'alcool, empourpra Marie.

Elle sauta maladroitement du grand tabouret et, d'une démarche en biais, elle vint se cogner dans le tableau des clefs. Avec un geste qui se voulait ferme et précis, elle rata la clef qu'elle visait et dut s'y reprendre à deux fois pour la décrocher.

Il la regarda s'éloigner vers l'escalier sans pouvoir s'empêcher de sourire puis, en trois enjambées, il la rejoignit et lui saisit le poignet.

Offusquée, Marie se débattit.

– Lâchez-moi ! Mais lâchez-moi, pauvre malade !

– Alors rendez-moi ma clef... C'est la mienne que vous avez prise...

Marie, ébranlée, fixa la clef, constatant qu'il disait juste. Lucas accentua son malaise :

– C'était par mégarde ou bien dois-je penser que...

Marie le fusilla du regard et lâcha la clef qu'il récupéra au vol.

– Je vais peut-être finir par croire aux signes, moi aussi...

La jeune femme avait déjà fait demi-tour. Partiellement dégrisée, elle alla récupérer sa propre clef au tableau et fila tant bien que mal rejoindre l'ascenseur. Lucas, sans prendre conscience du sourire béat qu'il arborait, la suivit des yeux jusqu'à ce que les portes se referment sur elle. Rassuré, il se servit un dernier verre, puis étouffa un rire en l'entendant se vautrer dans le couloir.

Loïc, passablement aviné lui aussi, sortit de sa chambre. La bouteille vide qu'il tenait à la main n'avait pas suffi à calmer le souci qu'il se faisait pour son fils. Il passa dans son bureau et s'arrêta net au milieu de la pièce.

Sous la lueur de la petite lampe qui éclairait sa table de travail, une tache blanche attira son regard. Il eut soudain une expression de terreur.

Une enveloppe.

D'une main tremblante, il la prit et en sortit une feuille qu'il déchiffra, le souffle coupé.

Sur l'enveloppe qu'il laissa tomber, un cachet de cire portait l'empreinte d'un signe, un ovale suivi d'un simple trait, à l'identique de celui gravé sur l'un des menhirs du site de Ty Kern.

13

Le sillage du bac se refermait sur une eau de mercure quasi immobile, il faisait grand beau lorsqu'il entra dans le port de Lands'en.

Malgré la foule qui attendait sur le quai, seul le cri des mouettes striait le silence. Parmi tous les îliens rassemblés, la famille Kermeur, à l'exception de Loïc, fixait avec douleur le cercueil de Gildas, que quatre hommes descendaient du bac.

Marie jeta un regard inquiet alentour et se pencha à l'oreille de son père.

– Où est Loïc ?

Milic eut une expression d'ignorance. Il lui prit le bras et se mit en marche derrière le cercueil, donnant le signal aux îliens qui formèrent un lent cortège en direction du cimetière.

À quelques mètres, sur le quai, Fersen et Morineau surveillaient le déchargement d'une palette.

Soudain, le filin de la grue grinça, se rompit d'un coup, la palette bascula, et toutes les caisses tombèrent à l'eau dans une gerbe d'écume. Elles coulèrent aussitôt.

Fersen ne put retenir une bordée de jurons. Morineau prit un air catastrophé :

– Tout le matériel de vidéosurveillance ! C'est dingue, vous avez le mauvais œil ou quoi ?

Lucas le mitrailla du regard.

– Grouillez-vous, bordel ! Essayez de récupérer tout ce qui peut l'être !

– Pas la peine de se gratter, l'électronique dans l'eau de mer, c'est foutu.

Résistant à une envie de le noyer dans le port lui aussi, Lucas s'éloigna à grandes enjambées vers le cimetière.

La cérémonie commençait devant le caveau de la famille Kermeur. Lucas, se tenant à distance, décida de faire le tour des tombes.

Il fut attiré par le seul mausolée qui se distinguât, celui de la famille de Kersaint. Le style composite du monument indiquait des remaniements successifs ; le plus important devait dater du siècle dernier et donnait à l'ensemble un style néo-gothique pompeux.

Lucas releva que, non sans humour, cet orgueilleux mémorial jouxtait la sépulture des Le Bihan, en marbre coûteux, affligé d'une profusion de fleurs en plastique et de bibelots souvenirs. En déchiffrant les lettres dorées de la stèle, il apprit, entre autres, le décès en 1960 de jumeaux âgés de quelques jours. L'année manquante sur le vieux registre de Pérec.

Il observa de loin la cérémonie qui se poursuivait et aperçut la silhouette de Marie qui, vêtue de noir, lui sembla plus frêle, émouvante.

Debout entre ses parents, elle continuait de s'inquiéter de l'absence de Loïc. Elle vit qu'elle n'était pas la seule. Parmi les Le Bihan au grand complet, Gwenaëlle jetait discrètement des regards de côté.

Devinant les pensées de sa fille, Milic lui rappela d'un murmure que, depuis la mort de sa femme, son frère ne supportait pas les enterrements, il devait cuver son chagrin dans un coin.

D'un coup d'œil réprobateur, Jeanne les invita au silence.

Marie reçut la froideur de ce rappel comme une blessure qui se superposa à son chagrin, elle vacilla. Jeanne glissa alors son bras sous celui de sa fille et lui prit doucement la main.

Surprise et bouleversée par le contraste de ce geste tendre qu'elle n'attendait plus, Marie ne put contrôler ses larmes qui roulèrent sans retenue sur ses joues. Alors elle prit impulsivement sa mère dans ses bras et nicha son visage au creux de son cou, comme au temps de leur enfance où Gildas et Loïc lui enviaient ce rare privilège.

Au moment des condoléances, Armelle de Kersaint arborait à la perfection un air de circonstance, tandis qu'à son bras PM cachait à peine son ennui. Seule Juliette, qui en profitait pour échanger à la dérobée des regards avec le jeune Ronan, paraissait réellement émue.

Par petits groupes, dans le crissement des graviers, tous se dirigeaient vers la sortie du cimetière. Marie vit que Gwenaëlle la guettait et se détachait des autres. Elle comprit qu'elle hésitait à l'aborder et marcha à sa rencontre.

– Est-ce que tu as vu Loïc, cette nuit ?

Gwen parut choquée.

– Ne fais pas cette tête-là, vous avez beau être discrets, il y a longtemps que je sais pour vous deux. Et je suis heureuse pour lui, si tu veux savoir, il n'a que toi.

L'espace d'un instant, une alliance fugace réunit les deux femmes, elles partageaient la même angoisse pour Loïc. Elles convinrent que la première qui aurait des nouvelles en avertirait l'autre. Marie aurait volontiers prolongé ce lien mais Gwen s'était déjà détournée.

Elle venait de voir que, à la sortie du cimetière, le flic parisien abordait sa mère.

Fersen attaqua Yvonne sans délicatesse.

– Y a-t-il un rapport entre la mort de vos jumeaux en 1960 et les pages arrachées dans le registre du vieux docteur Pérec ?

Yvonne le fusilla des yeux.

– Cela ne concerne pas la police.

– Mais vous ne niez pas le rapport. Donc c'est une réponse.

Fersen s'éloigna, laissant l'ancienne boulangère lui planter en silence une hache dans le dos. Gwen, rejoignant sa mère, vit clairement qu'elle fulminait.

– Qu'est-ce qu'il te voulait ?

– Rien. Je rentre à pied. J'ai besoin d'air.

Yvonne s'éloigna à grands pas, le regard bleu et soutenu de sa fille posé sur elle.

***

Stéphane passa prudemment la tête par la porte entrouverte du bureau de Fersen.

– Je peux ?

Le flic grogna sans lever le nez de son ordinateur. Morineau s'enhardit alors à passer le bras, tendant un sachet plastique qui contenait une enveloppe.

– Les gars du labo ont reconstitué le sceau de cire en miettes retrouvé dans la cellule de Pérec.

– Je parie qu'il représente un ovale surmonté de deux traits obliques. Un crabe.

Morineau vint poser l'objet sur le bureau, ainsi qu'un dossier. Il afficha sa déception.

– Si vous le saviez déjà, c'était pas la peine... Bon, à part ça, l'ADN contenu dans les cigarillos est le même que celui des cheveux retrouvés sur l'annexe du bateau volé...

Lucas parut cette fois intéressé ; il saisit le rapport et eut une expression d'écœurement.

– Enfoiré !

– Qui ça ?

– Vous voulez que je vous trouve du boulot ?

Stéphane battit illico en retraite. Lucas pianota le numéro de Marie sur son portable.

Ce salaud de Bréhat avait coulé le bateau et planqué l'annexe à Morgat en faisant croire que c'était l'œuvre de Nicolas.

Il eut un geste d'agacement en tombant sur la messagerie, et ne prit pas la peine de masquer son mécontentement.

– Rappelez-moi d'urgence. Je veux pouvoir vous joindre à tout moment.

Il raccrocha.

– Morineau !

La porte se rouvrit sur le jeune gendarme, stoïque.

– Oui ?

– Vous savez où est Marie ?

– Elle cherchait son frère... Mes gars ont aperçu Loïc qui remontait de la crique des Naufrageurs ; si elle les a croisés, elle est peut-être allée voir par là.

Lucas sortit rapidement du bureau, écartant Morineau de son passage d'un geste distrait.

– Y a pas de quoi ! râla Stéphane.

*
**

L'angoisse ne quittait pas Marie. Elle avait exploré en vain pratiquement tous les endroits où Loïc aurait pu trouver refuge, téléphoné à toutes les personnes qui auraient pu l'accueillir.

À l'hôtel, elle avait constaté qu'il n'avait même pas défait son lit.

Elle passa dans le bureau de son frère. La porte créant un appel d'air, la fenêtre s'ouvrit d'un coup, tous les papiers posés sur la table de travail s'envolèrent.

Elle ne vit pas l'enveloppe au sceau de cire et les fragments d'une feuille déchirée glisser sous le grand meuble breton qui occupait une bonne part de la pièce.

Elle venait de shooter involontairement dans une bouteille vide.

Elle la ramassa en soupirant, puis son attention fut attirée par un tiroir entrouvert dans lequel elle vit des tubes de somnifères et d'antidépresseurs, vides également. Son estomac se noua, non plus d'un pressentiment mais d'une peur de plus en plus fondée.

Elle jeta un regard à son portable qui vibrait à nouveau. Après Fersen, Annick l'appelait. Elle écouta les messages, celui de la secrétaire l'alarma.

– Marie, si vous pouviez venir, il se passe quelque chose de vraiment bizarre, ça concerne le commandant Fersen. Rappelez-moi, s'il vous plaît...

La secrétaire, seule dans la gendarmerie, était en proie à une peur qu'elle contrôlait difficilement. Elle sauta presque sur Marie lorsque celle-ci entra en coup de vent.

– Venez voir ! Le commandant est parti à la crique des Naufrageurs, j'ai essayé de le joindre et écoutez sur quoi je tombe...

Marie se mit immédiatement sur la fréquence radio du quatre-quatre. C'était effectivement très étrange, on entendait une respiration saccadée en alternance avec des gémissements, des borborygmes, des souffles rauques.

– T24 à PC, répondez ! Répondez !

Les appels de Marie restèrent sans effet, les bruits incompréhensibles continuaient. Elle partit en trombe sous le regard d'Annick, pas rassurée de se retrouver à nouveau seule au poste.

Dès qu'elle arriva en vue de la falaise, Marie aperçut le quatre-quatre de Fersen. Elle se gara à la va-vite et courut vers le véhicule qu'elle vit nettement bouger, alors qu'on ne distinguait aucun passager.

Elle dégaina, s'approcha avec précaution, et ouvrit la portière d'un coup. La stupéfaction lui fit baisser son arme.

Pierric, vautré à l'intérieur, soufflait dans la radio, touchait à tout, avec la mine concentrée et ravie d'un enfant qui expérimente un nouveau joujou. Marie eut envie de le réduire en bouillie. Ses nerfs constamment mis à rude épreuve se seraient volontiers défoulés sur la grande carcasse du muet, mais l'immense sourire dont il s'éclaira en la voyant désarma toute agressivité.

– Pierric, sors de là, ce n'est pas un jouet ! Sors de là, mon grand, allez !

Marie s'arc-bouta de toute son énergie pour l'extirper du véhicule, puis l'exhorta à rentrer chez lui.

Triturant ses chiffons, ne comprenant visiblement pas que Marie lui confisque son jouet, Pierric, déçu et contrarié, finit par s'éloigner à regret. Lucas ne devait pas être bien loin.

La jeune OPJ traversa le site, dépassa le cairn et jeta un regard en contrebas vers la crique des Naufrageurs.

Elle reconnut tout de suite la veste en cashmere de Fersen. Elle trouva curieux qu'il l'ait laissée posée sur les rochers que l'écume des vagues commençait à atteindre, lui qui était si soigneux.

– Lucas !... Lucas !... Lucas, répondez !

Elle dévala les rochers le plus rapidement possible, énervée de ressentir une inquiétude aussi fébrile pour un type tellement insupportable.

Lorsqu'elle atteignit la crique, l'eau lui arrivait déjà à mi-cuisses ; elle rattrapa de justesse la veste de Fersen, qui partait à la dérive, et l'envoya plus haut sur les rochers.

Elle héla de plus belle Lucas en direction de la grotte qui se remplissait déjà. Du plus vite qu'elle put, poussée par le courant qui l'entraînait, elle passa sous l'ogive des rochers et y disparut.

La grotte faisait un coude qu'elle franchit, elle distingua enfin Fersen qui, juché tout au fond, examinait le plafond avec une torche, apparemment inconscient du danger.

– La mer monte, il faut sortir ! Vite ! Vous êtes dingue ou quoi ?

Elle le rejoignit, trempée et enragée qu'il ne paraisse pas s'inquiéter davantage.

– Les gendarmes ont vu votre frère remonter de la crique, je me suis dit que peut-être Nicolas...

– Il n'est pas assez débile pour venir se fourrer dans ce piège ! Bougez de là ! Allez !

Elle le tira par sa chemise. Déséquilibré, il dégringola de son rocher et se retrouva dans l'eau presque jusqu'à la taille. Les vagues se succédaient sans violence mais sans ressac, se superposant les unes aux autres, le niveau montait incroyablement vite. Heurtant les parois, elles créaient des tourbillons qui rendaient la progression vers la sortie de plus en plus difficile.

Trop occupés à batailler, ils n'échangèrent plus un mot.

Alors qu'ils débouchaient vers la crique, une vague plus forte que les autres submergea Marie qui perdit pied. Lucas hurla en la voyant disparaître. Il plongea et ouvrit les yeux sous l'eau mais le sable et l'écume troublaient trop la mer pour qu'il voie quoi que ce soit. Émergeant à bout de souffle, et scrutant les remous sans distinguer aucune trace de Marie, il fut frappé par la sensation d'un manque intense.

Soudain il vit une chevelure apparaître non loin de lui, il agrippa ce qu'il put, au jugé, la jeune femme émergea près de lui hors d'haleine.

Son soulagement fut tel que le flic se surprit à remercier Dieu, lui qui était un parfait mécréant.

Ils nagèrent jusqu'à reprendre pied et, dès qu'ils furent hors d'atteinte des vagues, ils s'affalèrent épuisés sur les rochers.

Fersen posa un regard satisfait sur Marie qui essorait ses cheveux.

– Heureusement que je vous ai repêchée, hein ?

Elle interrompit net son geste et le considéra comme un extraterrestre.

– Sans moi vous seriez collé au plafond de la grotte comme un poisson mort ! Vous vouliez vous noyer, ou quoi ?

– J'adore quand vous vous inquiétez pour moi, susurra-t-il.

Trop furieuse pour lui répondre, elle entreprit d'escalader les rochers. Il la suivit, la reluquant avec plaisir.

En haut de la falaise, elle s'assit et, ruminant sa colère, elle entreprit de retirer ses boots remplis d'eau.

Il vint s'asseoir près d'elle.

– Quand vous êtes arrivée sur la falaise, vous m'avez appelé, non ?

Elle lui jeta un bref regard méfiant. Si cet abruti recommençait à faire du mauvais esprit, il allait se faire moucher. Mais il insista :

– Bizarrement, j'ai entendu votre voix qui venait du fond de la grotte, c'est pour ça que je me suis engagé jusque là-bas.

– Dites tout de suite que c'est ma faute !

– D'une certaine façon, oui... Quand je vous vois, je perds pied...

Son sourire content de lui la hérissa. Elle retint une bordée d'insultes, se releva d'un bond et fila vers la voiture.

– Attendez, je veux savoir où vous étiez quand vous

m'avez appelé. Je me demande s'il n'y a pas un boyau entre la grotte et la falaise...

Elle lui désigna le site d'un geste énervé.

– Là ! J'étais là ! Franchement, il faut vraiment être timbré pour...

– Venez voir !

Il avait rejoint le cairn et entreprit d'y fureter.

– Ne touchez pas à ça !

– Regardez, des pierres ont été déplacées !

Sa colère tomba d'un coup. Sans qu'elle sût pourquoi, une vague irrésistible de terreur monta en elle, tout son corps se raidit, et sa respiration se bloqua en le voyant manipuler des pierres du tumulus.

– Ne faites pas ça !

Elle l'avait rejoint en quelques enjambées, il se retourna, étonné du cri qu'elle venait de pousser, et de la pâleur soudaine de son visage.

– C'est... C'est un monument funéraire, murmura-t-elle d'une voix blanche. Les vieux disent que de toucher aux sépultures déclenche la colère des morts...

– Ne me dites pas que vous balisez pour un tas de cailloux...

Elle fixait les pierres, tétanisée.

Effectivement, elles avaient été déplacées.

L'oppression se fit de plus en plus violente. L'angoisse, insoutenable, s'amplifiant, elle tenta désespérément de s'accrocher au peu de raison qui résistait en elle. Personne sur Lands'en n'aurait touché au cairn, personne sauf celui ou celle qui avait osé faire saigner les menhirs...

Non, ce n'était pas possible, ça ne pouvait pas être ça...

Elle sentit les prémices du sinistre cauchemar la happer comme si on la tirait par le fond, une ombre glauque troublait de plus en plus sa vision, elle lutta pour hurler, hurler à Lucas de ne pas faire ça...

Il n'entendit qu'un souffle étranglé, presque inaudible.

– Non... Lucas...

Il se retourna juste à temps pour voir Marie vaciller, le regard comme tourné vers l'intérieur d'elle-même, exsangue.

Saisi, il n'eut même pas le temps de la rattraper avant qu'elle s'effondre sur le cairn où elle se contracta en position fœtale.

– Marie ! Marie, ouvrez les yeux ! Regardez-moi !

Elle ne répondait pas à ses injonctions. Une vague teintée de sang venait de l'engloutir au plus profond de son cauchemar. La tête résonnant de battements sourds, emportée irrémédiablement dans de tourbillonnants remous, elle se sentait étouffer. Le fracas des vagues, des hurlements humains déchirants, une main qui se tend et cherche désespérément à l'agripper, images et bruits terrifiants mêlés l'emportèrent vers un trou noir dans lequel elle sombra.

Atterré, Lucas sentit que Marie, inerte, recroquevillée sur les pierres, n'entendait plus ses appels. Il la souleva pour la dégager et la déposer sur l'herbe. Des pierres de la sépulture s'éboulèrent. Pour empêcher le reste de l'édifice de s'écrouler vers elle, Lucas déplaça un bloc.

C'est alors que surgit soudain du cairn, presque à toucher son visage, une main, cadavérique.

Lucas sut immédiatement de qui il s'agissait.

Il comprit que Marie n'avait pu surmonter l'horreur d'une prémonition, et il fut presque soulagé que son inconscience lui épargnât la sinistre découverte.

Le corps sans vie de Nicolas.

*
**

Par superstition, aucun îlien ne voulut aider les gendarmes à déblayer le cairn.

Fersen ne parvenait pas à s'éloigner de Marie, seule la colère de ne pas voir arriver plus vite l'hélico de la Protection civile le détournait de son angoisse pour elle.

– Commandant ! Commandant, venez voir !

Les gendarmes faisaient cercle autour du cairn, ils s'écartèrent pour faire place au flic. Tous les regards convergeaient vers le corps presque entièrement dégagé de Nicolas.

À ses côtés émergeaient de longs cheveux bruns, et une main aux ongles laqués de rouge. Chantal.

Dans le silence, seuls les déclenchements de l'appareil photo d'un des gendarmes cliquetaient. Scène de crime. Une de plus. Fersen ressentit une lassitude puis, comme à chaque fois, la rage monta du fond de lui. Il ne désarmerait pas jusqu'à ce qu'il trouve l'être assez monstrueux pour supprimer ces vies.

Un détail l'intrigua : un minuscule coin de papier pointait sous le corps de Nicolas. Il donna l'ordre de continuer à dégager les corps et récupéra des feuillets détrempés d'humidité qui, semblait-il, avaient été jetés là avec les deux victimes.

Bien que l'encre fût délavée et l'écriture quasi illisible, il reconnut tout de suite les bords déchirés, attestant qu'il s'agissait des pages manquantes du registre personnel du vieux Pérec.

Les vêtements et les cheveux plaqués par le souffle des pales, de nombreux îliens étaient venus assister au décollage de l'hélico qui emportait Marie, toujours inconsciente, vers Brest.

Lucas, par réflexe professionnel, et pour oublier qu'il avait le cœur à l'envers, les scruta l'un après l'autre, mais les visages et les regards restaient impénétrables.

Il remarqua Ryan qui semblait affecté. Yvonne et Gwenaëlle Le Bihan furent parmi les premières à faire demi-tour et à s'éloigner. La mère et la fille avaient la même démarche, énergique, déterminée.

Les Kermeur étaient prostrés chez eux. Jeanne et Milic avaient trop à faire avec leur douleur, ils avaient perdu un fils, un petit-fils, Loïc se terrait, ils ne savaient où, et leur fille était dans le coma.

Le malheur s'acharnait sur leur famille.

Lorsque l'hélico disparut à l'horizon, Lucas se sentit terriblement seul. Il n'avait plus envie de rien, même son boulot lui parut insipide. Pourtant, découvrir les détours les plus secrets de l'âme humaine, les décrypter, les comprendre, cela le passionnait depuis toujours. Mais ce métier n'était que solitude et ce soir tout était trop lourd.

*
**

Marie, contenue par des sangles de sécurité, les yeux clos, reposait sur son lit d'hôpital.

Derrière la vitre, Fersen la contemplait. Elle ne souffrait pas, lui avait assuré le médecin, mais il ne pouvait pas se prononcer précisément sur son état ; elle était depuis trente-six heures en coma vigile, et cela pouvait durer des jours ou des mois.

– Un choc émotionnel trop violent, impossible à affronter consciemment, peut déclencher ce genre d'état. Elle seule peut décider d'en sortir.

– Et les sangles, c'est obligatoire ?

– Elle a des périodes d'agitation, elle pourrait se blesser.

Lucas se détourna, il ne supportait décidément pas de voir Marie inerte. Il aimait trop ses colères, sa vivacité. Ça ne lui ressemblait pas de se réfugier dans l'inconscience, de se cacher la vérité, pour un peu il l'aurait engueulée.

Le médecin le tira de ses pensées.

– Elle devait se marier avec Christian Bréhat, non ? Il faudrait peut-être le prévenir...

De quoi se mêle cet abruti, pensa Lucas agacé. Il répondit sèchement :

– La famille Kermeur a envoyé un message à son PC course.

Bréhat était à Plymouth, en pleine préparation. Malgré les incitations officielles à parler le moins possible de l'affaire de Lands'en, les médias avaient fait leurs délices du héros dont le mariage avait été annulé en raison des deuils qui frappaient la famille de sa fiancée, et louaient le courage exceptionnel avec lequel le célèbre skipper avait tenu à prendre le départ, bien que sa promise fût encore souffrante.

Le pas déterminé de Christian faisait résonner et onduler la panne menant à son bateau. Imperméable aux questions des journalistes, aux flashes des photographes, il n'enregistrait plus que les informations utiles à sa course.

Il semblait, comme avant chaque départ, complètement immergé dans sa concentration.

En fait, il donnait le change. Cet enfermement cachait la lutte qu'il se livrait pour empêcher ses pensées d'aller vers Marie, il résistait à la tentation de l'appeler pour entendre sa voix, ou d'au moins lui envoyer un message. Il devait tenir bon encore quelques minutes, jusqu'au départ. Il savait que dès l'appareillage la mer s'emparerait de lui et que, comme d'habitude, il oublierait tout.

Jusqu'à son retour, en vainqueur.

Il le fallait, cette fois plus que jamais, s'il voulait récupérer Marie.

Sa dernière pensée, avant d'oublier tout ce qui n'était pas la course, fut pour Anne. Il l'imagina, dans son café, entourée des habitués et des supporters, devant le grand écran qu'elle avait loué pour la circonstance. Au coup de feu du signal de départ, ils s'exclameraient joyeusement et choqueraient leurs verres à sa victoire.

Cette image, que Christian avait eue en tête, était exactement calquée sur la réalité. Mais il ignora que, dans le jovial brouhaha qui suivit le départ, la porte du café s'ouvrit à la volée sur une femme échevelée, hors d'haleine, qui fit irruption dans le bar. D'un air hagard, elle considéra les hommes qui braillaient leur enthousiasme, et d'un cri rude elle brisa net leur joie.

– Ty Kern ! À Ty Kern le sang coule sur un autre menhir !

Dans les premiers rayons du soleil, comme suintant du granit, juste sous le signe en forme de poisson, deux larmes de sang roulaient lentement sur la pierre du troisième menhir.

Les deux gendarmes chargés de garder Ty Kern gisaient au sol, assommés. Ils ne surent pas dire par qui, ni comment.

Marie s'agitait, tirait sur ses sangles.

Toujours inconsciente, sa tête perlée de sueur roulait de droite à gauche sur l'oreiller, ses yeux s'entrouvraient, sa bouche prononçait des mots inaudibles.

De toutes ses forces, elle tentait d'émerger du fond de son

brouillard. Il lui semblait qu'une voix, qu'elle distinguait mal, l'appelait... Elle lutta pour tenter de soulever le plomb de ses paupières et, l'espace d'un instant, elle crut entrevoir un visage... Loïc ? Était-ce lui, était-il réellement près d'elle ou dans le chaos de son délire ? Son image lui apparaissait, trouble, et par intermittence des bribes de sa voix résonnaient entre ses tempes douloureuses. *Connaître la vérité... voulait tant savoir... dire le secret... horrible secret...* À bout de forces, Marie ne parvenait plus à s'accrocher au murmure de plus en plus ténu, à l'image brouillée et ondulante de ce visage qui ressemblait à celui de Loïc...

Épuisée, elle sombra à nouveau dans les ténèbres.

***

Gwen a sa tête des mauvais jours, et il y a de quoi, songeait son mari en l'observant du coin de l'œil.

Il faut dire que Philippe n'avait pu retenir quelques perfidies à propos de ce pauvre Loïc qui devait encore se planquer Dieu sait où pour noyer son chagrin dans l'alcool. Mal lui en avait pris, son fils Ronan l'avait sèchement rabroué.

– Tu ne peux pas parler d'autre chose ? Nicolas est mon ami, j'ai de la peine pour son père et pour toute sa famille.

Yvonne ne manqua pas l'occasion de pilonner son gendre.

– Il a raison, taisez-vous. Vous êtes trop minable pour vous permettre de critiquer qui que ce soit...

Gwenaëlle, excédée, s'échappa vers la cuisine.

Elle appela une fois de plus Loïc et eut enfin le soulagement d'entendre sa voix.

– Où es-tu ?

– Avec Marie... Je vais tout lui dire...

– Si tu fais ça c'est notre fin à tous, s'affola Gwen.

– Ouvre les yeux, tout est déjà fini.

Elle perçut la lassitude profonde de Loïc et paniqua.

– Il n'y a pas que toi dans cette histoire ! Réfléchis aux conséquences, je t'en supplie !

– Justement, il y a eu trop de morts.

– Allô ? Allô !...

Il avait raccroché. Gwen était livide.

Une main s'abattit alors sur son épaule.

La main d'Yvonne, tannée, déformée par les rhumatismes articulaires, comme une grosse patte de rapace dont elle sentait les griffes.

– Décidément, les hommes de ta vie ne sont que des lavettes...

– Il a peur...

– C'est bien ce que je dis.

– Je lui ai dit de se taire, de réfléchir aux conséquences mais...

– L'imbécile...

Elle considéra sa mère qui, méthodiquement, enfilait une veste, prenait son sac, ses clefs, son téléphone, regardait sa montre...

– Où vas-tu ?

Elle vrilla sa fille d'un regard pour toute réponse.

– Occupe-toi de lui s'il revient, empêche-le de bavasser...

– Et Marie ? murmura Gwen.

Yvonne cilla à peine, et prit un très léger temps pour choisir ses mots.

– Je saurai la convaincre de se taire.

Gwenaëlle détourna les yeux, laissant Yvonne sortir.

*
**

Stéphane examinait avec désespoir l'intérieur du triste sandwich qu'Annick venait de lui donner, tout en surveillant la réception en cours d'un fax. Il mordit dans le pain élastique, une grosse giclée de mayonnaise tomba sur la feuille qui achevait de sortir. Il eut un regard à la dérobée autour de lui.

Fersen était dans son bureau, occupé à vérifier les retours vidéo des caméras, Annick bavassait avec lui, rassurée par tout ce matériel installé sur le site...

D'un coup de serviette en papier, Stéphane essuya la mayo. Avec regret, c'était le meilleur...

Il interrompit son geste et déchiffra le texte auréolé de gras.

– Pas possible ! Vous savez quoi ? Le sang qui a coulé sur le menhir n'est pas celui de Nicolas !

Lucas sursauta.

– Quoi ?

– C'est un sang du groupe O négatif...

Il reconsidéra son sandwich, eut un haut-le-cœur et le balança dans la poubelle puis il fronça les sourcils.

– Annick, c'est pas Marie qui est O négatif ?

Lucas s'immobilisa net. La secrétaire plissait le front sous l'effort de mémoire.

– Oui, peut-être bien que vous avez raison...

Ils entendirent la porte claquer : Lucas venait de sortir à toute allure. Stéphane et Annick eurent à peine le temps d'échanger un regard perplexe que le téléphone sonna.

La secrétaire prit l'appel.

– Gendarmerie-de-Lands'en-allô-oui-j'écoute... Oh non ! C'est pas Dieu possible, une chose pareille...

Elle raccrocha, bouleversée, Stéphane suspendu à ses paroles.

– Quoi ? Mais quoi ?

– C'était le labo de la PS... La Le Bihan... La Yvonne... Ils ont reconstitué les pages du registre du vieux Pérec... Elle a... Elle a tué ses deux gamins, une semaine après leur naissance, étouffés... Seigneur Jésus...

Fersen, qui raccrochait tout juste avec Annick, déboula sur le port et bouscula, dans sa hâte, le gardien de veille qui faisait une ronde.

– Hé ! Ça va pas, non ? Mais qu'est-ce qu'ils ont, ce soir !

S'excusant à peine, le flic allait filer dans la vedette de la gendarmerie quand la phrase du gardien l'alerta.

– Pourquoi avez-vous dit ça ? Il y a eu un problème ?

– Pas un problème, mais la Yvonne, enfin, madame Le Bihan a fait tout un foin au téléphone pour que le dernier bac l'attende, elle avait une urgence sur le continent, elle disait...

Il termina seul son explication, Lucas filait déjà vers la vedette pour mettre le cap sur Brest.

Le sang de Marie avait coulé sur le troisième menhir. Logiquement, elle était la troisième victime désignée.

Il poussa les moteurs à fond, la vedette bondissait de crête en crête à la limite du décrochage, il bouillait de ne pas pouvoir aller aussi vite que sa pensée.

Yvonne Le Bihan entra dans la chambre de Marie.

Sous le regard de l'infirmière qui surveillait par le hublot, elle s'installa tranquillement au chevet de la jeune femme qui était maintenant calme, immobile.

Dès que l'œil perçant d'Yvonne vit disparaître le visage de l'infirmière, elle se leva sans hâte, saisit un oreiller posé sur une chaise et s'approcha de Marie qu'elle fixa sans émotion. Les paupières de la jeune femme papillonnèrent avec difficulté comme pour tenter de s'ouvrir, sa respiration s'accéléra.

Elle sentait une présence, elle tenta à nouveau d'émerger du magma tenace qui l'engluait, elle luttait pour remonter d'un gouffre qu'elle sentait grouiller d'un tourbillon de fantômes avides de la reprendre. Par instants, elle apercevait un globe électrique jaune, sur un plafond vert d'eau. Elle s'accrochait obstinément à cette image quand elle vit entrer, dans ce champ de vision incertain, le visage d'Yvonne.

– Je t'ai dit de ne pas mettre ton nez dans nos affaires...

Suffoquée par le regard froid, par ce qu'elle y lisait de détermination, Marie eut l'horrible impression qu'Yvonne allait la rejeter définitivement dans l'enfer cauchemardesque dont elle sortait à grand-peine.

L'oreiller à la main, la femme se pencha sur Marie lorsque la porte s'ouvrit sur une infirmière.

– Je vous prie de sortir, j'ai reçu un appel du SRPJ, fit-elle sèchement.

Puis elle s'adoucit en reconnaissant Yvonne.

– Ah c'est vous, madame Le Bihan... Tout va bien ? Je vais bientôt éteindre les lumières.

– Je... je ne reste pas longtemps.

Marie aurait voulu crier, elle fit des efforts surhumains pour donner l'alerte, elle se cambra, ses mains s'agitèrent dans les sangles, mais Yvonne s'était interposée entre le lit et la porte qui se referma sur la blouse blanche.

Yvonne tapota doucement l'oreiller en regardant Marie.

– Je vois que tu vas mieux, non ?... Qu'est-ce qu'il y a, tu voudrais te lever ?

Marie écarquilla les yeux et émit un petit gémissement, auquel Yvonne ne put s'empêcher de répondre, comme une justification.

– Ton frère n'aurait pas dû venir... Qu'est-ce qu'il a bien pu te raconter, hein ?

Elle approcha l'oreiller du visage de Marie, mais elle contint son geste en entendant le monitoring s'affoler.

– Chuuut, ne t'agite pas, ma petite...

Posément, elle regarda l'appareil et avança la main vers le pupitre de commande...

Fersen fit alors irruption dans la chambre comme un furieux, il avisa Yvonne au côté de Marie, l'oreiller à la main.

– Ne bougez plus !

Il bondit sur elle, lui saisit les poignets et lui passa les menottes. Yvonne le regarda faire avec stupéfaction.

– Qu'est-ce qui vous prend ? Vous êtes malade, mon pauvre garçon !

Lucas l'ignora et fit signe aux deux flics qui l'accompagnaient de s'occuper d'elle. Il se pencha sur Marie et détacha les sangles en lui parlant avec douceur.

– C'est fini, je suis là...

Encore hagarde, Marie s'accrocha à son regard et eut un pâle sourire.

– Vous ne craignez plus rien, maintenant, murmura-t-il.

Yvonne haussa la voix.

– Vous insinuez que j'étais là pour lui faire du mal ? Comment pouvez-vous penser une chose pareille ?

– Emmenez-la au SRPJ ! ordonna Lucas aux deux flics.

Marie se redressa. Il comprit qu'elle voulait parler, il l'aida à s'asseoir. Avec un filet de voix, elle s'adressa à Yvonne :

– Qui n'aurait pas dû venir tout me raconter ?

– De quoi tu parles ?

Yvonne secoua la tête avec commisération.

– Il faut que tu te reposes, mon petit... Pauvre chou, après tout ce qu'elle a subi : la mort de Gildas, celle de Nicolas...

Elle avait enfoncé le fer dans la plaie, cruellement, il n'y avait pas meilleure stratégie pour éviter de répondre à la question de la jeune femme.

Lucas ressentit un éclair de haine mais la détresse incrédule qu'il lut sur le visage de Marie le transperça.

– Nicolas ?... Non... Non, pas lui...

Il la sentit vaciller, elle bascula dans ses bras.

– Embarquez-la ! explosa Fersen.

Yvonne le toisa avec mépris.

– Vous ne savez pas garder la tête froide. Pour un flic, c'est dommage ! fit-elle en se tournant vers les deux OPJ qui la dévisageaient, sidérés. Vous ne voyez pas qu'on dérange ? Qu'est-ce que vous attendez ?

– C'est vrai, qu'est-ce que vous attendez ? gronda Lucas, mal à l'aise.

En d'autres circonstances, il se serait montré plus incisif, mais il sentait la tête de Marie peser sur son épaule et ses larmes lui coulaient dans le cou. Elle sanglota un moment contre lui, se laissant aller à pleurer son chagrin sans retenue.

Il lui raconta tout, avec le plus de délicatesse possible : la découverte de Nicolas et Chantal, les feuillets maintenant décryptés, les meurtres commis par Yvonne sur ses enfants qui étaient anormaux...

Doucement, il l'entraîna sur le terrain de l'enquête pour tenter de distraire un tant soit peu sa douleur.

Marie releva soudain le visage vers lui.

– Mais alors... le bateau volé, la boussole, l'annexe retrouvée à Morgat ? Qui a pu être assez monstrueux pour avoir voulu faire croire que Nicolas était toujours en vie ?

Piégé, Fersen, pour toute réponse, la serra contre lui et la berça tendrement. Sans se le dire, ils se sentirent alors à l'unisson, comme dans une bulle qu'ils savaient fragile, éphémère.

Marie, épuisée, s'endormit quelques heures, veillée par

Lucas. Il était parfaitement bien, totalement dans l'instant présent, capable d'exclure tout ce qui n'était pas uniquement eux deux. Pour la première fois depuis longtemps, il aurait voulu que l'heure s'arrête.

Lorsque Marie s'éveilla, son énergie retrouvée ne put se confiner un instant de plus dans l'exiguïté de cette chambre. Il parvint à la contenir jusqu'à la machine à café. Elle analysait déjà toutes les données qu'il lui avait confiées.

– Ses enfants étaient lourdement handicapés et c'était il y a quarante ans, il y a prescription, Yvonne n'aurait pas tué Nicolas et Chantal parce qu'ils avaient découvert ça...

– Vous devez porter plainte pour tentative de meurtre.

– Je n'en ai pas la certitude... Au fait, pourquoi avez-vous pensé que j'étais en danger ? Un sixième sens ?

– Un troisième menhir a saigné, groupe O négatif, comme vous...

– Vous vous êtes trompé, moi je suis O positif...

Elle chancela, son visage s'altéra sous le choc d'une pensée qui la terrifiait. Lucas crut qu'elle allait à nouveau avoir un malaise, mais elle se ressaisit.

– Loïc ! C'est lui qui est O négatif ! C'est lui qui est en danger ! Où est-il ?

Lucas ne put rien faire pour l'empêcher de courir vers sa chambre où elle se rhabilla à la hâte. Ils durent batailler avec l'infirmière de garde pour qu'elle accepte que Marie signe une décharge de sortie.

– C'est une question de vie ou de mort pour mon frère Loïc ! argumentait-elle.

– Mais il va très bien, votre frère ! Il est venu vous rendre visite, juste avant votre mère...

– Loïc ? Vous êtes sûre ?

– Certaine, on a même parlé ensemble, il voulait une enveloppe pour mettre la lettre qu'il vous a écrite...

– Quelle lettre ?

– Y en avait des pages, c'est tout ce que je peux vous dire, je lui ai donné plein de feuilles, et une enveloppe à en-tête de l'hôpital, il vous l'a laissée là...

Elle désigna la table de chevet, vide.

– Elle y était quand il est parti, j'en suis sûre, affirma-t-elle, sidérée.

Marie et Lucas, en pleine réflexion, gardèrent un instant le silence. L'infirmière, perplexe, haussa les épaules et sortit.

Marie semblait si profondément plongée dans ses songes que Fersen s'en inquiéta.

– Ça va ?

Elle leva vers lui un regard bouleversé.

– J'ai cru que c'était un rêve, murmura-t-elle lentement, j'ai cru rêver que Loïc... En fait il était là ! Il essayait de me dire quelque chose d'important... Un secret... Un secret terrible...

– Un secret qu'Yvonne craignait de voir révéler sans doute, ce qui expliquerait qu'elle ait voulu se débarrasser de vous... Mais comment a-t-elle su que Loïc allait vous faire ces confidences ?

Marie songea tout de suite à Gwenaëlle.

14

Quelqu'un avait vu Loïc monter à bord du dernier bac à Brest, la veille. Mais personne ne l'en avait vu descendre à Lands'en. Son lit n'avait pas été défait. L'hôtel était désert. Son bureau était vide.

Marie avait entrepris de le fouiller pour tromper l'angoisse. Elle ramassa des petits bouts de papier, échoués sous le lit clos massif transformé en bibliothèque, et n'y aurait sans doute pas attaché d'importance si elle n'avait aperçu une enveloppe coincée entre la plinthe et l'un des pieds.

– On dirait des morceaux d'article, dit Lucas en examinant les fragments.

– Aidez-moi à tirer ce meuble.

La voix âpre de la jeune femme le fit sourciller.

Le lit clos pesait son poids et, en dépit de leurs efforts conjugués, ils ne réussirent qu'à le décoller du mur sur une trentaine de centimètres, un espace néanmoins suffisant pour que Marie puisse se glisser dans l'interstice et parvienne à attraper l'enveloppe entre deux doigts.

Le toucher du vélin l'électrisa. Avant même de la regarder, elle savait que l'enveloppe serait vide et scellée à la cire, à l'identique de celle reçue par Gildas et par Yves.

Seul le signe gravé au poinçon était différent : un ovale allongé barré d'un tiret vertical. Après la mouette et le crabe, le poisson.

– Le troisième menhir qui a saigné porte ce symbole ?

La question était de pure forme et le spécialiste des crimes rituels acquiesça brièvement. Tout comme elle, il repensa au bac sur lequel Loïc était monté, et dont il n'était jamais descendu.

– Il faut orienter les recherches vers la mer.

*
**

Vue de bateau, la minuscule chapelle se confondait avec les rochers entre lesquels elle était coincée. Dédiée à sainte Anne, patronne des marins pêcheurs, elle était le refuge de ceux qui attendaient le retour d'un proche parti en mer. Ou qui ne l'espéraient plus.

Jeanne y avait passé le plus clair de ses plus belles années, quand Milic partait en campagne à Terre-Neuve ou aux Kerguelen, et qu'elle venait s'agenouiller pour supplier sainte Anne de le lui ramener.

Elle était là, seule, dans la pénombre que d'étroits vitraux saturés de sel et une aube maussade entretenaient.

La tête dans les mains, elle priait Dieu de l'absoudre pour ses péchés.

– J'ai fait ce que je pensais être juste, comme je l'ai fait autrefois, dans le seul but de la protéger. Puisse Loïc me pardonner...

Sa voix se brisa. Des larmes coulèrent en silence sur ses joues parcheminées, sans qu'elle songe à les essuyer.

Un long moment plus tard, elle tendit la main vers son sac et en ressortit une enveloppe kraft aux bords déchirés.

Dans le coin, en haut à gauche, figurait l'en-tête de l'hôpital de Brest.

Elle sortit les feuillets couverts d'une écriture fine et heurtée, puis elle se redressa, marcha d'un pas déterminé jusqu'aux cierges qui brillaient près de l'autel et, sans une hésitation, mit le feu à la confession de son fils.

Alors que les feuilles se tordaient sous les flammes, elle eut le sentiment de le crucifier.

*
**

Toute la nuit, les bateaux de pêche avaient sillonné les cent cinquante kilomètres de côte, poussant pour certains d'entre eux jusqu'à plusieurs milles du rivage, les filets de traîne accrochés à l'arrière raclant les fonds qu'ils n'arrivaient pas à sonder.

Toute la nuit, les yeux harassés des marins, unis dans un formidable élan de solidarité, avaient fouillé l'obscurité d'une mer d'huile que rien ne troublait.

Toute la nuit, à bord de la vedette de gendarmerie dont les puissants projecteurs embarqués balayaient la moindre anfractuosité de roche, Marie avait traqué, avec un espoir s'amenuisant au fil des heures, le plus infime signe de vie.

Toute la nuit, sur le port où ils s'étaient peu à peu rassemblés, soudés dans une même angoisse, les îliens avaient attendu et prié, ne s'échappant que quelques minutes pour aller boire un café et se réchauffer.

La télévision par satellite, branchée sur Eurosport, commentait en continu la Transat. Une dixième édition proche de l'enfer.

Les skippers avaient dû affronter, de nuit, trois dépressions successives, en plein Atlantique Nord. Pour leur sécurité, ils avaient accepté de faire route plus au sud, afin d'éviter une zone semée d'icebergs jusqu'à l'est de Terre-Neuve. Seul Bréhat avait fait la sourde oreille. Sans doute espérait-il rattraper son retard, dû à une rupture de safran, en suivant la route nord, la plus directe.

À 5 heures, un flash spécial annonçait que le multi 60 Bretagne/Pays-de-Loire, skippé par Christian Bréhat, venait de démâter dans cinquante nœuds de vent et sept mètres de creux.

Tous y avaient vu un mauvais présage.

L'aube se levait quand les chalutiers revinrent au port, les uns après les autres. Les marins abattus et épuisés débarquèrent et se dirigèrent vers le bistrot où Anne les attendait avec de quoi requinquer leur estomac à défaut de leur moral en berne.

La plupart des îliens allaient se disperser quand la vedette de gendarmerie fila droit vers l'un des chalutiers encore en mer, *Le Pen-Ar-Cleuz*.

Le temps sembla soudain s'étirer.

Puis le bateau de pêche revint, à vitesse réduite, escorté par la vedette.

Pour les connaisseurs rompus à la pêche en mer, le simple fait que le chalut, lourd de centaines de poissons, fût toujours accroché au palan, n'était pas bon signe. En temps normal, la cargaison aurait été déversée directement dans la cale, avant d'être triée, calibrée, acheminée vers Brest et vendue à la criée.

Les profanes, eux, n'eurent qu'à observer le visage livide de Marie mettant pied à terre, et le regard inquiet dont Fersen la couvait, pour comprendre qu'un nouveau drame venait d'endeuiller l'île.

Ils n'eurent qu'à voir la limousine du château, et Jeanne en descendre soutenue par Pierre-Marie et Armelle, pour savoir.

Dans un silence glacé et recueilli, que seul trouait le cri strident des mouettes, le filet fut amené à un mètre au-dessus du quai et ouvert, libérant une cascade de sardines qui s'échouèrent avec un bruit mou et des reflets d'argent, tandis que les pêcheurs, sombres, se signaient.

Du tas d'écailles luisantes dépassait la main d'un homme. Une main gonflée d'eau, ornée d'une alliance qu'il n'avait jamais ôtée après la mort de sa femme et qui, désormais incrustée dans les chairs, serait enterrée avec lui.

Loïc.

Je regardai Marie s'agenouiller au chevet de son frère. Éplorée. Livide. Pour la première fois je partageai son sentiment d'impuissance. Sa souffrance. Sa colère. Son chagrin. Son désespoir, même.

Je maudis le destin venu se mettre en travers de ma route. Bréhat. Kermeur. Deux pour le prix d'un, en quelques heures.

Même si, d'une certaine façon, et dans son ironie, le sort n'avait fait qu'anticiper ce qui devait arriver.

Et si le destin n'avait rien à voir dans la mort de Loïc ? L'idée que quelqu'un lui avait peut-être donné un coup de pouce me traversa soudain l'esprit.

Mais qui ?

Je fouillai des yeux les visages de ceux qui m'entouraient. Je les maudis. Je cherchai du regard un détail, un signe. Je devais deviner celui ou celle qui s'était attribué le droit de faire justice. La douleur que celle-ci affichait était-elle sincère ? La terreur qui envahissait les traits de celui-là était-elle réelle ?

Je finirais bien par le savoir. C'était juste une question de temps.

Les pêcheurs étaient rentrés chez eux pleurer pudiquement l'un des leurs, à l'abri des regards. Derrière le bar où elle achevait de laver les verres abandonnés, Anne glissa un regard à Marie, prostrée à une table d'angle. Une tasse pleine de café refroidissait devant elle.

C'est à cette même table, unies par une insouciance identique, qu'elles avaient toutes deux convenu que le 5 juin était la seule date possible – compte tenu du calendrier des courses et de la saison – pour devenir belles-sœurs. À leur grand étonnement, Christian avait émis des réserves : le 5 n'était pas son chiffre, avait-il fini par avouer avant de s'incliner sous leurs éclats de rire. Pourquoi ne l'avaient-elles pas écouté ?

Anne eut envie de courir vers Marie, de la prendre dans ses bras, de pleurer avec elle. Pourtant elle hésita, troublée, malgré elle, par la superstition grandissant au rythme des décès que les plus acharnés imputaient à la fille Kermeur, restée en dépit des avertissements.

Et puis il y avait Christian, en perdition dans l'Atlantique Nord...

Elle hésitait encore quand Fersen poussa la porte du café et lui fit signe de les laisser seuls.

En la voyant recroquevillée dans son coin, Lucas eut brièvement envie de tout envoyer balader – enquête, tueur, menhirs –, d'arracher Marie à cette île de cinglés, de l'emmener loin d'ici, de faire taire la souffrance qui la détruisait un peu plus chaque jour.

Il se contenta de s'asseoir en face d'elle et eut le sentiment qu'elle ne l'avait pas vu. Jusqu'à ce qu'elle parle.

– Comment ai-je pu croire un seul instant que je pouvais mettre un terme à tous ces meurtres ?

La voix était morne, presque atone.

– Quelle prétention !

– On y mettra un terme, je vous en donne ma parole.

Le cœur serré devant la détresse silencieuse de la jeune femme, il posa sa main sur la sienne. Elle était glacée.

Sensible à ce contact qui la ramenait à une réalité qu'elle refusait, Marie la retira. Sans la brusquerie qui accompagne la révolte, et que Lucas aurait préférée à cette résignation fleurant la dépression.

– Vous devriez m'éviter, souffla-t-elle. Je fais le malheur de tous ceux qui m'entourent.

Sa bouche se tordit.

– Maudite, maudite... Les moines sans tête savaient.

– Regardez-moi, Marie.

Il haussa le ton sans succès et abattit soudain son poing sur la table, transformant la sous-tasse en baignoire et faisant émerger Anne de la cuisine où elle s'était réfugiée.

– Regardez-moi, bon Dieu !

Elle tourna vers lui un regard absent. Vide.

– Les moines sans tête ne parlent pas, Marie, articula-t-il. Les menhirs ne saignent pas par l'opération du Saint-Esprit ou des korrigans, et les malédictions n'existent que dans le cerveau dérangé des vieilles chouettes de cette île ou dans les prétendues références historiques dont Ryan truffe ses bouquins pour répondre à des critères de vente !

– Vous vous trompez, murmura-t-elle tandis qu'il reprenait son souffle. J'ai voulu ignorer les signes, pourtant je sais qu'ils ne mentent pas. Mes deux frères et mon neveu sont morts, sans compter Yves et Chantal. Et c'est à cause de moi.

Sa voix se brisa.

Lucas entreprit alors de lui démontrer que la mort de Nicolas, Chantal et Loïc ne cadrait pas avec celle de Gildas et Yves. Les trois premiers ne présentaient pas de piqûres aux doigts, et le mot en breton n'avait pas été trouvé sur eux. Il ignorait si elle l'écoutait, mais il avait le sentiment désespéré que s'il s'arrêtait de parler elle s'en irait.

Alors il développa tous les arguments possibles, brillants, savants, éloquents, puis arriva au bout des mots, et comme pour lui donner raison elle se leva.

Il la retint par le bras. Elle secoua doucement la tête.

– Laissez-moi tranquille. Oubliez-moi.

– Je ne peux pas, répondit-il simplement.

Et il la lâcha.

Il la regarda sortir du café, bousculant sans le voir le type qui livrait quotidiennement les journaux.

La pile d'exemplaires du *Télégramme de Brest* atterrit sèchement au pied du bar. Anne poussa une exclamation étouffée.

En une s'étalait un portrait d'Yvonne Le Bihan, prise lors d'une journée portes ouvertes à la faïencerie.

L'INFANTICIDE DE LANDS'EN SOUS LES VERROUS.

Il y a quarante ans, la porteuse de pain a tué ses jumeaux nouveau-nés.

*
**

Gwenaëlle avait conduit comme une automate depuis le port et s'étonna presque d'être arrivée indemne quand la voiture s'arrêta devant la faïencerie. C'est tout aussi mécaniquement qu'elle traversa les ateliers pour rejoindre les bureaux, insensible aux regards en coin qu'échangeaient les employés sur son passage. La liaison qu'elle avait entretenue avec Loïc n'était plus un secret pour personne depuis que tous l'avaient vue s'effondrer sur le quai, deux heures plus tôt.

C'était le cadet de ses soucis.

Comme les autres, elle avait passé la nuit sur le port, et ses yeux, d'ordinaire si limpides, étaient rougis par le chagrin d'avoir perdu celui qu'elle aimait depuis toujours. Elle essayait de chasser l'horrible vision du corps de son amant, boursouflé par l'eau de mer, mutilé par les morsures des poissons et crustacés, mais savait que ces images la hanteraient jusqu'à la fin de ses jours.

Inlassablement, elle se remémorait le fil des événements qui s'étaient succédé depuis l'ultime coup de fil de Loïc, son farouche désir de tout dire à sa sœur, et le départ précipité d'Yvonne pour le continent.

Je saurai la convaincre de se taire.

Les mots étaient devenus lourds de sens quand elle avait appris qu'Yvonne avait essayé de museler définitivement Marie et qu'elle avait été placée en garde à vue au SRPJ de Brest.

Gwen avait défendu sa mère avec l'énergie du désespoir. Yvonne était une femme dure, intransigeante, cruelle même. Elle pouvait parfois prendre un plaisir pervers à faire souffrir moralement son prochain. De là à s'attaquer physiquement à quelqu'un, il y avait un fossé que sa fille refusait obstinément de franchir... C'est alors que Lucas avait évoqué les jumeaux prétendument mort-nés, quarante ans plus tôt. Et les certitudes de Gwen s'étaient sérieusement effritées.

En un éclair elle avait pensé à Pierric, qu'Yvonne avait toujours détesté et traité comme un chien, lui reprochant régulièrement sa naissance, et cherchant par tous les moyens à se débarrasser de ce *boulet*. Elle avait repensé à l'amour surdimensionné dont sa mère l'entourait, elle, depuis qu'elle était née.

– Un jour, tout cela t'appartiendra, ma fille, lui avait dit Yvonne en l'amenant sur le chantier de la faïencerie et de la maison dont les deux tours s'élevaient déjà dans leur ostensible laideur. C'est pour toi que j'ai bâti tout ça, il va falloir apprendre à te battre pour le garder.

Gwen avait à peine cinq ans, alors, mais elle n'avait pas oublié.

Et un terrible doute la traversa. Yvonne était capable de tout pour la protéger. Y compris d'avoir tué Loïc.

Par la fenêtre du bureau, offrant un large point de vue sur la maison, elle vit son fils arriver en scooter, ralentir à la hauteur du portail et, sans couper le moteur, plonger la main dans la boîte aux lettres pour attraper le journal qui en dépassait. Ronan était désormais tout ce qui lui restait. Elle observa un instant le grand jeune homme blond aux traits délicats, aux yeux d'un brun doux hérités de son père, qui lâchait le journal pour extirper son portable, coincé dans une de ses poches de jean, et s'épanouissait en lisant le texto qu'il venait de recevoir.

« Une fille », songea Gwen attendrie, sans imaginer un seul instant que le court message émanait de Juliette de Kersaint, la fille de l'homme qu'elle honnissait.

Puis ses pensées l'accaparèrent à nouveau. Elle ne vit pas son fils blêmir en ramassant le journal, laisser son scooter en plan, et se diriger à grands pas vers la faïencerie.

Son irruption dans le bureau la prit de court, le désarroi contenu dans le regard de Ronan la bouleversa. Gwen eut honte de n'avoir pas su se contrôler, sur le port, et d'avoir oublié la prudence dont elle avait jusque-là entouré ses amours adultères, essentiellement pour le préserver, lui.

– Tu croyais vraiment que tu pourrais me cacher ça ?

Gwen eut un haut-le-corps, et cherchait vainement comment se justifier sans le heurter, quand elle vit la une du *Télégramme* que Ronan lui agitait sous le nez. C'était à cette terrible nouvelle qu'il faisait allusion, et non à sa liaison. Bien qu'au courant du crime de sa mère, le voir écrit noir sur blanc la glaça.

– Tu ne vas pas croire ce que raconte ce torchon ? s'insurgea-t-elle avec force, en le jetant dans la corbeille. C'est un tissu de mensonges !

– Dans ce cas, pourquoi grand-mère est-elle en prison ?

– À cause d'un malentendu. Et puis elle n'est pas en prison, juste en garde à vue, ce qui est très différent.

Elle s'approcha de lui et leva la tête pour rencontrer son regard. Dieu qu'il avait grandi.

– C'est de l'intox, dit-elle de sa voix la plus persuasive, une manœuvre pour jeter le déshonneur sur notre famille et contrer nos projets d'agrandissement de la faïencerie. Rien de plus. Et je sais très bien qui est l'immonde corbeau qui se cache derrière cette horreur !

Ronan, troublé, la vit rafler ses clés de voiture sur le bureau, et la rattrapa alors qu'elle descendait l'escalier.

– Tu ne penses tout de même pas que les Kersaint s'abaisseraient à...

– Ces chacals sont prêts à tout, mon grand, l'interrompit-elle, même aux pires exactions si cela sert leurs desseins. Mais je ne vais pas les laisser faire, tu peux me croire !

– Je viens avec toi.

– Va plutôt acheter tous les exemplaires au café, lui ordonna-t-elle en lui tendant une poignée de billets. Et détruis-les. S'il te plaît Ronan, fais ce que je te dis.

Comme son père, il n'avait jamais su lui tenir tête. Il capitula.

Pierric les regarda traverser les ateliers, puis se glissa dans le bureau de sa sœur et récupéra le journal dans la corbeille à papier.

Il passa doucement le doigt sur la photo d'Yvonne, suivit le texte lettre à lettre comme le font les gamins qui apprennent à lire, déchiffra la manchette parlant des deux bébés tués et se mit à dodeliner de la tête, les yeux écarquillés...

Gwen allait monter dans sa voiture quand une camionnette de livraison, arborant en gros le nom des Le Bihan sur les flancs, se mit sciemment en travers de son chemin. Elle eut un mouvement d'humeur en voyant son mari en descendre, le journal à la main.

– Décidément ce n'est pas ton jour, ma pauvre chérie, décréta Philippe, faussement compatissant. Après ton amant retrouvé dans un filet, c'est au tour de ta mère de se faire prendre dans la nasse.

– Je ne savais pas que tu t'intéressais aux ragots.

Elle lui arracha le journal des mains et le jeta sur le siège passager tout en s'asseyant derrière le volant.

– Bouge de là !

Il retint la portière qu'elle s'apprêtait à claquer.

– Ta mère est un monstre, Gwen, et elle a fait de toi un monstre, lui jeta-t-il froidement. Sans elle, nous aurions peut-être eu la chance d'être un vrai couple. Je lui souhaite de pourrir en prison le plus lentement possible.

– Une dernière fois : bouge !

Il ne broncha pas.

Sans le quitter des yeux, Gwen claqua la portière, mit le contact, effectua une rapide marche arrière et, appuyant à fond sur l'accélérateur, lâcha la voiture qui bondit droit sur Philippe.

Les yeux bruns de celui-ci s'affolèrent et, persuadé qu'elle n'hésiterait pas à le percuter, il se jeta violemment sur le côté et roula dans les graviers alors que le véhicule s'éloignait dans un nuage de poussière.

*
**

– Cette fois tu es allé trop loin, ordure !

Le journal, jeté sur le practice, juste à côté du tee qui supportait la balle, arrêta l'homme en plein swing.

Pierre-Marie de Kersaint, stupéfait, laissa son bras armé d'un fer 7 retomber le long de son corps et, d'une main gantée de cuir, ramassa l'exemplaire du *Télégramme de Brest* qu'elle avait balancé à ses pieds à la façon d'un duelliste exigeant réparation d'une offense. Il lut rapidement le gros titre, dévisagea Gwen et éclata de rire.

– Sacrée Yvonne ! Dommage qu'elle t'ait épargnée à la naissance...

Il lui flanqua le journal dans les mains et alla posément ranger son club dans le chariot.

– Désolé de te décevoir, Gwen, mais je ne suis pas à l'origine de cette info, même si je dois avouer qu'elle me comble d'aise, et c'est uniquement parce qu'elle m'a mis de bonne humeur que je ne retiendrai pas le terme grossier dont tu m'as gratifié, ajouta-t-il suavement, tout en choisissant avec soin un club en bois.

– Salopard ! Je suis certaine que c'est Yves qui t'a raconté cette histoire, rétorqua-t-elle aigrement, et que tu t'en es servi pour me nuire aux prochaines élections.

– Comme si j'avais besoin de ça pour te battre, ma pauvre fille...

Il saisit son club à deux mains, se repositionna sur le tapis synthétique, et infléchit légèrement les genoux.

– Pousse-toi, tu me gâches le paysage.

Gwen rafla prestement la balle sur le tee et se planta en face de lui, rouge de colère.

– Je sais très bien que ta famille et toi avez déjà posé des jalons pour récupérer le chantier naval, les labos et l'hôtel, lança-t-elle. T'oublies juste une chose, mon petit père : la mairie a priorité pour préempter sur les terrains à vendre, et je me fais fort de convaincre le conseil municipal de me suivre pour contrer la mégalomanie des Kersaint.

– Je doute fort que les îliens aient envie d'élire comme maire la fille d'une meurtrière, répondit-il en tendant la main. La balle !

– En dépit de ma réussite, je n'ai jamais renié mes origines modestes. Je suis l'une des leurs, PM, les gens d'ici le savent. Tout comme ils savent que tu n'es qu'un pantin entre les mains de ton père !

Elle agita la balle sous son nez. Féroce.

– Il veut la baballe, le toutou ? Allez ! Va chercher !

Et elle la lança loin par-dessus son épaule.

L'homme élégant était devenu aussi pâle que le foulard blanc cassé savamment noué dans l'échancrure de la chemise brodée à son chiffre.

– Tu sais ce qu'il te dit, le pantin, espèce de morue ? éructa-t-il, mauvais.

– Le vernis craque vite ! persifla-t-elle, sarcastique. Ton problème, PM, c'est que tu n'as pas les nerfs pour affronter une campagne sanglante. Moi si.

Elle vrilla son regard dans le sien.

– Si tu te mets en travers de mon chemin, je te laminerai, même si pour cela je dois étaler notre secret en place publique !

Elle rebroussa chemin, foula le practice d'un pas déterminé, et traversait sans vergogne le green en marquant profondément le gazon délicat de ses talons quand PM absorba l'onde de choc.

Plaçant une nouvelle balle sur le tee, il arma son bras et, solidement campé sur ses deux jambes, frappa de toutes ses forces sur la balle qui s'envola et passa en sifflant à moins d'un mètre de la tête de Gwen, sans que celle-ci ne cille.

– Les nerfs, PM, cria-t-elle d'une voix forte sans se retourner. Les nerfs !

15

La télévision était branchée sur Eurosport, les dernières images de la course Plymouth-Newport, avant la tempête, passaient en boucle, entrecoupées des commentaires en plateau qui revenaient en détail, en présence d'experts et d'anciens champions, sur le démâtage subi par le multicoque de Bréhat. Marie finissait de faire son sac. Elle avait prévu de partir après l'enterrement de Loïc et Nicolas, mais Jeanne l'avait dissuadée de différer. À sa façon. Lapidaire.

Ils n'ont plus besoin de toi, c'était avant qu'il fallait penser à eux.

C'était avant. C'était avant. Les mots lui martelaient le crâne comme un leitmotiv, le vertige n'était pas loin, peut-être était-elle en train de devenir folle.

– Tu es ma lumière... ma vie...

Folle. Cette voix chaude et grave qui murmurait dans son dos.

Christian !

Elle fit volte-face et se cogna au regard bleu céleste, aux cheveux blonds bouclant dans le cou, à la barbe de trois jours...

Une image dans le poste. Une image satellite relayée par une caméra vidéo. Une image mauvaise, heurtée, au son haché et truffé de parasites. Mais il était là, et il lui parlait. En direct de son cockpit. Elle s'approcha de l'écran jusqu'à le toucher, et le dévora des yeux.

– Avec toi... jusqu'au bout, Marie... mon seul espoir... pardon mon amour.

Pardon, mais de quoi ? Son cœur chavira. C'était elle qui n'avait rien compris, elle qui aurait dû le suivre, elle qui s'était fourvoyée. Elle riait et pleurait à la fois, elle avait eu si peur de l'avoir perdu, mais tout allait s'arranger maintenant, il l'aimait, il lui pardonnait... Elle approchait la main de l'écran quand l'image se zébra et disparut.

La liaison satellite avec Christian Bréhat était rompue.

Lucas éteignit le téléviseur hors d'âge, dont la gendarmerie avait hérité lors d'une kermesse locale, et appela Marie. Le portable bascula immédiatement sur la messagerie. L'instant d'après, il passait devant Annick en courant et sautait dans le quatre-quatre.

Dès son arrivée sur le port, il vit le bac, encore à quai, et la Méhari, rangée à proximité de l'embarcadère pour Brest. Il se détendit en apercevant Marie, en train d'ouvrir le coffre, puis sourcilla en voyant Anne Bréhat fondre sur elle, la colère en poupe.

– C'est l'autre jour qu'il fallait prendre le bac !

Marie subit le reproche sans broncher et tenta de rassurer celle qui l'agressait.

– Ton frère est le plus grand skipper du monde, Anne, il va s'en sortir.

– Le plus grand skipper du monde vient de lancer un *mayday* !

La sœur de Christian la vit blêmir et ne résista pas au plaisir sauvage de la faire souffrir, comme elle souffrait elle-même.

– D'après la télé, le fait qu'il ait refusé de se dérouter comme les autres était suicidaire !

Elle eut un rictus de haine.

– Il avait besoin de toi, Marie, et tu l'as abandonné. Je n'ai plus que lui au monde, ajouta-t-elle dans un souffle. S'il lui arrive malheur, ce sera ta faute !

Lucas attrapa la dernière phrase au vol.

– Vous n'en avez pas marre, de faire d'elle la responsable de tout ? aboya-t-il.

– Pour Marie, le Très-Haut jugera...

Anne Bréhat lui adressa un regard éloquent.

– C'est bien ce qui est écrit sur le mot laissé aux victimes ?

La réplique cinglante de Fersen fut couverte par la corne du bac annonçant le départ imminent de la navette pour Brest. Marie attrapa son sac posé à l'arrière de la Méhari et, après un dernier regard à Anne qui rebroussait déjà chemin, se dirigea vers l'embarcadère.

Lucas la rattrapa et, d'autorité, lui prit le sac des mains pour l'escorter. Il avait réfléchi en route à ce qu'il pourrait lui dire pour la retenir, bien décidé à n'utiliser qu'en ultime recours les seuls arguments qui pourraient la faire changer d'avis, et par la même occasion l'amener à le détester définitivement.

– Vous êtes un excellent flic, Marie, vous êtes faite pour ce métier et vous le savez. Votre place est ici.

– Je suis aussi la fiancée de Christian, répondit-elle. Ma place est auprès de lui.

– Que ferez-vous de plus à Plymouth, à part attendre et vous morfondre ?

– Je ne veux plus parler de tout ça.

– Croyez-vous vraiment qu'il suffise de mettre de la distance pour oublier ?

Devant son absence de réponse, il se fit brutal.

– On tue vos frères et votre neveu, et vous vous barrez ? Je ne pensais pas que vous étiez du genre à fuir, Marie Kermeur. Mais peut-être me suis-je trompé sur vous !

S'il espérait la piquer au vif en lui balançant ce coup bas, il en fut pour ses frais.

– Je lui avais promis de le suivre, déclara-t-elle simplement. Non seulement je n'ai pas tenu parole, mais la dernière fois que l'on s'est vus je ne me suis pas bien comportée avec lui.

Ils étaient arrivés au pied de la passerelle. Elle tendit la main vers son sac pour qu'il le lui rende.

La corne du bac retentit à nouveau. Le temps était compté.

– C'est lui qui ne s'est pas bien comporté avec vous !

Les mots étaient lâchés. Il ne pouvait plus reculer.

– Ce type est une ordure, Marie.

Elle lui arracha le sac des mains et s'engagea sur la passerelle quand les paroles qu'il prononça la clouèrent sur place.

– C'est lui qui a volé le *cabin-cruiser*, lui qui a mis la boussole à bord, lui qui est allé planquer l'annexe à Morgat pour vous faire croire que Nicolas s'en était sorti sain et sauf alors qu'il était déjà mort et enterré sous le cairn !

Il vit les épaules de la jeune femme se raidir, les muscles du dos se tendre, la main qui tenait le sac serrer compulsivement la courroie, les jointures des doigts blanchir. Onde de choc. Lutte intérieure. Il devina l'effort qu'elle faisait sur elle-même pour ne pas se retourner.

– On a retrouvé l'ADN de Bréhat à bord de l'annexe.

La preuve absolue. Les épaules s'affaissèrent légèrement.

– Et ce n'est pas tout, Marie, ajouta-t-il d'une voix tendue par la colère qu'il éprouvait à l'égard de celui qui le poussait à dire ça. Il faisait partie des fameux moines sans tête qui vous ont agressée à l'abbaye.

Elle pivota. Il prit de plein fouet son regard chargé de haine.

– Christian n'aurait jamais fait une chose pareille. Vous mentez ! Cette nuit-là, il était parti en mer, je l'ai vu.

– Vous avez vu la goélette, et c'est très exactement ce qu'il voulait. Je savais que vous ne me croiriez pas, alors appelez un dénommé Noël Legoff, à Cancale, et demandez-lui où il était cette nuit-là !

La jeune femme sembla soudain au bord de la nausée.

– Je suis désolé, Marie, mais vous ne m'avez pas laissé le choix, murmura-t-il. J'ai besoin de vous.

– C'est vous l'ordure !

Il la regarda disparaître à l'intérieur du bac et, sans l'employé qui retirait la passerelle, aurait peut-être sauté à bord. S'il avait été moins perturbé, il aurait remarqué que Ryan, accoudé au bastingage du pont supérieur, n'avait pas perdu une miette de l'échange.

Elle regarda en direction du ponant longtemps après que les contours de l'île eurent disparu au loin, avec le sentiment diffus d'avoir été amputée d'une partie d'elle-même.

– Les gens d'ici disent que quitter Lands'en leur fait deuil... murmura Ryan en venant s'accouder au bastingage. Mais qu'en partir est parfois nécessaire, simplement pour respirer.

Elle écarta une mèche de cheveux que le vent lui rabattait sur le visage, et l'observa, troublée par ce don qu'il semblait posséder de deviner la moindre de ses pensées.

– Vous allez à Brest ? se contenta-t-elle de lui demander.

Il allait à Paris où il avait rendez-vous avec son éditeur le lendemain. Elle hocha machinalement la tête et s'absorba à nouveau dans le silence, suivant des yeux l'évolution d'un fou de Bassan qui venait de plonger. Bref éclair argenté tranchant sur le bleu plus sombre des courants.

– J'ai été témoin, malgré moi, de votre discussion un peu vive avec Fersen et...

– Entendons-nous bien, Ryan, ce n'est pas parce que vous m'avez sauvé la vie que je vais vous déballer la mienne ! riposta-t-elle froidement.

Il esquissa une moue contrite. Elle s'en voulut immédiatement de l'avoir pris pour réceptacle d'une colère qu'un autre avait déclenchée, et posa la main sur son bras.

– Pardonnez-moi. Vous êtes bien la dernière personne à qui je devrais m'en prendre.

L'écrivain eut un bref sourire, les rides autour de ses yeux se plissèrent, lui conférant un charme auquel peu de femmes étaient insensibles.

– N'hésitez pas à vous servir de moi, Marie.

Sa voix grave se teinta d'une légère ironie.

– J'ai le cuir plus dur qu'un punching-ball.

Elle sourit malgré elle et le regarda sortir une cigarette qu'il alluma en se mettant dos au vent, avant de revenir s'accouder à ses côtés.

– J'étais fou amoureux d'une fille de Belfast quand j'avais vingt ans, commença-t-il à mi-voix. Vous êtes trop jeune pour vous en souvenir, mais dans les années soixante, en Irlande, la ségrégation et les inégalités étaient si profondes que les catholiques se reconnaissaient dans le combat des Noirs-Américains. En 1967, nous avons même dû manifester pour obtenir des droits civiques. Les protestants ont pris cela pour un réveil du nationalisme, les rassemblements ont dégénéré et les catholiques se sont mis sous la protection de l'Ira.

Il inhala une longue bouffée et poursuivit :

– Tout ça pour vous dire qu'il ne faisait pas bon, à l'époque, fricoter entre cathos et parpaillots. J'étais jeune, je l'aimais, j'étais prêt à tout pour la voir, même à mettre sa vie en danger. Elle a failli se faire tuer à cause de moi.

– Et ça s'est terminé comment ? demanda-t-elle, oubliant momentanément son désarroi.

– On s'est séparés quelques années plus tard.

Il eut une petite grimace comique.

– Pour d'autres raisons que la religion.

Marie haussa légèrement les épaules.

– Je vois où vous voulez en venir, mais l'amour n'excuse pas tout. Vous savez, mon père m'a élevée dans le respect de certaines valeurs, et le mensonge, la dissimulation, la manipulation n'ont aucune justification à mes yeux.

Elle secoua la tête.

– Je ne peux pas croire que Christian ait agi avec autant de lâcheté.

– Votre père aurait dû vous apprendre que les hommes ont aussi leurs faiblesses.

– Pas Christian ! répliqua-t-elle farouchement.

L'écrivain s'inclina d'un bref sourire et n'insista pas. Mais pourquoi Fersen lui aurait-il délibérément menti ? semblait dire le regard qu'il posa sur elle.

*
**

Les yeux verts de Marie, dont la photo était épinglée sur le *paper-board* au milieu de celles de Gildas, Yves, Nicolas, Chantal et Loïc, semblaient suivre le flic alors qu'il allait et venait dans le bureau, incapable de fixer son attention sur quoi que ce soit d'autre. Le suivre et le narguer. Il avait joué et avait perdu. Et l'avait perdue.

La radio branchée en continu sur RKB (Radio Kreizh Breizh), la seule station que cette île du bout du monde arrivait à capter, rediffusa le message déchirant que Christian Bréhat avait adressé à sa fiancée par-delà les océans. Horripilé par cette diarrhée verbale, Lucas éteignit sèchement le poste et attrapa sa veste quand son regard accrocha les retours vidéo des caméras braquées sur les menhirs de Ty Kern.

Nom de Dieu !

Les images disparaissaient les unes après les autres.

Il se rua sur les moniteurs et fit jouer les boutons. En vain.

Un à un, les écrans devinrent noirs.

La minute d'après, il quittait la gendarmerie déserte et sautait dans le quatre-quatre.

L'oreillette coincée dans le tympan, il écouta les sonneries s'égrener et en compta mentalement sept avant que Morineau ne décroche. Visiblement arraché de force aux bras de Morphée.

– Il se passe un truc bizarre sur le site. Je suis en route.

– Et j'imagine que vous vous voulez que je vienne... ronchonna Stéphane à l'autre bout du fil.

Lucas leva les yeux au ciel.

– C'est peut-être rien. Un court-circuit. Je vous rappelle si j'ai besoin de vous. Alors évitez de vous rendormir.

Il raccrocha, ôta l'oreillette et la lança sur le siège passager à côté du portable.

Alors qu'il dépassait rapidement les ruines de la vieille abbaye, Lucas croisa, sans y accorder d'attention, une jeune fille qui pédalait à toute allure sur une bicyclette bleue au phare asthmatique, la jupe volant au vent, l'esprit tendu vers la nouvelle qu'elle allait apprendre à Ronan, et qui allait changer leur vie. Ils allaient avoir un bébé. Un bébé. Un bébé...

Le flic ralentit à l'approche du site et jura en voyant l'un des puissants projecteurs exploser comme un feu d'artifice.

S'arrêtant brutalement, il sauta à bas de son quatre-quatre, dégrafa machinalement la pression qui fermait l'étui de son holster, et se dirigea vers les menhirs dont le granit semblait plus pâle sous la lumière vive des trois spots encore actifs.

Un son et lumière. Sauf qu'ici régnait le silence. Un silence minéral. Presque oppressant.

Il arrivait vers le dolmen quand les autres projecteurs explosèrent les uns après les autres, dans une gerbe d'étincelles et une pluie de verre qui s'abattit sur lui comme une armée de grêlons lors des giboulées de mars.

Lucas plongea à terre et, en roulé-boulé, se réfugia sous la pierre plate du dolmen.

La lande se retrouva plongée dans le noir. Et le silence revint. Épais. Menaçant.

Ignorant les éclats de verre fichés dans ses vêtements, le spécialiste des crimes rituels repoussa immédiatement l'hypothèse du hasard et fouilla l'obscurité à la recherche d'un éventuel *sniper* embusqué, qui viendrait, d'un tir groupé et précis, de dégommer un à un les projecteurs. Rien. Nada. Il est vrai que son champ de vision se réduisait à la hauteur du dolmen.

Le flic pensa au portable, laissé sur le siège passager du quatre-quatre, et se demanda combien de temps Morineau mettrait à réagir à son silence. Trop longtemps sans doute. Fersen se reprocha de s'être laissé piéger comme un con. Il fallait qu'il sorte de sous ce dolmen.

Il calcula la distance qui le séparait des menhirs – une dizaine de mètres à découvert – dix fois le temps de se faire repérer et descendre, mais il n'avait pas le choix, alors il s'élança, arme au poing. Ses chaussures crissèrent en foulant le tapis de verre brisé, mais il arriva sans encombre derrière le géant au profil de vieil éléphant.

D'après la position des quatre projecteurs, et un rapide calcul d'axes et d'angles de tir, si *sniper* il y avait, Lucas était à l'abri de sa trajectoire.

Il scruta à nouveau la pénombre. Rien.

C'est alors qu'un curieux bruissement parvint à son oreille. Comme une étoffe soyeuse que l'on froisse. Tous ses sens en alerte, il aiguisa son regard, chercha d'où le murmure pouvait bien venir.

Ses yeux s'arrondirent de stupeur.

Une forme aérienne, translucide et opalescente, volait rapidement entre les menhirs, et dépassait le cairn, avant de se diriger droit vers la falaise.

Un juron lui échappa et, oubliant l'éventuel *sniper*, Lucas fonça derrière l'apparition fantomatique.

Il dépassait le cairn quand il *la* vit plonger et disparaître. Le temps qu'il s'approche du bord et qu'il balaie du regard le sable blanc de la crique des Naufrageurs, vingt mètres en contrebas, cette chose s'était volatilisée.

Et le bruissement revint, s'amplifiant dans son dos.

Il fit volte-face, vit la chose nimbée d'un voile opalescent lui fondre dessus tel un vautour sur sa proie, tira à plusieurs reprises sans la freiner pour autant, reculant malgré lui.

Sous son pied, la falaise s'effrita et, déséquilibré, celui qui refusait de croire aux fantômes bascula dans le vide, emportant avec lui la fugitive image de deux yeux verts encadrés de longs cheveux flottants au vent, et d'un visage pâle à la gorge béante et ensanglantée...

Ses yeux papillonnèrent sous la clarté trop vive. La fameuse lumière au bout du tunnel, telle que la décrivent ceux qui se sont frottés à une *near death experience*. Sans doute était-il mort, ou en passe de l'être, pourtant son cerveau fonctionnait toujours et enregistrait des détails troublants, comme le bip régulier d'un écho sonar, et des bribes de voix au son étouffé disant : *Tout est en ordre... Vous allez bientôt pouvoir l'emmener.*

Les cons ! Il devait leur dire qu'il n'était pas mort avant qu'ils ne le fourrent dans un tiroir réfrigéré avec une étiquette au gros orteil. Il se força à ouvrir les yeux pour attirer leur attention, et leur dire que...

Son cœur se liquéfia.

Elle était là, ses grands yeux verts posés sur lui, ses longs cheveux encadrant son visage...

Rassemblant des forces qu'il croyait avoir définitivement perdues, il lança les bras en avant pour la repousser puis roula sur lui-même, entraînant dans sa chute la perfusion à laquelle il était relié, et le monitoring qu'il avait pris pour un écran radar.

Vautré sur le carrelage de la chambre d'hôpital, Lucas dévisagea Marie dont le visage reflétait une intense stupéfaction, et prit toute la mesure du ridicule de la situation.

– Un cauchemar... ânonna-t-il en se redressant. À qui parliez-vous ? demanda-t-il, soupçonneux.

– Au médecin. Il est sorti juste avant que vous...

Elle le scruta du regard.

– On aurait dit que vous aviez vu un fantôme.

– Vous n'êtes pas partie à Plymouth ? reprit-il sèchement, en détachant la perfusion avec une grimace.

– Je vois que vous avez récupéré toutes vos facultés de déduction, commandant.

Leurs regards s'accrochèrent, aussi orgueilleux l'un que l'autre, pleins de cette ironie dont ils savaient user pour masquer des émotions qu'ils se refusaient à admettre.

– Que s'est-il passé sur la falaise, Lucas ?

– Je marchais trop près du bord et...

Il eut une mimique évasive. Elle le dévisagea, puis plongea la main dans la poche de sa veste et en sortit plusieurs douilles qu'elle posa sur le lit.

– Des douilles de 45.

D'un geste du menton, elle désigna le holster du flic qui pendait sur l'un des cintres de la penderie.

– Tirées par un HK Mark 23 de même calibre, le chouchou des forces spéciales.

Elle revint à Lucas et planta son regard dans le sien.

– Je les ai trouvées au bord de la falaise.

– Il me semblait bien les avoir égarées.

– Que s'est-il passé, pour que vous vidiez la moitié de votre chargeur ?

– Dites-moi plutôt pourquoi vous êtes revenue.

– Ne vous plaignez pas. Sans moi vous y restiez.

– Vous avez appelé Noël Legoff, c'est ça ?

Elle coupa court en jetant un sachet plastique sur le lit.

– Vous aviez raison. Les papiers trouvés dans le bureau de Loïc proviennent bien d'un article de presse, précisa-t-elle.

Le labo a effectué une recherche à partir de la typo employée : elle correspond à celle qu'utilisait *Le Télégramme de Brest* avant les années soixante-dix.

Il la vit se diriger vers la penderie, rafler ses vêtements et les lui lancer.

– On a rendez-vous au journal.

– *On ?*

– Manifestement, vous ne pouvez pas vous passer de moi, décréta-t-elle. Et puis vous avez assez flemmardé au lit.

Elle se dirigea vers la porte.

– En route, vous m'expliquerez comment un tireur aussi bien noté que vous aux évaluations a pu manquer sa cible à six reprises.

16

Le ciel charriait de gros nuages noirs et le vent, qui s'était levé, balayait en rafale le pont de Recouvrance qu'ils franchirent pour se rendre au journal. Tout en conduisant, Marie informa Lucas des résultats d'une enquête préliminaire menée sur le site de Ty Kern.

– Les projecteurs ont sans doute été descendus de loin, au lance-pierres. C'est la seule explication rationnelle en tout cas, déclara-t-elle.

– Et les caméras ?

– Le groupe électrogène a grillé. Un gainage de fils pas conforme, d'après les techniciens de la PS.

Elle lui glissa un regard tout en bifurquant à droite.

– À vous...

Il eut beau choisir soigneusement ses mots pour lui raconter ce qui s'était passé sur la falaise, évitant d'utiliser des termes susceptibles de déclencher son ironie, elle se mit à rire en comprenant qu'il avait purement et simplement tiré sur un fantôme.

– Ce n'était pas un fantôme, protesta-t-il, agacé, en descendant du véhicule que le SRPJ de Brest avait mis à la disposition de Marie.

Elle coupa le contact et le rejoignit. Ensemble, ils se dirigèrent vers l'un des rares bâtiments ayant échappé aux destructions de la Seconde Guerre mondiale et à la reconstruction sauvage de l'après-guerre, et dont la façade s'ornait d'un bandeau rouge et blanc aux couleurs du *Télégramme de Brest*.

– D'accord. C'était juste une chose volante non identifiée, répliqua-t-elle en essayant de reprendre son sérieux. Et à quoi ressemblait-elle ?

– À vous ! balança-t-il, non sans une certaine férocité. Longs cheveux, yeux verts... sauf qu'elle avait la gorge tranchée !

Le rire de Marie cessa, net. Elle comprenait mieux maintenant pourquoi il avait eu cette réaction de panique en la voyant penchée sur lui, à son réveil.

– Vous avez cru que c'était à nouveau ce fant... cette chose qui vous attaquait.

Il éluda d'un haussement d'épaules et, alors que les portes vitrées du bâtiment s'ouvraient devant eux, ne put s'empêcher de lui demander comment elle avait su qu'il était en danger sur la falaise.

– Votre sixième sens ? persifla-t-il.

Elle esquissa un bref sourire.

– Morineau. Il était inquiet. Je crois qu'il vous aime bien, dans le fond.

Et elle annonça leur arrivée à l'hôtesse d'accueil dont elle perturbait visiblement le coup de fil personnel.

Le responsable des archives, un type frisant la soixantaine cloué dans un fauteuil roulant – accident de la route – s'enorgueillissait d'être la mémoire vivante d'un journal pour lequel il travaillait depuis plus de quarante ans.

Il glissa dans le lecteur le CD-Rom sur lequel Marie avait fait graver les extraits d'article, leur expliqua que le logiciel allait leur permettre de déterminer, parmi les milliers de textes archivés, celui dont ils provenaient, et lança la recherche. Puis il roula jusqu'à son bureau, en les incitant à faire appel à lui si besoin était.

Sur l'écran se mirent à défiler à toute vitesse des titres d'articles. Puis l'image se stabilisa sur l'un d'eux. Un encadré d'une vingtaine de lignes, intitulé : *L'INCONNUE DE MOLENE.*

« Découverte macabre du corps à demi décomposé d'une femme ramenée par les filets de pêche d'un chalutier à proximité de Molène, lut Marie à mi-voix. En dépit d'un appel à témoin, elle n'a pu être identifiée. Tout ce que l'on sait d'elle, c'est qu'elle avait environ vingt ans, de longs cheveux bruns... »

Elle s'interrompit et jeta un regard effaré à Lucas :

« Et qu'elle se prénommait Mary, d'après le médaillon gravé qu'elle portait autour du cou ! »

– Regardez la date, s'exclama-t-il. 5 juin 1968. C'est le 5 juin qu'a eu lieu le premier meurtre sur l'île. Celui de votre frère Gildas.

– Trente-cinq ans après, jour pour jour.

Lucas se tourna vers l'homme au fauteuil.

– Comment fait-on pour trouver d'autres articles se rapportant à un sujet précis ?

– Lequel vous intéresse ? demanda l'homme en glissant vers eux.

– L'inconnue de Molène.

– Oh alors c'est inutile. Il n'y en a pas d'autre.

Il eut un bref sourire nostalgique.

– C'est moi qui ai écrit celui-là. J'étais un jeune pigiste à l'époque, c'était mon premier papier. Je voulais suivre l'affaire, mais le rédac' chef estimait qu'il y avait des sujets prioritaires.

– L'occupation de Renault Flins, de Peugeot Sochaux, les affrontements avec les CRS, la mort du jeune lycéen Paul Tautin, énuméra machinalement Lucas.

– Eh oui... 1968 phagocytait toute l'actualité. Mon inconnue n'intéressait personne, soupira l'archiviste, à part la police. D'après le légiste, elle avait passé deux semaines dans la flotte, et sans les pêcheurs on ne l'aurait sans doute jamais retrouvée.

– Quelles ont été les conclusions de l'enquête ? demanda Marie.

– Tout ce que je sais, c'est qu'elle n'est pas morte noyée.

Il prit un temps pour ménager son effet.

– Elle avait été égorgée.

Une demi-heure plus tard, Marie arrêtait la voiture devant le SRPJ.

Franck Caradec et ses adjoints avaient essayé d'arracher des aveux à Yvonne Le Bihan. En vain.

– Mon cardiologue m'a fait admettre à l'hôpital la veille afin que je sois prête à subir une batterie de tests dès la première heure le lendemain, avait-elle répété. J'en ai profité pour passer dire bonjour à la petite Kermeur.

Le cardiologue avait confirmé. En dépit d'un interrogatoire poussé, la mère de Gwen ne s'était jamais coupée.

– Une teigne, la catalogua Caradec. Rien ne semble l'atteindre.

Pourtant, et aussi bref qu'il fût, le frisson qui la parcourut lorsque Lucas exhiba devant elle l'encadré consacré à l'inconnue de Molène n'échappa à personne. La « Le Bihan » n'en fut pas désarçonnée pour autant.

– Une jeune femme retrouvée noyée, c'est horrible, je n'ai pas un cœur de pierre.

Elle glissa un regard à Marie avant d'ajouter, perfide :

– C'est juste une expression...

– Qui sied mal à une mère qui a froidement étouffé ses jumeaux âgés de six jours.

– Attends d'avoir des gosses, Marie, et tu sauras ce qu'est la véritable souffrance.

L'iris de sa pupille vira au bleu sombre.

– Si jamais tu en as un jour, précisa-t-elle. Des nouvelles de ton skipper, au fait ?

La jeune femme prit sur elle afin de poursuivre d'une voix ferme.

– Loïc a vraisemblablement reçu une copie de cet article avant de mourir, tout comme Gildas et Yves. Leur mort est sans doute liée à celle de cette femme...

– Pose-leur la question, l'interrompit Yvonne d'un ton tranchant.

Lucas s'interposa en voyant Marie blêmir malgré elle.

– En 1968, ils avaient une dizaine d'années, tout comme votre précieuse Gwenaëlle.

Yvonne cilla imperceptiblement.

– Je pense que c'est pour la protéger que vous avez essayé de tuer Marie, madame Le Bihan, tout comme je pense que c'est vous qui avez détruit la lettre que Loïc avait laissée pour sa sœur.

Il la vit lever les yeux au ciel et poursuivit :

– Et si vous vous trompiez ? Si, à cause de votre silence, votre fille était la prochaine victime du tueur ?

Pour toute réaction, Yvonne se mit à bâiller.

La porte s'entrouvrit alors sur Franck Caradec qui leur adressa un signe discret.

Ils le rejoignirent dans son bureau et, stupéfaits, apprirent que le rapport d'enquête sur l'inconnue de Molène avait disparu des archives centrales.

– Il existe forcément des sauvegardes, dit Marie réalisant, au moment où elle le proférait, l'incongruité du propos.

En 1968, l'informatique n'en était qu'à ses tout premiers balbutiements, aux cartes perforées et au Fortran.

– Il nous reste l'inspecteur chargé de l'enquête, suggéra Fersen.

– Disparu lui aussi, répondit Franck avec une petite grimace. Il y a trois ans : cancer.

Lucas eut un mouvement d'humeur.

– Je vais finir par croire que les dieux sont contre nous !

– On n'entre pas aux archives si on n'est pas de la maison, et on ne peut théoriquement pas en sortir un dossier sans signer tout un tas de formulaires, déclara Marie. Je veux savoir quand et comment celui-là a pu disparaître, Franck.

– J'ai ouvert une enquête interne, Marie. Je te tiens au courant.

Il eut un geste du menton vers les cellules.

– Qu'est-ce qu'on fait, pour la teigne ?

– On n'a pas assez d'éléments pour faire prolonger la garde à vue, répondit Lucas. Laissez-la mariner encore une heure ou deux, et relâchez-la.

– Avec plaisir.

Ils s'éloignaient quand Franck rappela Marie.

– Au fait, tu as trouvé le type que tu cherchais, hier... Noël Legoff ?

Consciente du regard de Lucas, Marie se contenta de

hocher la tête et s'éloigna. À peine sortie du SRPJ, elle fit face à Fersen, insensible à la pluie qui tombait à verse.

– D'accord, vous aviez raison, Christian n'était pas sur sa goélette le soir où on m'a agressée à l'abbaye, il l'avait effectivement prêtée à Legoff, un ex-coéquipier qui en mourait d'envie depuis suffisamment longtemps pour ne pas se montrer trop regardant, déclara-t-elle tout de go. Mais cela ne prouve rien.

– Si c'était le cas, vous seriez à Plymouth à l'attendre, et non ici, avec moi.

Il la vit s'assombrir et s'en voulut.

– Toujours pas de nouvelles ?

– La tempête a quitté le secteur, les recherches devraient commencer demain, répondit-elle, laconique.

Le bac était à quai, solidement arrimé pour résister aux assauts des vagues qui balayaient l'appontement. À l'abri d'un auvent dont la toile claquait sous les rafales, Lucas, portable à l'oreille, regardait Marie discuter avec un employé de la Compagnie de l'Iroise, tout en écoutant le légiste lui résumer le résultat d'autopsie de Nicolas Kermeur et Chantal Pérec.

Ils avaient tous deux été tués d'une rupture des vertèbres cervicales, la nuit où Yves avait *disparu* de sa cellule. Pas de piqûres aux doigts, pas de Mésadrol dans le sang, pas d'enveloppe. Pour le flic, la conclusion s'imposait : Nicolas et Chantal avaient été tués parce qu'ils étaient au mauvais endroit au mauvais moment.

Il raccrochait quand Marie le rejoignit en courant, ruisselante de pluie.

– Il va falloir attendre que ça se lève pour rentrer sur l'île, et vu comme c'est plombé on aura de la chance si on peut prendre le bac demain.

Elle remarqua alors son air préoccupé et temporisa.

– Ne faites pas cette tête, mon appartement n'est pas très loin d'ici et le canapé est assez confortable.

Parce que cela ne servait à rien de différer, il lui rapporta les conclusions du légiste. Elle aboutit tristement à la même que la sienne : en allant au poste pour voir Yves et s'expliquer avec lui, Nicolas et Chantal devaient avoir vu le visage de celui qui l'avait sorti de cellule pour le tuer.

Et avaient signé leur arrêt de mort.

*
**

L'appartement proche de l'Arsenal était à l'image de Marie : lumineux et chaleureux. Une chambre en mezzanine surplombant un salon grand comme un mouchoir de poche, une cuisine de maison de poupée, et une immense verrière dominant la rade. Sa façon à elle de ne pas avoir coupé complètement le cordon avec Lands'en dont, par beau temps, avec un peu d'imagination et une bonne dose de mauvaise foi, on pouvait presque apercevoir le phare de Ty Kern, lui dit-elle.

Seule faute de goût, du point de vue du flic : la photo de Christian au sourire Ultra-Brite dont le regard semblait le suivre dans le moindre de ses déplacements et épier chacun de ses gestes.

Marie revint vers lui, enveloppée dans un peignoir, les cheveux pris dans une serviette. Il sentit son sang affluer. Peut-être aurait-il mieux fait d'aller dormir à l'hôtel.

Pour garder la tête froide, il évoqua l'apparition sur la falaise, censée figurer le fantôme de la fameuse Mary, égorgée en 1968. C'était peut-être d'elle dont il était question dans le mot laissé sur les victimes, et non de Marie, les deux prénoms s'orthographiant de façon identique en breton. Dans ce cas, et maintenant que les meurtres de Chantal et Nicolas étaient clairement identifiés comme des « scories » dans le parcours du tueur, ce serait le meurtre impuni de cette femme que le tueur vengerait.

– Loïc non plus n'avait pas de piqûres aux doigts, pas de mot sur lui, rappela Marie. Admettons néanmoins que vous ayez raison, cela voudrait dire que Gildas et Yves auraient tué Mary alors qu'ils avaient une dizaine d'années.

Elle secoua la tête pour chasser cette idée par trop abominable.

– Rappelez-vous le copain de Nicolas, dit-il doucement.

– C'était un accident. Un jeu stupide qui a tourné au drame.

– Ils ont peut-être voulu jouer aux naufrageurs et ça ce sera mal fini.

– Elle a été égorgée, Lucas. Par des gosses ?

Elle se leva brusquement et alla se poster derrière la verrière dégoulinante de pluie.

– Vous ne me ferez jamais croire ça.

À l'extérieur, la nuit était tombée, les lumières de la rade apparaissaient brouillées à travers la vitre et, bien au-delà, éloigné de tout, souvent coupé du monde, il y avait Lands'en.

Il posa la main sur son épaule. Fut-ce ce simple contact qui déclencha chez elle une flambée de désir, ou eut-elle envie là, tout de suite, d'oublier tout ce qui n'était pas la vie ?

Marie pivota sur elle-même, fit face à Lucas et, avec un regard doux et ferme, lui demanda de lui faire l'amour.

Il savait trop bien ce qu'elle traversait, alors il hésita, mais elle avait déjà dénoué le cordon de son peignoir, le laissait glisser à terre et pressait ses lèvres contre les siennes pour étouffer ses réticences. Il n'était qu'un homme. Il sentit ses seins si doux contre sa poitrine et oublia toutes ses résolutions. Leurs bouches s'ouvrirent, leurs souffles se mêlèrent, leurs mains s'égarèrent.

Et soudain, elle s'agrippa à lui et se mit à trembler.

Il l'écarta doucement, prit son menton dans sa main, releva sa tête et vit ses joues baignées de larmes.

– J'ai si peur, balbutia-t-elle.

Il ramassa le peignoir, enveloppa Marie dedans et l'embrassa tendrement sur le front.

Il était 3 heures du matin quand le hurlement l'arracha au canapé sur lequel il s'était finalement endormi. Lucas grimpa deux à deux les marches montant à la mezzanine et la vit recroquevillée sur elle-même, les genoux sous le menton, les bras repliés autour du corps, hagarde et en sueur, balbutiant des mots sans suite : *vague... mer... rouge... le sang... les lumières... Nooon...*

Il la prit contre lui et la berça en lui murmurant des mots rassurants. Peu à peu elle se calma.

Quelques heures plus tard, aux premiers rayons de soleil, deux Falcon-50 décollèrent de la base de Lann-Bihoué pour filer droit sur l'Atlantique Nord et quadriller le secteur dont Christian avait donné les coordonnées avant de lancer son *may-day*.

Marie se réveilla, sa main dans celle de Lucas endormi à ses côtés tout habillé.

Elle alla faire du café et lui tendit une tasse, s'excusant pour ce qui s'était passé la veille.

– C'était juste un cauchemar, dit-il gentiment.

– Je voulais parler de ce qui s'est passé... avant, bredouilla-t-elle.

– Vous voulez dire : ce qui ne s'est pas passé.

Elle s'empourpra, il lui sourit.

– Ne vous inquiétez pas, c'est déjà oublié.

– Ah, fit-elle, dépitée. Tant mieux.

*
**

Yvonne, bloquée comme les autres sur le continent depuis la veille, monta sur le bac sans même leur jeter un regard et alla se poster à l'avant, hiératique.

Ils étaient accoudés au bastingage, silencieux, quand Ryan les rejoignit. Il fut visiblement heureux de revoir la jeune femme, même s'il ne fit aucune allusion à son « faux départ » de l'île ni à sa visible réconciliation avec le flic. Une délicatesse qu'elle apprécia.

– J'allais vous appeler, commandant, dit Ryan en s'adressant à Lucas. J'ai profité de mon passage à Paris pour vérifier quelques détails. C'est à propos de la phrase en breton.

Il la cita et poursuivit :

– Le terme « Lumière » utilisé par le tueur signifie sans doute « Vérité ». En revanche, la traduction du « Très-Haut » est approximative. En fait, cela peut vouloir dire Dieu, ou alors Lumière justement, ou plus simplement celui qui est le plus haut, par extension le chef ou encore l'aîné.

Lucas le dévisagea, mi-figue mi-raisin.

– Dites-moi, un phare, c'est très haut, et c'est une lumière aussi. Si l'on vous écoute, cela pourrait très bien vous désigner.

Déconcerté, l'écrivain fronça brièvement les sourcils, puis partit dans un éclat de rire franc et massif.

– Touché.

Et il s'éloigna en riant de bon cœur. Marie le suivit des yeux un instant, puis adressa un regard de reproche à Lucas.

– C'est la seule personne à Lands'en qui nous aide un peu, dit-elle. Vous avez une drôle de façon de l'encourager.

– Ce n'est pas totalement gratuit. Il habite à deux pas du site, connaît très bien les légendes, est arrivé sur l'île quelques semaines avant le premier meurtre. Or, comme par hasard, il est toujours là pour jouer les Zorro quand vous êtes en danger.

– Vous oubliez un léger détail : il était en cellule la nuit de la mort de Gildas.

– Il n'est pas exclu qu'il ait un complice.

– Il n'est pas exclu non plus que vous vous plantiez.

– Vous avez lu son bouquin ? Ce n'est pas de la grande littérature policière, et les personnages sont à la limite de la caricature, mais l'intrigue est assez bien ficelée.

– Un écrivain devenu un assassin ?

Elle eut une moue dubitative.

– D'habitude, c'est plutôt l'inverse. Moi je le trouve attachant.

Raison de plus pour demander à Morineau de creuser un peu, songea Fersen.

Le bac accosta une heure plus tard et la première à en descendre, à peine la passerelle posée, fut Yvonne Le Bihan.

Lucas la suivit des yeux, amer.

– Au diable la prescription ! maugréa-t-il entre ses dents. Même commis il y a quarante ans, un meurtre reste un meurtre. C'est dégueulasse qu'elle s'en sorte après ce qu'elle a fait à ses bébés.

– Elle paiera autrement, dit Marie.

Comme pour lui donner raison, un soudain silence accompagna l'arrivée de l'infanticide, les activités cessèrent provisoirement, les regards convergèrent dans sa direction, des vieilles se signèrent sur son passage, une femme enceinte regroupa ses enfants instinctivement autour d'elle. Certains commentaires marmonnés en breton évoquèrent Carridwen, la lune double à la fois déesse et démon.

Personne n'était venu attendre Yvonne, mais en temps normal il se serait trouvé un îlien pour lui faire un bout de conduite.

Là elle partit seule, et à pied.

Le même accueil lui fut réservé peu ou prou à la faïencerie où des commentaires susurrés à voix basse fleurirent alors qu'elle traversait les ateliers. De la mezzanine, Gwen la regarda venir vers elle, droite comme un « I », le menton en avant, l'œil déterminé. Pour la première fois, elle la vit telle qu'elle était. Un monstre. Sa mère.

Yvonne monta quelques marches, puis se retourna et s'adressa à tous d'une voix sourde.

– Personne, à part Dieu, n'a le droit de me juger, et Dieu m'a depuis longtemps absoute.

Son regard balaya chacun des ouvriers, chacune des ouvrières.

– Je ne souhaite à aucune mère d'être un jour confrontée au choix cruel que j'ai dû faire : laisser vivre ses enfants en les regardant souffrir un peu plus à chaque minute, ou les délivrer pour qu'ils reposent en paix. Il m'a fallu six jours pour puiser le courage de me décider, six jours interminables et six nuits sans sommeil. Ce que j'ai fait, je l'ai fait par amour pour eux, c'est uniquement pour cela que le vieux Pérec a accepté de fermer les yeux. Si je n'ai rien dit à personne, même pas à ma propre famille, c'est parce que j'avais peur qu'on ne comprenne pas et qu'on me haïsse. Aujourd'hui vous savez, tous. Ceux à qui cela poserait des problèmes de conscience sont libres de s'en aller, conclut-elle. Maintenant.

Elle soutint les regards qui peu à peu dévièrent, personne n'osant broncher, puis elle reprit sa montée vers les bureaux, s'arrêta brièvement devant sa fille, lui plaqua deux bises sonores sur les joues et s'engouffra dans son bureau. Saisie, Gwen mit un temps à réagir, et quand elle le fit, ce fut pour apostropher les ouvriers.

– Vous attendez quoi, là ? Au boulot !

Elle allait réintégrer son bureau quand Philippe la retint.

– Les autres ont peut-être gobé son petit discours, mais pas moi.

– T'as entendu maman, persifla-t-elle, personne ne te retient.

– Ce serait intéressant de demander à ton frère si lui aussi aurait préféré être... Comment déjà ?

Il sembla faire effort de mémoire...

– Ah oui : *délivré*, comme les deux autres.

Gwen se dégagea sans répondre et passa l'atelier en revue, soudain troublée par l'absence anormale de Pierric. Il était pourtant là quelques minutes plus tôt, elle en aurait juré.

Le frère de Gwen était sur la falaise. Légèrement penché en avant, il regardait Marie et Lucas descendre dans la crique.

C'est dans l'exemplaire du 20 mai 1968 du *Télégramme de Brest* qu'elle avait découvert un embryon de piste. Ce jour-là, comme elle l'expliqua à Fersen en l'entraînant sur la pointe de Ty Kern, dix millions de Français étaient en grève, et le soir même une forte tempête sévissait au large des côtes du Finistère. Des rafales force 8, des creux de plus de cinq mètres. Un véritable enfer. Or la lanterne du phare, en service à l'époque, était tombée en panne, et aucun électricien n'était venu la réparer.

Lucas leva la tête et eut un regard au phare qui se dressait à l'extrême pointe.

– Des gamins auraient pu profiter des circonstances réunies pour jouer aux naufrageurs en baladant des lanternes sur la falaise sans risque d'être dérangés, dit-il en comprenant où elle voulait en venir. On sait que le corps de Mary a passé environ deux semaines dans l'eau avant d'être repêché. Le 5 juin, moins deux semaines, ça nous ramène au 20 mai. Ça colle !

– Ce qui colle moins, objecta-t-elle, c'est que Mary a été repêchée vers Molène. Si elle avait été tuée à Lands'en, son corps aurait dû être emporté beaucoup plus au sud, compte tenu des courants.

– Il peut très bien avoir été largué en mer.

– Par des gosses paniqués ?

– Ou par leurs parents.

En un éclair, l'image de Jeanne, sa mère, traversa l'esprit de Marie. Dérangeante. Elle la chassa aussitôt.

– Qu'est-ce qu'une jeune femme de vingt ans serait venue faire à Lands'en seule, dans un bateau, par une nuit de tempête ?

Lucas se dirigea vers l'entrée de la grotte.

– J'ai beau être très doué, je n'ai pas les réponses à toutes les questions.

Marie lorgna malgré elle vers le rivage. C'était morte-eau. Malgré tout, elle frissonna en le voyant disparaître à l'intérieur de la caverne et, le maudissant, le rejoignit.

Il était déjà au fond, en train de balayer la voûte du pinceau de sa lampe torche.

– Si vous cherchez des coquillages, ce n'est pas vraiment le coin, ironisa-t-elle.

– Quand vous m'avez appelé l'autre jour, vous étiez près des menhirs et du cairn, et moi j'étais là, très exactement là. Or votre voix semblait venir d'en haut. Plus j'y pense, plus je suis sûr qu'il y a un boyau qui monte vers la falaise.

– Quand bien même il y aurait un passage, à quoi cela nous mènerait-il ? demanda Marie, oppressée.

– Je déteste ne pas comprendre.

– Et moi je déteste être ici.

– Personne ne vous obligeait à me suivre.

– Vous pourriez être breton ! remarqua-t-elle devant son entêtement.

Il allait lui dire que, venant d'elle, il prenait cela pour un compliment quand un grondement sourd ébranla les parois.

Ils échangèrent un regard stupéfait, puis, sans se concerter, se ruèrent vers la sortie tandis que les vibrations s'amplifiaient.

Des fragments de roche se mirent à dégringoler comme une pluie de météorites.

Ils n'étaient plus qu'à quelques mètres de la liberté quand la falaise sembla s'ouvrir en deux, dans un fracas d'enfer.

Lucas, qui talonnait Marie, faillit lui rentrer dedans quand elle s'arrêta net.

Au bruit succéda le silence. Aussi soudain qu'écrasant.

De la sortie ils n'apercevaient plus que quelques étroites trouées lumineuses.

Le flic braqua sa torche et balaya le nuage de poussière qui se dissipait peu à peu.

Ils virent alors l'amoncellement de rochers obstruant l'issue. Pas besoin de soupeser les blocs pour comprendre qu'ils n'arriveraient pas à les déplacer.

Pris d'un infime espoir, Lucas sortit son portable. *Pas de réseau.*

Ils étaient pris au piège.

Il vit alors Marie écarquiller les yeux, suivit son regard et blêmit.

Les premières vagues de la marée montante s'insinuaient déjà entre les rochers agglutinés.

La grotte serait bientôt noyée. Et eux avec.

17

Gwen était venue directement sur la falaise, certaine d'y trouver Pierric. Il était là, planté au bord du vide, regardant la crique des Naufrageurs que la marée montante avait totalement immergée.

– Combien de fois t'ai-je dit que je ne voulais pas te voir traîner par ici ? cria-t-elle en le tirant en arrière sans ménagement. Tu veux vraiment que maman te colle dans un asile de dingues ? Non ? Eh bien moi non plus, mais si je te revois rôder par ici, c'est très exactement ce qui arrivera. Alors tiens-toi à carreau !

Pierric s'agita frénétiquement, mais les mots qu'il essayait d'articuler se transformaient en une bouillie d'onomatopées inaudibles et grinçantes. Gwen se hissa sur la pointe des pieds et ficha son regard dans le sien.

– Ce n'est vraiment pas le jour pour les devinettes. Allez, viens, on rentre.

Voyant qu'il ne renonçait pas, elle lui arracha soudain son paquet de chiffons et le brandit au-dessus du vide.

– On rentre, ou je jette ton doudou !

La menace suprême.

Pierric amorça un demi-tour, vaincu. Elle lui rendit son tas de chiffons qu'il serra compulsivement contre lui en se laissant entraîner à regret, se dévissant la tête pour regarder en arrière.

Ils étaient déjà loin quand, semblant sortir de terre, montèrent les appels au secours de Marie et Lucas.

Avec, pour uniques témoins, les six géants de granit.

*
**

Les deux flics cessèrent peu à peu de crier. La grotte était désormais envahie aux deux tiers d'une eau couleur d'encre.

– Il y a sûrement une solution, murmura Marie.

– Il n'y en a pas toujours, répondit doucement Lucas.

Il coinça la torche dans un repli rocheux de la paroi, s'approcha d'elle à la toucher et caressa son visage des yeux.

– Il ne m'était jamais arrivé de passer la nuit avec une femme dans mes bras, sans la toucher.

– Et vous regrettez ?

– Oui. Et non.

– J'avais vraiment envie que vous me fassiez l'amour, vous savez.

Elle eut un rire amer.

– Pourquoi tout paraît-il toujours possible quand tout devient impossible ?

– Parce qu'on va à l'essentiel, murmura-t-il.

Elle frissonna.

– J'ai peur.

Il prit son visage entre ses mains et verrouilla ses yeux dans les siens.

– Regardez-moi, Marie. Regardez-moi jusqu'au bout.

– Je vous regarde.

– Il y a un mot que je n'ai dit qu'une seule fois dans ma vie. Je ne pensais pas être capable de le redire un jour.

Sa voix se fit plus rauque.

– Je t'aime.

– Serre-moi fort, répondit-elle doucement.

Ils restèrent enlacés jusqu'à ce que leurs visages ne soient plus qu'à cinquante centimètres du plafond, puis, soudés l'un à l'autre par un ultime baiser, se laissèrent couler.

Ils descendaient lentement vers le fond quand le manque d'air devint crucial, replongeant Marie dans l'angoisse du cauchemar qui la tenaillait depuis son retour dans l'île. Battant l'eau de ses pieds, griffant Lucas qui cherchait à la retenir, elle remonta à la surface où elle aspira goulûment le peu d'air qui restait. Il émergea à côté d'elle.

– Je refuse de mourir ! hoqueta-t-elle avec l'énergie du désespoir. Pas comme ça ! Pas maintenant !

Plus tard, Marie dirait que c'était son frère qui lui avait montré la sortie.

Sur l'instant, ce fut un bref reflet dans la roche, qu'éclairait la torche coincée dans le repli. Était-elle le jouet d'une hallucination ?

Lucas la regarda s'attaquer frénétiquement à la roche, à main nue, et allait l'arrêter quand la voûte s'effrita sous les doigts impatients de la jeune femme qui continuait à gratter en dépit des fragments qui lui tombaient dessus. Jusqu'à ce qu'elle dégage un petit canif rouillé, au manche en nacre.

– Il n'est pas arrivé là tout seul.

Saisi d'un espoir insensé, Lucas récupéra l'un des fragments arrachés de la voûte friable et le réduisit en poudre sous son pouce.

– Du ciment ! s'exclama-t-il. Ça veut dire qu'il y a quelque chose derrière !

Il joignit ses efforts à ceux de Marie et ils dégagèrent l'entrée d'un boyau d'un mètre de diamètre environ. Lucas braqua la torche à l'intérieur et éclaira les parois d'un tunnel dont ils ne voyaient pas la fin. Peut-être n'était-ce qu'une nouvelle impasse ? Mais qu'avaient-ils à perdre ? L'eau caressait déjà leurs mentons.

Lucas aida Marie à se hisser dans le passage et s'y glissa à son tour, abandonnant la grotte désormais totalement noyée par la mer.

Le tunnel montait en pente douce.

Ils rampèrent sur une bonne vingtaine de mètres, leurs vêtements raclant les aspérités de la pierre, quand le boyau s'élargit, leur permettant de se redresser. L'exclamation de la jeune femme résonna longtemps en écho.

Avant même que la torche n'éclaire les lieux, elle savait.

Ils étaient dans une vaste cavité naturelle et circulaire – dix mètres de diamètre au bas mot – creusée à même le roc par la mer dans des temps immémoriaux. Au centre s'élevait un autel primitif, grossièrement taillé dans le granit, à l'identique du dolmen de Ty Kern.

– Un sanctuaire celte, murmura Marie, éblouie. Cette crypte est un authentique temple païen, un lieu de culte. Les druides s'y livraient à des rituels sur l'âme des morts.

Elle tourna un regard brillant vers le spécialiste du DCR.

– Je me demande comment son existence a pu rester secrète.

– Moi je me demande surtout comment on va sortir de là, répondit-il, pragmatique.

Il balaya la voûte puis les parois quand il les aperçut, gravés dans le roc, analogues à ceux figurant sur les menhirs.

– Les signes, souffla-t-il. L'oiseau, le crabe, le poisson...

Il effectua un mouvement circulaire et fronça les sourcils.

– Ils sont tous là, sauf un.

C'est Marie qui le découvrit, gravé sur la pierre plate de l'autel. En plein centre. Un cercle entouré de petits traits perpendiculaires. Comme un soleil.

Elle regarda brièvement les cinq signes figurant sur les parois circulaires, et le sixième au milieu. Son front se plissa tandis qu'elle cherchait désespérément ce que cela lui rappelait.

– La pierre qui tenait le voile ! s'exclama-t-elle soudain. La pierre était ronde, comme cette salle. Les cinq signes étaient disposés tout autour, et celui-là, ajouta-t-elle en désignant le petit soleil gravé sur l'autel, il était au centre. Ce n'était pas un hasard.

– Peut-être. En attendant, ça ne nous dit toujours pas où est la sortie.

– Il n'y en a peut-être pas.

– Je n'imagine guère les druides passer par la grotte et le boyau pour venir faire leurs salamalecs.

Elle ne commenta pas. Il poursuivit.

– On doit être à peu près à quatre ou cinq mètres sous terre. À vue de nez, je dirais qu'on est juste en dessous du site. Ce n'est donc pas un hasard si j'ai cru entendre votre voix l'autre jour. Cette salle fait office de caisse de résonance. Il y a forcément une issue.

– Si c'était le cas, on verrait un peu de lumière, non ?

Au moment où elle prononçait ces mots, un déclic se fit dans son esprit.

Du cœur de pierre le sang coulera et la lumière jaillira...

La lumière jaillira. Lumière. Soleil.

– On a toujours pensé que lumière voulait dire vérité, mais peut-être y a-t-il un message caché, hasarda-t-elle.

Lucas eut une expression dubitative.

– Genre ?

– Un mécanisme secret qui ouvre un passage sur la falaise. Un mécanisme situé au cœur de la pierre. Comme ce signe.

Et, joignant le geste à la parole, Marie appuya au centre du petit soleil gravé au milieu de l'autel.

Il s'enfonça.

Elle adressa un regard triomphal à Lucas.

– Alors ?

– Je suis épaté par le résultat, dit-il en se marrant.

Son rire se figea en entendant un léger clic, comme un pistolet dont on arme la culasse. Et une vibration sourde ébranla la cavité.

– Nom de dieu, ça ne va pas recom...

Il s'interrompit net.

Sous leurs yeux ébahis, un pan de paroi se mettait à basculer tandis qu'un puits de lumière jaillissait du sommet, venant frapper le soleil gravé au cœur de l'autel.

Le silence revint.

Sidérés, ils contemplèrent les petites marches étroites taillées dans la roche qui montaient jusqu'à la falaise.

Marie les gravit en premier, recueillie. Avec la sensation de mettre ses pas dans ceux de ses ancêtres et de vivre un instant rare.

Ils émergèrent l'un après l'autre sous le dolmen de Ty Kern. C'est elle qui découvrit sous le lichen, au revers de la pierre plate du mégalithe, le sixième signe gravé : celui du soleil.

Doté du même mécanisme.

Marie l'actionna. Et tout se referma.

Elle dévisagea Lucas qui ne pipait plus mot.

– On sait maintenant comment notre assassin pouvait aller et venir sur le site sans se faire repérer. Il lui suffisait de se cacher dans la crypte.

Le flic grimaça.

– Quand je pense que je me suis planqué sous le dolmen l'autre nuit, et que je n'ai même pas vu le signe.

– Quand on est en danger de mort, on va à l'essentiel.

L'essentiel.

Leurs regards s'accrochèrent, intenses, soudain gênés de ce qu'ils avaient pu se dire dans la grotte en pensant qu'ils allaient mourir. Et ils éclatèrent d'un rire libérateur.

Ce fut le moment que choisit Stéphane Morineau pour débouler. Sa panique se mua en colère devant leurs rires qui redoublaient.

– Ça fait des heures que j'essaye de vous joindre pour vous apprendre la nouvelle, et vous, vous...

Le jeune gendarme écarlate en bafouillait. Puis il s'interrompit en réalisant qu'ils étaient trempés et que leurs vêtements étaient déchirés par endroits.

– Vous sortez d'où ?

– De la grotte, dit Lucas en glissant un sourire à Marie, par le chemin des Naufrageurs.

Il revint à Stéphane qui les contemplait, interloqué.

– Alors cette nouvelle, Morineau ? Bonne ou mauvaise ?

– Bonne.

Le gendarme lui tendit un petit dossier.

– Le légiste est formel, Loïc Kermeur n'a pas été assassiné : il s'est suicidé !

Ce n'est qu'en voyant la jeune flic devenir livide qu'il comprit l'étendue de sa bévue.

– Je suis désolé, Marie, balbutia-t-il en s'empourprant à nouveau, je pensais juste que ça vous ferait plaisir...

Sa rougeur s'accentua.

– C'est-à-dire... c'est un meurtre de moins et...

Totalement mortifié, il fila vers sa voiture en grommelant qu'ils devraient se changer avant d'attraper froid. Lucas parcourut brièvement le rapport d'autopsie et rejoignit Marie qui se tenait au bord de la falaise.

– Le légiste est certain de ses conclusions ? demanda-t-elle sourdement, sans se retourner.

– Il a retrouvé de l'eau de mer dans les poumons et une concentration anormale d'antidépresseurs dans le sang. Du Lexomil.

Les gendarmes en avaient récupéré deux tubes vides dans les poches de Loïc. Marie songea à son frère, venu la voir lorsqu'elle était dans le coma. Pourquoi n'avait-elle pas eu la force d'en sortir, et de l'aider ?

– Il y a des choses qu'on ne peut pas empêcher, murmura Lucas en songeant brièvement à Valentine, morte sans qu'il n'ait rien pu faire.

Puis il se dit que cela expliquait pourquoi Loïc n'avait ni piqûre, ni mot. En se suicidant, il avait coupé l'herbe sous le pied de l'assassin.

Il prit Marie par l'épaule.

– Venez, vous grelottez.

*
**

Sans en être consciente, avec des gestes automatiques, Marie fit couler l'eau chaude de la douche et se déshabilla.

Son esprit était totalement envahi, comme si tout ce qu'elle avait vécu et emmagasiné dans les dernières heures était si intense que sa pensée devait y revenir pour pouvoir l'intégrer.

La peur, le deuil, la mort et même l'amour l'avaient tour à tour assaillie, et ces émotions extrêmes l'habitaient encore, au point d'effacer la réalité de l'instant.

Un bruit la fit revenir au réel : avec un cliquetis net, un petit objet venait de tomber sur le carrelage de la salle de bains. Elle mit une seconde à se rappeler le canif qu'elle avait hâtivement attrapé. Elle le ramassa, le retourna entre ses doigts, et se rendit alors compte qu'elle tremblait de froid. Le canif au creux de la main, elle se glissa sous la douche qui exhalait un nuage de buée. L'eau chaude coulant sur son corps fut un instant de délice, elle se dit fugitivement que, malgré tout, le plaisir existait toujours.

Elle ouvrit la main et se concentra sur le petit objet. Elle le frotta et, sur la nacre qui apparaissait, elle déchiffra nettement deux initiales : LK. Loïc Kermeur. Le chagrin fut plus fort que tout. Tendant son visage à la pluie drue de la douche, elle se laissa aller et pleura comme si, de tout son corps, ruisselaient des larmes.

La tête encore lourde, les yeux fatigués, Marie retrouva soudain toute son acuité d'esprit car un souvenir venait de resurgir en elle. Lorsque Jeanne, il y a à peine quelques années, avait décidé de faire rénover la maison familiale, elle avait fait le vide et demandé à chacun de ses enfants de trier leurs affaires de gamins et de l'en débarrasser.

Maintenant, elle se souvenait parfaitement d'un petit canif identique que lui avait montré Gildas. Mais son frère et elle avaient tout donné à une association. Loïc, lui, malgré leurs moqueries, avait religieusement enfermé ses vieux jouets et ses souvenirs d'enfance dans une vieille valise. *Tous mes secrets*, avait-il dit à Marie en remisant ses trésors dans son bureau.

Elle s'y rendit.

Sous les jouets, les magazines de *Strange* et de *Pilote*, elle mit la main sur une liasse de petits carnets à spirales.

Un journal, année par année...

Fébrile, elle chercha le carnet de 1968, c'était le dernier de la liasse. Apparemment, Loïc avait arrêté là ses confidences. Elle feuilleta rapidement les pages et eut un coup au cœur en constatant que les dernières notes dataient du 19 mai !

La veille de la tempête, probablement le jour du naufrage.

Elle lut avidement l'écriture malhabile et s'arrêta net sur une phrase.

Aujourd'hui on a reçu un colis de papa, c'est Gildas qui a gardé les timbres de Terre-Neuve. On a eu chacun un petit canif pareil, mais avec nos initiales dessus...

Les quelques mots qui suivaient ne retinrent pas son attention.

– Maintenant nous avons la preuve que Loïc et les autres étaient dans la grotte la nuit où Mary a fait naufrage. Le canif retrouvé sur les lieux, les notes qui s'arrêtent justement ce jour-là...

– Ça ne nous dit pas ce qu'ils allaient y faire.

Marie et Lucas arpentaient à nouveau la crique des Naufrageurs. Il jeta un coup d'œil aux techniciens de la PS, qui se livraient à des prélèvements sur les rochers obstruant la grotte et sur la zone d'où ils s'étaient détachés.

– S'ils trouvent des traces d'explosifs, ce sera une piste intéressante, fit Lucas en essayant de se convaincre.

Marie s'était immobilisée sur la petite plage à marée basse, elle balaya du regard les rochers abrupts de la falaise, l'entrée noire de la grotte, la mer étale qui ondulait innocemment, attendant l'heure de bondir à nouveau.

– Mes frères m'ont tellement dit que cet endroit était dangereux, pour moi c'était interdiction totale d'en approcher.

– Ils ont dû vivre quelque chose d'assez terrible pour que...

– Des gosses n'ont pas pu égorger Mary ! s'énerva-t-elle.

– En tout cas, je suis certain qu'on les a tués à cause de ce qui s'est passé il y a trente-cinq ans.

Lucas passa devant Marie et alla examiner les rochers qui bloquaient l'entrée de la grotte. Il sentit la jeune femme se pencher près de lui.

– On a vraiment essayé de se débarrasser de nous.

– Pas sûr. Le tucur connaissait peut-être l'existence du passage jusqu'à la falaise...

– Et il nous aurait mis en situation de le découvrir ? Pour nous faire comprendre quelque chose ?...

– C'est possible, oui...

Le timbre de sa voix était soudain si intime que Marie, surprise, leva les yeux vers lui.

Il ne pensait plus du tout à l'enquête, mais à ce qu'il avait compris de ses sentiments lorsqu'ils avaient cru mourir. Marie, complètement troublée, ne put dire un mot, ni soutenir le regard de Lucas, tant elle y lisait clairement ses sentiments pour elle, il ne déguisait rien.

– Ce que je vous ai dit tout à l'heure quand nous étions bloqués...

– Oh rassurez-vous, j'ai déjà oublié...

– Pas moi.

Il avait prononcé ces deux mots comme l'affirmation d'une certitude. Avec gravité mais aussi un certain détachement. Il lui sourit avec douceur puis fit tranquillement demi-tour.

Ils gravirent les rochers en silence, jusqu'à la falaise. Il lui tendit la main pour l'aider au dernier rétablissement. Elle la retira un peu trop lentement et, s'occupant à remettre nerveusement ses cheveux en ordre, elle lui adressa une moue en forme d'excuse.

– Il y a tellement de choses qui se bousculent dans ma tête... Tant que ce tueur sera dans la nature, je... Vous comprenez ?

– Je ferai un effort... Pour qu'on le retrouve au plus vite !

Il rit franchement devant l'air embarrassé de Marie et retrouva instantanément son air frondeur.

– Vous êtes une femme de traditions, non ?

– Euh...

– Vous savez que, dans la police, il y en a une à laquelle on ne déroge jamais...

Elle fronça le nez avec méfiance, se demandant où il l'embarquait, et attendit prudemment la suite.

– Quand deux flics ont échappé à la mort ensemble, ils se tutoient.

– Ah... Si c'est une tradition...

Elle lui sourit, heureuse qu'il ait eu la délicatesse de rester léger, et le regarda qui scrutait les environs comme un limier à la recherche d'une piste. Il réfléchissait à haute voix.

– Personne ne savait qu'on allait explorer cette grotte ?

– Non, personne. Mais on nous a peut-être vus y aller...

– C'est ce que je me disais...

Leurs regards se fixèrent simultanément sur le phare.

Bien qu'il soit sorti, Ryan n'avait fermé aucune des portes. Les réticences de Marie à pratiquer cette fouille impromptue en l'absence de l'intéressé furent vite balayées, et la petite discussion qu'ils eurent à ce sujet fut plutôt un prétexte à s'habituer au tutoiement. Ce simple changement formel rendait tangible l'intimité qu'ils avaient partagée et les troubla plus qu'ils ne l'auraient pensé.

Le minuscule appartement ne recelait guère de cache, ils en eurent vite fait le tour. Marie s'installa devant l'ordinateur de Ryan et pianota sur le clavier, mais l'écran affichait toujours le même message : *accès refusé.* Tandis que Lucas en terminait avec les placards de la cuisine, elle feuilleta quelques livres. Sur la page de garde de l'un d'eux, quelque chose l'intrigua.

– Venez voir ! Heu... Viens voir !

Il se pencha avec elle sur le vieux bouquin pour tenter de déchiffrer la marque d'un tampon, à demi effacée.

– Bibliothèque de la maison d'... arrêt ?

– Oui, Maison d'arrêt de... Brest ! C'est pas vrai ?

– Si. J'ai oublié de le rendre avant mon départ.

Lucas et Marie firent volte-face, Ryan, arrivé en silence, était sur le seuil, il les fixait sans qu'il soit possible de décrypter quoi que ce soit sur son visage. Marie fut la première à réagir.

– Vous avez fait de la prison ?

– Trente-cinq ans, trois mois et vingt-deux jours, pour être précis.

Le calme et la décontraction de Ryan étaient impressionnants.

– Pour quel motif ?

– Le meurtre d'un flic.

*
**

Tandis qu'ils roulaient vers le poste, Marie eut un regard dans le rétroviseur. À l'arrière, Ryan semblait savourer tranquillement le paysage. Il avait tout de suite acquiescé à leur demande d'interrogatoire, ajoutant même, avec un sourire, qu'il s'était étonné que Lucas et elle n'apprennent pas plus tôt son passé de taulard.

Lorsqu'ils entrèrent dans la cour de la gendarmerie, ils avisèrent Morineau qui, très agité, venait à leur rencontre, un dossier à la main. Il le brandit sous le nez de Marie à peine sortie de la voiture.

– J'ai des infos sur le passé de Ryan, devinez ce qu'il a fait !

– Trente-cinq ans de prison pour le meurtre d'un flic, répliqua Marie en ouvrant la portière.

Elle fit signe à l'écrivain de la suivre et tous deux passèrent, sans un regard, sous le nez Stéphane hébété.

Lucas lui prit le dossier des mains pour y jeter un coup d'œil.

– Eh bien dites donc, Morineau ? Ça n'a rien à voir avec le premier topo que vous nous aviez fait, mon vieux !

– J'y suis pour rien, moi, c'est son éditeur qui m'avait refilé une biographie bidon !

– Vérifiez où était Ryan les nuits des meurtres, le soir où j'ai été attaqué sur la falaise, et ce qu'il faisait quand on s'est fait coincer dans la grotte.

Stéphane, encore sous le coup, les yeux ronds, hochait la tête comme un petit chien sur la plage arrière d'une voiture de beauf.

Face à Lucas et Marie qui enchaînaient les questions avec méthode, Ryan était concentré, sa voix s'était faite plus grave.

Il n'avait pas cherché à cacher son casier, mais il ne s'en vantait pas non plus, cette histoire était tragiquement bête.

– Ce soir-là, je traînais sur le port du Havre, je sortais d'un rancard pour acheter de l'herbe. Je me suis fait repérer par une patrouille de flics qui m'ont coursé, l'un d'eux m'a rattrapé et, pour me dégager, je l'ai frappé... Le pauvre type est mal tombé, il est mort sur le coup.

Tout cela était effectivement consigné en détail dans le dossier que Stéphane avait obtenu des archives de la police. Lucas exhiba alors la photocopie de l'article sur l'inconnue de Molène.

– Cette femme a été naufragée au large de Lands'en, il y a trente-cinq ans... Sans doute par une bande de mômes inconscients de ce qu'ils faisaient, trois sont morts aujourd'hui : Gildas, Yves et Loïc...

– Quel rapport avec moi ? Je fais un suspect idéal parce que je suis un ancien taulard ?

Marie fit remarquer à Ryan que la série de meurtres avait commencé peu de temps après son installation au phare.

Il la regarda, ennuyé.

– Vous m'obligez à vous faire remarquer que c'est encore plus précisément après votre arrivée à Lands'en. Je n'en tire pas pour autant de conclusions.

Lucas prit rapidement le relais.

– Pourquoi l'accès à votre ordinateur est-il codé ?

– Je déteste l'idée que qui que ce soit puisse lire mon travail en cours.

– Un roman sur la légende des naufrageurs, comme par hasard...

Ryan soupira, se forçant à la patience. Ça n'avait rien d'un hasard, c'était justement pour cela qu'il était venu s'installer sur l'île. Il était là pour écrire et vivre tranquille, et il entendait bien que ça continue.

L'affirmation de Ryan était si nette que Lucas et Marie ne furent pas surpris quand Morineau leur confirma ses alibis : il était au café du port quand ils s'étaient fait bloquer dans la grotte, Stéphane l'avait enfermé en cellule de dégrisement la nuit du meurtre de Gildas, il était à Paris lorsque Fersen s'était fait attaquer sur la falaise, quant à la nuit des meurtres de Yves, Chantal et Nicolas, Ryan avait dîné chez les Kersaint puis secouru Marie aux prises avec les crabes.

Lucas fut bien obligé d'admettre que, vérifications à l'appui, ses alibis tenaient incontestablement le coup.

Dommage, Ryan avait pourtant le profil idéal, se dit-il. Quant à Marie, elle se sentit soulagée. Décidément, elle ne savait pas pourquoi cet homme la touchait.

Ils avaient raccompagné Ryan jusqu'au site et le regardaient s'éloigner vers le phare.

– Trente-cinq ans de prison pour un coup de poing malheureux, c'est cher payé.

Lucas regarda Marie avec étonnement.

– Pour ce pauvre flic aussi, c'est cher payé, non ? Ryan

s'en est bien sorti, à l'époque il y avait encore la peine de mort.

Ils se dirigèrent vers le musée. Les deux flics étaient d'accord sur une évidence : la légende des naufrageurs était au cœur de l'énigme, tous les éléments de mise en scène élaborés par le tueur en attestaient. Mais pourquoi mettre en place un dispositif aussi complexe ?

– Le meurtrier cherche à faire peur, à terroriser, pour lui il ne s'agit pas seulement de tuer, mais d'exercer un châtiment, et de le faire savoir, expliqua Lucas.

Dans le musée désert, ils examinèrent les moindres détails des gravures inspirées par la légende. On y voyait les naufrageurs égorgeant les survivants et pillant les coffres échoués sur la grève.

Presque en même temps, ils eurent la même idée : les naufrageurs récupéraient les cargaisons : des vivres et du matériel mais aussi des bijoux, de l'argent, de l'or.

Lucas désigna le détail d'un coffre éventré dont s'échappaient des pièces et de l'orfèvrerie.

– Mais oui, c'est ça ! Il y avait un butin ! Et d'après le topo de Morineau, les Pérec ont fait construire les laboratoires à peine deux ans après le naufrage ! Je vais demander au SRPJ de vérifier leurs comptes depuis 1968 !

– Chez moi, il n'y a eu aucun enrichissement dans les années qui ont suivi le naufrage, se hâta de faire remarquer Marie. Le développement du chantier naval de Gildas s'est fait bien plus tard et grâce aux fonds que les Kersaint lui ont avancés. Quant à la construction de l'hôtel de Loïc, elle est encore plus tardive, elle n'aurait jamais eu lieu si maman n'avait pas gagné trois millions de francs au Loto.

– Et les Le Bihan ? enchaîna Lucas.

– Yvonne était simple porteuse de pain dans les années soixante, mais on raconte qu'elle a touché une grosse assurance-vie à la mort de son époux.

– Tout ça est à vérifier...

Lucas sentit qu'une angoisse étreignait Marie. L'éventualité d'une découverte sur sa propre famille n'était pas exclue. Il poursuivit tranquillement.

– En dehors de celles-là, il y a peut-être d'autres familles qui ont brutalement changé de train de vie après 1968.

Elle eut un rapide sourire reconnaissant.

– Je vais aller parler à mes parents. Et je vais essayer de savoir avec quels gamins Gildas, Loïc et Yves jouaient à cette époque-là...

Il la déposa devant l'hôtel où Jeanne rangeait les affaires de son fils. Marie la vit s'affairer dans le bureau de Loïc, dont les fenêtres étaient grandes ouvertes.

Lucas prit rapidement sa main avant qu'elle ne descende.

– Fais attention à toi. Je veux que tu restes joignable quoi qu'il arrive, d'accord ?

– Ne t'inquiète pas.

– Je ne supporterais pas de te perdre.

Marie piqua un fard et eut un coup d'œil inquiet en direction de sa mère.

– C'est mignon, on dirait que tu as quinze ans, remarqua-t-il, amusé.

Il lui lâcha la main à regret et démarra un peu vite.

Lucas avait raison, pensa Marie, à certains moments, particulièrement en présence de sa mère, elle ne se sentait ni tout à fait adulte, ni aussi sûre d'elle.

Jeanne ne dit pas un mot sur le fait que Marie ait renoncé à partir pour Plymouth, ni sur quoi que ce soit d'autre d'ailleurs. Avec des gestes précis, elle mettait les affaires de Loïc dans différents cartons.

Marie erra dans la pièce, et prit pour prétexte une photo sur un meuble. Elle représentait Loïc, entouré de Gildas, Yves et Christian, ce dernier brandissait une coupe, ils n'avaient guère plus d'une dizaine d'années.

– Les inséparables... Depuis toujours, non ?

Jeanne ne broncha pas, Marie dut se jeter à l'eau.

– Ils étaient toujours fourrés ensemble... Qui d'autre faisait partie de leur bande, quand ils étaient petits ?

Jeanne se retourna d'un bloc et la gratifia d'un regard glacial.

– Tu es revenue faire ton sale boulot ?

– Je veux savoir avec qui mes frères jouaient quand ils étaient petits. Une question aussi simple, ça mérite que tu m'agresses à ce point ?

Marie avait presque crié tant l'attitude de sa mère la blessait.

Jeanne se détourna et reprit son rangement, comme abattue.

– Je ne me rappelle plus...

– Le 20 mai 1968, Loïc et Gildas ont failli se noyer dans la grotte, ils avaient une dizaine d'années, une mère n'oublie pas ce genre de choses !

– Je ne sais pas de quoi tu me parles...

– Je ne te crois pas !

Jeanne se tourna vers sa fille avec une colère à peine contenue.

– Tu n'aurais jamais dû revenir !

Le coup était rude, mais Marie continua de la braver.

– Quand tu es allée me voir à l'hôpital, tu as pris la lettre que Loïc m'avait laissée ? Réponds, oui ou non ?

Jeanne était blême, tout autant que sa fille. D'un geste sec du menton, elle lui désigna la sortie.

– Fiche le camp. Et referme derrière toi, ça fait courant d'air.

Dans son enfance, lorsque Marie se faisait punir ou gronder par Jeanne, elle allait se réfugier auprès de Milic. Celui-ci ne contredisait jamais sa femme, mais occupait la petite fille à de menus travaux qui la distrayaient de son chagrin.

Milic connaissait sur le bout du cœur le visage de Marie. Aussi, dès qu'elle arriva vers lui, il lui demanda d'enrouler le vieux filet qu'il venait de réparer. Il parla de tout et de rien et répondit sans méfiance aux questions de sa fille sur l'enfance de ses frères.

– Ça devait faire une sacré bande de gosses, non ? Qui était le chef ?

– La petite Le Bihan...

– Gwen ? Une fille ? Je n'en reviens pas...

– Et évidemment, Pierric les suivait partout, mais il comptait pour du beurre, comme ils disaient.

– Pierric... On n'a jamais su dans quelles circonstances exactes il était devenu muet ?

– Le vieux Pérec a parlé d'une congestion cérébrale. Le pauvre gosse avait erré pendant des heures sur la lande une nuit de tempête... faut dire qu'Yvonne n'a jamais fait cas de ce gamin.

Marie retint son souffle. Pourvu qu'il sache, pria-t-elle en regardant son père reprendre son ouvrage.

– C'était quand ? Tu t'en souviens ?

– Tu parles ! s'exclama-t-il en se redressant. À l'époque j'étais en campagne de pêche depuis un sacré bout de temps, mais ta mère avait réussi à me faire passer une lettre par un collègue. Elle m'annonçait qu'elle était enceinte de toi ! C'est pas dur, ce pauvre Pierric, c'est la grosse tempête de Mai 1968 qu'il a passée dehors.

Marie reçut cette révélation comme un choc. Pour ne pas alarmer son père, elle se détourna, ramassant quelques casiers, et empêchant du mieux possible ses mains de trembler. *La grosse tempête de Mai 68*. Les mots résonnaient dans tout son corps.

– Qu'est-ce qui ne va pas ?

Malgré ses efforts, son trouble n'avait pas échappé à Milic.

– Je suis fatiguée, papa, se contenta-t-elle de murmurer, mais sa voix tremblait.

– Aie soin de toi, petite.

Elle sentit son inquiétude et posa sa tête contre l'épaule de son père, essayant de prendre un peu de sa force et de son calme.

18

Tous les habitants de Lands'en étaient sous le choc.

La radio venait de diffuser le message que tous craignaient : le multicoque de Christian Bréhat avait enfin été repéré par les chasseurs de la base de Lann-Bihoué, mais malheureusement la vedette de la Marine dépêchée sur place n'avait trouvé personne à bord de l'épave.

Au café du port, c'était la consternation, Anne s'était effondrée.

Marie prit la nouvelle de plein fouet, elle était au volant de sa voiture quand elle entendit l'info. Elle s'arrêta sur le bas-côté de la route, terrassée. C'était impossible, Christian ne pouvait pas avoir disparu, c'était impensable, depuis toujours elle l'avait cru invincible sur la mer...

Puis vint la pire des pensées : et s'il avait sombré à cause d'elle ? Si, à cause de son attitude et de leur rupture, il avait cessé de se battre et s'était laissé emporter par la mer ? Une fois de plus, elle se sentit maudite.

Son portable se mit à biper. C'était Lucas. Elle ne prit pas l'appel.

Il raccrocha, entre inquiétude et colère de ne pas pouvoir la joindre comme il le lui avait demandé. Puis il comprit qu'elle aussi devait avoir entendu la radio. Elle avait besoin d'être seule, sans doute. Il en ressentit la déception de ne pouvoir partager sa tristesse, et la jalousie qu'elle souffre pour un autre.

Le technicien, une asperge à cheveux mous, le saoulait de

détails techniques sur les nouvelles caméras à infrarouges qu'il venait d'installer sur le site. Il rabroua le pauvre garçon et s'éloigna pour répondre à un appel.

– Fersen, j'écoute... OK... Et à part les Pérec et les Le Bihan, vous avez pu vous pencher sur le cas de Jeanne Kermeur ?...

Il fronça soudain les sourcils.

– Vous êtes sûr ? Elle n'a jamais rien gagné au Loto ? Merci, Franck. Pas un mot à Marie pour le moment. Salut.

Il prit une bouffée d'air, réfléchit un instant, et se dirigea vers le quatre-quatre. S'il y avait une personne qui savait où Marie se réfugiait pour panser seule ses plaies, c'était son père.

Milic le vit s'approcher. Calme, il écouta le flic lui dire qu'il cherchait Marie pour les besoins de l'enquête. Le vieux pêcheur resta silencieux, comme s'il en attendait plus.

– Je n'aime pas qu'elle soit seule dans un moment pareil, ajouta sincèrement Lucas.

Alors Milic lui révéla l'endroit où, depuis l'enfance, elle allait ruminer ses chagrins.

Tout au bout de l'ancienne jetée, Lucas vit la petite silhouette de Marie, assise en boule face à la mer. Il resta un moment à distance puis vint s'asseoir à quelques mètres d'elle. Il ne chercha aucune parole de réconfort, gardant un moment le silence, puis il lui déclara tout de go que les Pérec n'avaient jamais eu d'argent de famille.

– Et l'assurance-vie d'Hervé Le Bihan n'a jamais existé.

Il fut incapable de lui assener que Jeanne avait menti à propos du Loto. Mais il avait atteint son but, Marie avait mordu à l'hameçon. Elle se tourna vers lui.

– Les Pérec ne peuvent malheureusement plus parler, mais il va falloir qu'Yvonne s'explique.

– Bien chef, répliqua-t-il simplement avec l'ébauche d'un petit salut.

Elle se leva et se dirigea à ses côtés vers le quatre-quatre.

– Je suis au courant, pour Christian. Je suis désolé, Marie... Sincèrement.

Elle ébaucha un pauvre sourire.

– Comment m'as-tu retrouvée ?

– Ton père m'a dit où tu venais quand tu avais du chagrin...

– Il a bien fait...

*
**

Yvonne, embusquée dans un recoin de l'escalier, était totalement immobile. Le regard comme fixé sur une proie, elle observait avec une moue involontaire de dégoût Pierric qui s'agitait de façon encore plus désordonnée qu'à son habitude. Il balançait frénétiquement sa grosse tête, mue par une excitation peu ordinaire. Avec maladresse, ses larges pattes sortirent, d'une cachette sous le prétentieux manteau de marbre de la cheminée du living, une petite boîte en fer. Il la fourra dans ses chiffons et fila vers l'escalier des chambres avec des grognements d'impatience.

Telle une araignée, Yvonne sortit lentement de sa cache et le suivit à distance.

Pierric entra dans la chambre de Ronan et renversa sur le lit les quelques pièces et billets que contenait son trésor. Le jeune homme, qui s'était détourné du sac de voyage qu'il finissait de remplir, protesta : il ne pouvait pas accepter toutes les économies de Pierric.

– T'inquiète pas, on va se débrouiller, avec Juliette. On a plein de copains sur le continent.

Mais Pierric rafla l'argent et le mit de force dans le sac en mimant avec ses chiffons un bébé que l'on berce. Ronan, touché, l'embrassa.

– Merci Pierric, t'es vraiment trop. Je te promets que dès que le bébé sera né, je me débrouillerai pour te faire passer une photo...

Il s'interrompit en voyant la terreur envahir le visage de Pierric qui fila se tasser dans un coin. Ronan se retourna et se retrouva face à sa terrible grand-mère.

– Tu n'iras nulle part. Et ce bâtard ne verra pas le jour, mets-toi bien ça dans la tête !

– Juliette et moi, on aura ce bébé ! On se fout de vos histoires et de ce que vous pouvez penser !

– Vous ne pourrez pas, c'est impossible !

Gwenaëlle, alarmée par les cris, avait surgi.

– Qu'est-ce qui est impossible ?

– Il y a eu assez de tarés congénitaux dans cette famille pour que j'en laisse naître un de plus !

Yvonne avait enfin capté son auditoire.

Elle qui n'avait peur de rien ni de personne évitait pourtant le regard de sa fille, Gwen comprit qu'elle n'avait pas fini de cracher son venin.

– Parle, vas-y, pourquoi as-tu dit ça ?...

– Moi je ne veux rien savoir, cria Ronan en saisissant son sac. Votre haine des Kersaint, y en a marre ! Juliette n'est pas comme eux...

– Juliette est ta cousine germaine !

– Quoi ? Tu veux dire que...

Gwen refusait de comprendre l'impensable.

Ronan saisit sa grand-mère par le bras, presque violemment.

– Tu veux dire que maman est la sœur de Pierre-Marie ? Que...

Lui non plus ne parvint pas à articuler l'inimaginable vérité.

Yvonne se dégagea d'un geste sec et fit face à sa fille.

– Arthus de Kersaint est ton père.

Gwen tituba sous la révélation.

Yvonne et Arthus, les pires ennemis qui soient sur Lands'en, avaient été amants ? Et elle était le fruit de cette liaison ? Depuis sa naissance, sa mère lui avait inculqué la haine des Kersaint. Comment pouvait-elle admettre maintenant qu'elle, Gwen, était une des leurs ?

Comme des dominos, les conséquences de cet aveu tombaient les unes après les autres, suscitant en elle ahurissement, répugnance, colère.

Ronan, sous le choc, s'était rapproché de sa mère qui s'appuya contre lui. Yvonne les considéra un instant, une crispation de souffrance passa brièvement sur son visage, elle fit demi-tour et se retourna sur le seuil. Sa voix eut une gravité, une lassitude inhabituelles lorsqu'elle s'adressa à Gwen.

– Il est hors de question que ça se sache. Et hors de question que vous gardiez cet enfant, ajouta-t-elle à l'adresse de Ronan.

La porte se referma sur elle.

Gwen avait repris ses esprits, et la colère l'emportait. Cette ordure de PM était son demi-frère ! Yvonne avait raison, cet enfant ne devait pas naître, et il fallait que Ronan se taise.

Le jeune homme aurait pu résister à la dureté de sa grand-mère, mais pas aux supplications et à l'intelligence de sa mère. Gwen avait tout de suite compris qu'au lieu de s'opposer à son fils, il fallait qu'elle le persuade qu'elle était à ses côtés et qu'elle flatte sa nature romantique. Pour mieux le ferrer, elle accentua l'état de choc dans lequel la plongeait cette révélation. Ronan s'inquiéta.

– Maman, maman, regarde-moi, réponds-moi !

Gwen se réfugia alors dans ses bras et sanglota.

– Ce qui nous arrive est horrible... Ronan, avant tout il faut sauver votre couple... La colère des Kersaint va être terrible...

– Ne t'inquiète pas, ils ne pourront rien, on avait décidé de partir tous les deux, elle m'attend...

– Non, ne faites pas ça !

Entre larmes et tendresse, elle lui fit valoir que fuir était la pire des choses à faire, car dès qu'ils apprendraient leur fugue, Arthus, PM et Armelle n'auraient de cesse de les retrouver et de les séparer. Ils enverraient Juliette à l'autre bout du monde, ils la feraient avorter et plus jamais Ronan ne la reverrait. Il fallait que leur courage soit à la hauteur de leur amour, ils devaient être patients, et assez forts pour accepter de renoncer à l'enfant. Juliette était mineure, la seule voie pour sauver leur couple, leur avenir, était d'attendre jusqu'à sa majorité. Après quoi ils seraient libres de s'aimer, les Kersaint ne pourraient plus rien faire contre eux.

Gwenaëlle assura son fils qu'elle serait à leurs côtés, elle saurait faire en sorte que Juliette souffre le moins possible de renoncer à cette grossesse.

La mort dans l'âme, Ronan finit par admettre qu'il n'y avait pas d'autre solution.

Lorsqu'il arriva dans l'abbaye, Juliette, heureuse et confiante, se jeta dans ses bras.

Ce fut pour lui un calvaire de se détacher d'elle, ce fut une torture de lui mentir, de voir ses yeux s'emplir de larmes d'incompréhension, de douleur et de colère tandis qu'il tentait de lui expliquer qu'il ne voulait plus garder ce bébé, qu'il fallait être raisonnable...

– Raisonnable ? Mais qu'est-ce que tu racontes ? Ce n'est pas vrai, tu ne peux pas penser ce que tu me dis !

Il balbutia de vagues justifications, réaffirmant qu'ils devaient renoncer à leurs projets, être patients... Juliette ne le laissa pas poursuivre.

– Je te déteste ! Je te hais ! Je ne veux plus jamais te revoir ! Plus jamais !

Il la vit s'enfuir en courant et resta là, les bras ballants, anéanti.

Alors que Gwenaëlle était restée prostrée, attendant que son fils revienne, Yvonne avait pris la direction du château, il fallait qu'elle ait une explication avec Arthus. Il serait forcément d'accord pour empêcher une Kersaint de mettre au monde un Le Bihan.

Comme si c'était hier, elle revoyait Arthus, le regard étincelant de haine, lui ordonner d'avorter quand elle lui avait annoncé qu'elle était enceinte de lui.

Toute à ses sombres souvenirs, elle ne prit pas garde à Pierric qui la suivait.

Soudain, la silhouette massive de son fils vint se mettre en travers de son chemin. Il s'agitait, faisant mine de l'empêcher de passer. Yvonne, sans ménagement, pensa le balayer d'un revers de main comme à son habitude, mais Pierric ne bougea pas d'un pouce. Sa bouche se tordit en tous sens, émettant des sons rauques, incompréhensibles, puis un mot jaillit, distinct, pour la première fois depuis son enfance.

– Bébé...

Il parvint alors à articuler quelques mots, qu'elle entendit clairement.

– Bébé !... Pas tuer... bébé !

De stupéfaction, de dégoût et de rage, Yvonne lui assena au visage un coup si violent que Pierric bascula et tomba en arrière de toute sa masse. En heurtant une pierre, sa tête fit un bruit horrible. Il s'agitait comme un scarabée sur le dos, incapable de se redresser, mais il continuait à parler :

– Dire tout, moi... dame morte... dire tout, l'or, tout...

Yvonne, les yeux rétrécis, comme si elle avait perdu la raison, saisit la tête de son fils débile et la cogna contre la pierre, encore, et encore.

Ce fut Lucas qui les vit en premier.

Ils se dirigeaient vers la faïencerie, comptant bien y trouver Yvonne, mais pas de cette façon.

– Qu'est-ce qu'elle fait ? Elle est folle !

– Pierric !

Ils se précipitèrent, Lucas maîtrisa à grand-peine Yvonne tandis que Marie, agenouillée auprès du corps maintenant inerte, constatait qu'il avait perdu connaissance.

– Son pouls est très faible !

Lucas pianotait déjà sur son portable.

– Morineau ? Fersen... Prévenez l'hélico de la Protection civile, on a un blessé grave devant chez les Le Bihan...

Bouleversée, Marie se tourna vers Yvonne qui, menottée par Fersen, regardait au loin, comme si tout cela ne la concernait pas.

– Gwen ne vous pardonnera jamais ça. Jamais !

L'espace d'une seconde, Lucas sentit que la maîtrise de ce monstre de froideur avait une faille, et que l'argument de Marie avait fait mouche.

Yvonne ne nia rien mais refusa d'expliquer son geste.

– Vous allez être mise en examen pour tentative de meurtre, lui répéta Lucas. Et si Pierric ne s'en sort pas, vous serez jugée pour homicide.

Il exhiba le dossier médical d'Yvonne.

– C'est votre époux, Hervé Leguellec, qui a transmis son handicap à vos enfants, sauf à Gwen.

– Faut croire qu'elle était plus costaud que ses frères, marmonna-t-elle.

– Ou qu'elle n'était pas sa fille, précisa Marie. Mon père m'a dit que, à l'époque, votre soudain mariage avait surpris tout le monde. La jolie boulangère qui épouse un attardé mental...

– Vous ne croyez donc pas aux contes de fées, capitaine, ironisa Fersen. Moi non plus. Qui est le vrai père de votre fille, madame Le Bihan ? C'est parce que Pierric venait de le découvrir que vous avez essayé de le tuer ?

Pas de réponse.

– Même s'il y a prescription pour les bébés, cela pèsera lourd au moment du verdict, insista Lucas. Les jurés n'ont aucune pitié pour les mères qui tuent leurs enfants.

Elle se contenta de fixer sans un mot les deux flics tour à tour, avec défi et mépris, puis avec ennui et lassitude. Elle était inaccessible.

– Qui a eu l'idée d'aller jeter le corps de Mary au large de Molène, la nuit du 20 mai 1968 ? demanda le flic abruptement. Le vieux Pérec, ou vous ?

Elle n'eut pas la moindre réaction.

Ils déroulèrent l'hypothèse d'un trésor échoué après le naufrage provoqué par les gamins, du partage de ce trésor entre les familles de ces enfants, de la possibilité que ce butin soit à l'origine du financement de la faïencerie...

Ils n'obtinrent qu'une vague expression de commisération. Épuisée, Marie pensait en la dévisageant qu'Yvonne ressemblait à une sentinelle de pierre, comme les menhirs. Elle ne réagit qu'une fois, lorsque Marie toucha son unique point sensible.

– Vous êtes dure au mal. Gwen le sera peut-être moins quand nous l'interrogerons.

La réponse fut immédiate, fulgurante de haine.

– Marie Kermeur ! Tu sèmes le malheur depuis que tu es revenue ! Les Bretons n'oublient jamais, ma fille ! Tu découvriras peut-être la vérité, mais tu le paieras très cher ! Et tu n'auras plus jamais ta place sur cette île !

– Mettez-moi cette sorcière en cellule ! hurla alors Lucas devant le visage livide de Marie.

Dès que la porte du bureau se referma sur les gendarmes de garde qui embarquaient Yvonne, Lucas ne résista pas à l'envie de prendre Marie dans ses bras.

– N'écoute pas cette vieille folle, elle est prête à dire n'importe quoi pour te faire du mal.

– Ce n'est pas n'importe quoi.

Elle se dégagea.

– Pardon, mais j'ai besoin d'être seule.

Lucas comprit qu'il était inutile d'insister, il eut un pincement au cœur en constatant qu'il était impuissant à la réconforter.

*
**

En arrivant à l'hôtel, Marie eut la surprise d'y trouver Milic.

Il l'attendait, endormi dans un fauteuil de l'entrée. Le sourire qu'il eut en ouvrant les yeux sur sa fille était confondant de bonté. Elle se sentit réchauffée et se dit qu'elle avait beaucoup de chance qu'il fût son père.

– Je suis juste passé t'embrasser, je me suis assis, et puis je me suis endormi. Je ne suis qu'un vieux bonhomme, tu sais... La mer m'a laissé revenir si souvent...

Avec lui il fallait comprendre entre les mots, car ils étaient rares. Il voulait parler de Christian, il devinait le tourbillon de sentiments contradictoires qui devaient agiter sa fille à son sujet.

– Je l'ai toujours idéalisé, je le croyais invincible sur la mer. Je pensais qu'il me protégerait toujours... Il s'est révélé lâche, menteur, égoïste... Mais il n'a même pas eu une chance de s'expliquer, murmura Marie.

Milic garda le silence, triturant sa vieille casquette râpée, puis il parut parler d'autre chose.

– La mer, il faut l'aimer, mais il faut aussi garder ses

distances, il ne faut pas se croire plus fort qu'elle. La passion trop forte ça empêche l'humilité, or le péché d'orgueil, la mer ne sait pas le pardonner. Elle est comme ça...

Il se leva tout à trac, lui colla tranquillement un gros baiser sonore et deux petites tapes dans le dos.

– Si votre mariage n'a pas eu lieu, c'est peut-être le signe que cet homme ne t'était pas destiné.

Ils méditèrent un instant en silence, puis Milic décida qu'à présent le plus sage était de se confier au sommeil.

Juste avant de quitter Marie, il glissa une dernière phrase, comme anodine.

– La présence de ce flic à tes côtés me rassure, j'ai le sentiment que c'est un homme bien.

Marie le regarda s'éloigner de son pas lent et balancé. Elle se sentit pacifiée, il avait le don de la remettre en équilibre. Pour un moment.

*
**

Tard dans la nuit, Lucas bataillait encore avec l'ancienne boulangère.

– Vous savez ce que je crois, madame Le Bihan ? Toute votre vie vous avez envié les Kersaint... Vous avez très bien réussi avec votre faïencerie, mais il vous manquera toujours quelque chose...

– Un château de merde et des larbins ?

– La classe, madame Le Bihan. Vous n'en avez aucune et ça, ça ne s'achète pas.

Il la sentit se raidir et vit saillir ses mâchoires, mais rien de plus ne marqua qu'il avait frappé juste.

Lorsqu'il rentra à l'hôtel, n'ayant pas réussi à obtenir quoi que ce soit de plus d'Yvonne, il s'arrêta devant la porte de Marie. Il entendit comme des sanglots. Il hésita, tourna doucement la poignée de la porte mais elle était fermée à clef.

Inquiet, il attendit un peu. Les gémissements continuaient. Incertain de pouvoir quoi que ce soit pour la consoler, il ne put que la laisser aller seule jusqu'au bout de son chagrin.

Marie était au plus sombre de son cauchemar.

Elle s'était endormie calmement, mais comme tapie dans un recoin de son sommeil, la bête hideuse s'était une fois encore déployée, l'envahissant de ses visions d'horreur, la torturant d'une peur intense, archaïque.

La vague monstrueuse, teintée de sang, les rets d'une immense chevelure déployée qui l'engloutissait sous des tourbillons d'écume, la flaque de sang disparaissant dans le sable, la terreur d'une main qui surgit, puis, au son d'un râle effrayant, le trou noir vertigineux où retentissaient les coups d'un battement sourd et rythmé...

*
**

Le jour avait du mal à s'extraire de la brume qui avait envahi Lands'en, cette nuit-là, quand Marie accompagna Lucas au départ du premier bac.

Il nota sa petite mine fatiguée et acquiesça quand elle lui fit part de son choix de ne pas l'accompagner.

– Je voudrais vérifier une hypothèse, à propos de cette histoire de trésor... S'il provenait d'un trafic quelconque, ça pourrait expliquer ce que Mary faisait dans un bateau en pleine nuit de tempête : elle fuyait...

– Bien vu...

– Je vais éplucher la presse de 1968 pour voir si j'y trouve quelque chose d'intéressant...

– Fais attention à toi, murmura-t-il avec douceur. Surtout appelle-moi s'il y a quoi que ce soit, promis ?

Elle hocha la tête avec un sourire et lui souhaita bon courage. Après avoir remis Yvonne au SRPJ de Brest, il avait rendez-vous avec le procureur.

– J'en profiterai pour aller faire un saut à l'hôpital et prendre des nouvelles de Pierric.

Les quelques badauds ne perdaient rien du spectacle. Ils commentaient à voix basse le départ d'Yvonne, encadrée de deux gendarmes, et la sollicitude de Fersen à l'égard de Marie ne leur échappa guère. Les réflexions n'étaient pas tendres.

– Entre flics, on s'entend...

– Je vois ça, oui... La fille Kermeur, elle fait bien vite le deuil de son marin...

Le calme du bureau, dans lequel elle s'était enfermée, l'apaisa. Concentrée sur l'écran de l'ordinateur, Marie lançait des mots clés sur le site du *Télégramme de Brest*, à l'affût d'un article qu'elle puisse rattacher à un éventuel butin. Après bien des tentatives, elle se hasarda à inscrire deux entrées : *mai 68*, et *or*.

Quelques courts papiers apparurent, parmi lesquels elle découvrit un encadré qui la galvanisa.

À la date du 20 mai 1968, un casse avait été commis à la banque Hostier. Le butin, en lingots d'or, était estimé à cent millions de francs.

Elle sentit qu'elle tenait une pièce importante du puzzle. Fébrilement, elle appela Caradec au SRPJ, le harcelant pour qu'il lui trouve au plus vite des renseignements complémentaires.

Lorsque Morineau, quelques heures plus tard, sortit le fax que la jeune OPJ attendait avec impatience, il n'en revenait pas.

– Cent millions ! En euros ça fait... La vache ! Et tout ce pognon a disparu ! Lands'en, l'île au trésor ? Ce serait dingue, quand même !

Marie lui prit le fax des mains et déchiffra la suite avec exaltation.

– Les types qui ont fait le coup de la banque Hostier seraient deux frères, Tom et Sean Sullivan... Ils n'ont jamais été retrouvés !

– Faut croire qu'ils étaient malins...

– Des Irlandais. Comme Ryan !... Qui s'est fait arrêter le 20 mai 1968, quelques heures après ce casse !

– Oui mais à Rouen. La banque Hostier est à Paris...

– Morineau, Rouen est à une heure de Paris, et c'est un port !

– Heu... oui ?

– Un port, avec des bateaux !

Visiblement Stéphane ne suivait plus. Marie, en effervescence, développa son raisonnement.

– Ryan fait le casse avec les Sullivan et Mary, ils filent à Rouen pour embarquer avec le butin, par malchance Ryan se fait contrôler et tue un flic accidentellement, il se fait arrêter, mais ses complices mettent les voiles sans lui !

– Et ils se font naufrager à Lands'en par les gamins ! C'est gonflé, votre truc, mais ça se tient... Ben où vous allez ?

Marie venait de prendre son arme dans le tiroir du bureau, elle la glissa dans son holster.

– Voir ce que Ryan pense de mon hypothèse !

– Je viens avec vous ! C'est pas que ça m'amuse, mais sinon, je vais me faire trucider par Fersen.

Marie refusa catégoriquement : Caradec poursuivait ses recherches et devait en faxer le résultat au poste, il fallait que Stéphane y reste en point fixe. Le courage naturel de Morineau ne fut pas assez manifeste pour prendre le dessus, il n'insista plus et la regarda partir avec souci. Il fit une tentative pour appeler Fersen, mais il tomba sur sa messagerie et raccrocha.

Le portable de Lucas était effectivement éteint, comme il se doit dans tout hôpital. Au côté de Gwenaëlle, il prenait connaissance des dernières nouvelles concernant Pierric. Le médecin indiqua qu'un hématome sous-dural avait été résorbé. Le patient avait une bonne résistance et devrait s'en tirer. Mais il était malheureusement impossible pour l'heure d'évaluer les séquelles du traumatisme.

Dès que le médecin se fut éloigné, le flic dévisagea Gwen.

– Vous avez une idée de ce qui a poussé votre mère à une telle violence sur votre frère ?

Elle sembla sincèrement catastrophée, elle ne comprenait pas.

– Il faudrait que je puisse lui parler... Si vous me donniez une autorisation de visite, je pourrais peut-être en savoir plus...

Lucas considéra les grands yeux bleus qui le fixaient avec supplication. Cette expression paraissait si peu habituelle à la digne fille d'Yvonne qu'il n'y crut pas un instant. Il eut alors l'idée d'une proposition qui, songea-t-il, ramènerait très certainement son naturel au galop.

– Je peux vous obtenir un droit de visite, oui...

Il la laissa se détendre et se réjouir un instant avant de poursuivre.

– À condition que vous portiez sur vous un micro pour que je puisse entendre votre conversation.

L'effet escompté fut immédiat, Gwen cracha son mépris pour le flic.

Il se contenta de hausser les épaules et de lui signifier qu'il ne lui laissait pas le choix. Il la sentit vibrer de colère lorsqu'elle finit par accepter.

Yvonne resta de glace lorsque sa fille lui apprit que Pierric avait failli mourir.

– C'est ce qui aurait pu lui arriver de mieux. Ne me regarde pas comme ça ! De quoi tu te plains ? Toi, je t'ai élevée comme une princesse.

– Parce que je suis la fille d'un Kersaint ?

– Cette ordure ! Il m'a jetée comme un chien quand je suis venue lui dire que j'étais enceinte...

– Parce que Arthus sait que je suis sa fille ? s'exclama Gwen.

– Évidemment... Il m'a payée pour que je me fasse avorter et que je la boucle.

Il y eut un silence. À l'écoute, Lucas, saisi par la révélation, était aux aguets.

– Une pauvre porteuse de pain, c'est quoi, face aux châtelains ? Ils étaient tout-puissants, un mot d'eux et plus personne ne me l'achetait, mon pain !

– Alors tu as accepté d'épouser Hervé Leguellec par souci de respectabilité, c'est ça ?

– Ma réputation, je m'en foutais, ce que je voulais c'était humilier Arthus, donner à son enfant le père le plus crétin des crétins, l'idiot congénital de Lands'en.

– Et l'amour, dans tout ça ?

Yvonne émit un petit glapissement cynique.

– L'amour est un luxe, ma fille, tu le sais très bien. Toi et moi on est faites du même bois. Tu as épousé cette buse de Philippe, le résultat n'est pas plus reluisant. Mais au moins, il ne t'a pas fait un gosse taré !

Le bruit de la chaise de Gwen signifia la fin de l'entretien, Lucas retira ses écouteurs. Il n'entendit pas Yvonne chuchoter pour elle seule :

– Toi je t'ai aimée, ma fille, plus que ma vie, et ton père aussi je l'ai aimé, Dieu sait, autant que je peux le haïr...

*
**

Lorsque Marie atteignit le phare, la porte d'entrée était entrouverte.

– Ryan ? Ryan ?

Seul l'écho de sa propre voix dans l'immense escalier lui répondit.

Elle grimpa jusqu'à l'appartement. Les placards étaient ouverts, vides, comme la penderie. La cuisine avait été soigneusement nettoyée, les machines, frigo et congélateur, consciencieusement débranchés. Seul un gros sac de marin, posé au sol, indiquait que le départ de Ryan n'était peut-être pas définitif.

Marie monta rapidement jusqu'au chemin de garde et tressaillit en remarquant qu'une vedette était ancrée à une dizaine de mètres du pont de pierre. Elle vit Ryan qui balançait un sac dans le petit cockpit, puis il descendit prendre place dans un canot qu'il dirigea vers le pied du phare.

Dissimulée à son regard, la jeune femme réfléchit l'espace d'un instant et rentra rapidement. Elle dévala l'escalier à toute allure jusqu'à la porte d'entrée du phare et s'y embusqua juste à temps pour surprendre Ryan.

– Vous nous quittez déjà ?

L'écrivain leva un sourcil à peine surpris et lui sourit tranquillement.

– Je pars quelques jours faire le tour des îles, ça vous tente ?

Marie le fixait sans parvenir à déceler quoi que ce soit de

retors dans son attitude. Elle surmonta la sympathie instinctive qu'il lui inspirait et durcit le ton.

– Désolée pour votre croisière mais j'ai quelques questions à vous poser.

– Oh, mais ça a l'air grave !

Sa voix s'était teintée d'une ironie qui irrita Marie. Elle se déplaça de façon à s'intercaler entre Ryan et la sortie et se fit très directe.

– Comment expliquez-vous que la police n'ait pas fait le lien entre vous et le casse de la banque Hostier ? Parce que, contrairement aux Sullivan, vous n'étiez pas fiché ?

Il haussa simplement les sourcils.

– Aussi, oui. Et parce que je n'ai jamais rien dit.

Il marqua un léger temps et lui sourit avec simplicité.

– Dès notre première rencontre, j'ai su que vous étiez une fille très intelligente. Cette conversation risque de durer : si nous montions nous installer plus confortablement ?

Il esquissa un geste, par réflexe elle porta la main à son holster, il hocha la tête.

– Marie, si j'avais voulu vous faire du mal, j'en aurais eu mille fois l'occasion, non ?

Elle ne baissa pas la garde.

– Vous êtes le tueur de Lands'en, comment ai-je pu croire à votre innocence ?

– Parce que votre instinct est juste : je suis innocent. Vous avez en gros compris l'essentiel, mais vous vous trompez sur les conclusions. Franchement, vous ne voulez pas que je vous explique tout ça autrement qu'entre deux portes ?

Elle décida de lui faire confiance. Relativement, car elle le fit monter devant elle et se tint sur ses gardes, la main sur la crosse de son arme.

Ce fut en toute tranquillité qu'il lui exposa les faits : le casse avait été un jeu d'enfant, la police étant mobilisée par les affrontements avec les étudiants. Ils s'étaient servis et étaient repartis, ni vu ni connu.

– À l'exception des empreintes laissées par les frères Sullivan, fit remarquer Marie.

Il acquiesça en souriant et poursuivit.

– Un bateau nous attendait à Rouen... Pendant que Tom et Sean finissaient de charger les lingots, je suis parti chercher du ravitaillement... Et je me suis fait intercepter pour un contrôle, vous connaissez la suite...

Elle ne le lâchait pas du regard.

– Pourquoi ne me parlez-vous pas de Mary ? Quel était son rôle ?

– Vous avez découvert cela aussi ? Bravo. Mary était la femme de Sean, ils s'adoraient, ils étaient littéralement inséparables, sans quoi nous ne l'aurions jamais emmenée. J'ai appris sa mort par le journal. Et plus tard un entrefilet est paru à propos de la découverte de l'ancre marine du *Sirius*, notre bateau, elle avait été retrouvée par des plongeurs en face de Lands'en... Quant à Sean et Tom, n'ayant plus eu de nouvelles, j'ai supposé que leurs corps n'avaient pas refait surface... Curieusement aucun plongeur n'a jamais retrouvé le butin, alors j'ai supposé que quelqu'un l'avait récupéré.

– Des habitants de Lands'en...

Ryan sembla partir dans ses pensées, il évoqua la prison. Trente-cinq ans d'enfermement, plus qu'il n'en faut pour gamberger, se renseigner, et apprendre qu'au début des années soixante-dix certaines familles de l'île s'étaient enrichies. Il s'était alors passionné pour cette île et ses habitants, il en avait étudié les traditions, les légendes...

– Au point d'en faire des romans qui sont devenus des succès, remarqua Marie.

– L'ironie du sort, oui, cette île qui m'avait tout pris me redonnait tout de même quelque chose... À ma sortie de prison, je ne pouvais aller vivre nulle part ailleurs qu'à Lands'en.

– Pour pouvoir enfin vous venger. Vous avez assassiné mon frère Gildas, puis...

– Non, Marie. Je me suis contenté de lui envoyer une copie de l'article sur l'inconnue de Molène... Et ça a mis le feu aux poudres... Il a été tué, puis Yves, puis...

– Responsable mais pas coupable ? ironisa-t-elle douloureusement.

Il la regarda, sincèrement navré.

– Je suis persuadé qu'un des naufrageurs de l'époque a profité de ma présence pour se débarrasser des autres, pour les empêcher de parler.

– Et vous, qu'est-ce qui vous a empêché de venir me dire tout ça tout de suite après la mort de Gildas ? À ce moment-là, j'aurais pu vous croire.

– Je sais que tout est contre moi, mais je ne les ai pas tués, Marie, je voulais juste les amener à me parler. Depuis trente-cinq ans, je voulais savoir où était le reste du butin.

– Le reste du butin ?

– Environ deux cents lingots d'or.

– Le mobile de vos crimes ! Vous avez tué des innocents, fait voler en éclats des familles, avouez-le, Ryan ! Vous avez passé votre temps à nous distiller des indices !

– Je n'ai pas tué ! martela-t-il. C'est vrai que je voulais qu'ils payent, pour la mort de mes trois amis, pour que leur vie soit ruinée comme la mienne l'avait été ! Mais à chaque fois que j'ai pris contact avec l'un d'eux, elle l'a assassiné !

– Elle ? Qui, *elle ?*

– Gwenaëlle Le Bihan. Elle et moi nous savons que ces lingots sont sur l'île. C'est elle qui s'est débarrassée des autres naufrageurs. Et maintenant, en me faisant endosser la responsabilité des meurtres, elle se débarrasse de moi.

Il lui faisait face, l'exhortant de toute son énergie.

– Marie, réfléchissez, si vraiment j'étais coupable, croyez-vous que je resterais tranquillement là, à tout vous raconter ?

Elle détourna les yeux. Il fallait qu'elle mette rapidement de l'ordre dans ses idées. Elle le regarda se lever, boire au robinet, remplir un verre d'eau, le lui tendre et s'asseoir à nouveau face à elle.

– Avant que Gwen comprenne où est le butin, je vais aller le récupérer, ensuite je filerai et je me ferai oublier.

– Vous n'irez nulle part, trancha-t-elle en mettant la main sur son holster.

Ryan haussa les épaules, il eut une expression désolée.

– Si vous faites cela, vous m'obligerez à parler du rôle que votre mère a joué dans toute cette histoire...

La fille de Jeanne eut un haut-le-corps, son cœur cogna plus fort.

– Expliquez-vous !

– C'est donnant donnant : vous venez avec moi à bord, je vous explique tout, mais en échange vous me laissez filer.

La jeune femme s'efforça de dominer les émotions qui l'assaillaient, elle le mit en joue.

– Pas question ! Passez devant moi, avancez !

L'écrivain la regarda un instant comme un fauve prêt à bondir, puis il eut une moue déçue et fit lentement demi-tour.

Ils descendirent l'interminable escalier sans que Ryan tente quoi que ce soit.

Ils arrivèrent à la porte quand, soudain, il fit volte-face, balaya l'arme de Marie d'un geste fulgurant et précis, la repoussa violemment, sortit et referma la lourde porte en donnant un tour de clef.

Marie, folle de rage de s'être laissé surprendre, se releva et récupéra son arme. Elle dut s'y reprendre à trois fois pour que la serrure cède sous les coups de feu assourdissants qui résonnaient dans l'immense cage d'escalier. Elle acheva d'ouvrir la porte et se précipita dehors.

Elle n'avait fait qu'une enjambée quand le coup s'abattit sur elle.

19

Alors que Ryan filait déjà pleins gaz vers le large, Lucas déboulait comme un fou sur le port de Lands'en.

Il était en ligne avec Morineau qui, depuis le phare, lui apprenait que la porte avait cédé à des coups de feu, vraisemblablement tirés par l'arme de service de Marie.

Lucas hurla.

– Mais nom de Dieu, Morineau, où est Marie ?

Stéphane bégaya qu'elle avait disparu, ainsi que Ryan.

Lucas eut l'impression qu'un mixeur lui broyait le cœur, le ventre, le cerveau. Il mit un instant à rassembler ses esprits et comprit alors que les seuls à pouvoir maintenant être d'une quelconque efficacité seraient les hélicos de la base aéronavale.

Sur la plage arrière de la vedette arrêtée en pleine mer, Marie gisait, inconsciente. Une gerbe d'eau aspergea soudain son visage, elle suffoqua, ouvrit les yeux et se redressa, encore groggy.

Au-dessus d'elle, Ryan l'observait. Elle eut un mouvement de recul en voyant qu'il avait à la main sa propre arme de service.

– Lâchez ça !

Il sourit et entreprit tranquillement de sortir les balles du chargeur et les jeta par-dessus bord.

– Calmez-vous, le seul crime que j'aie jamais commis, je l'ai payé pendant trente-cinq ans, ça m'a suffi.

D'un geste inattendu, il lui rendit son arme.

– Tenez.

Marie hésita, la saisit, puis accepta la main qu'il lui tendait pour l'aider à se relever. Elle eut un regard à la ronde, pas un point de repère, à perte de vue. Le bateau tanguait en silence.

– Je vais vous débarquer sur un petit îlot désert au large du Finistère. Je retournerai à Lands'en chercher le reste du butin et puis je filerai. Dès que je serai hors des eaux territoriales, j'appellerai les flics pour signaler votre position.

– Ils sont déjà prévenus et à ma recherche !

Il se fit cinglant.

– Cessez de bluffer ! Nous n'avons pas de temps à perdre. Vous êtes venue seule au phare pour apprendre ce que je sais sur votre famille, oui ou non ?

Le silence de Marie fut une réponse suffisamment claire pour lui. Il se détourna pour prendre un blouson qu'il posa non sans délicatesse sur les épaules de la jeune femme dont les vêtements étaient trempés, puis il l'invita à le suivre jusqu'à la barre.

Il remit les gaz à faible régime.

Il parla alors d'une voix grave et monocorde, le regard fixé sur l'horizon. Loïc, Gildas, Yves et Gwenaëlle étaient responsables du naufrage. Quant à Jeanne, elle n'avait jamais gagné au Loto, c'est l'argent du butin qui avait servi à monter le chantier naval et l'hôtel, tout comme les laboratoires et la faïencerie.

Marie, bouleversée, ne l'interrompit pas, ce qu'il disait sonnait vrai en elle. Ils lui auraient tous menti, et depuis toujours ?

Ryan lui jeta un bref coup d'œil.

– La vérité sur ceux qu'on aime est souvent difficile à admettre, je sais.

Elle ne maîtrisa pas la cassure de sa voix.

– Et Nicolas ? Et Chantal ?

– Je suppose qu'ils se sont trouvés au mauvais endroit au mauvais moment...

– Je ne peux pas croire que Gwen les ait tués !

– Les Le Bihan sont très unis, qui sait de quoi sont aussi capables Yvonne, Pierric ou même Ronan ?

Il s'interrompit soudain car le moteur du bateau s'était mis à hoqueter, et s'arrêta.

– Qu'est-ce qui se passe ? demanda Marie.

– Je ne sais pas, ne bougez pas, je vais voir...

Il disparut rapidement dans le cockpit. Marie frissonna et resserra sur elle le blouson, elle examina rapidement le pont de la vedette et, après un regard vers le carré, elle s'enhardit à soulever une bâche, à la recherche d'un objet qui pût lui servir d'arme. Elle réfléchissait à toute vitesse. Le plus simple était d'assommer Ryan dès qu'il sortirait du cockpit, ensuite elle se débrouillerait pour regagner la côte la plus proche. Mais mille questions se pressaient dans sa tête, auxquelles elle pourrait peut-être obtenir des réponses si elle jouait son jeu : comment Ryan avait-il la certitude que les enfants étaient responsables du naufrage ? N'étaient-ce que ces quatre-là ? Comment en était-il arrivé à la conclusion que Gwen, et éventuellement les siens, avait assassiné...

Un cri de Ryan interrompit sa réflexion, il surgit comme un diable, complètement affolé.

– Gwen a piégé le bateau, tout va exploser ! Sautez !

– Quoi ?

– Sautez, je vous dis ! Sautez !

Voyant que Marie ne réalisait pas l'imminence du danger, Ryan la saisit à bras-le-corps et, de toutes ses forces, la balança par-dessus bord, le plus loin possible du bateau.

Elle disparut un instant sous l'eau. Au moment où elle retrouva la surface, elle eut juste le temps de voir la vedette qui, à une dizaine de mètres d'elle, avançait au ralenti.

Avec une détonation sourde, une boule de feu sortit du cockpit en même temps que Ryan.

Horrifiée, elle le vit s'embraser, s'agiter désespérément puis s'affaisser sur le pont, disparaissant à sa vue.

Elle hurla, eut la tentation de nager vers lui, mais une seconde explosion, encore plus violente, désintégra littéralement le bateau, projetant des morceaux enflammés en tous sens, jusqu'au-dessus d'elle, la bombardant d'une pluie de débris.

Touchée, elle ouvrit la bouche pour hurler sa douleur, mais l'eau envahit sa gorge, étouffant son cri. Elle sombra dans l'inconscience.

*
**

Lucas s'était assuré du soutien logistique de la base aéronavale de Lanvéoc-Poulmic. Un Superfrelon avait été mis à sa disposition, en appui des recherches.

Agenouillé devant la porte ouverte de la carlingue, l'œil vissé à des jumelles longue portée, il scrutait la mer, en liaison avec Morineau qui patrouillait avec ses hommes à bord de la vedette de gendarmerie.

Le flic essayait de se raisonner. Jusque-là, Ryan n'avait fait aucun mal à Marie, il lui avait même sauvé la vie à deux reprises. Logiquement, il n'avait aucune raison de s'en prendre physiquement à elle. Mais c'est en se basant sur la même logique à la con que Valentine s'était fait tuer.

Il avait beau la repousser farouchement, l'idée que tout n'était que répétition et qu'il pouvait à nouveau perdre la femme de sa vie sans rien avoir pu faire pour l'empêcher lui vrillait le cœur.

Et il repéra les débris d'un bateau, à 10 heures.

À quelques mètres, un corps flottait...

La voix sourde, Lucas relaya l'information à Morineau dont la vedette était encore loin de la zone du sinistre.

Le pilote approcha au plus près et se mit en stationnaire. Le flic blêmit en réalisant que ce qu'il avait pris pour des algues était en réalité de longs cheveux blond vénitien ondulant au rythme des vagues déclenchées par le souffle des pales d'hélico.

Marie.

Elle reposait sur le ventre, les bras accrochés à un vague morceau de bois. Aucun signe de vie.

Le souffle court, il regarda l'homme-grenouille, les bras croisés sur la poitrine, se laisser tomber droit sur l'objectif, approcher la jeune femme, la dégager du morceau de bois, lui passer une brassière sous les épaules, l'accrocher à son propre harnais, et dresser le pouce en l'air : paré pour le treuillage.

Lucas ne la quitta pas des yeux alors qu'elle montait vers lui. Son extrême pâleur, ses narines pincées, ses yeux creusés, ses lèvres décolorées, lui faisaient craindre le pire.

Lorsqu'elle arriva à hauteur de la porte, il l'agrippa pour aider à la hisser à bord de l'hélico, et l'allongea doucement sur la civière posée au sol. Un médecin militaire le poussa alors sans ménagement et entreprit de la réanimer. Le temps sembla s'étirer. C'était long, beaucoup trop long.

Elle avait le sentiment de flotter dans un long tunnel, au bout duquel Gildas et Loïc, auréolés de lumière, lui faisaient signe de les rejoindre. Son cœur se gonfla en voyant Nicolas bébé essayer de venir à sa rencontre, chancelant sur ses jambes, ses petits bras tendus vers elle. Ils lui avaient tous tellement manqué. Ce n'était pas si terrible de mourir, finalement, il n'y avait pas de quoi avoir peur. Elle commença à se mouvoir vers eux, anticipant déjà le bonheur qu'elle aurait à les serrer dans ses bras. Mais quelqu'un l'en empêchait. Une voix, étouffée, venant de très loin, prononçait son nom, et lui disait de revenir. La voix de Lucas. Elle n'avait pas envie d'obéir, elle était si fatiguée. Mais la voix insistait. *Tiens bon, Marie, je t'en supplie.* Elle eut alors une pensée pour Ryan, pour ce qu'il lui avait dit juste avant que tout explose. Il avait donné sa vie pour elle. Elle avait une dette envers lui. Elle adressa un sourire de regret à ses frères et au petit Nico dont la silhouette s'amenuisait, et, à contrecœur, elle fit demi-tour.

Lucas sentit son cœur bondir en voyant ses traits se contracter alors qu'elle se mettait à tousser pour expulser l'eau de mer qu'elle avait avalée. La vie n'était pas qu'une répétition. Marie était sauvée.

Son regard vert se stabilisa peu à peu. Il la vit remuer les lèvres et lui caressa tendrement la joue.

– Chuuut... Tout va bien. Je te ramène à la maison.

– Ry-an, articula-t-elle avec difficulté. Il é... tait à... bord... Il... a dit... Gwen... cou... pable.

Elle referma les yeux, épuisée.

Tandis que Lucas relayait l'information à Morineau afin qu'il demande l'appui des nageurs de combat du CPEOM pour rechercher le corps de l'écrivain, le Superfrelon décrochait, virait à 180° et volait vers Lands'en dans la lumière du couchant, à cette heure indéfinie où le soleil semblait boire la tasse dans l'océan.

*
**

Même s'ils la vouaient aux gémonies, les plus farouches des îliens s'étaient réjouis que la *petite à Milic* ait été retrouvée saine et sauve, et arrosaient la bonne nouvelle au café du port où Pierre-Marie de Kersaint et son épouse leur avaient fait la surprise de les rejoindre. Deux fois dans le mois, même si les circonstances dramatiques favorisaient la solidarité, cela avait de quoi susciter l'étonnement. Les châtelains seraient-ils insidieusement en train de virer socialistes ?

Ayant assimilé la leçon que sa femme lui avait donnée précédemment, Pierre-Marie allait de l'un à l'autre, échangeant poignées de main et petits mots personnalisés, secondé par Armelle qui lui soufflait le pedigree de son vis-à-vis, si d'aventure il avait des trous. Il offrait une tournée générale quand Gwen arriva. Le brouhaha baissa d'un cran. L'ambiance de plusieurs degrés.

Être la fille d'une tueuse de bébés avait de quoi réfrigérer.

– Sachez vous montrer magnanime, PM, glissa Armelle à son époux. Allez donc porter un verre à cette pauvre Gwen, comme le ferait un adversaire loyal qui a pour principe de ne jamais frapper l'ennemi quand il a un genou à terre.

La fille d'Yvonne grimaça en voyant PM venir à elle, sourire aux lèvres et coupe à la main.

– Pour une candidate en campagne, tu n'es vraiment pas

sur le coup, lui glissa-t-il entre ses dents, avant de lancer à la cantonade : « À la santé de Marie Kermeur ! »

Toast unanimement repris en chœur.

Gwenaëlle Le Bihan saisit la coupe et, s'emparant d'un couteau qui traînait sur l'une des tables, en tapota la pointe sur le verre pour réclamer le silence.

– Je voudrais surtout saluer le courage de Marie, dit-elle d'une voix claire, car il en faut pour mener une enquête aussi difficile dans une île où le moindre habitant est soit un parent, soit un ami. Nous avons eu tort de la maltraiter – je suis la première à le déplorer – et je souhaite désormais que chacun s'associe à sa quête de vérité, car tous autant que nous sommes nous n'aurons pas de paix tant que l'assassin ne sera pas démasqué et mis hors d'état de nuire.

Elle posa le couteau et leva son verre.

– À la vérité ! clama-t-elle.

Une forêt de coupes se leva. « À la vérité ! » Du bar où il était accoudé depuis un bon moment, Philippe croisa le regard de sa femme et fit mine d'applaudir pour saluer la performance.

– Elle est très forte, c'est indéniable, marmonna Armelle. Il est vrai qu'elle n'a que des veaux en face d'elle !

– C'est pour moi que vous dites ça ? demanda aigrement PM.

– Qu'attendez-vous pour riposter ? Qu'elle soit à la mairie ? Un peu de courage, que diable ! Pensez à vos ancêtres et faites-lui rendre gorge !

Galvanisé par les deux coupes qu'il venait de descendre cul sec, PM lança d'une voix forte :

– La vérité ? Mais on la connaît tous, la vérité ! Il suffit de chercher qui, dans l'île, a déjà du sang sur les mains. Qui a déjà tué...

– Ou qui a intérêt à faire disparaître les uns après les autres tous ceux qui ont des terrains ayant autrefois appartenu aux Kersaint, riposta Gwen, bien décidée à rendre coup pour coup.

Tout à leur empoignade verbale, ni l'un ni l'autre ne virent Fersen entrer dans le café. Le flic les observa. Savoir que

Gwen et PM avaient le même père donnait une autre couleur à la scène.

– N'avez-vous pas remarqué que le tueur ne s'en prenait jamais à ceux du château ? poursuivit Gwen. Moi, ça m'a frappée !

– Moi, ce qui m'a « frappé », c'est la propension des Le Bihan à s'éliminer entre eux ! Alors trucider les autres, ça ne doit pas leur faire peur !

– Amusant, de la part d'un descendant d'égorgeur !

Le spectre de la légende passa en planant dans le café, déclenchant un silence hostile. PM avait l'insulte sur le bout des lèvres quand il aperçut le flic qui l'observait attentivement. Les mots restèrent coincés dans sa gorge.

– Bien joué, PM, persifla Armelle. Vous aurez de la chance si vous avez ne serait-ce qu'un strapontin au prochain conseil !

Et elle s'éloigna.

Après leur départ, Fersen se rapprocha de Morineau qui sirotait sa coupe avec un autre gendarme, et le prit à part. Il désigna la fille d'Yvonne qui s'apprêtait à partir à son tour :

– Suivez-la discrètement, et ne la lâchez pas.

– Vous savez, commandant, ils aboient beaucoup mais ils mordent rarement, argua le jeune gendarme que la perspective d'une filature à la nuit tombée n'enthousiasmait pas. Je ne pense pas qu'il y ait matière à...

– Ryan était persuadé que c'était elle l'assassin, qu'elle voulait se débarrasser de lui, et il a fini en feu d'artifice, rétorqua Lucas à mi-voix. Alors je veux savoir où elle va, qui elle voit, qui elle reçoit. C'est clair ?

Morineau porta machinalement l'index au képi.

*
**

Bien qu'affaiblie, Marie n'avait pas voulu passer la nuit en observation comme le conseillait le médecin militaire. Aussi Lucas s'était-il montré péremptoire.

– Dans ce cas, tu iras dormir chez tes parents.

Il ne lui avait pas laissé le temps de protester.

– C'est ça ou je reste avec toi. Mais ça risque de faire du bruit dans le Landerneau des bigotes si on passe la nuit ensemble.

Elle s'était inclinée.

Le visage de pain brûlé de Milic avait viré au gris, et sans doute une ou deux rides supplémentaires étaient-elles venues s'ajouter aux autres, se plissant de concert sous l'émotion qui le submergeait en serrant sa fille contre lui. Puis il s'était écarté pour que Jeanne puisse faire de même. Aussi imperceptible qu'il ait été, Lucas avait noté le bref raidissement de Marie, et s'était demandé ce que Ryan avait bien pu lui dire qui justifiât de sa part une telle froideur vis-à-vis de sa mère.

– Je t'ai fait le lit dans ton ancienne chambre, avait annoncé celle-ci, impassible. On va te laisser te reposer.

Clairement poussé dehors, Lucas avait pris congé.

Marie s'était endormie comme une masse, mais, très vite son sommeil s'était peuplé de fantômes.

Sa mère, assise à son chevet, la regardait s'agiter dans son lit. Elle approchait la main du front couvert de sueur quand on frappa à la porte d'entrée.

Alors elle s'éclipsa en silence, sans voir sa fille se recroqueviller en position fœtale, les bras repliés autour d'elle, la bouche ouverte sur un cri silencieux.

Jeanne ouvrit la porte et eut un mouvement de recul en voyant se découper, sur le seuil, la haute silhouette étrange et presque effrayante d'Arthus de Kersaint. Il la fixa sans ciller, l'œil rond comme un oiseau de proie.

– Eh bien, Jeanne, vous ne me faites pas entrer ?

– Si, monsieur, bien sûr, bredouilla-t-elle en s'effaçant.

– Je suis passé prendre des nouvelles de la chère petite, déclara le patriarche. Comment va-t-elle ?

– Mais... bien. Elle dort.

Jeanne eut un regard vers l'escalier menant aux chambres.

– Vous n'auriez pas dû vous déplacer, ce n'est pas très prudent...

Il leva légèrement sa canne pour l'interrompre.

– C'est très exactement ce dont je voulais vous parler.

Le ton se fit moins affable.

– Votre fille doit se montrer plus prudente, Jeanne. Une autre fois, elle pourrait avoir moins de chance...

Les traits de Jeanne s'altérèrent.

– Sa vie ne tient qu'à votre silence, ne l'oubliez pas, insista-t-elle.

– Je sais.

La voix de Jeanne n'était plus qu'un souffle.

Arthus de Kersaint semblait sur le point d'ajouter autre chose quand le craquement d'une marche le fit se raviser.

L'instant d'après Marie apparaissait, noyée dans un des pyjamas trop grands de son père, et le vieil homme l'accueillait d'un sourire grimaçant.

– J'espère que ce n'est pas moi qui vous ai réveillée, mon enfant.

Pour Marie, ce propos fit écho à un lointain souvenir : *c'est pour mieux te manger, mon enfant...* Elle s'ébroua et détrompa mollement le vieil homme.

– Je vous laisse vous reposer. Prenez bien soin de cette petite tête de bois, ajouta-t-il à l'intention de Jeanne.

Celle-ci referma la porte sur lui et fila vers la cuisine. Marie la rattrapa sur le seuil.

– Que venait-il faire ici ?

– Prendre de tes nouvelles.

Marie saisit ses mains, qui tremblaient si fort, et plongea son regard dans celui de sa mère.

– Mais ce n'est pas ça qui te fait si peur...

Jeanne eut un regard vers la bouilloire qui chantonnait, mais sa fille ne la lâcha pas. La tisane pouvait attendre, pas la vérité. Une fois de plus, Jeanne éluda :

– La seule vérité est que je n'aurais pas supporté de te perdre.

– C'est pourtant ce qui arrivera si tu continues à te taire.

Jeanne garda le silence un moment, comme si elle pesait le pour et le contre de cette perspective, et le visage qu'elle tourna finalement vers sa fille affichait l'expression des vaincus.

– Que s'est-il passé, la nuit du 20 mai 1968 ? insista Marie.

Jeanne ferma à demi les yeux. Une nuit maudite pour une légende maudite. Qui commence par un jeu et se termine par un drame. Un phare qui ne fonctionne pas. Des gamins qui agitent des lampes. Un bateau qui s'écrase sur les brisants.

– Qui y avait-il, à part mes frères ? demanda Marie en retenant son souffle. Christian ?

– Ils m'ont juste parlé d'Yves, dit Jeanne en soutenant le regard de sa fille.

– Continue...

– Il n'y a pas grand-chose à ajouter, déclara Jeanne avec une expression amère. Des gens étaient morts à cause de nos gamins, ton père venait de partir pour une campagne de plusieurs mois, j'étais enceinte de toi – une grossesse difficile... J'ai pris le premier bac avec tes frères, je les ai confiés à tante Soizic, je suis allée à l'hôpital, et j'y suis restée jusqu'à ta naissance en septembre.

La bouilloire se mit à siffler sans que ni l'une ni l'autre ne songe à l'éteindre.

– Tu n'as jamais gagné au Loto, n'est-ce pas ? Cet argent venait du butin du naufrage.

– Que tu me croies ou non, ma fille, je n'ai jamais pris un sou pour moi. Et je n'aurais jamais touché à l'argent du malheur si tes frères n'avaient pas menacé de partir, faute de travail ici. Ils voyaient Yves profiter des laboratoires que son père s'était payés à coups de lingots, alors...

Elle eut un geste évasif, et alla arrêter la bouilloire qui crachait des jets de vapeur.

Marie compléta la phrase restée en suspens.

– Alors tu es allée voir le vieux Pérec et tu lui as réclamé ta part, conclut-elle, non sans mépris.

Jeanne encaissa.

– Je ne suis pas fière de ce que j'ai fait, Marie, mais si c'était à refaire je le referais. Ne me juge pas. Il y a des choses qu'il faut avoir vécues pour savoir si l'on n'aurait pas fait pire.

– C'est typiquement l'excuse des lâches, maman.

– Tu es impitoyable.

– J'ai de qui tenir, non ?

Marie soupira.

– Ce n'est pas ce que je voulais dire.

– Mais si. Et tu as sans doute raison. C'est par lâcheté que je n'ai jamais rien dit, même après la mort de tes frères.

Jeanne secoua la tête.

– Ton père ne m'aurait jamais pardonné mes mensonges. Et toi non plus, n'est-ce pas ?

La porte d'entrée qui s'ouvrait sur Milic la dispensa de répondre.

– Qu'est-ce que vous complotez, toutes les deux ? demanda-t-il en posant sa pipe sur le buffet.

Marie croisa le regard suppliant de sa mère dont les lèvres articulaient en silence *je t'en prie*.

Finalement elle esquissa un sourire forcé.

– Rien. On t'attendait pour boire une tisane, papa.

*
**

Les traits tirés par le manque de sommeil et les yeux soulignés de bistre, Marie n'avait pourtant jamais été aussi belle que dans la lumière transparente de ce matin de juin, debout sur la passerelle du phare, entourée par la mer d'où elle semblait puiser son énergie. Lucas se surprit à se demander si elle pourrait vivre à Paris.

– Tu penses que ta mère t'a tout dit ?

– Non. Seulement une partie. Sinon la visite d'Arthus de Kersaint ne l'aurait pas terrorisée à ce point.

Il repensa à l'algarade publique entre PM et Gwen. Était-ce parce qu'ils étaient liés par un secret commun qu'ils se détestaient autant ? S'étaient-ils livrés à un numéro parfaitement orchestré destiné à duper leur monde ? Étaient-ils adversaires ? Étaient-ils complices ?

– Tu savais que ma mère n'avait jamais joué et a fortiori jamais rien gagné au Loto, et c'est pour me ménager que tu n'as rien dit, lui reprocha gentiment Marie.

Il éluda.

– Ryan a été moins délicat.

– N'empêche que sans lui, je ne serais pas là.

Elle regarda la mer qui scintillait à perte de vue, son esprit tourné vers celui dont la vie avait commencé en Irlande et s'était terminée à Lands'en. Une île pour une autre. Ryan avait été rattrapé par son destin. Comment pouvait-elle avoir de la compassion pour celui qui, s'il avait parlé plus tôt, aurait pu permettre de sauver ses frères et son neveu ?

Elle fut distraite de ses pensées par Stéphane, venu leur signaler que les débris de l'épave avaient été acheminés au laboratoire de la PS, et que le corps de Ryan n'avait toujours pas été retrouvé.

Il leur tendit *Le Télégramme de Brest*. Ryan y souriait à l'objectif, la photo avait été prise à l'endroit même où Marie se tenait.

MORT TRAGIQUE DE L'ÉCRIVAIN PATRICK RYAN.

L'ancien taulard serait-il une nouvelle victime du tueur de Lands'en ?

– Et si Ryan avait raison ? hasarda Marie. Si Gwen s'était débarrassée des autres naufrageurs pour s'emparer du butin restant ?

– C'est une femme ambitieuse, déterminée et intelligente. Il est clair que son entreprise ne lui suffit pas. C'est notamment pour cela qu'elle court après la mairie, et ses ambitions ne s'arrêtent pas là. Elle cherche par d'autres moyens à obtenir ce que sa naissance ne lui a pas donné.

Il prit un temps avant d'ajouter :

– Alors qu'elle y avait droit.

– Tu dis ça comme si elle avait été flouée, sourcilla la jeune flic.

– C'est le cas.

En quelques mots, il lui résuma ce qu'il avait appris à la prison. Marie était abasourdie.

– La fille d'Yvonne et d'Arthus... Un mélange redoutable, murmura-t-elle.

– Oui, son profil colle assez bien avec celui du tueur, admit Lucas.

– Elle n'aurait jamais fait de mal à Nicolas, protesta-t-elle farouchement.

– Elle, peut-être pas. Mais quelqu'un de proche, entièrement dépendant d'elle, pourquoi pas ?

L'espace d'une seconde, Marie crut voir se profiler sur la lande l'ombre d'une démarche heurtée et claudicante. Et d'un paquet de vieux chiffons.

Lucas suivit ses pensées et hocha la tête.

– Pierric a très bien pu servir d'exécuteur des basses œuvres.

20

Elle n'est pas la fille de sa mère par hasard, se dit Lucas après avoir interrogé Gwenaëlle Le Bihan durant une heure, et subi l'aigreur de ses reparties acides. Elle avait inlassablement tout nié en bloc : le naufrage, le butin, et bien évidemment les meurtres.

Ces nuits-là, elle était chez elle, avec son époux.

Malheureusement pour elle, Philippe, interrogé en parallèle par Marie, se montra beaucoup moins formel. Sa femme et lui faisaient chambre à part.

– Yvonne avait décrété que cela se faisait chez les « gens bien », expliqua-t-il avec un sourire désabusé. Ma belle-mère disait que les couples acceptaient cette promiscuité par manque d'argent et d'espace, non par amour.

Très sincèrement, il ne cherchait pas à savoir si Gwen découchait, mais il était arrivé à deux ou trois reprises qu'il la voie rentrer... à ce que les « gens bien » estimaient être une heure indue.

Il se trouva que ces « deux ou trois reprises » coïncidaient avec la nuit des meurtres de Gildas, Yves, Chantal et Nicolas.

– J'étais avec Loïc, déclara alors Gwen. Il était mon amant depuis plusieurs années, ajouta-t-elle par pure provocation.

Et, sans quitter son époux des yeux, elle entreprit de donner force détails sur la teneur de sa liaison avec le frère de Marie. Philippe pâlit, proche de la nausée. Marie eut pitié de lui.

– Il ne peut malheureusement plus en témoigner, rappela Fersen en interrompant brutalement la fille d'Yvonne.

– Accusez-moi de sa mort, pendant que vous y êtes !

– Loïc s'est suicidé, Gwen, dit doucement Marie.

La nouvelle la percuta de plein fouet. Ses traits s'affaissèrent, ses épaules se voûtèrent, ses yeux se voilèrent. Une image vieillie au morphing. La jeune flic eut un bref aperçu de ce à quoi Gwen ressemblerait dans dix à quinze ans.

Suicide. En une fraction de seconde, Gwen détesta celui qu'elle avait aimé si fort et qui l'avait volontairement abandonnée. Homme de peu de foi.

Ses yeux s'emplirent de larmes de colère.

– J'avais une mère que je respectais, un petit frère que je protégeais, et un homme qui disait m'aimer. Aujourd'hui ma mère est en prison, Pierric est dans le coma, et Loïc m'a laissée tomber. Ça ne vous suffit pas ? Vous voulez m'accuser d'avoir tué deux de mes amis, le petit Nicolas, Chantal, et cet écrivain que je connaissais à peine ? Allez-y, ne vous gênez pas, je n'ai plus rien à perdre.

– Ryan t'a directement mise en cause, Gwen.

– Il ne peut malheureusement plus en témoigner, persifla-t-elle, reprenant sciemment les mots de Fersen.

Les paroles qu'Yvonne aurait pu prononcer. Au mot près.

Marie contempla la femme assise devant elle et se demanda si Gwen avait changé, ou si c'était elle qui ne l'avait jamais vue comme elle était vraiment. Dans les deux cas elle en était profondément affectée, comme si, les uns après les autres, ses souvenirs se dépouillaient à la façon des poupées russes, et qu'il n'en resterait bientôt plus rien, ou si peu que cela reviendrait au même.

Marie s'obligea à faire le vide. Une chose était sûre : Gwen avait peur, très peur. Était-ce à l'idée d'être bientôt coincée pour meurtre, ou à celle d'être la prochaine victime ?

– Quelles que soient ses raisons, la seule façon de s'en sortir pour elle est de fuir Lands'en au plus vite, dit Lucas après avoir laissé repartir Philippe et son épouse.

– Tu ne la connais pas. Elle ne renoncera pas si facilement à ce que sa mère et elle ont réussi à bâtir. Sa vie est liée à cette île, ailleurs Gwen sait qu'elle ne serait rien.

– À partir de maintenant, je la place sous surveillance jour et nuit.

Une heure plus tard, deux voitures de gendarmerie se mettaient discrètement en planque à proximité de la résidence des Le Bihan et de la faïencerie.

Dès leur retour, Philippe s'était mis à asticoter sa femme.

– Il m'est venu une drôle d'idée pendant que tu te répandais sur ton amant. Ce n'est pas ton genre d'étaler ta vie privée, sauf si cela peut te permettre de noyer le poisson.

Il eut une mimique contrite.

– Excuse-moi, l'expression est malheureuse. Tu es sûre que tu étais bien avec Loïc, les nuits des meurtres ?

– Tu n'as rien de mieux à faire que de me suivre comme un chien ? aboya-t-elle. Fiche-moi la paix.

– Je me suis laissé mener pendant trop longtemps. C'est fini, Gwen. Ta mère n'est plus là pour te soutenir, et je compte bien faire valoir mes prérogatives de mari et de père.

– Voyez-vous ça ! lança-t-elle, fielleuse. Le petit Fifi se prend pour Rambo !

Il ignora l'interruption.

– J'ai parlé avec Ronan, je suis au courant pour le bébé de Juliette et je ne te laisserai pas pourrir leur histoire comme Yvonne a pourri la nôtre. Je les emmènerai loin d'ici s'il le faut.

– Et tu comptes faire comment ? demanda-t-elle en frottant son pouce contre son index pour évoquer gracieusement l'argent qu'il n'avait pas. La maison, la faïencerie, rien ne t'appartient. Je te rappelle que nous sommes mariés sous le régime de la séparation de biens et que tu n'es qu'un employé, ici.

Le doux regard brun de Philippe se fit dur.

– L'employé te rappelle que la veillée des corps de Loïc et Nicolas a lieu dans deux heures.

Elle eut un haut-le-cœur.

– Tu ne comptes tout de même pas t'y rendre ?

– Non seulement je vais y aller, mais nous irons ensemble et nous montrerons à tout le monde que nous sommes une famille unie, depuis que l'élément perturbateur a eu le bon goût de mettre fin à ses jours.

– Jamais, tu m'entends ! Jamais !

– Tu n'as pas le choix, Gwen, c'est ça ou je donne cette cassette à Marie.

Il sortit un Dictaphone de sa poche et appuya sur *play*. Elle blêmit en écoutant l'enregistrement du dernier coup de fil que Loïc lui avait passé depuis l'hôpital... Et lui arracha le Dictaphone des mains au moment où Yvonne déclarait qu'elle *saurait bien la faire taire*.

Il haussa les épaules.

– J'en ai une copie en lieu sûr. Tu vois, c'est l'avantage d'être toujours seul dans mon lit, je peux regarder tous ces films policiers que tu détestes. Ils ne sont pas tous bons, mais c'est fou ce qu'on y apprend.

– Qu'est-ce que tu veux ? demanda-t-elle, sidérée par le brutal changement de cet homme un peu mou. De l'argent ?

Il eut un sourire triste. Décidément, elle ne l'avait jamais compris.

– Je te l'ai déjà dit : qu'on redevienne une famille.

*
**

Dans la pénombre du salon bas de plafond des Kermeur, uniquement éclairé par des dizaines de bougies, les meubles avaient été poussés le long des murs, et les deux cercueils reposaient sur des tréteaux improvisés.

Les îliens défilaient, les uns après les autres, sous la discrète surveillance de Fersen et de Morineau, et déposaient des fleurs en hommage aux disparus.

Arthus avait tenu à se déplacer et à venir partager le chagrin de Jeanne, leur fidèle gouvernante. Il s'inclina devant elle, l'assura de son soutien, puis laissa place à son fils, sa bru, sa petite-fille. Et à Gwenaëlle, Philippe, Ronan...

Debout dans un coin, Marie observait Gwen et le vieux châtelain qui se croisaient sans un seul regard. Un même sang coulait dans leurs veines. Une même chair, pétrie d'orgueil, cimentée par la haine. Quel gâchis.

Elle n'était pas la seule à lorgner du côté de Gwen. Bien que l'instant prêtât au recueillement, nombreux furent ceux qui guettèrent les réactions de la maîtresse de Loïc, et en furent pour leurs frais. Soutenue par Philippe, dont la ferme pression sur son épaule était plus un rappel à la décence qu'un geste de compassion, Gwen brida son émotion et se contenta de poser sur le cercueil une gerbe de fleurs, d'une main tremblante.

Tous sursautèrent quand les fenêtres s'ouvrirent à la volée, sous la poussée d'une violente rafale. Le vent se mit à tourbillonner en spirale dans la pièce à la façon d'une tornade, soufflant les bougies, balayant tout sur son passage, dépouillant les couronnes de leurs fleurs, et ressortit comme il était entré, emportant les pétales avec lui.

À l'extérieur, le ciel était clair et limpide, les feuilles des arbres immobiles. La bourrasque avait cessé aussi soudainement qu'elle avait commencé.

– Le vent des druides, marmonna Milic en se signant furtivement.

Lucas s'approcha de Marie, dont les traits s'étaient altérés à l'instar de ceux des îliens présents, et lui demanda à quoi son père faisait allusion.

– Les anciens disent qu'une bourrasque dans un ciel serein est le signe de la colère des morts.

Le spécialiste des crimes rituels puisait dans ses souvenirs de géographie – rencontre front froid-front chaud –, à la recherche d'une explication plausible, quand l'exclamation étouffée de Jeanne le coupa dans son élan.

La mère de Marie, pétrifiée, fixait l'une des couronnes de fleurs posées sur le cercueil de Loïc. Elle était ceinte d'un ruban. Texte en breton. Lettres or sur fond rouge :

Pour Marie, le Très-Haut jugera
Du cœur de pierre le sang coulera et la lumière jaillira.

– Qui a bien pu faire ça ? s'exclama Marie, livide, en balayant l'assistance des yeux – au bas mot une trentaine de personnes.

Les Kersaint au grand complet, Anne, Ronan, Philippe...

– Quelqu'un qui tient à nous faire savoir que Loïc faisait bien partie des naufrageurs, et qu'en se suicidant il a privé l'assassin de sa vengeance, répondit Lucas.

– Gwen ! Elle n'est plus là, le coupa vivement Marie.

– J'appelle des renforts, dit-il en réprimant un juron. Le vent des druides ! Dire que j'ai presque failli y croire !

Il sortit son portable de sa veste et composa un numéro quand l'écran clignota et s'éteignit.

– Merde, la batterie est en rideau !

– Prends le mien, lui proposa Marie en lui tendant son Nokia.

Il s'éloigna, le portable à l'oreille, et, d'un geste du menton, fit signe à Morineau de le suivre.

Marie s'approcha de Ronan et son père, leur demanda s'ils savaient où était allée Gwen, puis nota le soudain embarras du jeune homme. Pas dupe lui non plus, Philippe lui ordonna de parler et, devant son hésitation, Marie s'emporta.

– Tu veux que ta mère finisse comme eux ? lui demanda-t-elle brutalement, en désignant les cercueils.

– Non, bien sûr que non, répondit Ronan en s'affolant. Je ne sais pas où elle est allée, mais, ce matin, elle m'a demandé de sortir le Zodiac et de l'amarrer à Lancouët.

– Si c'est le cas elle n'ira pas bien loin, dit Philippe. Les bougies sont mortes.

Lancouët. Une anse abritée des vents dominants, sur l'aber du même nom. À moins d'un kilomètre de la faïencerie.

– Tu ne t'en vas pas, quand même ?

Marie se retourna et vit sa mère qui se tenait sur le seuil de la maison. Elle essaya de lui expliquer qu'elle devait absolument retrouver Gwen mais, pour Jeanne, rien ne pouvait être plus important à ses yeux que veiller son frère et son neveu.

– Je regrette, maman, mais les morts peuvent attendre, pas les vivants.

Le visage de Jeanne se ferma et elle rebroussa chemin. La trêve temporaire que les deux femmes avait signée avait fait long feu.

Le vent des druides.

Je l'avais pris comme un coup de pouce du Très-Haut.

J'avais vu Gwen en profiter pour s'éclipser et l'avais suivie alors qu'elle se dirigeait d'un pas rapide vers l'intérieur des terres.

De tous, à mes yeux, c'était la plus coupable. Sans doute parce que c'était une femme, ou à cause de ce que je savais d'elle. L'idée qu'elle pouvait, elle aussi, me priver d'une vengeance que j'avais si soigneusement nourrie, qu'elle pouvait, à nouveau, me voler ce qui m'était le plus cher, me fit accélérer l'allure.

Oh non, elle ne s'en tirerait pas.

Je me l'étais juré, et je n'avais qu'une parole.

Mon cœur marqua un temps en réalisant que je l'avais perdue de vue.

Mon regard anxieux fouilla l'obscurité. Rien. Pas un bruit. Pas le moindre mouvement. Je jurai à mi-voix. La salope n'aurait quand même pas le dernier mot ?

Je laissais la haine guider mes pas. Une haine viscérale.

C'est alors que je la vis.

Gwen marchait vite sur le petit sentier que la brume commençait à envahir, et regardait parfois en arrière, avec le sentiment très net d'être suivie, mais ne voyait que la lande et les fougères noyées dans la pénombre ouatée.

Un craquement la fit à nouveau tressaillir. Elle fouilla encore les alentours du regard, en vain. Elle accéléra l'allure, tenaillée par une angoisse diffuse qui allait croissant. Bruissements furtifs. Pas rapides. Respiration ? Elle quitta le sentier, coupa à travers lande, se mit à courir, indifférente aux branches qui lui giflaient le visage. Les pas étaient toujours là, ils se rapprochaient, elle avait l'impression d'un souffle chaud sur sa nuque.

C'est hors d'haleine qu'elle arriva aux bords de l'aber. La vue du Zodiac arrimé au ponton d'une petite anse la rassura brièvement. Elle allongea un peu plus le pas, décrocha rapidement le bout, le jeta dans l'embarcation et sauta à bord.

Elle bascula le moteur de cinquante chevaux, tira comme une folle sur le câble pour le lancer, retint un juron en ratant son premier essai, et se mit à hurler en voyant une silhouette se dresser sur la berge.

– Tu croyais vraiment t'en tirer comme ça, Gwen ?

La rampe d'antibrouillards dont la gendarmerie avait équipé le quatre-quatre éclairait la route et les accotements. Lucas roulait lentement, en direction de la résidence des Le Bihan, quand le portable se mit à sonner.

Il décrocha. Une voix de femme, étouffée par ce qu'il identifia comme étant de la peur, sortit des haut-parleurs, envahissant l'habitacle de façon oppressante.

– Marie... Marie...

Il consulta l'écran du portable, qui affichait un simple prénom : *Gwen*.

– Madame Le Bihan ? s'écria-t-il, interloqué. Gwen ? C'est vous ? Allô ?

Les haut-parleurs restèrent muets.

– Gwen ! Répondez-moi !

– Au secours... Marie... Au secours...

– Où êtes-vous ? Répondez-moi, bon Dieu !

– La plage... d'Argoz...

La voix n'était plus qu'un souffle ténu.

– Vite... vite...

– Tenez bon, Gwen, j'arrive ! Continuez de parler. Continuez !

– Vite... Vite...

Il décrocha sa radio de bord et, tout en appelant Morineau, incita Gwen à maintenir le fragile lien vocal. Mais il n'entendait plus qu'une respiration courte et haletante.

– Morineau ? Ça se trouve où, Argoz ?

Trois minutes plus tard, le quatre-quatre pilait le long d'une petite plage de sable découverte par la marée. Orientant la rampe d'antibrouillards en direction de la plage, Lucas fouilla l'obscurité, un écouteur fiché dans son oreille droite.

– Je suis là, Gwen. Je suis sur la plage. Parlez-moi. Vous me voyez ?

Le souffle était maintenant un râle presque inaudible, mais tout aussi glaçant.

À force de scruter la nuit, il la vit. Une forme humaine allongée sur la plage que les premières vagues de la marée montante commençaient à lécher.

Il se rua à son secours, traversa en courant la zone herbeuse bordant la plage, passa sans le voir devant un écriteau couché à terre, reposant face contre sol, au texte à demi effacé : *Danger – Sables mouvants.*

Concentré sur l'objectif, Lucas foulait le sable à longues enjambées quand celui-ci se déroba sous ses pas. Paniquant malgré lui, il se mit à gigoter tel un diable monté sur ressort et se retrouva enfoncé jusqu'à la taille dans cette gangue insidieuse qui peu à peu l'enserrait.

Il tâta l'oreillette toujours fichée dans son oreille – la vie était parfois simple comme un coup de fil ! – et blêmit en réalisant que le fil pendait dans le vide. Le portable avait échoué sur le sable à un mètre de lui, autant dire à des années-lumière – et s'enfonçait inexorablement dans ce sablier à dimension humaine que personne ne songerait à retourner.

Lucas s'immobilisa et eut un regard vers le corps, allongé à quelques mètres de lui, que la mer avait commencé à submerger.

Il le vit se disloquer sous les vagues, puis comprit qu'il s'était fait avoir par un tas de guenilles et d'algues posés sur un monticule de sable, accessoires bien connus des gamins qui participaient, dans le temps, aux grands concours de plage organisés par le Club Mickey.

Il comprit aussi qu'il allait crever. Dans cette île du bout du monde. Et éclata d'un rire désespéré.

Le soulagement de Gwen fut palpable lorsqu'elle reconnut Marie dans la silhouette plantée sur le bord de l'aber. Toisant la jeune flic, elle essaya à nouveau de lancer le moteur.

– Les bougies sont mortes. Ton mari devait les changer le week-end prochain.

Gwen laissa retomber le câble qui s'enroula sur lui-même avec un bruit sec, et se mit à rire. Sacré Philippe, décidément il l'aurait emmerdée jusqu'au bout.

– Qu'est-ce que tu voulais fuir, Gwen ? La justice ? Le meurtrier ?

La fille d'Yvonne haussa légèrement les épaules et garda le silence.

– Ou alors tu allais récupérer le butin du naufrage ?

Toujours plantée sur ses deux jambes, en équilibre instable à bord du Zodiac qui oscillait doucement, Gwen eut un regard soudain très las.

– Tu ne comprends pas que j'ai tout perdu, Marie ? Ton frère est le seul homme que j'ai jamais aimé, il disait que rien ne pourrait nous séparer, que j'étais forte pour deux, qu'avec moi il pouvait tout surmonter, pourtant il n'a pas cru suffisamment en moi, en nous, en notre amour, pour continuer à vivre.

Ses yeux se mouillèrent de larmes.

– Mais moi, je vais faire comment pour avancer sans lui ? Ma vie n'a plus aucun sens. Et toi tu me parles d'argent ? J'en ai plus que je ne peux en dépenser !

Elle eut un rire bref, comme une plainte.

– Oui je voulais fuir, mais pas comme tu l'entends. Je voulais filer au large, et me laisser couler, pour que ce cauchemar s'arrête et, si Dieu le veut, rejoindre Loïc.

Sa voix se brisa. Les larmes ruisselaient en silence sur son visage. C'était la première fois que Marie la voyait pleurer, mais, loin de s'en émouvoir, elle se mit à applaudir lentement.

– Joli numéro, mais ça ne prend pas. Allez viens, on a assez perdu de temps comme ça.

Gwen eut une expression désabusée et s'apprêta à la suivre, mais au moment où elle descendait du Zodiac celui-ci tangua et, déséquilibrée, elle tomba à l'eau. La voyant ripper sur le bord glissant de l'aber, Marie vint à son aide.

La main de Gwen enserra la sienne et, avec une force

insoupçonnée, la tira violemment en avant, faisant tomber la jeune flic tête la première dans l'eau.

Marie émergea, suffoquant à moitié, et évita in extremis la pointe de la pagaie que Gwen abattait sur elle. Elle plongea, fit quelques brasses rapides sous l'eau en évitant de faire des bulles, et resurgit derrière Gwen. Celle-ci pivota, voulut la frapper à nouveau, mais Marie anticipa le coup, saisit la pointe de la rame et, l'agrippant solidement, tira Gwen vers elle.

La fille d'Yvonne perdit pied un bref instant, suffisant à Marie pour la maîtriser d'une clé imparable à la nuque.

– Tu as encore de la ressource, pour quelqu'un qui était prêt à en finir avec la vie !

Grâce à une immobilité lui tétanisant l'ensemble des muscles, Lucas avait réussi à ralentir l'enlisement, mais le sable lui arrivait néanmoins sous les bras qu'il gardait obstinément en croix. Fragiles remparts.

La marée avait intégralement balayé ce qu'il avait cru être le corps de Gwen, les guenilles flottaient à la surface, telles des méduses flasques et gélatineuses. Et les vagues approchaient. Lucas se surprit à prendre les paris sur qui, de la mer ou du sable, aurait sa peau en premier.

Pourquoi avait-il refusé que Morineau le rejoigne ? Pourquoi l'avait-il envoyé fouiller la faïencerie et la résidence des Le Bihan ? L'habitude de faire cavalier seul ? Il ricana, pas dupe. Depuis le début, il accumulait les conneries. Tomber amoureux lui avait obscurci le jugement et fait perdre sa concentration. Et il allait le payer le prix fort.

Une vague plus forte que les autres vint mourir à moins d'un mètre de lui.

Le visage à peine plus haut que la plage, il vit alors que les guenilles qui flottaient à la surface étaient de véritables méduses, et que leur masse flasque et gélatineuse, leurs tentacules immondes, se dirigeaient droit sur lui.

Quand il était môme, il s'était fait piquer par une méduse. Depuis il était allergique.

La mer. Le sable. Les méduses. Il revit sa cote à la baisse et ferma le guichet des paris en même temps que les yeux.

Prostrée sur le siège passager de la Méhari, menottée à la poignée de porte, Gwen claquait des dents en dépit de la couverture que Marie avait posée sur ses épaules. La jeune flic, en liaison radio avec Morineau, apprit que Lucas était parti à Argoz, suite à un appel au secours de Gwen Le Bihan, une vingtaine de minutes auparavant. Atterrée, elle tourna le regard vers sa passagère qui n'avait pas bronché.

– C'est impossible, elle était avec moi ! s'exclama Marie. Rejoignez-moi là-bas, Stéphane !

– C'est-à-dire... Le commandant m'a ordonné d'aller à la faïencerie et...

– Tout de suite !

Quelques minutes plus tard, la Méhari pilait à côté du quatre-quatre dont les antibrouillards éclairaient la plage, peu fréquentée en raison des sables mouvants très dangereux dont elle était truffée.

Il était là, du sable jusqu'au menton qu'il pointait le plus haut possible, les bras en croix.

Marie se mordit les lèvres pour ne pas hurler, se précipita à l'arrière du véhicule et attrapa le câble de treuillage dont tous les quatre-quatre sont équipés. Elle le déroula en courant vers le sable, et s'arrêta net lorsqu'elle sentit le sol se faire plus meuble sous ses pieds.

Elle était à une dizaine de mètres de Lucas, dont elle ne voyait que la nuque.

– Je suis là, Lucas, dit-elle d'une voix qu'elle s'efforçait de rendre calme. Ne bouge surtout pas.

En d'autres circonstances, la remarque l'aurait fait ricaner, tant il était coincé dans la gangue de sable. Là, il était hypnotisé par la méduse que la dernière vague avait amenée à dix centimètres de son visage.

La jeune femme s'allongea sur le sable et progressa lentement vers lui. Arrivée à trois mètres, elle s'arrêta.

– Je vais te lancer le câble. Essaye de le passer sous tes bras, et arrime-le avec le mousqueton.

Au bout de trois essais infructueux, le mousqueton se ficha à côté de la main droite de Lucas. Ses doigts se refermèrent dessus.

– Va doucement. Doucement. Reste calme. Passe le câble devant toi, attrape-le avec la main gauche. Voilà, comme ça...

Le tentacule le frôla au moment où il allait réussir, lui arrachant à la fois un mouvement réflexe incontrôlable, et le mousqueton des doigts.

Elle poussa un cri étouffé en voyant le flic s'enfoncer d'un cran supplémentaire.

– C'est maintenant, Lucas. Je t'en prie. Le mousqueton est à deux heures, à vingt centimètres de ta main... Prends-le, l'encouragea-t-elle, le souffle court.

Alors, essayant d'oublier l'immonde *alien* qui lui escaladait le visage, il tâtonna, sentit sous sa main le métal froid du mousqueton, et, le tirant à lui, l'accrocha. Enfin.

Marie commença à le tracter mais le poids du sable, conjugué à celui de Lucas, était beaucoup trop lourd pour elle toute seule. Elle allait appeler Gwen à la rescousse quand elle se souvint qu'elle était menottée à la portière. Le temps d'aller la détacher, ou d'actionner le moteur électrique du treuil, Lucas aurait disparu.

Des larmes d'impuissance jaillirent de ses yeux. Si près du but.

Elle entendit alors une voiture arriver et piler sur la route dans un grand crissement de freins.

La minute d'après, Morineau et un autre gendarme venaient lui prêter main-forte.

Lucas était sauvé.

Certes son Cerruti en avait pris un sérieux coup, mais il était vivant.

À la peur qu'elle avait eue succéda une bouffée de colère.

– Tu peux me dire ce que tu es venu faire là, tout seul ?

– Des pâtés de sable, ça ne se voit pas ? aboya-t-il, furieux pour des raisons identiques. Mais tu es trempée ? Qu'est-ce que tu as fait ?

– J'ai pris un bain de minuit, avec Gwen.

Elle désigna la Méhari où était assise la fille d'Yvonne.

– C'est quoi, cette histoire de coup de fil ?

– Elle m'a appelé au secours... Ou plus exactement, elle *t'a* appelée au secours, mais comme j'avais ton portable c'est moi qui ai pris l'appel. Nom de Dieu !

Il fonça sur la Méhari, arracha presque la portière et fit dégringoler Gwen qui y était accrochée.

– Espèce de malade ! Vous vouliez vous débarrasser de Marie ? Manque de pot, une petite batterie de rien du tout a contrarié vos plans, et c'est moi qui suis tombé dans le panneau !

Il se tourna vers Marie qui le rejoignait, effarée.

– Passe-moi les clés des menottes.

Elle les lui tendit.

– Qu'est-ce que tu veux faire ?

Il libéra Gwen, la plaqua sans ménagement contre la Méhari, face contre le capot, jambes légèrement écartées, et la palpa rapidement des pieds à la tête.

– Mais qu'est-ce qui te prend ? s'exclama Marie. Lâche-la !

– Je cherche son portable.

– On me l'a volé hier, marmonna Gwen. Je suis même passée au poste faire une déclaration.

Elle eut un geste du menton en direction du jeune gendarme. Morineau confirma d'un hochement de tête.

– Ça prouve juste que vous avez tout prévu, objecta Fersen. On rajoutera la préméditation à la liste.

– Ce n'est pas elle qui t'a appelé, Lucas, déclara Marie en posant la main sur le bras du flic.

– Parce que tu la crois ? maugréa-t-il.

– J'étais avec elle quand tu as reçu le coup de fil. Et je te garantis qu'elle n'était pas en train de téléphoner.

Le spécialiste des crimes rituels eut un regard vers le sable qui avait avalé le portable de Marie et, avec lui, le mystère de cet appel.

Malgré lui il frissonna.

*
**

La nuit était tombée et, dans la gendarmerie déserte, seul le bureau mis à la disposition du commandant Fersen était éclairé. Pourtant il n'était pas là. Marie l'avait convaincu, non sans mal, de la laisser interroger Gwen. Seule. Si celle-ci devait se déboutonner, elle ne le ferait pas devant un étranger.

Depuis trente minutes, la jeune flic commençait sérieusement à douter de réussir à lui arracher la vérité.

– Tu me fatigues avec ta vérité, Marie Kermeur, tu me fatigues depuis toujours. Tu n'es qu'une enfant gâtée par tes parents, tes frères, par la nature, la petite reine de Lands'en qui revient rendre la justice avec son étoile de shérif. Tu ne connais rien de la vie, et tu te permets de fouiner dans celle des autres ? Tu ne vois pas que plus tu t'acharnes à la déterrer, la vérité, plus il y a de cadavres et de malheurs ? Tu n'es pas de taille à l'affronter, la vérité ! Retourne à Brest jouer aux gendarmes et aux voleurs et laisse-nous en paix.

Le regard bleu minéral avait quelque chose d'intimidant et Marie imaginait sans peine l'ascendant qu'elle avait dû avoir sur Loïc et Gildas quand ils étaient gamins. Mais Gwen ne lui faisait pas peur.

– Tu avais dix ans en mai 1968, c'était une nuit de tempête, le phare ne fonctionnait pas...

Pas de réaction.

– Le décor était planté pour jouer aux naufrageurs, mais pour qu'il soit complet il fallait être six. Tu étais avec Gildas, Loïc, Yves... Qui étaient les deux autres, Gwen ?

Toujours rien.

– Les vagues avaient des creux de cinq mètres et se brisaient avec force sur les récifs de la crique. Cette nuit-là, un bateau était en perdition au large de Lands'en quand des lumières se sont allumées sur la falaise... Dis-moi, Gwen, avez-vous poussé la comparaison jusqu'à accrocher des lanternes aux cornes des vaches, ou vous êtes-vous simplement contentés d'agiter des lampes-tempête à la main ?

Pas l'ombre d'un battement de cils. Un roc. Mais même le roc le plus dur a des failles. Et Marie savait quelle était celle de la fille d'Yvonne.

– C'est fou ce que tu lui ressembles, dit-elle. Même morgue. Même dédain.

– Laisse ma mère en dehors de ça !

– Je parlais de ton père. Arthus.

Gwen se dressa, rouge de colère :

– Tu t'en fous, de remuer le couteau pour arriver à tes fins, pas vrai ? Eh bien tu vas l'avoir, ta sale vérité ! Oui, j'étais sur la falaise cette nuit-là, avec tes frères, Yves, et aussi avec Christian.

Bien qu'elle se fût préparée à l'entendre, le nom de son fiancé avait fait tressaillir Marie. Gwen, pas dupe, insista :

– Ça fait mal, hein ! Ton héros est aussi responsable que nous, peut-être plus encore.

Son regard se voila alors qu'elle revoyait les images de cette nuit qui avait changé sa vie.

– On courait en zigzags sur la falaise, juste au-dessus de la crique, comme l'avaient fait nos ancêtres des siècles avant nous, en agitant nos lampes tels les innocents que nous étions à l'époque. Quand on a aperçu le bateau, il était déjà trop tard, il fonçait droit sur les brisants et se disloquait dans de sinistres craquements. Puis on a entendu les cris...

Elle était debout à la fenêtre, le regard perdu en direction de la pointe de Ty Kern.

– La nuit était si noire, si noire... On ne voyait rien, mais c'était pire. Ces cris dans la nuit... Il suffit que je ferme les yeux pour les entendre à nouveau. On était pétrifiés, incapables de bouger, encore moins de leur porter secours. Et les cris ont cessé. On a voulu descendre dans la crique, mais les vagues de la marée montante nous ont repoussés. On s'est tous enfuis, et le pire...

Elle tourna un regard embué vers Marie :

– Le pire c'est que je n'ai rien dit. Je suis rentrée chez moi, ma mère m'a mis une raclée pour être allée traîner dehors et pour avoir abîmé mes vêtements, mais je n'ai rien dit. Aucun de nous n'a rien dit. On avait juré.

Ses traits se contractèrent violemment lorsque Marie la détrompa, et Gwen sembla sur le point de fondre en sanglots quand elle apprit que Gildas, Loïc et Yves avaient tout raconté à leurs parents.

Était-elle sincère, en affirmant n'avoir jamais entendu parler des lingots ?

Le regard bleu noyé de larmes distillait le doute chez la jeune flic.

– Dans la légende, les naufrageurs étaient six. Et chez vous, qui faisait le sixième ? Pierre-Marie de Kersaint ?

– PM ?

Gwen eut un rire méprisant.

– Le petit prince ne se mélangeait pas au peuple, des fois que la pauvreté aurait été contagieuse. Qui veux-tu que ce soit ? Pierric, bien sûr, à peine six ans et déjà cette fâcheuse tendance à nous suivre partout. Dans la panique, je l'ai complètement oublié et on l'a retrouvé le lendemain, seul, transi, recroquevillé près du cairn d'où il avait dû voir le drame aux premières loges. Il n'a plus jamais dit un mot depuis ce jour-là. D'ailleurs, plus rien n'a jamais été comme avant...

Elle baissa la tête, accablée.

– Loïc et moi, on s'aimait déjà quand on était gamins, on s'était promis de se marier. Mais après cette nuit-là, tout a changé entre nous... Il y avait ce terrible secret, ces cadavres. On s'est dit qu'avec le temps, on arriverait à surmonter ça. Je suis partie faire mes études sur le continent, et quand je suis revenue ton frère s'était marié avec Catherine. Ensuite j'ai rencontré Philippe, il était gentil, je pensais qu'il me ferait oublier ton frère. Je me trompais. Il y a trois ans, on s'est retrouvés tous les deux coincés à Brest, un soir, et on est devenus amants. J'avais prévu de divorcer quand Ronan serait plus grand...

Elle se mit à pleurer.

Cette fois Marie n'applaudit pas.

21

Le soleil sortit d'un coup sans qu'on puisse dire s'il venait du ciel ou de la mer, tant les deux semblaient se confondre à cette heure privilégiée. La brise légère était chargée d'odeurs, d'embruns et d'horizons, et seul le cri des mouettes, qui passaient en rase-mottes au-dessus du chalutier, venait troubler la paix d'une journée si paisible.

Moi, moi, moi, semblaient-elles piailler, comme Marie le faisait gamine, en trépignant, quand elle tannait son père pour qu'il l'emmène relever les casiers.

La jeune femme n'avait pas fermé l'œil. Une à une ses certitudes d'enfance avaient volé en éclats, jusqu'à ce coup de grâce assené par Gwen à l'issue de l'interrogatoire, quand Marie s'était souvenue d'un détail.

Peut-être plus encore...

Pourquoi Gwen avait-elle ajouté cette précision en disant que Christian était aussi responsable qu'eux, peut-être plus encore ?

La fille d'Yvonne avait haussé les épaules.

– C'est simple. Christian a été le premier à se tirer sans demander son reste, en lâche qu'il était déjà à l'époque.

Le moteur Diesel hoqueta et s'arrêta. Ils avaient atteint la pleine mer. La cérémonie pouvait commencer.

La jeune femme s'approcha des deux cercueils que son père avait chargés à bord, et l'aida à les mettre à l'eau.

C'était la volonté de Loïc d'être immergé après sa mort,

cela aurait sans doute été celle de Nicolas si la vie lui avait laissé le temps d'y penser. Par amour pour eux, la jeune flic était prête à bafouer la loi.

La main dans celle de son père qui marmonnait en breton la prière des marins, elle regarda les cercueils lestés s'enfoncer doucement dans les eaux profondes.

Les bulles d'air crevèrent à la surface, puis se raréfièrent, et il n'y en eut plus.

La mer avait repris ses droits.

De retour à Lands'en, Marie apprenait que Christian Bréhat était officiellement porté disparu en mer et y vit le signe d'un destin qui avait rattrapé le marin avec trente-cinq ans de retard. Le naufrageur avait été naufragé à son tour. La boucle était bouclée.

Elle était toujours recroquevillée dans un coin du quai quand Lucas la rejoignit et l'emmena d'autorité sur le bac, direction Brest.

– T'éloigner de l'île quelques heures ne pourra pas te faire de mal. Et puis j'ai comme l'intuition que l'enterrement a déjà eu lieu, ajouta-t-il doucement.

*
**

La lettre était posée sur la desserte de l'entrée, avec le journal et le reste du courrier. Sur l'enveloppe, juste un prénom : Juliette. Le jardinier, interrogé plus tard, dirait simplement l'avoir trouvée dans la boîte, avec les autres. Non, il n'avait pas remarqué qui avait pu l'y glisser.

La jeune fille l'ouvrit discrètement tandis qu'Armelle commentait la une du *Télégramme de Brest* et l'abandon des recherches concernant Bréhat.

– Cela devrait faciliter la succession et les démarches pour récupérer le chantier naval, qu'en pensez-vous, père ?

Arthus allait répondre quand l'exclamation étouffée de Juliette l'en empêcha.

Tous les regards convergèrent vers la jeune fille qui venait de laisser retomber la feuille sur la table.

La phrase était formée de lettres découpées dans un journal.

GWENAËLLE LE BIHAN EST LA FILLE ILLÉGITIME D'ARTHUS.

La première réaction de PM fut d'éclater de rire – comme plaisanterie de mauvais goût, le « corbeau » ne faisait pas dans la dentelle –, mais la soudaine pâleur de son père légitimait le contenu de la lettre mieux que des aveux n'auraient pu le faire.

L'unique légataire des Kersaint fut pris d'une terrible nausée à l'idée que la fille d'Yvonne pouvait être sa demi-sœur et, par là même, légitimement en droit de réclamer la moitié d'un héritage qu'il convoitait depuis des années.

Arthus frappa le sol de sa canne.

– Brûlez-moi ce torchon ! Immédiatement !

Personne ne réagissant, le vieil homme se leva avec une souplesse étonnante pour quelqu'un que les rhumatismes handicapaient autant, et il alla jeter la lettre anonyme dans la cheminée où un feu perpétuellement entretenu luttait désespérément contre l'humidité ambiante et le salpêtre.

– Je refuse de croire un seul instant qu'un Kersaint ait eu la vulgarité de s'accoupler avec une créature comme cette... boulangère.

Contre toute attente, l'expression dégoûtée d'Armelle arracha un bref sourire nostalgique au patriarche.

– Si vous l'aviez connue quand elle avait vingt ans, vous ne vous poseriez même pas la question.

Il entrevit la poitrine pâle et décharnée de sa bru dans l'entrebâillement du corsage, et grimaça.

– Cette fille transpirait la sensualité, mais je doute que vous sachiez ce que cela veut dire, ma chère.

Il se tourna vers son fils qui le dévisageait l'œil rond, la bouche ouverte.

– Quittez cet air stupide, Pierre-Marie, et ne tremblez pas ainsi pour un héritage que vous n'avez pas encore. Il est hors de question que je reconnaisse cette bâtarde.

– Gwen peut vous y contraindre, père, rétorqua aigrement Armelle qui n'avait pas apprécié de se faire moucher aussi inélégamment. Il suffit d'un test ADN. Si ce n'est de votre vivant, elle n'aura aucun scrupule à vous faire déterrer le cas échéant.

– Si elle était au courant, elle serait déjà là. Cette nouvelle ne doit jamais sortir d'ici, tonna le vieil homme. Vous m'entendez bien ? Jamais !

Il réalisa alors seulement que Juliette n'était plus là.

*
**

Le soleil de juin chauffait les tôles et, en dépit d'une bonne ventilation, il ne faisait pas loin de quarante degrés sous le hangar où les techniciens de la PS avaient assemblé les débris de l'épave du bateau de Ryan.

De larges auréoles humides marquaient la chemise de Franck Caradec aux aisselles, et cela l'agaçait de voir que Fersen gardait une élégance naturelle malgré la chaleur étouffante. La disparition de Bréhat lui avait ouvert des perspectives, mais il suffisait de voir comment Marie regardait le spécialiste des crimes rituels pour comprendre qu'il n'avait aucune chance.

– L'explosion a éparpillé les débris sur plus de cinq cents mètres. Plastic C4. Comme pour la falaise, précisa-t-il, en ajoutant que les techniciens en avaient retrouvé des traces sur les fragments de roche. Les charges étaient disposées à côté des réservoirs.

– Ce qui explique la boule de feu que tu as vue, Marie. Je veux savoir d'où viennent ces explosifs et comment ils ont été acheminés à Lands'en, ajouta Lucas à l'intention de Franck.

Celui-ci réprima une furieuse envie de le frapper.

– On est déjà dessus, j'ai un pote à la DNAT, il se rancarde, répondit le lieutenant, pas mécontent de placer qu'il avait des relations à la Direction nationale antiterroriste.

– Envoyez des maîtres-chiens fouiller la faïencerie Le Bihan, ordonna Lucas. Si du C4 y a été entreposé, les chiens le détecteront.

– Ils prennent le bac de midi, rétorqua Franck du tac au tac.

– Aucune trace de Ryan ? demanda Marie pour couper court à la tension, palpable, entre les deux flics.

– Si. Des résidus de sang incrustés dans les fibres, aussi bien à la proue qu'à la poupe, à bâbord qu'à tribord. La comparaison a été faite avec le dossier médical de Ryan conservé à l'infirmerie de la prison, c'est bien le sien. Les poissons ont dû se régaler, conclut Franck lourdement.

Pour une inexplicable raison, Marie eut de la peine à l'idée qu'elle ne reverrait plus jamais l'écrivain, et cette idée la poursuivit jusqu'à la prison où, en compagnie de Lucas, elle allait interroger Yvonne à propos de la participation de Gwen au naufrage de 1968.

Le menton de la femme s'affaissa et ses jambes flageolèrent, au point qu'elle se laissa choir sur la chaise qu'elle avait refusée à l'entrée des flics dans le parloir.

– Ma fille n'a pas pu avouer ça ! C'est impossible !

– Votre gamine de dix ans rentre chez vous en pleine nuit de tempête, dégoulinante d'eau de mer, le lendemain votre fils Pierric, six ans, est retrouvé errant sur la falaise, incapable de parler, et vous voulez nous faire croire que vous ne vous êtes posé aucune question ?

Yvonne dévisagea Lucas avec stupeur et sembla alors traversée par un souvenir lointain. Ses yeux se voilèrent.

– Oh mon Dieu, si... bien sûr que si, murmura-t-elle d'une voix sourde. Mais j'étais à des lieues de me douter que... Ma pauvre petite Gwen ! Et moi qui lui ai flanqué une dérouillée parce qu'elle était allée traîner dehors et que je m'étais rongé les sangs des heures durant ! Quand je pense qu'elle a gardé cette horrible histoire pour elle toutes ces années...

Fersen lança un regard à Marie, visiblement troublée par le numéro qu'Yvonne était en train de leur servir à la perfection.

– Et le pauvre petit Pierric ? demanda-t-il, sarcastique. Vous ne vous rongiez pas les sangs pour lui ? Oh, suis-je bête ! Vous n'aviez sans doute pas remarqué qu'il n'était pas dans son lit ?

– Vous croyez qu'il a assisté au naufrage ? Yvonne écarquilla les yeux. Que c'est le choc qui l'a rendu muet ? Et que le vieux Pérec aurait menti en parlant d'une congestion...

– Ça suffit, maintenant ! tonna Lucas. Vous avez monté votre faïencerie deux ans après le naufrage. Avec quel argent, madame Le Bihan ? Et ne me dites pas que c'est avec la prétendue assurance-vie que votre époux n'a jamais contractée !

La mère de Gwen haussa les épaules.

– C'est le fruit de mon labeur et de ma sueur.

– Bien sûr. Et c'est en vous prostituant sur le port de Lands'en que vous avez économisé le million nécessaire à l'époque !

– Mon pauvre garçon, se contenta-t-elle de lâcher avec mépris.

– Seriez-vous à court d'arguments ? Vous nous avez habitués à mieux. Il est vrai qu'il est difficile de reconnaître que c'est avec le butin d'un cambriolage que vous avez monté votre entreprise...

– Je ne comprends rien à ce que vous dites, grogna Yvonne.

– Oh si, vous comprenez ! dit Marie froidement. Vous avez soigneusement attendu la mort de Leguellec pour faire passer cette soudaine manne pour une prime d'assurance aussi fausse que sa paternité.

La mère de Gwen se mit à rire comme si l'idée était désopilante.

– Décidément, vous ne comprenez rien ! C'est Arthus qui m'a donné de l'argent pour ne pas révéler au monde que Gwen était sa fille...

– Vous auriez pu obtenir plus du châtelain, Yvonne, beaucoup plus, ironisa Fersen.

La boulangère se recroquevilla sur sa chaise.

*
**

Les gendarmes en faction avaient vu la petite de Kersaint arriver en pédalant comme une folle et s'introduire en douce dans la chambre de Ronan. Ils s'étaient un instant demandé s'ils devaient intervenir et s'étaient finalement contentés de consigner cette visite au rapport.

Quand la limousine du château s'arrêta devant la propriété et qu'ils virent Pierre-Marie en descendre, les traits tordus par une fureur qu'il ne cherchait même pas à dissimuler, ils se dirent qu'ils devraient peut-être intervenir, puis, un peu lâchement, convinrent que le capitaine Kermeur leur avait ordonné de noter les visites, pas de les interdire.

Même chose quand ils virent Gwen sortir de la maison : tant qu'elle restait dans la propriété, ils n'avaient aucune raison de s'interposer, et même s'ils n'entendaient pas ce qu'elle disait il était clair qu'elle n'offrait pas au fils du châtelain d'entrer.

– Tu crois que tu peux te permettre de débarquer chez moi sans te faire annoncer, sous prétexte que tu es mon demi-frère ? lui jeta-t-elle avec férocité.

Pierre-Marie roula des yeux furibonds. Ainsi elle savait ! Bien sûr elle savait, et la pensée le traversa que c'était elle qui avait envoyé la lettre anonyme au château.

– Si tu crois que je vais te laisser faire main basse sur la moitié de mon héritage, tu rêves !

Il tressaillit en reconnaissant soudain le vélo que Juliette avait abandonné.

– Ma fille n'a rien à faire chez toi ! glapit-il.

Gwen prit le temps de savourer son effet avant de lui balancer que sa précieuse Juliette, au demeurant cousine germaine de Ronan, était également enceinte de ses œuvres.

– Le château est bien assez grand pour nous accueillir tous. J'ai toujours rêvé d'avoir une grande famille, surtout à Noël ! ajouta-t-elle suavement.

Les mots mirent un certain temps à monter jusqu'au cerveau de Pierre-Marie, et quand ils atteignirent enfin sa conscience, ils y firent de véritables ravages. Il agrippa Gwen par le cou et, les yeux hors de la tête, l'écume à la bouche, commença à serrer.

– Tu n'auras rien, tu m'entends ? Rien ! hurla-t-il. Plutôt te tuer !

Les gendarmes échangèrent un regard effaré et se ruèrent hors de leur véhicule.

Heureusement pour Gwen, son époux avait été plus rapide.

Déboulant de la maison, suivi de Ronan et de Juliette, il arracha sa femme aux griffes de PM.

Le souffle court, la peau du cou zébrée de rouge, la fille naturelle d'Arthus et d'Yvonne refusa de porter plainte.

– Pierre-Marie a simplement eu un coup de sang, expliqua-t-elle, magnanime. L'émotion d'être bientôt grand-père, sans doute.

Ignorant le sursaut de Philippe, les yeux de poisson mort de PM, elle se tourna vers les gendarmes et porta l'estocade.

– Je viens tout juste d'apprendre que je suis la fille d'Arthus. Vous conviendrez, messieurs, que je ne peux décemment pas porter plainte contre mon propre frère.

*
**

Accoudée à la proue du bac, Marie avait regardé grossir les lumières de Lands'en avec des sentiments mitigés. L'île de son enfance lui apparaissait étrangère, presque hostile. Pour la première fois de sa vie, elle appréhendait d'y revenir. Comme s'il avait senti ce qu'elle éprouvait, Lucas avait posé la main sur son épaule. Ensemble ils avaient regardé défiler le phare de Ty Kern, les menhirs, la crique, la grotte...

Leurs regards s'étaient accrochés.

Et le désir était monté. Impérieux. Violent.

Sans se concerter, ils étaient rentrés à l'hôtel où, dès la porte de la suite franchie, il l'avait plaquée contre la cloison et l'avait embrassée, déclenchant chez elle une myriade de sentiments indescriptibles. Et une féerie de couleurs changeantes comme une aurore boréale.

Christian Bréhat lui avait fait l'amour, Lucas Fersen *le* lui révéla. Après l'avoir amenée au bord de l'extase, il l'écarta doucement de lui pour quêter dans son regard comme une autorisation à poursuivre, et ce fut elle qui le supplia de la prendre. Entre ses bras, elle devint tour à tour l'esclave qu'elle n'aurait jamais cru pouvoir être, et l'amante qui s'enhardit dans des territoires inexplorés. Passion. Fusion. Pour la première fois de sa vie, elle comprit ce que signifiait ne plus faire qu'un.

Alors qu'elle reposait dans ses bras, elle se demanda comment elle avait pu à la fois aimer autant Christian et être aussi profondément, sensuellement, charnellement bouleversée par Lucas.

La main qui se glissait à nouveau entre ses cuisses mit un terme au questionnement, et les réponses moururent sous les lèvres de son amant.

Il étouffait ses cris de plaisir sous les baisers quand des coups répétés ébranlèrent la porte.

Oublieux de tout ce qui n'était pas eux, ils n'avaient même pas entendu leurs portables sonner.

C'était Morineau.

– Les chiens ont détecté des traces de C4 dans l'un des entrepôts de la faïencerie.

La vue de Fersen, sortant de l'ombre torse nu, le prit au dépourvu.

– Qu'en dit Gwenaëlle Le Bihan ?

– Euh... Rien. Elle a disparu, répondit le jeune gendarme en faisant des efforts louables pour ignorer le lit dévasté. Sa voiture a été retrouvée à proximité du château.

L'enveloppe était posée en évidence sur le siège conducteur. Vide.

Le cachet de cire brisé en deux présentait trois tirets verticaux et parallèles surmontés d'un ovale.

Une méduse.

Une forme vaguement humaine sur une plage... Des sables mouvants... des méduses... Un portable prêté...

– Le piège d'Argoz était à nouveau une façon de te prendre à témoin, dit Lucas à Marie avant de se tourner vers Morineau. Rassemblez tous les effectifs, il faut fouiller les plages immédiatement.

– C'est marée haute, il va falloir attendre, objecta Marie d'une voix ténue. Mettez deux hommes en faction devant le menhir qui porte ce signe, Stéphane. Si notre théorie est la bonne, il devrait se mettre à saigner dans les heures qui viennent.

Elle se dirigea vers le quatre-quatre et se glissa à la place passager sans un mot. Lucas la rejoignit. Il savait qu'elle était terriblement angoissée à l'idée que Gwen était peut-être en train de mourir à l'heure où ils faisaient l'amour. Mais rien de ce qu'il aurait pu dire n'aurait changé cela.

Il démarra et prit la direction du château.

Pierre-Marie de Kersaint était d'une humeur de chien quand il les rejoignit dans la bibliothèque où Armelle, de très mauvaise grâce, avait introduit les deux flics.

– Mon épouse vous a-t-elle dit que j'avais été agressé ? Oui ? Alors je vous demanderai d'être bref afin que je puisse retourner me reposer.

Prié de s'expliquer, Pierre-Marie s'exécuta. Il avait reçu un appel succinct de Gwenaëlle Le Bihan, lui donnant rendez-vous sur la plage privée du château à 21 heures.

– Que voulait-elle ?

– Très bonne question, mais c'est à elle qu'il va falloir la poser, car cette tordue ne m'a pas laissé le temps d'en placer une. Et elle m'a posé un lapin, figurez-vous ! Enfin un lapin... Plutôt une embuscade. Je suis arrivé avec un quart d'heure de retard. Personne. J'attendais, quand soudain : le trou noir. Quelqu'un m'avait frappé par-derrière. Je suis revenu à moi – il était plus de 22 heures –, et je suis rentré au château où je me suis couché.

Il surprit le curieux regard qu'échangeaient les deux flics et haussa les épaules.

– J'imagine que vous ne me croyez pas.

– Philippe prétend que c'est vous qui avez appelé sa femme pour lui donner rendez-vous, déclara Lucas.

– C'est totalement faux ! s'insurgea PM. Vous pouvez vérifier auprès des Télécom. Vous verrez que l'appel venait d'elle. Philippe se trompe. Ou il ment.

Plus tard, l'enquête effectuée pour tracer la provenance des appels tournerait court. Origine inconnue.

– Et les gendarmes, monsieur de Kersaint, ils mentent, eux aussi, quand ils affirment que vous avez menacé Gwen de la tuer ?

Le père de Juliette se rembrunit.

– Ce sont des mots.

– C'est dur d'admettre que sa fille de quinze ans est enceinte, surtout quand le père du bébé n'est autre que son cousin germain, insista Marie.

Pierre-Marie réprima mal un haut-le-cœur.

– Je me suis échauffé, c'est compréhensible, non ? Et puis je ne saisis pas ce que vous cherchez, à la fin. C'est moi qui ai été agressé.

– Montrez-moi vos mains.

Éberlué, l'héritier des Kersaint ne songea même pas à s'enquérir du but de cette demande incongrue et tendit ses mains blanches et soigneusement manucurées, dont l'annulaire s'ornait d'une chevalière frappée du blason familial.

Fersen retourna les mains, examina rapidement la face interne des doigts et secouait la tête quand Arthus de Kersaint entra, précédé de sa canne à pommeau.

– C'est une heure curieuse pour une visite, non ?

– Yvonne Le Bihan prétend que c'est vous qui lui avez donné l'argent nécessaire à monter sa faïencerie, monsieur de Kersaint, dit Fersen sans ambages.

– Et ça vous pose un problème ?

Son fils le dévisagea avec une stupeur non feinte.

– Quand je pense qu'il me faut mendier le moindre sou pour m'acheter un costume correct, et que vous, vous...

Il en bafouillait de rage.

– Ce qui me pose un problème, répliqua Fersen, c'est que votre famille ne roulait pas sur l'or à la fin des années soixante. D'où avez-vous donc sorti le million nécessaire ?

– Un million ? De quoi ? De francs ? s'exclama PM, les yeux exorbités.

– De la vente d'un terrain au vieux Pérec, déclara Arthus, ignorant l'interruption.

– Une vente enregistrée pour une centaine de milliers de francs seulement.

– Une façon d'échapper à la voracité du fisc, rétorqua le châtelain. Mais je n'aurais pas dû. Je plaide coupable.

Le vieil homme semblait savourer particulièrement la situation.

– Y a-t-il d'autres curiosités que je pourrais satisfaire ? s'enquit-il.

– Pas pour le moment, mais je vous prierai de rester à la disposition de la police. Vous aussi, ajouta froidement Lucas à l'intention de Pierre-Marie.

– En quel honneur ?

– Gwen a disparu, dit Marie.

Les sourcils de PM s'arquèrent, puis l'ombre d'un sourire joua sur ses lèvres.

– Non ? Vous ne dites pas ça juste pour me faire plaisir ? demanda-t-il soudain ragaillardi.

La jeune flic lui lança un regard peu amène :

– Il vaudrait mieux qu'on la retrouve vivante, PM. Pour elle, bien sûr, mais aussi pour vous.

Le hangar à bateaux était adossé aux rochers qui bordaient la plage privée des Kersaint.

Le soleil s'était levé depuis une petite demi-heure et la mer avait commencé à descendre, laissant dépasser les rails qui permettaient de mettre le yacht à flot quelle que soit la marée, et le coefficient.

Appuyé sur sa canne à pommeau, Arthus de Kersaint observait l'incessant mouvement de la mer qui se retire, l'assimilant à la vie qui peu à peu le quittait, d'aussi inexorable façon. Du promontoire où il se trouvait, il pouvait voir une grande partie de cette île qui autrefois appartenait à sa famille, et il pria le Très-Haut de lui laisser le temps d'accomplir ce dont il avait si souvent rêvé. Il était trop près du but...

Les vagues rebroussaient chemin, comme aspirées par le néant, laissant échouées sur le sable, comme de trop lourds fardeaux, des dizaines de méduses dont il aimait martyriser la chair flasque de la pointe d'un bâton quand il était gamin.

Il vit alors les gendarmes arpenter *sa* plage et aperçut le plus jeune shooter d'un air dégoûté dans l'une des hideuses bestioles.

Le hurlement de terreur ricocha à la surface de l'eau.

Du sable émergeait un visage pâle aux yeux bleus fixés sur un ciel qu'ils ne pouvaient plus voir.

Gwen. La fille d'Yvonne. Sa fille.

Arthus sut alors que le Très-Haut l'avait entendu.

Il s'en fut sans regarder en arrière. Et sans aucun état d'âme.

Les percées du soleil, comme des coups de gomme, avaient dégagé la lande et la plage des dernières brumes. Le jour cru précisait durement les bandes de plastique jaunes, délimitant un périmètre de sable clair qui, comme un papier buvard, absorbait lentement les méduses échouées. Au centre était allongé le corps de Gwen, que les gendarmes avaient dégagé.

Marie, agenouillée au côté de Lucas, contemplait son visage encore souillé de sable. La mort avait durci la rondeur des traits, les paupières closes effaçaient la luminosité du regard, la ressemblance de ce masque blême avec Yvonne était frappante.

Lucas poursuivait ses premières observations.

– Regarde...

Au bout des doigts, on distinguait nettement des traces de piqûres.

Le mot en breton fut trouvé quelques minutes plus tard, en partie collé sur la méduse dans laquelle le gendarme avait shooté.

Pour Marie, le Très-Haut jugera
Du cœur de pierre le sang coulera et la lumière jaillira.

– Le cauchemar continue... murmura Marie, accablée.

Elle s'avoua qu'elle avait manqué de lucidité, elle avait voulu croire à la culpabilité de Gwen essentiellement pour que cette horrible affaire cesse enfin.

– Philippe... lui chuchota Lucas en voyant accourir vers eux le mari de Gwen.

La jeune femme fit quelques pas à sa rencontre, mais Philippe ne parut même pas la voir et tomba à genoux près de sa femme. Son silence et son immobilité totale déconcertèrent les deux flics. Marie posa la main sur son épaule, il leva un regard égaré sur elle, et parut mettre un temps à la reconnaître. Une expression de haine déforma alors son visage, il se dressa d'un bond et empoigna Marie avec une violence incontrôlée.

– Tu savais qu'il la tuerait ! Tu le savais, toi, que PM l'a toujours détestée ! Vous le saviez tous et vous n'avez rien fait ! Il l'a menacée de mort, il l'a frappée devant vos gars et vous avez laissé faire ! Il l'a assassinée à cause de vous !

Lucas s'interposa non sans mal et dut crier pour qu'il l'entende.

– Gwen était surveillée par quatre hommes ! C'est elle qui a signé sa propre perte ! Les boissons qu'elle leur a fait porter par Ronan étaient droguées !

Loin de calmer Philippe, sa colère sembla décuplée.

– Vous ne comprenez pas que c'est PM qui a drogué vos gars ? C'est lui qui a tout manigancé pour qu'elle sorte ! Elle qui se croyait toujours la plus forte, elle a cru qu'il voulait lui parler, des enfants, de l'héritage, de Dieu sait quoi, et il l'a tuée !

– Philippe... tenta d'intervenir Marie.

Il n'entendit même pas, submergé par sa rage.

– Je l'avais prévenue de se méfier des Kersaint ! Pourquoi est-ce qu'elle ne m'a jamais écouté ? Gwen, oh Gwen ! Pourquoi m'as-tu toujours rejeté ?

Il s'était à nouveau affaissé près du cadavre. Le chagrin avait pris le pas sur la révolte, se dit Marie qui connaissait trop bien le processus.

Mais une voix fit resurgir Philippe de sa douleur. PM venait aux nouvelles et, foulard au vent, interrogeait avec condescendance un gendarme.

Le mari de Gwen, comme sous l'effet d'une décharge électrique, bondit instantanément sur lui et le saisit à la gorge.

– Assassin ! Tu l'as tuée !

Lucas dut faire appel à deux gendarmes pour maîtriser Philippe, qui se calma en entendant le flic jeter un ordre.

– Conduisez Pierre-Marie de Kersaint au poste de gendarmerie !

– Quoi ? Qu'est-ce qui vous prend ? Je me fais agresser et c'est moi qu'on embarque ? s'insurgea PM.

Lucas fut intraitable et la grande silhouette dégingandée de PM gesticulait encore, crachant son indignation et sa colère, quand les deux gendarmes le poussèrent, non sans plaisir, dans la fourgonnette.

Lucas reçut alors l'appel qu'il attendait, inévitablement.

À Ty Kern, un autre menhir saignait.

Celui portant le signe de la méduse, comme sur l'enveloppe retrouvée dans la voiture de Gwen.

La voix de Morineau s'étranglait à l'autre bout du fil : les deux gendarmes de garde sur le site étaient KO !

Ils avaient repris conscience et étaient en état de s'expliquer lorsque Marie et Lucas rejoignirent Ty Kern. Ce fut bref : comme leurs collègues la fois précédente, ils n'avaient rien vu, rien. Juste ressenti un choc derrière la tête, or jusque-là personne n'était entré sur le site.

Le premier mouvement de Fersen avait été de se précipiter vers les caméras, elles étaient toutes intactes.

Enfin, ils allaient savoir comment saignaient les menhirs !

Le regard rivé sur les deux écrans, Lucas et Marie étaient captivés par les enregistrements qu'ils venaient de mettre en lecture rapide.

Les images de la première caméra montraient un plan large du site, où l'on voyait très distinctement bouger les silhouettes des deux gendarmes en faction.

L'autre cadrait en gros plan le menhir gravé du sigle de la méduse. Au bas de chaque écran, défilaient à toute allure les chiffres indiquant l'heure des prises de vue.

La voix de Lucas trahissait son exaltation.

– Gwenaëlle a fichu le camp de chez elle après 20 heures, la manip' a dû se passer entre ce moment-là et 9 heures du matin...

– 4 heures, commenta Marie en lisant les chiffres sur l'écran. Toujours rien...

Leurs regards passant sans cesse d'un écran à l'autre, leur nervosité croissait au fil des heures qui défilaient en accéléré, sans que rien de notable n'apparaisse.

– 6 heures, le jour se lève, on va voir le truc-là, c'est pas possible autrement... Nos sbires sont toujours en faction... 7 heures... 8 heures... Nom de Dieu !

Marie poussa un cri en même temps que lui : sous leurs yeux écarquillés d'incrédulité, le premier garde tomba soudain à genoux, d'un coup, puis il bascula en avant et s'écroula face contre terre. Immédiatement après, le second fit exactement la même chose.

– Personne ne les a touchés !

– Là, regarde, le sang !

Sur le menhir en gros plan, une goutte de sang perlant de la pierre commençait à couler.

Lucas, fébrile, enclencha le retour arrière et repassa les images à vitesse normale.

Ce qu'ils voyaient était incroyable : les deux hommes tombaient au sol comme d'eux-mêmes, et l'instant d'après le sang commençait à sourdre du menhir, cela sans qu'aucune intervention extérieure fût visible. C'était tout simplement impossible.

– Ce truc me rend dingue ! Dingue ! Je refuse de croire aux fantômes !

– Les images sont truquées, forcément.

Lucas remercia Marie du regard tout en débranchant le disque dur externe qu'il glissa dans une enveloppe. « Destination la PS », ordonna-t-il dans l'interphone à Annick.

Il rejoignit Marie devant le *paper-board*, elle était en train de dessiner au feutre les six menhirs avec leurs symboles. Lucas prit un autre feutre et, sous chacun d'eux, il inscrivit les prénoms des victimes.

– Gildas, l'oiseau... Yves, le crabe... Loïc, le poisson... Gwen, la méduse... Il en reste deux, un pour Christian, un pour... disons X.

Il vit que Marie fixait le symbole de la vague et comprit qu'elle pensait au skipper disparu en mer.

Bien que le menhir marqué de la vague n'eût pas saigné, la coïncidence était pour le moins étrange. Elle s'efforça de chasser de sa pensée l'image de Christian et le son de sa voix retransmis par la télé alors qu'il était en perdition et s'adressait à elle.

Elle porta le regard sur le dernier signe et fronça les sourcils ; elle était sûre d'avoir vu exactement le même dessin récemment, ailleurs que sur les pierres du site.

Annick, venue chercher l'enveloppe du disque dur à transmettre à la PS, leur chuchota qu'Armelle de Kersaint venait d'arriver et voulait savoir combien de temps ils comptaient garder son mari.

– Ça y est, je sais !

Marie, toujours face au symbole du soleil, avait enfin trouvé ce qu'elle cherchait. Lucas vira immédiatement Annick sans lui donner plus de précisions.

– Tu te souviens du portrait de l'ancêtre des Kersaint, au château ? Celui qui, paraît-il, était le chef des naufrageurs de la *Mary Morgan*, Erwan-Marie de Kersaint... Sur le tableau, il porte un médaillon gravé du même signe, j'en suis sûre !

Lucas lui adressa un petit salut admiratif, reprit le feutre et inscrivit *PM* sous le sixième menhir.

22

Pierre-Marie de Kersaint affichait fière allure en entrant allègrement dans le bureau où Lucas et Marie allaient l'interroger, mais quelques heures plus tard, avachi sur sa chaise, les épaules tombantes, le regard morne, les vêtements froissés, le vocabulaire de moins en moins choisi, il avait simplement l'air d'un pauvre type.

– Je me contrefous des conneries qu'a pu faire mon ancêtre ! Et je n'ai jamais joué avec les gamins du village, mon père me rouait à coup de canne pour moins que ça...

– Ils sont tous morts, PM, sauf vous...

– Vous croyez que ça m'amuse ? Qu'est-ce que j'y peux ?

– Vous avez profité de l'arrivée de Ryan sur l'île pour vous débarrasser des autres, vous lui avez fait porter le chapeau et puis vous l'avez tué, ensuite vous avez tué Gwen...

– Non, non, non, non ! Ce n'est pas moi ! J'étais assommé quand elle a été tuée ! Et à chaque fois qu'il y a eu un meurtre, j'étais chez moi, dans mon lit, avec ma femme, combien de fois faut-il que je vous le dise ? Il y a un malade mental sur l'île, c'est tout.

– Vous voulez parler de Pierric ?

Les nerfs de PM étaient à vif, on aurait dit qu'il allait pleurer, mais il se reprit et se fit agressif.

– Avec vos méthodes de tortionnaires, vous me feriez dire n'importe quoi ! Ce pauvre débile de Pierric n'est pas capable d'aligner deux idées, il faut être nul pour penser qu'il puisse être pour quoi que ce soit dans cette histoire pourrie. Quant à Gwen, j'ai toujours rêvé de l'étrangler, ça c'est vrai ! Déjà que je la détestais, j'apprends qu'elle est ma demi-sœur et que son fils a mis Juliette enceinte ! Il y a de quoi péter les plombs et la secouer un peu, non ?

– Donc vous avez pété les plombs, vous avez donné rendez-vous à Gwen sur la plage et vous l'avez tuée...

– Non, non et non ! Elle n'est pas venue, je vous dis !

– Avouez que c'est fâcheux qu'on retrouve son corps juste à l'endroit où vous aviez rendez-vous...

– Incroyable ! Quelle salope ! Même morte elle me pourrit la vie... Mais dites donc, moi aussi j'ai été agressé, on m'a sauvagement assommé, ça vous vous en foutez.

– Vous n'en avez aucune trace, pas de plaie, pas de marque de coup, vous expliquez ça comment ?

PM, exaspéré, fit alors une vraie crise. Il se mit à brailler :

– Je ne comprends pas ! Je ne comprends rien à cette histoire de fous ! Et puis c'est à vous de comprendre, merde ! C'est votre boulot de flics, faites-le ! Il faut que tout le monde se fasse trucider sur Lands'en et qu'il ne reste plus que le tueur pour que vous découvriez qui c'est ?

Ses cris alertèrent Armelle qui, depuis des heures, était piquée sur sa chaise dans l'entrée.

À bien l'observer, malgré un calme apparent, elle se mordillait discrètement l'intérieur des joues, épluchait nerveusement son vernis à ongles, marquant son inquiétude. Elle sortit son portable et pianota avec précision le numéro de son amie Carline Dantec, la femme du procureur.

Ce fut efficace. Quelques minutes plus tard le téléphone de Fersen sonna et, la mort dans l'âme, il dut relâcher PM.

– Vos relations ne vous protégeront pas toujours, et si vous êtes le dernier des naufrageurs, le sang des Kersaint risque bientôt de couler sur un menhir, lui assena Lucas.

Armelle reprit possession de son mari et, après avoir certifié aux deux flics que PM était bien avec elle comme il l'avait affirmé, elle entraîna énergiquement mais sans grande tendresse la grande chiffe molle décoiffée qu'était son époux après ces heures d'interrogatoire.

– Sans l'intervention du procureur on aurait fini par le faire craquer, il était à bout...

Mais Marie n'écoutait pas Lucas. Épuisée elle aussi, elle regardait partir le couple. Elle surprit un regard de PM qui, avant de s'engouffrer dans la limousine familiale, se tourna vers la fenêtre d'où elle les observait.

Un regard presque animal, étincelant de haine.

Elle se dit que tous les êtres étaient métamorphosés sur Lands'en, comme si, en revenant sur l'île, elle avait, telle une fée maléfique, réveillé la part la plus sombre de chacun.

Elle tressaillit en sentant la main de Lucas s'enfouir dans ses cheveux. Elle se dégagea, fit un effort pour lui sourire, prit sa veste et se dirigea vers la porte.

– À demain...

Lucas hocha simplement la tête, réprimant sa frustration, il respectait son besoin d'être seule, sa fatigue morale autant que physique. Pour lui il s'agissait d'une enquête difficile, mais pour Marie c'était toute sa vie qui volait en éclats.

Lorsqu'il se retrouva entre les quatre murs de sa chambre, le manque d'elle fut encore plus aigu, une douche glacée n'y fit rien. Torse nu, une serviette autour des reins, il retournait compulsivement toutes ses poches, fouillait les moindres recoins de ses affaires dans l'espoir de trouver ne serait-ce qu'un foutu mégot de cigarette.

On frappa alors à sa porte. Il n'eut pas le temps de répondre qu'elle s'ouvrit, sur Marie, pieds nus, vêtue d'un simple tee-shirt blanc.

– Tu me manques trop...

Il ne sut pas comment ils se retrouvèrent enlacés. La sensation d'être l'un contre l'autre fut si forte que leurs deux corps décidèrent de tout. Leurs gestes s'enchaînaient, s'imbriquaient hors de toute volonté, ils se laissèrent emporter dans des ondes de plaisir, n'ayant pour seule conscience que celle de leurs émois, de leurs parfums les plus intimes, de leur jouissance.

Au comble du bien-être, ils glissèrent ensemble dans le sommeil.

Marie, comme rarement, avait abandonné tout contrôle d'elle-même, elle avait osé ses désirs, elle s'était sentie à la fois puissante et comblée, transformée et apaisée, comme neuve en amour.

Son inconscient était si libre de toute barrière que, lorsque l'horrible cauchemar surgit, il se déploya avec encore plus d'intensité que les autres fois. La sarabande tourbillonnante de sang, d'écume, d'ombres, d'éclairs, de hurlements, de râles l'envahit avec une violence croissante jusqu'à l'ultime vision d'un œil immense, fixe et étincelant, qui explosa dans sa tête.

Elle hurla.

Lucas la secoua presque violemment pour la ramener à la réalité.

– Encore ce cauchemar ? Tu ne veux pas m'en parler ?

La jeune femme, incapable de répondre, se leva et alla passer de l'eau sur son visage avant de pouvoir recouvrer toute sa lucidité. D'un geste qui lui était familier, elle rassembla ses cheveux et les noua en une large torsade.

– Difficile, c'est si imprécis, mais... Chaque fois, juste avant que je me réveille, j'ai l'impression que je suis sur le point de comprendre quelque chose, quelque chose que je sais déjà... comment dire... physiquement. Comme dans ma chair...

Elle eut une mimique exprimant qu'elle savait que c'était irrationnel. Lucas insista.

– Depuis quand fais-tu ce cauchemar ?

– J'étais toute petite, maman m'a même emmenée chez un médecin, il a diagnostiqué des terreurs nocturnes, assez banales chez les jeunes enfants... Ça m'a passé vers huit ou neuf ans, et puis ça a recommencé, très violemment, la nuit où Gildas a été tué.

Il la regardait avec un sérieux et une concentration en complet décalage avec les deux mèches rebelles qui se dressaient droit derrière sa tête comme des plumes d'Indien, et l'empreinte du drap qui lui zébrait une joue. Elle eut un élan de tendresse et, retrouvant plus de légèreté, elle sauta sur le lit pour le rejoindre et lui ébouriffer les cheveux.

– Dans une autre vie, j'ai peut-être été mousse sur la *Mary Morgan*, et j'ai fini égorgée par les naufrageurs...

Mais Lucas restait soucieux, ces symptômes étaient trop graves pour que l'on pût les prendre à la légère, elle devrait aller consulter un psy, quelqu'un qui puisse l'aider à expliquer ces visions récurrentes, l'hypnose pouvait aussi donner de bons résultats, faire remonter à un événement traumatique enfoui... Marie eut une moue dubitative.

– Je suis sûre d'être réfractaire à ce genre de trucs...

– Dans ces cas-là, on administre un léger calmant avant la séance...

– Un calmant ?... Comme le Mésadrol ?

Leurs pensées suivirent en un éclair le même raisonnement, ils parlèrent en même temps.

– Et si le tueur avait mis les anciens naufrageurs sous hypnose pour tenter de les faire parler avant de les tuer ?

– Pour obtenir la cache du butin, peut-être !

– Il faut savoir au plus vite si cette hypothèse tient la route techniquement. Il faut aller voir un spécialiste...

Marie hocha la tête.

– On en profitera pour passer à la maison d'arrêt, je tiens à annoncer moi-même à Yvonne la mort de sa fille...

Lorsqu'ils prirent le bac, Fersen venait de recevoir les premiers éléments de l'autopsie de Gwen.

Comme les autres, elle avait du Mésadrol dans le sang.

Ils réfléchirent à haute voix.

– Si on a vu juste, cela signifie que le tueur a cherché à tirer des renseignements de Gwen...

– Mais lesquels ?

*
**

En entrant dans la prison de Brest, Marie songea avec appréhension que Gwenaëlle était est sans doute la seule personne au monde qu'Yvonne aimait.

Le hurlement qu'elle poussa avant même que Marie ait fini sa phrase fut aussi insupportable que sa douleur. Son visage énergique s'affaissa, ses yeux se révulsèrent un instant, son corps se tordit, elle empoigna son ventre à deux mains comme si on venait de lui arracher les entrailles.

Deux gardiens surgirent, alarmés.

– On reviendra plus tard... balbutia Marie.

Yvonne, avec une force insoupçonnée, repoussa les gardiens qui voulaient l'entraîner.

– Non ! Restez ! Ils l'ont tuée, ils doivent payer ! Je ne veux pas que les coupables s'en sortent !

– Les coupables ?

– Oui, nous ! C'est nous les coupables ! Nous, les parents ! Eux c'étaient des gosses ! Gwen, ma Gwen...

Un sanglot la secoua, Lucas intervint immédiatement.

– Quels gosses ?

Elle se tourna vers Marie qui sentit son regard la traverser comme une brûlure et partir bien au-delà d'elle, des années en arrière.

– Ma Gwen, tes deux frères, Yves Pérec, PM de Kersaint et Christian. Lui aussi il faisait partie de la bande... Des gosses, la tête farcie de cette maudite légende... Ma petite, je n'ai pas su te garder près de moi cette nuit-là...

– La nuit du 20 mai 1968 ?

Yvonne hocha imperceptiblement la tête, et commença le récit comme une litanie qui lui apportait une délivrance, hélas trop tardive.

– Une nuit horrible, oui... Il était près de 5 heures du matin quand elle est venue me réveiller, moi je dormais comme une bête de somme abrutie de travail, j'ai rien compris, je l'ai giflée, ma petite... Elle tremblait, la pauvre gamine, elle tremblait de froid et de peur, elle disait qu'ils avaient fait une grosse bêtise, qu'il fallait que j'aille à la crique, qu'il était arrivé un malheur... Ses habits étaient tout gâtés, trempés, plein de boue, alors je lui ai crié dessus et je l'ai jetée au lit...

Yvonne sembla respirer avec difficulté, son visage était cireux, Marie eut un mouvement d'inquiétude que l'ancienne boulangère balaya d'un geste, reprenant son récit.

– Je suis allée sur la falaise et j'ai compris tout de suite en voyant le phare éteint et les lanternes des gosses abandonnées par terre... En bas il y avait déjà Pérec, l'ancien, et puis Arthus... Il avait sa grosse barque à moteur, ils étaient occupés à y traîner les cadavres. Trois, ils étaient... Deux gars, même pas la trentaine, et puis une fille, plus jeune il me semble. Elle était couverte de sang, ses vêtements, sa poitrine, son ventre, tout en était poissé...

Elle eut une expression d'écœurement qui se transforma en un rictus amer.

– Arthus et Pérec avaient déjà tout décidé. Ils allaient lester les corps et les larguer au large, et moi je devais ramasser tout ce qui traînait, tout brûler, tout faire disparaître...

Elle hocha la tête, perdue dans ses pensées.

– C'étaient nos gamins qui avaient fait ça... On ne dénonce pas ses propres gosses... Et puisque les naufragés étaient tous morts, à quoi bon aller en parler ? Quand la marée a fini de descendre, on a fait un tour dans la grotte pour voir si la mer n'avait rien laissé traîner... C'est là qu'on a vu les lingots, trois caisses. Bon sang, tout cet or ! Ça nous a rendus fous...

– Qu'est-ce que vous en avez fait ?

Yvonne mit quelques secondes à émerger de ses souvenirs, elle semblait épuisée, elle regarda Lucas, sa bouche se tordit en un sourire cynique.

– Arthus a vite fait le rapprochement avec le coup de la banque Hostier qui venait d'avoir lieu à Paris. Il a pris les choses en main, bien sûr... Il a décidé de planquer le magot et d'attendre de voir si quelqu'un le réclamait... Seulement le 5 juin, malgré le lestage des corps, celui de la jeune femme a été remonté par des pêcheurs. On a cru que tout allait être découvert mais la pauvre fille n'a jamais été identifiée. Arthus a décrété qu'il fallait laisser passer un an et un jour avant de se partager le trésor, mais après tout ce temps, comme il ne parlait plus de rien, Pérec et moi on est allés le trouver pour réclamer notre part. Ce rapace... Il ne nous a donné que ce qu'il a voulu ! Facile, on avait besoin de lui pour écouler les lingots. Enfin, j'ai eu ce qu'il fallait pour monter mon affaire et Pérec la sienne...

– Et ma mère, dans tout ça ?

La question brûlait les lèvres de Marie depuis le début. Yvonne hésita, et la regarda comme si elle l'évaluait.

– Aime ta mère, Marie, et respecte-la. Dès que tes frères lui ont dit ce qu'ils avaient fait, la Jeanne, elle a tout de suite ramassé ses affaires. Elle a pris ses gamins sous le bras et elle est partie sur le continent par le premier bateau. Elle s'est claquemurée chez ta tante, à Brest... Faut dire que ton père était en campagne et qu'elle était enceinte de toi, une grossesse difficile...

Son regard froid ne lâchait pas Marie. La jeune femme était restée immobile pendant tout le récit, comme fascinée. Elle devina à l'expression d'Yvonne qu'elle allait frapper à nouveau.

– Pas encore née tu lui faisais déjà souci... N'empêche que tes frères, ils ont attendu, mais quand ils en ont eu vraiment besoin, ils ont aussi croqué leur part, et Christian pareil...

Marie ne tressaillit même pas, mais à l'intérieur d'elle-même, ce fut comme si elle tombait dans un trou d'air qui lui souleva le cœur. Lucas lui jeta un regard inquiet et intervint rapidement.

– Vous pouvez me décrire précisément les naufragés ?

– Les deux gars étaient rouquins, ils se ressemblaient. La fille était jolie, elle avait des très longs cheveux, bruns... Mais moi je voyais surtout la grande plaie qu'elle avait à la gorge, et tout ce sang... J'en ai été malade, et ce pauvre Pierric aussi, d'avoir avoir vu ça...

Elle s'interrompit brusquement, Lucas et Marie échangèrent un regard.

– Vous avez laissé votre fils assister à tout ça ?

– Je savais pas, moi, qu'il traînait là !

– Vous ne saviez pas ? Vous venez de dire qu'il avait tout vu ! Et vous ne « saviez » pas ? Il n'a pourtant pas pu vous le raconter, il est muet depuis cette nuit-là...

Elle les observa tour à tour, haussa légèrement les épaules et s'adressa aux deux flics avec un ton de défi qui monta crescendo jusqu'à la crise de nerfs.

– Vous me jugez ? Vous me prenez pour un monstre, hein ? Mais je n'ai jamais fait les choses sans raison ! J'ai tué mes bébés parce qu'ils étaient tellement contrefaits que leur vie aurait été un calvaire ! Et ce débile de Pierric, si je m'en suis prise à lui, c'est parce qu'il avait retrouvé la parole, il fallait bien le faire taire ! Il voulait tout dire, la femme égorgée, l'or, tout ! Moi, il fallait que je protège ma fille, ses biens, son avenir ! Ma fille c'était ma vie ! Toutes ces horreurs, c'est à cause d'Arthus ! C'est lui qui nous a fait jurer de ne jamais rien dire, c'est lui qui a tout manigancé, comme toujours, vous avez compris maintenant ? Tous ces meurtres, c'est eux depuis le début ! C'est eux qui ont tué ma Gwenaëlle ! Ils ont tué tes frères, Marie ! Tu dois les venger !

En proie à un accès de haine, Yvonne vociférait, à la limite de la démence. Les deux gardiens, assistés d'un infirmier, l'empoignèrent et l'entraînèrent vers l'infirmerie tandis qu'elle hurlait toujours.

– Arthus c'est le diable ! Lui, son fils et Armelle, c'est eux qui sont des monstres ! C'est eux qui ont tué tout le monde ! Il faut qu'ils payent ! Venge-toi, Marie ! Venge-nous ! Il faut qu'ils crèvent ! Qu'ils crèvent !

Marie s'était mis les mains sur les oreilles pour échapper à ses cris. Lucas la sentit si éprouvée qu'il la saisit à bras-le-corps pour la faire sortir de la salle d'audition.

Ils firent une pause dans le couloir. Il connaissait bien son visage, maintenant, il savait au plissement de ses yeux et à une petite crispation au coin de sa bouche qu'une zone d'ombre, une idée noire lui grignotait la tête. Elle sentit qu'il cherchait à partager ses pensées, mais comment lui expliquer...

– J'ai... Quand Yvonne a raconté ce qui s'était passé dans la crique des Naufrageurs, cette femme égorgée, tout ce sang, j'ai...

Elle hésita à nouveau, craignant qu'il ne soit sarcastique, mais l'attention qu'il montrait l'encouragea à poursuivre.

– Pendant une seconde, j'ai eu la sensation que j'avais vécu cette scène... Enfin, des bribes, minuscules, mais très précises, comme un souvenir qui surgit et s'efface aussitôt... Oui, quelque chose que j'aurais déjà vécu...

– Tu n'étais pas née, c'est absurde...

– Je sais... murmura-t-elle sans insister.

Tant de choses plus absurdes encore faisaient ces jours-ci leur quotidien, elle se dit que tout Lands'en avait basculé dans ce monde parallèle dont parlaient les anciens, où régnaient l'étrange et le maléfique, comme de l'autre côté du miroir.

Une porte qui claque, une autre qui s'ouvre, un affolement soudain emplit le couloir, la ramenant à la réalité.

Un brancard surgit, poussé rapidement par des blouses blanches. Lorsqu'il passa devant eux, ils reconnurent Yvonne, inanimée, un masque à oxygène sur le visage.

Marie se précipita, et avant qu'ils ne se dirigent tous vers l'infirmerie de la prison, elle parvint à apprendre d'une infirmière que la détenue avait fait un accident cardiaque. Apparemment une réaction allergique à l'injection de calmant qui lui avait été administrée. Lucas, qui l'avait rejointe, réagit aussitôt.

– Un calmant ? De même type que le Mésadrol ?

– Un générique, oui, confirma l'infirmière avant de disparaître rapidement.

Les réflexions des deux flics s'enchaînèrent immédiatement.

– Je suis sûr qu'Yvonne avait été droguée au Mésadrol quand on l'a retrouvée dans la faïencerie !

– Le tueur a dû être surpris par le malaise cardiaque que ça a provoqué et il n'a pas eu le temps de l'interroger, ce qui explique qu'il ne l'ait pas tuée. Comme ensuite elle a été incarcérée...

– Donc le tueur pensait qu'Yvonne avait l'information qui l'intéresse, poursuivit Lucas.

Mais Marie secoua la tête.

– Il y a quelque chose de contradictoire : elle nous dit qu'Arthus aurait gardé le reste du magot, et en même temps elle accuse les Kersaint d'être les meurtriers. Donc ils n'auraient pas tué pour les lingots...

– Quand il y a crime rituel, avec mise en scène sophistiquée, comme c'est le cas, les meurtres ne répondent pas aux mêmes règles que les autres. Les mobiles sont beaucoup plus complexes, presque toujours pathologiques, souvent d'origine traumatique, expliqua Lucas.

– Et il faut dire que, chacun à sa façon, les Kersaint sont vraiment particuliers...

– Pas impossible qu'ils s'y soient tous mis. Apparemment PM n'a pas l'intelligence, ni Arthus la force physique, mais ils sont complémentaires et Armelle est tout sauf idiote.

– Ça expliquerait qu'ils se couvrent les uns les autres et que le tueur soit si habile parce qu'il est multiple.

– En plus ils avaient le Mésadrol sous la main... Mais...

Lucas s'interrompit, elle perçut sa réticence.

– Mais quoi ?

– Il y a un truc qui me chiffonne... C'est que Ryan n'ait focalisé que sur Gwen...

Marie prit un temps de réflexion. Elle devait admettre, même si elle en ressentait une vague contrariété, que Ryan l'avait entraînée sur une fausse piste... Elle soupira.

– Après tout, il ne m'a pas dit non plus que Christian faisait partie des naufrageurs. Par délicatesse envers moi, sûrement. Je ne vois pas d'autre raison...

Lucas resta silencieux, il se garda de lui rappeler que le skipper avait passé, sans lui en parler, un accord avec les Kersaint sur le chantier naval : il n'était pas impossible que Christian ait été de mèche avec PM. En tout cas il serait plus rassuré si on retrouvait son corps.

– À quoi tu penses ?

– À Ryan, affirma-t-il avec l'aplomb du mensonge.

– Ses complices et lui étaient irlandais, qu'est-ce qu'ils sont venus faire au large de Lands'en après le braquage, plutôt que de filer sur l'Irlande ?

Marie n'en avait aucune idée, c'était effectivement curieux.

Les quelques informations qu'elle avait reçues sur les Sullivan par un fax de Caradec étaient succinctes, et il y en avait encore moins sur Ryan.

– Dommage, j'aurais bien aimé en savoir plus sur lui, conclut-elle.

– Oui, moi aussi. Ce type a passé des années, pendant son séjour en prison, à étudier tout ce qui concernait Lands'en et ses habitants... Il serait peut-être instructif de savoir s'il reste des documents qu'il a utilisés ou même rédigés...

Ils venaient d'arriver au dernier sas avant la sortie, Marie s'arrêta.

– Il a fait une bonne part de sa détention ici, ils doivent encore avoir son dossier, non ?

– Il en est sorti il n'y a pas si longtemps que ça...

Ils firent demi-tour et se dirigèrent vers le bureau du directeur de l'établissement.

L'homme fut charmant, visiblement ravi d'avoir dans ses murs une jeune femme aussi attrayante. À l'agacement de Lucas, il ne s'adressa d'ailleurs qu'à elle et la submergea d'un flot de paroles dont elle ne retint que l'essentiel : prisonnier exemplaire, bosseur, toujours fourré dans les bouquins ou à l'informatique, jamais une visite, Ryan avait été un client très confortable.

– En plus, ajouta le directeur, grâce à mon autorisation, il a écrit et publié avec succès pendant son incarcération dans mon établissement. Cela m'a valu une excellente notation et des félicitations du ministère.

Marie et Lucas examinèrent le dossier, qui ne leur en apprit guère davantage. Arrêté en flag, Ryan avait signé des aveux, en deux jours les jurés avaient rendu leur verdict, à l'époque la justice n'avait pas cherché à en savoir plus. Lucas, qui ne supportait plus de voir le directeur se délecter de la physionomie de Marie, prit congé rapidement.

Mais le bonhomme, désireux de prolonger cette récréation inhabituelle, précisa que malgré son caractère solitaire, Ryan s'était lié pendant un temps avec un compagnon de cellule assez particulier, un psychiatre de renom, violeur récidiviste.

– Vous pensez qu'il serait possible d'avoir une copie du dossier de ce codétenu ? lui demanda Marie, très intéressée.

Tandis que la photocopieuse crachait ses pages, le directeur, s'adressant presque exclusivement au décolleté de la jeune flic, débitait ses anecdotes sur cet étrange psy qui s'était suicidé pendant leur transfert dans le nouveau bâtiment. Lucas s'interposa.

– Je suppose que leur ancienne cellule n'existe plus ?

– Mais si, on attend toujours les crédits de rénovation.
– Je pourrais la voir ?
– Bien sûr ! Je vous accompagne, si vous voulez.
– Ce ne sera pas nécessaire !

Lucas ajouta avec aplomb que sa collègue et lui avaient à parler de façon strictement confidentielle de l'enquête en cours.

Marie le regarda avec étonnement et attendit qu'ils soient seuls pour savoir ce qui lui avait pris de demander cette visite.

– Tu crois aux murs qui parlent, maintenant ?

– J'aurais dit n'importe quoi pour te débarrasser de ce type.

Marie eut un sourire narquois qu'il préféra ignorer.

– Et, plus sérieusement, il est toujours très instructif de voir où un homme a passé une si grande partie de sa vie, affirma-t-il avec aplomb.

Les précédant dans l'ancien bâtiment abandonné, le planton de corvée ne semblait pas ravi de l'expédition. Il fallait avouer que l'endroit était lugubre, leurs pas résonnaient dans des enfilades de couloirs éventrés, une odeur de moisi, d'égout et de ciment mouillé prenait à la gorge.

Le planton poussa une porte qui grinça de façon sinistre, il leur fit signe d'entrer.

Trois mètres sur deux, un coin latrines, deux châlits en béton coulé, un minuscule vasistas à barreaux dont la crasse ne laissait filtrer qu'une lueur glauque... À supposer que deux êtres humains puissent survivre dans cette promiscuité désespérante, ils n'avaient sans doute guère le choix qu'entre le suicide et la folie. Ou l'évasion par les livres et l'écriture.

Lucas avait pris au passage la torche électrique du planton, Marie sortit sa petite lampe de poche. Ils balayèrent la cellule crasseuse de leurs faisceaux, les murs étaient parsemés de graffitis qu'ils déchiffraient.

Des instantanés de détresse morale et physique... Gestes pour se faire croire qu'on existe encore, dérisoires résistances à la passivité, à l'oubli, au temps, espoirs pathétiques, messages sans autre destinataire que soi, comme on se cogne la tête contre le mur.

– Quelle force il faut pour survivre à tout ça pendant trente-cinq ans...

La voix de Marie se brisa net en même temps que le halo de sa lampe s'immobilisa :

– C'est pas possible, on dirait...

– Quoi ?

Lucas s'approcha. La même stupeur se peignit sur son visage. Tout comme elle venait de le faire, il reconnut, profondément gravé dans la pierre, le dessin de l'emblème des Kersaint.

23

Au fronton du château, dans un écusson de pierre à deux bandeaux, la salamandre et l'épée s'entrecroisaient au-dessus de la devise *Tenir et Garder*.

Arthus, dos à la cheminée monumentale du grand salon, se redressa de toute sa stature en regardant entrer son fils et sa belle-fille qu'il avait littéralement convoqués.

Armelle rajusta nerveusement son serre-tête de velours noir – son réducteur de cerveau comme disait irrévérencieusement Juliette pour faire sourire son grand-père –, quant à PM, il affectait un air paisible qui ne résista pas une seconde à l'annonce que fit son père.

– Je voulais vous faire part de ma décision de reconnaître, post mortem, Gwenaëlle Le Bihan comme ma fille légitime.

Il savoura un instant la stupéfaction scandalisée de PM et l'air calculateur d'Armelle qui cherchait déjà où était leur intérêt.

– Et je tiens à ce que nous lui fassions un enterrement digne d'une Kersaint.

PM en bégaya.

– M... Mais... père, vous divaguez complètement ! Il divague, il est malade !

– Tais-toi et réfléchis, pour une fois ! coupa Arthus brutalement. Officiellement je feindrai de découvrir seulement maintenant qu'elle est ma fille...

– Je ne comprends pas !

– Ça ne m'étonne pas.

Armelle dut calmer PM pour que son beau-père puisse poursuivre ce raisonnement qu'elle semblait curieuse d'entendre : les Kersaint avaient tout à y gagner, non seulement ce geste généreux servirait les apparences, mais, plus intéressant encore, Ronan deviendrait de fait le petit-fils d'Arthus. Ce dernier prit un temps pour ménager ses effets et poursuivit, content de lui.

– Comme ce cher Ronan est l'héritier unique des Le Bihan, il me suffira, en le mariant à Juliette, de conclure un habile contrat, pour que les biens et les terrains de sa famille retombent intégralement entre nos mains.

Armelle gratifia son beau-père d'un sourire admiratif.

– Bien joué, père.

– Ce n'est que justice, ce qui appartenait autrefois à la famille nous revient. Ma chère Armelle, je compte sur vous pour tout organiser au mieux, conclut Arthus.

PM se tint coi, se disant que, finalement, tout cela était effectivement très intéressant et servait bien ses affaires.

Il observa Armelle qui discutait avec le vieux. Il apprit qu'en accord avec Arthus, elle négociait depuis la veille, avec les grands-parents de la petite Pérec, la récupération des laboratoires et de leurs terrains. PM trouva qu'à côté de la silhouette éléphantesque de son père, sa femme ressemblait à un yorkshire pétulant et servile.

– Père, les papiers que vous avez si judicieusement signés avec ce pauvre Christian Bréhat, paix à son âme, nous garantissent sur le chantier naval mais je crains que nous ayons plus de mal à convaincre les Kermeur de lâcher l'hôtel...

– J'ai de bonnes raisons d'être confiant, mon petit. Bientôt les Kersaint posséderont à nouveau toute l'île...

Il eut un rire silencieux.

– À croire que le meurtrier de Gildas, Yves, Loïc et Gwen est de notre côté depuis le début, non ?

PM fit l'effort d'étirer un sourire filiforme que démentait l'hostilité de son regard tandis qu'il fixait son père.

Lorsqu'ils sortirent, il rappela Armelle à l'ordre, il exigeait d'être informé de tout avant Arthus. Elle l'interrompit d'un geste sec qui accompagna un ton sans réplique.

– Mon cher, vous auriez grand tort de ne pas me faire confiance... Après tout, moi je ne vous ai demandé aucun détail sur ce que vous avez fait les nuits des meurtres... Vous avez affirmé à la police que vous étiez avec moi, devrais-je me souvenir que c'est faux ?

Lucas aussi réfléchissait à un problème de confiance. Tandis que Marie, restée à l'intérieur du bac, feuilletait en détail le dossier du codétenu de Ryan, il regardait approcher Lands'en et se disait qu'actuellement, hormis les Kersaint, Pierric et Yvonne qui étaient mal en point, il ne restait plus comme témoin possible du naufrage que Jeanne Kermeur.

Il avait noté l'hésitation qu'Yvonne avait marquée avant de la mettre hors de cause.

Il fallait que Marie ait suffisamment confiance en lui pour qu'elle admette de le laisser interroger à nouveau sa mère. Il la chercha du regard, vit l'éclair de sa chevelure dorée qui l'auréolait alors qu'elle arrivait justement vers lui, la mine enthousiaste. Il se dit qu'elle rayonnait littéralement et que sa vie serait bien sombre si elle sortait de son paysage. Elle le fixait presque avec exaltation.

– Donne-moi ta main !

– Ma main ? C'est une demande officielle ?

Elle lui prit d'autorité la main et sans autre préambule, d'un geste inattendu et rapide, elle sortit une épingle et lui piqueta le bout des doigts.

– Aïe ! Mais tu es malade ?

– J'ai l'explication des piqûres ! Le psy violait ses victimes après leur avoir fait ingérer un calmant de type Mésadrol ! Et il s'est fait arrêter par recoupement : ses victimes avaient toutes des traces de piqûres sur les doigts. C'est de cette façon qu'il s'assurait, avant de les violer, qu'elles étaient bien dans un état profond d'hypnose !

– Nom de Dieu ! Ryan a appris l'hypnose en prison avec le psy ! C'est lui qui a hypnotisé les anciens naufrageurs !

– Attends, ça ne veut pas dire qu'il les a tués : Ryan était mort quand Gwen a été droguée, assassinée et que le menhir a saigné... Soit il avait un complice, soit quelqu'un a surpris sa méthode et se l'est appropriée.

– Au fait, toi aussi tu avais des traces de piqûres, toi aussi Ryan t'a hypnotisée ?

– C'est vrai... Mais il ne m'a pas tuée alors qu'il pouvait parfaitement le faire, au lieu de ça il a appelé la police. Donc ça prouve qu'il n'est pas l'assassin, et que le tueur passait après lui.

– Ou alors...

Il interrompit sa phrase, elle était suspendue à ce qu'il allait dire, il aimait bien ça, mais il pensa qu'elle aimerait moins la réponse qu'il allait lui faire, car elle contredisait son hypothèse. Il préféra la prendre à contre-pied.

– Quelle est la chose que tu sais et qui, à ton avis, pouvait intéresser Ryan au point de te mettre sous hypnose ?

Marie resta perplexe. Lucas put poursuivre.

– Ryan ne cherchait peut-être pas à apprendre quelque chose de toi. Tu sais que l'hypnose est aussi utilisée pour suggérer, pour conditionner ? Il est tout à fait possible qu'il ait voulu t'implanter une totale confiance en lui.

– Qu'est-ce que tu racontes ?

– Il a compris que tu ne lâcherais jamais l'enquête, et il t'a conditionnée pour exclure de ton esprit qu'il puisse être le coupable.

– C'est n'importe quoi !

– Admets que depuis ce moment tu te refuses à le soupçonner.

– Ce n'est pas vrai ! Ce sont les faits qui le disculpent !

– Tiens, la preuve !

– N'empêche que tout semble se resserrer autour des Kersaint, en plus c'est la seule famille d'enfants naufrageurs à ne pas compter de victimes.

– Tu vois, tu continues, tu dévies tout de suite sur autre chose.

Marie s'assombrit, et bien qu'un peu ébranlée, elle changea à nouveau de sujet.

– En attendant, comment expliquer que le blason des Kersaint soit gravé dans la cellule de Ryan ?

– Ta mère est à leur service depuis presque cinquante ans. S'ils ont des secrets de famille, elle est la mieux placée pour nous en parler. Non ?

Fersen était assez content de lui, il avait bien manœuvré, sans trop brusquer Marie et risquer de réveiller son charmant caractère breton.

*
**

Jeanne n'avait pas parlé de bonne grâce, arguant qu'il ne lui appartenait pas de dévoiler la vie privée d'autrui.

Il avait fallu que Lucas lui rappelle que, faute de collaborer loyalement, elle pourrait se retrouver mise en examen pour avoir gagné des millions au Loto sans avoir joué. Et on pouvait douter que son cher Milic soit heureux de l'apprendre.

Vaincue par l'argument, Jeanne les avait alors entraînés dans sa cuisine. Tout en naviguant pour leur préparer un café, elle parlait comme à elle-même, sans tenir compte de leur présence, évitant leurs regards.

– Ils m'ont engagée comme bonne, voyons, c'était... C'était quelques années avant la naissance de PM. Le pauvre gamin, il était chétif, toujours malade... Faut dire qu'Arthus ne s'est jamais intéressé à lui, et sa mère guère plus. De toute façon, dans cette famille, il n'y en avait que pour l'aîné, Erwan. C'est vrai qu'il avait tout pour lui, beau comme un soleil, intelligent, doué pour tout, moi aussi je l'aimais beaucoup ce garçon, adorable, sincère, franc... C'est sa droiture qui l'a perdu, il...

Jeanne s'était interrompue. Elle versa le café noir et odorant dans les tasses en faïence de Lands'en, son silence révélait sa réticence à parler de l'intimité des autres, Lucas la rassura.

– Tout ce qui n'est pas indispensable à l'enquête restera entre nous, je vous en donne ma parole.

Jeanne le sonda d'un regard qu'il soutint tranquillement.

La mère de Marie soupira, s'assit lourdement en face d'eux, et, laissant ses mains pour une fois inactives sur la grosse table de bois ciré, elle repartit avec gravité dans ses souvenirs.

– Le jour où Yvonne Le Bihan est venue annoncer à Arthus qu'elle était enceinte de lui, Erwan a entendu son père la traiter comme un chien, avant de la jeter dehors. Alors il est allé trouver Arthus et il l'a affronté. Ça a été terrible, Arthus adorait son aîné. Erwan l'a accusé de trahison envers sa mère, de cruauté et d'irresponsabilité envers Yvonne, il l'a traité de lâche et de menteur. Voir son fils le mépriser, ça, l'orgueil d'Arthus de Kersaint ne pouvait pas le supporter.

Elle garda le silence un instant. Marie se pencha vers elle et, avec douceur, l'encouragea à poursuivre. Jeanne contempla sa fille avec une expression lointaine, puis elle hocha la tête.

– Erwan exigeait qu'au minimum son père fasse des excuses à Yvonne et qu'il les dote à vie, elle et son enfant. Alors Arthus l'a maudit. Il lui a dit qu'il ne voulait plus jamais le revoir, et il l'a chassé, les mains vides. Pauvre garçon, il n'est jamais revenu, jamais... Arthus a raconté à sa femme que leur fils avait devancé l'appel. Je ne sais pas si Gaïdick l'a cru, ni ce qu'elle a su de tout ça, mais elle est devenue très dépressive, et quelque temps plus tard, quand Arthus a annoncé que leur fils s'était fait tuer à la guerre d'Algérie, elle s'est jetée de la falaise. Pauvre Gaïdick... Pauvre PM...

Elle partit à nouveau dans ses pensées, et cette fois c'est Lucas qui intervint.

– Pourquoi pauvre PM ?

– Il adorait sa mère. Il a grandi seul dans ce château, sans affection, je me rappelle l'avoir entendu pleurer pendant des heures, Arthus m'interdisait d'aller le consoler. Je n'obéissais pas toujours, pauvre gamin. Pas étonnant qu'il ait été complètement perturbé, il faisait des cauchemars, des crises de somnambulisme, des crises d'amnésie... Qu'est-ce que je pouvais faire ? Ça me rend malade de repenser à tout ça.

Elle se leva et ramassa les tasses, signifiant clairement que l'entretien avait assez duré. Fersen la remercia et prit congé.

– Je voudrais dire deux mots à ma fille.

Il eut un signe de tête et sortit. Jeanne attendit qu'il ait refermé la porte pour prendre dans un tiroir du buffet un objet que Marie reconnut immédiatement.

– Un gars de la Fédération française de voile est venu te voir ce matin, il a donné ça pour toi.

Elle lui tendit en l'ouvrant la petite boîte de cuir rouge, Marie vit scintiller l'or des alliances.

– Il venait te présenter ses condoléances, ils ont trouvé ça dans les affaires de Christian.

Jeanne avança, lui tendant l'écrin, Marie fit un pas en arrière, elle détourna le regard et se dirigea vers la porte comme on prend la fuite.

– Je préfère que ce soit toi qui les gardes...

Lorsque Marie monta dans la voiture, elle resta silencieuse, tendue. Lucas lui prit la main. Elle la retira très vite et, suivant son regard, il vit juste retomber le rideau de la cuisine de Jeanne.

Sans commentaire, il démarra et tenta, pour changer le cours de ses pensées visiblement douloureuses, de la replonger tout de suite dans l'enquête.

– J'ai fait faire une vérification auprès du service des armées. Erwan n'est pas mort au champ d'honneur, comme l'indique l'inscription sur sa tombe. Le fils aîné d'Arthus n'a jamais fait la guerre d'Algérie. Si on allait en toucher deux mots à ce vieux monstre ?

Marie lui sourit, cette fois c'est elle qui lui prit la main et la serra, fort.

– C'est exact, répondit sobrement Arthus sans marquer aucun trouble.

Le vieillard les avait fait attendre un bon moment, Marie en avait profité pour emmener Lucas voir le portrait de l'ancêtre qui effectivement portait au cou un médaillon gravé d'un sigle identique à celui du dernier menhir.

Arthus les toisa avec hauteur.

– Dans une famille comme la nôtre, il était impensable de faire savoir que mon fils était un lâche qui refusait de combattre. En réalité, Erwan s'est bêtement tué à Dublin dans un accident de voiture.

La mention de la capitale irlandaise fit sursauter les deux flics.

– À Dublin ? Que faisait-il en Irlande ?

– Aucune idée. Nous étions définitivement brouillés.

Ensemble, Lucas et Marie sentirent tout à coup fourmiller en eux la même excitation, indice qu'ils étaient sur une piste intéressante. Le commandant enchaîna très vite.

– Quels étaient les liens de votre famille avec Patrick Ryan ?

Le vieil homme eut l'air sincèrement stupéfait. Il fit répéter la question à laquelle il ne voyait guère de sens, Ryan était venu dîner deux fois au château, invité par Armelle, curieuse de connaître l'écrivain...

– Il a pourtant gravé l'emblème des Kersaint dans sa cellule, il y a des années de cela, intervint Marie sans lâcher le châtelain du regard.

– Vous êtes sûre ? Je ne comprends pas, c'est très étrange...

– Yvonne Le Bihan affirme que vous avez eu une part active dans le naufrage perpétré par les enfants de l'île en 1968. Et que vous avez empoché la plus grande part des lingots.

Là, Arthus encaissa nettement le coup. Il prit un temps avant de répondre.

– Elle vous a dit n'importe quoi. La prochaine fois, elle inventera encore autre chose pour me nuire, ses accusations ne tiendront pas, vous verrez.

– On fera une confrontation dès que son état le permettra.

– Je suis à votre disposition.

Il leur sembla que l'ombre d'un sourire passait sur le visage du vieil homme.

Ils allaient vite comprendre le sens de cette expression fugace.

Arthus savait parfaitement que cette confrontation n'aurait jamais lieu.

À peine deux heures auparavant, il s'était rendu au chevet d'Yvonne.

Il avait obtenu de son ami Dantec l'autorisation d'une brève entrevue. Il avait tenu à aller la voir, sentant que ce serait certainement leur dernière rencontre. Ils s'étaient dévisagés longuement, chacun repassant en silence leurs moments partagés. Yvonne avait parlé la première.

– Tu es un monstre, Arthus.

– Possible. Toi et moi, nous sommes les monstres de Lands'en.

Ils avaient eu la même pensée, au même instant, ce fut elle qui l'exprima dans un souffle à peine audible.

– Je t'ai aimé, pourtant...

Mais ni l'un ni l'autre n'avait cru à cet amour. Trop d'orgueil. Pour Arthus, la belle porteuse de pain qui l'avait subjugué ne pouvait qu'en vouloir à sa fortune, à son titre, et sa grossesse ne pouvait être qu'un piège sordide. Yvonne, elle, se haïssait d'être folle de cet aristocrate qu'elle pensait incapable de considérer une pauvresse comme elle autrement que comme une catin.

Sans jamais se l'avouer, ils s'étaient aimés, cependant, aussi passionnément, aussi violemment qu'ils s'étaient déchirés, et sur cet amour inconcevable ils avaient fondé une haine que leurs enfants avaient perpétuée. Et qu'ils avaient tous payée très cher.

– Notre fille est morte, Arthus, maintenant tout m'est égal... L'enfer ne me fait pas peur, j'ai vécu pire ici-bas...

Il avait alors posé sa main sur la sienne, et elle avait fermé les yeux, le laissant définitivement seul.

Dans la grande salle d'infirmerie, que surveillaient deux gardiens immobiles, il n'avait plus entendu que le sifflement continu du monitoring.

Lucas et Marie, en apprenant la mort d'Yvonne, mesurèrent le cynisme du terrible vieillard.

Le soupçon leur vint qu'il n'était pas pour rien dans ce trépas, mais le rapport médical était formel : la mort était indubitablement naturelle.

*
**

Dans le calme du poste de gendarmerie, les deux flics travaillaient en parfait binôme. De façon tacite, ils s'appréciaient professionnellement, éprouvaient la même satisfaction à constater qu'ils communiquaient vite et bien, et qu'ils étaient assez complémentaires. Cependant, sans se le manifester ouvertement, ils n'avaient guère la sensation de progresser. Pendant des heures, ils avaient échafaudé, détruit, reconstruit, croisé des hypothèses, mais aucune ne parvenait à intégrer l'ensemble des données. Ils n'avaient que des séquences de solutions qui ne collaient pas entre elles. Et il leur manquait surtout un mobile qui fût clair. Seules quelques informations qu'ils parvinrent à glaner éclaircirent un peu le tableau.

Tout d'abord, la police scientifique leur confirma que, comme ils le pensaient, les bandes vidéo des menhirs avaient bien été truquées. Par téléphone, Lucas engueula copieusement les techniciens, et ne décoléra pas pendant deux bonnes heures car les images qui manquaient étaient définitivement irrécupérables. Seule Marie parvint à le calmer en entrant en coup de vent dans son bureau, elle venait de recevoir un fax qu'elle déposa devant lui.

– C'est le SRPJ ! Ils ont les résultats de la recherche sur l'accident de Dublin, dans lequel s'est tué Erwan de Kersaint.

– Alors ?

– Devine à qui appartenait la voiture ? À Patrick Ryan !

– Ça confirme la gravure du blason retrouvée dans la cellule : Erwan et Ryan se connaissaient parfaitement !

– Par contre, les renseignements qu'ils donnent sur Ryan sont maigres : toute sa famille a péri dans l'incendie de leur ferme, en Irlande, alors qu'il n'avait que trois ans. L'enfant aurait ensuite été placé chez un couple de voisins qu'ils n'arrivent pas à identifier. Et il n'y a plus aucune trace de lui jusqu'à l'âge de vingt-cinq ans.

Marie était épuisée, mais surtout contrariée de ne pas avoir avancé davantage. Un coup d'œil à l'heure tardive acheva de la démoraliser. Elle remarqua que Lucas souriait en la regardant. Elle haussa les sourcils, interrogative, vaguement méfiante, il accentua son sourire.

– Tu me plais. Même quand tu es de mauvais poil. Je crois que c'est grave, docteur.

La sonnerie du téléphone l'immobilisa alors qu'il faisait mine de ramper vers elle. C'était Caradec, il reprit aussitôt son sérieux.

Le dossier de l'inconnue de Molène avait été consulté, deux années plus tôt. Les registres des sorties avaient été falsifiés et les documents n'avaient jamais été remis en place.

– Caradec va avoir des infos complémentaires, annonça Lucas à Marie. J'attends, rentre, et s'il y a quoi que ce soit de nouveau, je t'appelle. Non, tu ne discutes pas, tu es épuisée, va te coucher !

– Je déteste qu'on me donne des ordres. Sauf toi. C'est grave, docteur ?

– Je crois qu'on est foutus.

Elle eut un grand sourire, il fit mine de le recevoir comme l'impact d'un coup de flingue à bout portant dans le cœur, se renversant complètement en arrière sur sa chaise.

– Aaargh !

Elle rit et referma la porte derrière elle.

*
**

Elle dormait paisiblement, nue, une main posée sur l'oreiller d'à côté.

La poignée de la porte d'entrée se mit à tourner lentement, sans aucun bruit. Attendant Lucas, elle n'avait pas fermé à clef.

La porte s'entrouvrit dans l'obscurité quasi totale. Une silhouette entra, repoussa la porte sans la refermer. L'ombre se dirigea vers le lit, écarta les voilages et se pencha sur Marie. Une main surgit, se dirigeant vers son visage, et se plaqua fermement sur sa bouche et son nez.

Marie ouvrit instantanément des yeux affolés, commença

à s'agiter, mais elle s'immobilisa net en reconnaissant son agresseur.

Lucas, de sa main libre, lui faisait signe de ne faire aucun bruit. Il libéra sa bouche, et sortit lentement quelque chose de sa poche, un petit objet qu'il lui mit sous les yeux. Elle fronça les sourcils sans comprendre. Lorsqu'en le suivant du regard, elle le vit monter sur le lit, passer la main sur le baldaquin et y repérer quelque chose, elle comprit.

Il détacha net un micro miniaturisé.

Marie se leva précautionneusement, enfila un jogging, tout en observant Lucas qui faisait le tour de la pièce, moissonnant deux autres micros. Ils sortirent sans avoir fait un bruit, et attendirent d'être sur la plage pour se parler.

– Ce qui se fait de mieux en matière d'écoute.

– Qui a pu mettre ça dans ma chambre ?

Il eut un sourire mystérieux, indiquant qu'il savait, mais il prenait visiblement plaisir à la mettre sur le gril.

– Tu ne devineras pas.

– Allez ! Qui a fait ça ?

– Tu veux voir le portrait robot ?

Il lui tendit un feuillet qu'elle contempla avidement. Elle eut une expression stupéfaite.

– Ça ressemble à... Non, ce n'est pas possible !

Elle détailla les traits dessinés, la bouche, la forme du visage, les sourcils, l'implantation des cheveux, tout confirmait l'invraisemblable sensation d'ensemble... Elle leva vers Lucas un regard médusé.

– C'est...

– Inimaginable, oui, c'est bien pour ça qu'on s'est fait avoir par ce débile de Morineau.

– Stéphane, souffla-t-elle, sous le choc.

– Franck m'a rappelé, il avait eu la description de celui qui a sorti le dossier de l'inconnue de Molène. Morineau tout craché !

– Je n'arrive pas à le croire... Mais quel rapport entre Morineau et Mary ?

– Ryan ! J'ai joint ton admirateur, le directeur de la prison, j'ai appris que Morineau avait enseigné bénévolement l'informatique aux taulards, entre autres à Ryan.

Marie ne parvenait pas à superposer l'image de ce gentil neuneu de Stéphane avec l'idée d'un être machiavélique qui avait manipulé tout le monde en commençant par elle.

Lucas poursuivait.

– Il a demandé son affectation sur l'île il y a un an et demi ! Ryan a dû le payer pour enquêter sur les familles qui s'étaient enrichies. Pour un gendarme, c'était facile de découvrir ça. C'est un touche-à-tout de génie, en informatique, électronique, vidéo, son, etc. Facile pour lui de trafiquer les bandes vidéo des menhirs.

– C'est lui qui a fait sortir Yves Pérec de prison ! C'est sans doute lui qui a tué Nicolas et Chantal, et...

– Mais le cerveau, c'est bel et bien Ryan !

– Il a dû lui promettre de partager le magot avec lui. Ryan a cru que c'était Gwen qui voulait se débarrasser de lui mais en fait c'était Stéphane ! Et Ryan mort, Stéphane a repris à son compte la même méthode pour savoir où étaient les lingots !

– Tu ne peux pas t'empêcher de dédouaner Ryan...

– Il était en cellule la nuit de la mort de Gildas !

– Gardé par Morineau. Bonjour l'alibi !

Marie éprouva une désillusion si vive, si pénible, qu'elle admit enfin à quel point Lucas avait raison. Elle s'en inquiéta : pourquoi l'évidence de la culpabilité de Ryan la bouleversait-elle si profondément ? L'aurait-il à ce point conditionnée par l'hypnose ?

Elle n'eut pas le loisir de creuser davantage, Lucas l'avait attrapée par le bras et l'entraînait : il n'y avait pas de temps à perdre, il fallait au plus vite mettre la main sur Stéphane.

Le jeune gendarme avait élu domicile dans une ruelle derrière le port, il louait à la mairie une de ces étroites maisons de pêcheurs, sommairement réhabilitées, que seuls des touristes habitaient en saison. Le jour se levait à peine lorsqu'ils arrivèrent avec discrétion devant la porte de Morineau.

Lucas la crocheta en silence, ils pénétrèrent, armes à la

main. Dans la pénombre, ils explorèrent les deux seules pièces, le salon, aussi vide que la petite chambre attenante.

D'évidence, Morineau n'était pas chez lui. À 6 heures du matin, c'était curieux. Ils en profitèrent pour se livrer à une fouille rapide. Tandis que Marie allumait la lumière et s'occupait de la chambre, Lucas grimpa sur la mezzanine du salon. Il l'entendit fourrager dans les meubles.

– Tu trouves quelque chose ?

– Non. Gwen lui a peut-être révélé où étaient les lingots et il est déjà loin.

La chambre très dépouillée n'avait rien à livrer, Marie éteignit le plafonnier. Dans le mouvement qu'elle fit pour se retourner, son regard accrocha très fugitivement comme un rai de lumière sous le grand miroir qui occupait un pan de mur entier à l'opposé de la porte. Cela avait été si rapide qu'elle se demanda si elle avait bien vu.

– C'est curieux, ce truc, murmura-t-elle pour elle-même.

Du haut de la mezzanine, Lucas n'entendit pas. Marie, intriguée, se dirigea vers le miroir, elle vit qu'il allait jusqu'au ras du sol et repéra immédiatement des traces sur le parquet. Elle comprit.

La grande glace dissimulait une pièce, et Stéphane y était réfugié. Si le miroir était sans tain, il était même en train de l'observer et, qui sait, de pointer une arme sur elle. Elle devait d'urgence donner le change.

Prenant sur elle pour paraître totalement décontractée, elle fit mine de contempler son propre reflet pour rajuster ses cheveux. L'adrénaline envahissait son corps et elle devait se faire violence pour donner à ses gestes suffisamment de nonchalance, elle réajusta assez intimement son soutien-gorge.

Mentalement, elle préparait l'action qu'elle exécuta soudain avec précision. Un demi-tour lent, deux pas indolents vers la porte, et, brusquement, elle se retourna, dégaina et tira dans le miroir qui vola en éclats.

– Marie ! hurla Fersen.

L'arme au poing, elle fit un pas vers la pièce qui semblait vide quand soudain, comme s'il tombait du plafond, Morineau, avec une agilité, une force et une précision surprenantes, bondit sur elle, lui tordit le bras et la projeta dans le salon, le tout n'avait pas duré une seconde.

Il aperçut Fersen qui dégainait du haut de la mezzanine, et sans l'ombre d'une hésitation, il tira. Lucas poussa un râle bref et Marie entendit avec horreur le bruit de son corps qui s'effondrait sur place, faisant résonner le bois du plancher.

– Lucas ! Non !

Morineau, d'une clef au cou, étrangla presque Marie pour la faire taire. Il la traîna vers l'escalier de la mezzanine.

– Je vais le finir, il m'emmerdera plus ! Morineau faites-ci, Morineau faites ça, pauvre con !

Marie tentait de résister malgré la douleur que lui infligeait la prise de Stéphane. Elle se tétanisa en fixant avec épouvante des gouttes de sang qui tombaient du plancher de la mezzanine. Stéphane eut un petit rire satisfait.

– Carton plein, il a son compte !

Renonçant à monter, il poussa Marie vers la sortie.

– C'est con pour toi, ma belle, hein ? Tu t'éclatais bien au plumard avec lui ! J'avais pas les images, mais rien qu'avec le son, j'ai rien raté ! Avance ou je t'éclate moi aussi !

Il traîna Marie, le canon de son arme planté dans ses côtes.

Elle ne sentait plus la souffrance physique de son épaule, de son bras complètement tordus, tant la mort de Lucas la broyait de douleur. Elle laissa échapper un gémissement.

– Ta gueule, je veux pas t'entendre sinon je te flingue. Avance !

Marie tentait de réfléchir, il valait mieux sortir, ils allaient croiser quelqu'un, elle trouverait le moyen de donner l'alerte, de secourir Lucas s'il y avait encore une chance.

Mais la ruelle était vide, les volets restaient clos.

Ils débouchèrent sur le port, désert à cette heure matinale, les pêcheurs étaient déjà partis avec la marée, pas une âme, le sort jouait contre elle.

Stéphane la guida jusqu'à la vedette de gendarmerie, elle se cabra, mais il la jeta littéralement à bord et sauta la rejoindre. Il plaqua son arme sur sa nuque avant qu'elle ne se relève, fourragea dans ses poches, en sortit la clef qu'il mit dans le contact et redressa Marie d'un coup de genoux dans les reins.

– Prends les commandes, direction le continent !

Marie eut un regard vers la capitainerie, mais songea que, même si on les apercevait, il ne paraîtrait pas anormal qu'elle parte en mer avec Morineau. La mort dans l'âme, elle mit le contact et manœuvra vers la sortie du port. Dès qu'ils furent hors de vue, Stéphane se détendit, et ne résista pas au plaisir de savourer le renversement de situation.

– Tu m'as pris pour un débile, hein ? T'imagines pas le pied que j'ai pris ! Ah, vos tronches après la disparition de Pérec ! Et quand vous avez visionné les bandes vidéo ! s'esclaffa-t-il.

– Mes frères, Yves, Gwen, c'est vous qui les avez tués ? C'est vous qui avez tué Nicolas, Chantal...

– Je leur avais dit de se casser, mais ils ont rôdé autour du poste, c'était pas le moment.

– Tout ça pourquoi ? Pour de l'argent ?

– À partir d'un certain nombre de millions, ça ne s'appelle plus de l'argent !

La vedette approchait de la passe de Molène, Marie ralentit.

– Qu'est-ce que tu fous ?

– C'est bourré de récifs ! Là, là...

Elle désigna des hauts fonds qui affleuraient, détournant l'attention de Stéphane, car pendant une fraction de seconde, elle avait cru entendre le bruit d'un autre moteur de bateau derrière eux. Tandis qu'il scrutait les récifs, elle jeta un rapide coup d'œil en arrière et crut presque à une hallucination.

À une centaine de mètres, elle venait d'apercevoir une autre vedette, et elle aurait juré qu'aux commandes c'était la silhouette de Lucas...

Elle prit une profonde respiration pour tenter de calmer les battements de son cœur, et pour maintenir ailleurs l'attention de Stéphane, elle heurta volontairement un rocher.

– Merde, fais gaffe !

Il se pencha pour constater les dégâts.

Elle abaissa alors à fond la manette des gaz, l'accélération brusque déséquilibra Stéphane. D'un coup de pied, elle le désarma, Morineau, fou de rage, se jeta sur elle.

Fersen avait immédiatement compris ce qu'elle cherchait à faire, il fonça vers Marie et Morineau qui luttaient férocement, tandis que leur vedette filait pleins gaz.

Ce n'était pas par miracle que Lucas était sorti indemne de l'appartement de Stéphane. Ses réflexes l'avaient sauvé. Lorsque le jeune gendarme avait tiré sur lui, il s'était penché in extremis derrière la balustrade de la mezzanine, puis il avait feint de chuter à grand bruit. La chance avait voulu que l'armoire à pharmacie fût alors à portée de main. Il avait rapidement débouché et répandu un flacon de Mercurochrome sur le plancher disjoint. Le stratagème était risqué, mais Stéphane avait marché. Marie aussi, hélas.

Pour l'heure, c'était son tour à lui de trembler. La vedette de gendarmerie, à bord de laquelle le combat faisait rage, se dirigeait droit sur la digue de Molène sans que ses occupants prennent conscience du danger. Il lança son bateau à fond, se rapprocha, hurla.

– Saute, Marie ! Saute !

Alertée par son cri, Marie se retourna, vit Lucas, puis la digue qu'il désignait, elle voulut reprendre les commandes mais Stéphane en profita pour lui décocher un coup violent et récupérer son arme.

Sous le regard terrifié de Fersen, la vedette de gendarmerie se rapprochait à toute allure de la haute digue en pierre, tandis que Morineau tenait Marie en joue.

Le coup de feu claqua.

Stéphane tomba à genoux, il tenta de viser Marie mais elle avait déjà sauté par-dessus bord.

L'instant d'après, la vedette percutait la digue de Molène, explosant en mille éclats qui tournoyèrent en l'air avant de retomber en pluie.

Ils ne se parlèrent pas lorsqu'ils tombèrent dans les bras l'un de l'autre. Les mots étaient trop petits et trop imprécis pour traduire la force de leurs retrouvailles. Ils avaient cru se perdre irrémédiablement, maintenant ils savaient que sans l'autre ils ne seraient plus que la moitié d'eux-mêmes.

Ils laissèrent la police maritime se charger de récupérer le corps disloqué de Stéphane et retournèrent au plus vite perquisitionner son appartement.

La pièce que dissimulait le miroir était incroyablement équipée : écrans vidéo couvrant le site de Ty Kern et ses alentours – révélant que des caméras étaient dissimulées en haut du phare – tout un matériel d'écoute et d'informatique à la pointe de la technologie, une console reliée par plusieurs fils à des enregistreurs numériques sur lesquels Marie déchiffra des noms.

– Il avait tout mis sur écoute : chambre marie, chambre lucas, bureau gendarmerie... Incroyable !

– Regarde ça : un synthétiseur de voix. Avec ça on peut faire dire n'importe quoi à n'importe qui.

Il prit des CD-Rom empilés et étiquetés. Voix Gwen, voix Nicolas...

– Il nous a tous manipulés.

Marie était entre la colère et la nausée. Seule la nécessité de tout comprendre, de relier tous les fils, la forçait à continuer, elle s'assit devant l'ordinateur et pianota sur le clavier.

– Quand je pense au numéro de sous-doué qu'il nous a fait ! Soi-disant incapable de se servir d'Internet... Tiens, viens voir ! Stéphane s'est connecté plusieurs fois sur des sites spécialisés dans l'illusion et la magie !

Elle cliqua sur le dernier site visité, il s'ouvrit, proposant une bande démo qu'elle sélectionna et enclencha.

Tous deux se figèrent en voyant la démonstration du matériel permettant de transformer un homme en torche vivante. « Sans danger pendant près de trente secondes », disait le commentaire tandis que l'on voyait un cascadeur prendre feu.

– Et voilà comment Ryan s'est fait passer pour mort : après le coup de la panne, il t'a fait le coup de la torche humaine !

Marie ressentit à nouveau ce douloureux sentiment de trahison dont elle ne comprenait décidément pas l'intensité.

– Moi qui étais sûre qu'il avait donné sa vie pour moi.

24

Le grincement strident du tournevis électrique – son incongru dans ce lieu dédié au silence – fit s'envoler la mouette perchée sur le caveau des Kersaint. Armelle jeta un regard inquiet à son beau-père, dont le chapeau noir accentuait encore la pâleur.

– Vous auriez dû rester au château avec Pierre-Marie, père.

Elle tourna un regard courroucé vers les deux flics qui assistaient à l'exhumation.

– C'est de la profanation pure et simple.

Il faisait chaud, pourtant Marie frissonna en contemplant le cercueil posé sur deux tréteaux. Le chêne clair avait plutôt bien résisté aux ans, mais les poignées de laiton avaient noirci. La plaque gravée au nom d'Erwan de Kersaint (*9 avril 1944-12 février 1962*) aussi.

Le fax de Dublin était arrivé la veille.

Patrick Ryan est décédé le 3 avril 1947 au cours de l'incendie qui a ravagé la ferme familiale. Il était âgé de trois ans.

La jeune flic avait pâli.

– Celui qui a pris l'identité de Ryan a choisi quelqu'un né comme lui en 1944, quelqu'un qui n'avait plus de famille – celle-ci ayant péri en totalité dans l'incendie –, donc plus de témoin vivant.

– Une méthode bien connue des activistes de l'Ira, avait commenté Fersen en parcourant le fax à son tour.

Le sentiment de s'être fait manipuler avait brièvement traversé Marie.

– Les rassemblements ont dégénéré et les catholiques se sont mis sous la protection de l'Ira, lui avait expliqué Ryan en évoquant ses amours tourmentées avec une jeune protestante de Belfast.

– Il a falsifié les registres d'état civil pour que son décès n'apparaisse pas, avait-elle ajouté, écœurée, et il s'est servi de l'extrait de naissance pour faire une demande de passeport en janvier 1962.

– Un mois plus tard, Erwan de Kersaint se tuait au volant de la voiture de Ryan, avait renchéri Lucas.

– Attends... Erwan aussi est né en 1944 !

– Et il était recherché comme déserteur. Une bonne raison de vouloir changer d'identité.

– Ryan et Erwan ne seraient qu'une seule et même personne ?

– Ça ouvre des perspectives.

Ils avaient échangé un regard contenant la même question : qui était enterré dans le caveau des Kersaint ?

Le procureur avait autorisé l'exhumation. Non sans répugnance.

La dernière vis sauta, et l'employé des pompes funèbres souleva le couvercle. Le bois avait joué sous l'effet de l'humidité et craqua lugubrement.

Le vieil homme chancela. Les jointures de ses mains, noueuses comme des osselets, blanchirent en se crispant sur le pommeau de sa canne.

La curiosité eut raison des réticences d'Armelle qui se pencha en avant pour voir ce qui troublait si fort son beau-père.

Des sacs de sable. Trois sacs reposaient sur le satin capitonné piqué de moisissure par endroits.

Arthus était livide. Il regarda les sacs de sable, puis les deux flics qui lui faisaient face. Quand il parla, son élocution hachée trahit son profond désarroi.

– Cela voudrait-il dire que mon fils n'est pas mort ?

– Cela confirme seulement nos soupçons, répondit Lucas en évoquant brièvement l'usurpation d'identité.

– C'est ridicule, protesta Armelle une fois remise du choc. Nous avons reçu Ryan à plusieurs reprises. S'il s'était agi d'Erwan, père l'aurait reconnu, tout de même !

– Il avait dix-huit ans quand il a quitté Lands'en, lui rappela Marie, il en aurait soixante-deux cette année. Un homme change en quarante-quatre ans, surtout quand il en a passé les trois-quarts en prison.

La bru d'Arthus insista.

– Mais les yeux ? Le regard ! C'est la seule chose qui reste identique toute une vie.

– Des lentilles de couleur, dit Marie.

Elle tendit un tirage laser au vieil homme qui ne pipait plus mot.

– Nous sommes partis d'un portrait d'Erwan à dix-sept ans, nous l'avons vieilli grâce à un logiciel de morphing et nous avons remplacé les iris bleus par des gris. À peu de choses près, voilà à quoi ressemblerait votre fils aujourd'hui.

La similitude avec Ryan était saisissante, même si l'écrivain n'avait pas ces poches sous les yeux, ni cette mollesse sous le menton. Chirurgie esthétique. Une enquête approfondie montrerait plus tard que Ryan avait été admis à la clinique du Rond-Point, quelques jours après sa sortie de prison.

La photo trembla entre les mains du vieil homme.

– Ryan... Erwan... Quelle différence cela fait-il, articula le patriarche avec difficulté. Ils sont morts tous les deux.

– Deux morts, mais deux corps qui n'existent pas, objecta le spécialiste des crimes rituels. Je vous laisse tirer la conclusion qui s'impose.

Lucas dévisagea Arthus. Ce regard bleu délavé qu'il avait transmis à Erwan. Il y remarqua un éclair infime. La peur. La peur face à la mort.

– Sa stupeur en voyant le cercueil vide n'était pas feinte, murmura Marie en suivant des yeux la silhouette voûtée qui s'éloignait.

– Sa vengeance n'est pas terminée. Je parle de Ryan, précisa Lucas. S'il n'a pas voulu que sa famille sache qui il était, cela veut dire qu'il n'en a pas fini avec eux.

*
**

Pierre-Marie avait regardé son père et Armelle monter dans la limousine, et avait attendu que celle-ci ait quitté le château pour décrocher son téléphone et faire une réservation sur le prochain vol international en partance de Brest.

Un œil à la pendule de sa chambre l'avait rassuré. En se dépêchant il pourrait attraper le dernier bac.

– Je vous répète que la destination n'a pas d'importance. Ça vous laisse le choix, non ?

Il approcha un tabouret de l'armoire ancienne et se jucha dessus pour attraper la valise posée au sommet.

– Londres ? Il n'y a pas plus loin que l'Angleterre ? maugréa-t-il. D'accord, d'accord... Eh bien va pour Londres.

Il attrapait la poignée de la valise quand un léger froissement lui fit tourner la tête.

Une angoisse soudaine le déséquilibra et il faillit tomber.

Une enveloppe avait été glissée sous la porte.

Il descendit de son perchoir, et c'est d'une main tremblante qu'il l'ouvrit.

Elle était vide.

Le sceau de cire, brisé en deux, représentait un cercle, entouré de huit petits traits perpendiculaires.

Il entrebâilla prudemment la porte. Personne. Fit quelques mètres en silence dans le couloir. Désert. Il contempla l'enveloppe qu'il avait toujours dans la main et revint sur ses pas. Son interlocuteur s'égosillait à l'autre bout du fil.

– Oui... Quoi ?... Eh bien mettez-moi en éco, rétorqua-t-il d'une voix tenaillée par la peur.

Il referma la porte derrière lui, donna un tour de clé et se figea en voyant une feuille jaunie posée en évidence sur le lit.

L'inconnue de Molène.

L'original de l'article paru le 5 juin 1968 dans *Le Télégramme de Brest.*

PM le fixait, hébété, quand une voix s'éleva.

– Qui a eu l'idée de jouer aux naufrageurs cette nuit-là ? Gildas, Yves, Loïc, Gwenaëlle, Christian... Ou toi, petit frère ?

Cette voix aux inflexions à la fois tendres et graves, PM la reconnut instantanément. Pourtant il ne l'avait pas entendue depuis – bon Dieu ! – qu'il était minot.

Il fit volte-face.

Il était là, dans la chambre, en dépit de la porte fermée à clé.

La silhouette de Ryan. La voix et les yeux bleu délavé d'Erwan.

PM se recroquevilla sous ce regard. L'espace d'un instant, il crut vraiment aux fantômes.

Puis la main le saisit à la gorge. Une main on ne peut plus réelle. PM voulut se débattre, mais il était totalement à la merci de l'autre.

La trachée comprimée, les yeux exorbités, il balbutia que c'était Gwen qui les avait entraînés. *« Si tu te dégonfles, avait-elle lancé à PM, tu ne feras jamais partie de notre bande ! »*

Puis l'air lui manqua, les mots s'étranglèrent dans sa gorge.

La dernière image qui frappa sa conscience fut celle d'un pan de mur qui basculait. Après tout devint noir.

Le contact était froid, humide et rugueux. PM ouvrit précautionneusement les yeux, cligna sous la lueur vive d'une torche et mit une bonne minute à réaliser qu'il était assis à même le sol détrempé d'une salle souterraine dans laquelle Ryan – devait-il dire Erwan ? – l'avait entraîné.

Elle était sommairement équipée à la façon d'un camp de base. Le strict nécessaire. Seul élément de confort : un petit congélateur à gaz. Du moins c'est ce que PM crut distinguer quand ses yeux se furent habitués à la pénombre.

Le regard bleu de celui qui avait été son grand frère dans une autre vie était insondable. PM déplia ses membres endoloris, massa sa nuque et se releva avec effort. Parler. Tant qu'on parle on est vivant.

– Où est-ce qu'on est ?

– Sous la bibliothèque.

– J'ignorais l'existence de ces souterrains, dit-il, sidéré au point d'en oublier sa peur l'espace d'une seconde.

– Seul l'aîné la connaît.

Ryan pencha la tête.

– Je t'écoute.

PM recula malgré lui, son dos rencontra la pierre. Il était coincé. Il ne savait pas très bien par où commencer. Peut-être par la seule question qui le torturait vraiment.

– Tu vas me tuer ? Comme les autres ?

Ryan sourit brièvement, d'un sourire qui n'atteignait rien.

– Ai-je des raisons de le faire ?

Sans reprendre sa respiration, d'un débit précipité et haché, PM lui raconta comment ils s'étaient retrouvés sur la falaise, cette nuit de 1968...

– Pierric nous avait suivis, mais il comptait pour du beurre. On était six, comme dans la légende...

– Donne-moi quelque chose de nouveau, le coupa Ryan, glacial. Parle-moi de l'or que tu as volé.

En d'autres circonstances, PM aurait éclaté de rire. L'or ? Il n'en avait pas vu la couleur, ou si peu. Toutes ces années passées à mendier le moindre sou pour s'acheter de quoi tenir à peu près correctement son rang.

Là, il revit les lingots fichés dans le sable. La caisse éventrée. Les trois autres qui s'étaient échouées sur la rive. Il se revit en train de tendre la main vers une des barres dorées, quand un coup de feu avait fait jaillir le sable, à quelques centimètres de lui.

L'homme était à demi masqué par des rochers. Il avait une carabine dans la saignée du coude. Sa jambe droite était lacérée. L'os du tibia sortait étrangement. Un autre type avait échoué plus loin et rampait sur les coudes. Ses jambes formaient un curieux angle droit, à l'envers. Du sang ruisselait sur son visage.

– Ils ont menacé de nous tuer si on ne les aidait pas à se mettre à l'abri, avec les lingots, murmura PM. Alors on les a portés jusqu'à la grotte. La mer montait. Quand ils ont compris que c'était une impasse, celui qui avait la carabine nous a braqués. « Toi, a-t-il dit en désignant Christian, tu vas chercher du secours, vite. Tes copains restent ici. Otages. Si on doit crever, ils crèveront avec nous. » Christian a filé sans demander son reste. Et il n'est pas revenu.

Le fils cadet d'Arthus frissonna au souvenir de cette terrible nuit.

– Sean. L'homme à la carabine. L'autre s'appelait Tom. Ils étaient frères. Comme toi et moi, ajouta froidement Ryan. Vous les avez laissés se noyer comme des rats.

PM eut envie de lui dire qu'ils n'avaient pas eu le choix, mais il doutait que Ryan se contente d'une aussi piètre excuse. Seuls Gildas et Loïc savaient qu'il y avait une sortie par le dolmen. Gildas l'avait trouvée par hasard, un jour où il s'était fait prendre par la marée et où il avait failli se noyer. Mais il n'en avait jamais parlé à personne. Sauf à son frère.

Les six gamins avaient laissé les deux hommes grièvement blessés subir l'assaut des vagues de la marée montante et, une fois la grotte remplie, ils avaient grimpé un par un dans le passage.

– Ils n'auraient jamais pu nous suivre, pas dans leur état, balbutia PM, à court d'arguments. On était que des gosses, c'était juste un jeu stupide... On n'imaginait pas qu'un bateau viendrait se briser sur les récifs. On ne voulait faire de mal à personne...

– Et la jeune femme qui était avec eux, c'est juste pour jouer que tu l'as tuée ?

La lame du cran d'arrêt brilla fugitivement avant de se plaquer contre la gorge de Pierre-Marie. Les yeux de celui-ci s'emplirent d'effroi au contact de l'acier. La salle se mit à tourner, les murs tanguèrent. Mais ce qui le terrifia le plus, ce fut le vide du regard bleu délavé braqué sur lui.

– C'est toi qui es sorti le dernier sur la falaise, dit froidement Ryan. Gildas, Yves, Gwen n'ont appris que bien plus tard qu'il y avait une femme parmi les naufragés. Ils me l'ont dit, et sous hypnose on ne ment pas !

– Je ne voulais pas, je te jure, bégaya PM dont le menton était agité de tremblements. Pitié.

– Pitié ?

Ryan eut un rictus de haine.

– Tu as eu pitié de Mary et de l'enfant qu'elle portait ?

La stupeur de PM fut telle qu'il en arrêta de bredouiller.

– Quel enfant ? croassa-t-il.

– Mary était enceinte. De presque neuf mois.

– Non, non, c'est impossible !

La lame s'appuya plus fortement, mordant la chair, il se mit à couiner.

– Je te jure que c'est vrai ! hurla PM. Si elle avait été sur le point d'accoucher, elle n'aurait pas pu nous suivre !

Ryan relâcha la pression. Incrédule.

– Tu as une minute pour t'expliquer.

PM n'était plus en état de tergiverser. Sa vessie venait de lâcher.

– Quand la mer a atteint le plafond de la grotte, on a tous grimpé dans le boyau. Un par un. Si je suis passé le dernier, précisa-t-il avec amertume, c'est parce que les autres ne m'ont pas laissé le choix. Quand je suis arrivé dans la crypte, il n'y avait plus personne. J'ai monté les marches et j'émergeais enfin à l'air libre, sous le dolmen, quand une main m'a agrippé la cheville. J'ai hurlé, mais les autres étaient déjà loin.

Les derniers mots se transformèrent en gargouillis.

– Elle ne voulait pas me lâcher, elle disait que je paierais pour la mort des deux hommes, elle disait que j'irais en prison, hoqueta-t-il. Alors j'ai eu la trouille, tu comprends ? Y avait une pierre. J'ai cogné, cogné, jusqu'à ce qu'elle me lâche.

Parfois la nuit, il lui arrivait de revoir les longs cheveux bruns, le sang qui coulait sur le visage, les yeux verts qui se fermaient définitivement...

Il se mit à pleurer.

– Et tu es rentré au château, le relança Ryan, sans ménagement.

– Oui... Il renifla bruyamment. Père m'a envoyé me coucher en me disant qu'il s'occupait de tout. Il faisait grand jour quand il est revenu. Il m'a dit...

PM déglutit avec difficulté.

– Il m'a dit qu'elle était morte, que j'avais tapé trop fort, qu'il avait fait disparaître le corps, qu'il s'était arrangé avec les parents des autres. Il m'a fait jurer de n'en parler à personne, sinon je finirais au bagne ou sur l'échafaud.

– Et tu as juré...

PM, désormais, sanglotait.

– J'avais même pas dix ans. Je voulais pas la tuer, je te jure que je voulais pas...

Il ferma les yeux dans l'attente du coup de grâce. Et n'entendit que le bruit sec de la lame qui se replie dans le manche.

– Ce n'est pas toi qui l'as tuée.

PM entrouvrit les yeux, déconcerté. Son frère le menait-il en bateau ? Ses propos avaient pourtant l'accent de la vérité. L'espoir revint, infime, ténu. Il n'allait peut-être pas mourir, finalement.

– Mary a été égorgée, dit simplement Ryan.

PM revit la jeune femme aux longs cheveux qui hantait ses nuits depuis tant d'années. Égorgée ? Comment était-ce possible ? Il était le dernier... L'espace d'un instant, il se rappela avoir vu une ombre bouger dans les fougères près du cairn... L'un d'entre eux serait-il resté en arrière ? Christian se serait-il planqué là au lieu d'aller chercher des secours ? Et Pierric ? Il l'avait vu quitter la plage quand ils transportaient les hommes dans la grotte. Non, Pierric avait à peine six ans...

– Qui a pu bien faire ça ?

– Qui t'a dit que tu avais tapé trop fort ?

Le fils d'Arthus se cogna dans le regard de son frère et écarquilla les yeux en comprenant à qui il faisait allusion.

– Non... non...

Il allait hurler quand Ryan lui plaqua violemment la main sur la bouche.

L'écho du deux-tons d'une sirène leur parvint, s'amplifiant.

C'était Armelle qui avait prévenu la police, quand, après avoir fouillé une à une les pièces du château, elle avait dû se résoudre à admettre que son époux avait disparu.

– Il ne serait jamais parti sans me prévenir, expliqua-t-elle, très angoissée, à Lucas et Marie. Ce n'est pas normal, et cela vient juste après qu'on a découvert que le pauvre Erwan... On dirait qu'une malédiction frappe notre famille.

Fersen évita de rétorquer que la famille Kersaint était en soi une malédiction et fit se déployer les renforts.

Arthus, retranché dans sa chambre depuis son retour du cimetière, prit très mal leur visite. Il entrebâilla à peine sa porte et darda un œil froid sur la jeune flic.

– Nous cherchons votre fils.

– Lequel ?

Sans répondre, Marie entra dans la chambre, suivie de Lucas.

– C'est du délit caractérisé, je me plaindrai à qui de droit, protesta Arthus.

– On dirait que vos fils ont une fâcheuse tendance à jouer les filles de l'air, déclara Fersen. Comment expliquez-vous cela ?

– Je suis fatigué...

Et il se dirigea vers son lit.

– Qu'avez-vous bien pu faire de si terrible à votre aîné pour qu'il se fasse passer pour mort une seconde fois ? insista Lucas.

– Pour moi Erwan est mort le jour où il a quitté cette maison.

– Dites plutôt quand vous l'avez jeté dehors en lui interdisant d'y remettre les pieds de votre vivant, rectifia Marie. Tout cela pour cacher vos amours clandestines avec Yvonne Le Bihan, enceinte de vos œuvres.

Le vieil homme tourna vers elle son profil acéré de faucon.

– Sa mère est morte de chagrin à cause de lui.

– Votre femme s'est jetée de la falaise en découvrant toute la vérité, peu après la prétendue mort d'Erwan en Algérie, répliqua-t-elle sèchement.

Le regard bleu d'Arthus devint presque opaque.

– Votre fils aîné est revenu se venger, monsieur de Kersaint. Votre cadet a disparu. J'ai du mal à croire que cela vous indiffère.

– PM a passé l'âge de me demander l'autorisation de sortir, grinça-t-il entre ses dents.

– Mais pas la nôtre. Or toutes les issues du château étaient gardées par des gendarmes. Et il s'est volatilisé. À votre place, monsieur de Kersaint, je regarderais sous mon lit avant de me coucher, balança Lucas avant de se retirer.

Le vieil homme attendit que la porte se soit refermée, que leurs pas aient décru dans le couloir, puis il donna un tour de clé, s'approcha d'une tapisserie accrochée au mur et l'écarta, laissant apparaître un coffre encastré dans la pierre. Il pianota fébrilement la combinaison et l'ouvrit.

À l'intérieur, quelques documents, et un poignard ancien, au manche frappé d'un cercle entouré de petits traits perpendiculaires. Le couteau avait appartenu autrefois à son ancêtre, Erwan-Marie de Kersaint.

Erwan le naufrageur.

Arthus le contempla un instant, referma soigneusement le coffre et changea la combinaison.

– Ça fait trente-cinq ans qu'à la moindre occasion le vieux me rappelle que je suis un meurtrier, dit PM dont la rage augmentait à mesure qu'il revoyait sa vie défiler. Trente-cinq ans qu'il se sert de ça pour me tenir sous sa coupe. Trente-cinq ans qu'il me ment. Il a toujours dit que maman était morte à cause de toi. Je t'en ai tellement voulu, tellement... Si seulement j'avais su... Il m'a pourri la vie, il a pourri la tienne.

Ses yeux furent traversés d'un éclair de folie.

– Mais il ne s'en tirera pas comme ça ! Je veux qu'il crève !

– Pas sans avoir dit où se trouve le reste des lingots.

– Les fameux lingots dont je n'ai jamais eu que des miettes année après année ? Ça fait trente-cinq ans que je les cherche. S'il en restait, je les aurais trouvés.

– D'après mes estimations, il y a encore un paquet. Pas loin de cinquante millions.

– D'euros ?

Le regard soudain exorbité de PM arracha un bref sourire à Ryan.

– De francs. Ce n'est déjà pas si mal. Et puis la mort serait trop douce pour un homme comme lui. On va le faire souffrir, comme il nous a fait souffrir.

– On ?

Ryan sortit un étui à cigares de sa poche intérieure et lui tendit l'un des deux havanes.

– Je vais avoir besoin de toi, petit frère. Part à deux ?

PM tendait machinalement la main quand il suspendit son geste.

– Qui me dit que tu ne me tueras pas ensuite, et que tu ne garderas pas le pactole pour toi ?

L'aîné des Kersaint haussa légèrement les épaules.

– Rien. Sauf que je t'en donne ma parole.

PM garda le silence un moment. Puis il prit le havane.

– Lentement. Le vieux. Il faut le faire souffrir lentement.

*
* *

La nuit tombait quand les gendarmes qui quadrillaient le domaine le virent revenir par la plage privée, savourant tranquillement les dernières bouffées de son cigare.

Sommé de s'expliquer, à la fois par les flics et par son épouse, le fils d'Arthus se contenta de dire qu'il était allé faire le tour de l'île. À pied, oui. Rien qui justifiât un tel déploiement de la maréchaussée.

Armelle goûta peu l'ironie de ses propos. Elle n'avait vraiment pas le cœur à plaisanter. Pas après le cimetière.

PM écarquilla les yeux en apprenant que le corps d'Erwan n'était pas dans le cercueil. Puis un sourire étira ses lèvres.

– Sacré frangin ! Il a toujours aimé faire son intéressant !

– Vous êtes sûr que vous vous sentez bien, PM ? le questionna Armelle, inquiète.

– Je ne me suis jamais senti mieux.

– Sans doute la joie d'apprendre qu'Erwan est toujours vivant... même s'il s'appelle maintenant Patrick Ryan, déclara Marie, sarcastique, sans le quitter du regard.

L'éclat de rire de PM ricocha entre les arbres du parc. Il s'interrompit net devant la mine sombre d'Armelle.

– Attendez... C'est sérieux ? Mais alors cela voudrait dire... que je suis le frère d'un meurtrier ?

– Et peut-être son complice, dit Lucas.

Pierre-Marie se rembrunit.

– Venez, dit-il en prenant le coude d'Armelle, père déteste souper tard.

– Que vous a promis Ryan pour que vous l'aidiez ? demanda Fersen. La moitié des lingots restants ?

– Quels lingots ? Vous perdez la tête vous aussi ? s'exclama Armelle, dépassée par les événements.

Marie lança un regard aussi stupéfait qu'hypocrite à Lucas.

– Enfin, commandant, vous n'imaginez tout de même pas que Pierre-Marie...

Elle secoua la tête.

– Non, c'est impossible, la nuit des meurtres, il était avec son épouse. Armelle ne risquerait pas dix ans de prison pour faux témoignage.

Elle glissa un regard à la femme qui triturait nerveusement son rang de perles.

– Évidemment, rétorqua celle-ci, le ton soudain durci.

– Vous avez signé un pacte avec le diable, déclara Fersen en regardant PM droit dans les yeux. Ryan vous manipulera encore plus facilement que votre père ! Il ne fera qu'une bouchée de vous.

– Je suis plus coriace qu'il n'y paraît.

– Gwen se croyait la plus forte, elle aussi, et elle en est morte. Où est Ryan ?

– Dites donc, mon petit vieux, vous ne voulez pas que je fasse le ménage à votre place ?

Fersen lui adressa un sourire féroce.

– C'est peut-être votre grand frère qui s'en chargera si vous ne parlez pas.

*
**

Elle n'arrivait pas à croire que Ryan n'ait agi que pour l'argent et retournait tout cela dans sa tête depuis des heures.

– Tu lui cherches encore des circonstances atténuantes ? s'énerva Lucas en posant un énième café devant elle.

– C'est pas ça... Je sens qu'il y a autre chose. Quelque chose qui m'a échappé. Erwan de Kersaint était quelqu'un de bien à dix-huit ans, avant de se faire jeter dehors par Arthus.

– Ouais, jusqu'à ce qu'il braque une banque et qu'il tue un flic.

– Un accident.

– C'est bien ce que je dis : tu cherches à le dédouaner.

– Je veux juste comprendre.

– Comprendre quoi, Marie ? Le fric, c'est encore ce qui motive la plupart des crimes. En second vient l'amour. Puis le cul. Et la vengeance.

Elle tourna un regard étrange vers lui.

– Quoi ? demanda Lucas.

– Ryan m'a dit qu'il était fou amoureux d'une fille de Belfast dans les années soixante.

– Ryan t'a aussi dit que Gwen était coupable.

– Il semblait sincère. Et puis il m'a dit aussi que sa famille était morte quand il était jeune. D'une certaine façon, ce n'est pas totalement faux. Ryan, enfin Erwan, a perdu ses parents quand il a quitté Lands'en.

– Il a braqué une banque en compagnie des frères Sullivan. J'ai lu le rapport que t'a faxé Caradec. Des escrocs fichés au grand banditisme, soupçonnés d'être les porte-flingue de la fraction armée de l'Ira.

Marie se dressa subitement, renversant quelques gouttes de café au passage.

– C'est ça ! s'exclama-t-elle. Je savais bien que quelque chose m'avait échappé !

Elle fouilla dans le dossier du casse de la banque Hostier,

en extirpa une liasse de feuillets agrafés ensemble et les posa devant Lucas.

– C'est le rapport que Franck m'a faxé quand je suis partie au phare interroger Ryan. Regarde.

Elle désigna le coin supérieur gauche.

– Il est marqué qu'il comporte neuf feuillets y compris la page de garde. Or il en manque un.

Lucas feuilleta rapidement la liasse. Elle avait raison. La page six avait disparu.

– Qui l'a réceptionné ?

L'évidence le frappa au moment où il posait la question. Morineau bien sûr. Elle confirma d'un hochement de tête.

Caradec leur faxa le feuillet manquant quelques minutes plus tard. Lucas le parcourait des yeux quand Marie revint des toilettes.

– Mary n'était pas la femme de Tom Sullivan, c'était sa petite sœur. Leur petite sœur.

– Ryan m'a donc menti, une fois de plus, murmura-t-elle déçue. Pourquoi ?

– Pour dissimuler son véritable mobile. Un mobile beaucoup plus fort que l'argent. L'amour et la vengeance.

Marie tressaillit.

C'était la femme de Sean, ils s'adoraient...

C'était de lui dont Ryan avait parlé, bien sûr, sinon pourquoi aurait-il pris la peine d'ajouter cette précision ?

– Je savais bien qu'il y avait autre chose que l'argent.

Elle eut un regard rêveur.

– Il a dû passionnément aimer Mary pour vouloir la venger trente-cinq ans plus tard.

Lucas chercha le regard de la jeune flic et le trouva.

– Si on égorgeait la femme que j'aime, je pourrais passer ma vie à chercher son assassin.

Je passai entre les menhirs sans un regard aux caméras qui gisaient au sol et me dirigeai droit vers la falaise. C'était marée montante et les premières vagues se brisaient en écume sur les récifs, vingt mètres en contrebas.

Je portai instinctivement la main au médaillon que j'avais autour du cou. Un cercle entouré de petits traits perpendiculaires y était gravé.

Je pensai à Erwan-Marie, mon ancêtre, qui avait engendré malgré lui une autre génération de naufrageurs.

Je pensai à ces gosses qui avaient juste voulu jouer. Si seulement ils avaient éprouvé des remords après coup. Mais non, ils avaient profité des deniers de leur forfait.

Je pensai à celle qui avait fini sa vie là, trente-cinq ans plus tôt.

J'ouvris le médaillon que j'avais récupéré avec le dossier de l'inconnue de Molène, et y glissai une minuscule photo qui ne m'avait pas quitté durant plus de trente-cinq ans. Un cliché pris par Sean. Belfast, 1967.

Je contemplai le visage de cette femme que j'avais aimée plus que tout au monde. Il avait suffi d'un regard dans un pub saturé de fumée et de bruit. Un simple regard. À peine une seconde, deux peut-être. Elle m'avait souri, moi aussi. Et nos existences avaient basculé.

J'avais fait graver son prénom à l'intérieur du médaillon et attendais de pouvoir récupérer officiellement le mien pour l'inscrire, lié au sien. Durant trente-cinq ans, il ne s'était pas passé une heure, une minute, une seconde, sans que je ne pense à elle. Et au plan minutieusement préparé qui avait foiré pour une envie de fraises.

Elle avait repéré la carriole du primeur en arrivant sur les docks de Rouen. Amoureux, inconscient, stupide, j'étais parti lui en acheter juste avant d'embarquer et je m'étais fait coincer par un banal contrôle d'identité. Le bateau était parti sans moi pour l'Amérique et s'était écrasé quelques heures plus tard sur les récifs de Lands'en. Mon île. Le destin dans toute sa cruelle ironie m'avait rattrapé.

Et privé une fois de plus de ceux que j'aimais.

Je regardai encore un instant le visage pâle que le moindre rayon de soleil constellait de taches de rousseur, les longs cheveux bruns, les immenses yeux verts, et refermai le médaillon.

Le bruit des vagues qui éclataient avec force sur les récifs de la crique des Naufrageurs me donna le vertige.

J'eus alors la tentation d'aller la rejoindre.

Il suffisait d'un pas en avant et tout serait terminé.

Et laisser ce monstre s'en sortir ?

Jamais.

Je lançai le bouquet de bruyères en fleurs dans les flots tourmentés.

« Bientôt Mary, bientôt mon amour », murmurai-je en fermant les yeux.

Position fœtale. Genoux sous le menton. Bras repliés autour du buste. Elle ouvrit la bouche pour happer désespérément un peu d'air. Lucas fit irruption de la salle de bains et la prit tout contre lui.

– Chuttt... Calme-toi... murmura-t-il en la berçant.

Elle s'accrocha à lui comme la noyée qu'elle était.

– Cet œil fixe et froid qui me regarde... À chaque fois j'ai l'impression que je vais comprendre et...

Elle eut un geste désabusé puis sourcilla en réalisant qu'il était habillé.

– Tu t'en vas ?

– Les renforts que j'ai demandés arrivent. Briefing.

– Tu crois vraiment qu'il est dans l'île ?

– Oui.

Il lui caressa tendrement la joue.

– Il est tôt, rendors-toi.

– Surtout pas. Je prends une douche et je te rejoins.

Elle se leva, splendide de nudité, et n'atteignit pas la salle de bains. D'une main, il l'attira à lui, ensemble ils roulèrent sur le lit.

Une nouvelle fois elle s'émerveilla des sensations qu'il éveillait en elle. Avec lui elle prenait conscience de son corps, du sien, et des ressorts insoupçonnables et illimités du plaisir. Entre ses bras, elle oubliait tout. Tout ce qui n'était pas eux.

La jouissance n'était pas loin quand on frappa à la porte.

Subitement dégrisée, elle se glissa dans un peignoir et alla ouvrir.

Milic la dévisagea, bouleversé.

Son cœur se mit à cogner dans sa poitrine.

– Papa... Qu'est-ce qu'il y a ? Qu'est-ce qui se passe ?

– Je ne sais pas comment te dire ça... c'est... c'est tellement...

Il se troubla en apercevant, dans le reflet de la psyché, Lucas qui s'engouffrait rapidement dans la salle de bains, ses vêtements à la main, et força son regard à revenir à sa fille.

– Christian. Ils l'ont retrouvé.

25

Sa haute silhouette se découpait à l'avant du yacht privé de son sponsor. Son visage, creusé par les épreuves, était presque émacié, ses yeux profondément enchâssés semblaient un peu moins bleus, une barbe blonde lui mangeait les joues et le menton, pourtant il souriait. De ce sourire de loup de mer qui avait fait fondre Marie depuis qu'elle était gamine.

Là, elle se tenait raide, entre ses parents, animée par un violent désir de fuir cette mascarade trop bien orchestrée. Pourtant elle ne bougea pas. Elle savait que Lucas était là, quelque part, elle n'avait qu'à tourner la tête. Elle allait le faire quand Milic posa la main sur son épaule. Il savait ce qu'elle ressentait. Il savait aussi qu'elle ferait face.

Le yacht entra lentement dans le port, escorté par des dizaines de petits bateaux remplis de journalistes, d'admirateurs anonymes, de copains de l'île partis à sa rencontre... L'air heureux, Christian saluait tous ceux qui s'étaient massés sur le port pour l'accueillir.

Le yacht se rangea le long du ponton, il mit pied à terre.

Et l'île acclama son héros.

Posté en retrait de la foule, Lucas eut des envies de meurtres.

Bréhat vivant. La nouvelle lui avait fait le même effet qu'un coup de poing en pleine poitrine.

Le skipper devait la vie à une crise d'appendicite. Le cargo russe s'était dérouté pour débarquer l'un de ses marins souffrant de terribles maux de ventre, et avait aperçu un homme qui flottait entre deux eaux, très loin de la zone du naufrage, à plusieurs milles de toute route commerciale.

Une chance sur un million qu'un navire s'aventure dans cette passe redoutable, au large de Terre-Neuve.

Une chance sur un million de survivre plusieurs jours dans une eau sillonnée de courants froids.

Une chance sur un million. Lucas ne s'en donnait guère plus de garder Marie.

Assailli par les journalistes, le skipper miraculé – comme titraient les unes – finit par demander grâce.

– Écoutez, les gars, ça fait des jours que je rêve de ce moment-là, je vais enfin retrouver la femme que j'aime... c'est pour elle que j'ai tenu le coup... Alors, plus tard la conférence de presse, d'accord ?

Ils s'écartèrent, compréhensifs.

Lucas eut la nausée en le voyant fendre la foule en direction de Marie.

D'elle il ne voyait que les cheveux soigneusement nattés, et la robe légère agitée par la brise. Il la vit frissonner. De froid ? De dégoût ? De plaisir ?

En réalité, Marie ne ressentait rien à cet instant précis.

Elle regarda Christian se précipiter vers une femme qui lui ressemblait étrangement, prendre cette femme dans ses bras, et la faire tournoyer sous les flashes des photographes.

Et son regard accrocha celui de Lucas. Flash.

Elle aurait voulu lui dire que ce n'était pas elle, que c'était une autre qui se prêtait au jeu qu'on attendait d'elle. Elle ferma une seconde les yeux, consciente de sa lâcheté, et quand elle les rouvrit, elle le vit s'éloigner.

Quelle importance cela avait-il que Christian l'embrasse, au point où elle en était ?

Aucune.

Des heures qui suivirent, Marie ne garda aucun souvenir.

Enfin ils se retrouvèrent seuls, tous les deux. À l'hôtel.

Christian posa son sac sur le lit, attendit quelques instants mais elle ne desserra pas les dents. Elle n'avait pas dit un mot depuis qu'il avait mis le pied à terre.

Il savait ce qu'elle avait traversé depuis son départ de

Lands'en, mais lui aussi avait souffert. Ces épreuves ne devaient pas les séparer, ne pouvaient pas les séparer. Leur amour était plus fort que ça. Il fallait qu'il trouve les mots pour la ramener à lui.

– Je voudrais tellement qu'on oublie tout, murmura-t-il. Tout ce qui n'est pas nous...

Au regard qu'elle tourna vers lui, il comprit instantanément que les mots qu'il avait choisis avaient un effet dévastateur.

La digue se rompit, et les flots se déversèrent.

– Gildas, Loïc, Nicolas... Yves, Gwen, Chantal... ils sont tous morts et tu voudrais que j'oublie ? dit-elle d'une voix sourde. Que dois-je oublier d'autre ? La nuit où tu m'as agressée à l'abbaye ? Le bateau que tu as volé ? La boussole que tu as mise à bord ? L'annexe que tu as planquée à Morgat ?

Il ouvrait la bouche pour parler mais elle coupa court.

– Ne nie pas ! On a des preuves !

Il eut soudain l'air très las.

– Je n'avais pas l'intention de nier. Je m'étais même juré de tout te dire si j'avais la chance de te revoir un jour.

L'expression d'écœurement qui se peignit sur ses traits lui fit plus mal qu'une gifle.

– Et c'est tout ?

– Je n'ai aucune excuse, si c'est ce à quoi tu penses. À part mon amour pour toi.

– Oh. Et c'est par amour pour moi que tu ne m'as pas raconté le naufrage de 1968 ?

Ainsi elle savait. Mais que savait-elle exactement ? Seuls Gildas et Loïc étaient au courant du rôle exact qu'il avait joué cette nuit-là. Gildas n'avait certes pas eu le temps de le lui dire, mais Loïc ? Il devait y aller sur des œufs.

– J'avais juré de ne rien dire, déclara-t-il prudemment.

– Gwen m'a raconté que tu t'étais tiré. Comme un lâche.

Le visage du skipper prit une couleur crayeuse.

– Pourquoi n'as-tu prévenu personne ? insista-t-elle.

– Je voulais le faire. Je t'assure que je voulais le faire, répéta-t-il. J'ai couru jusque chez moi, mon père était ivre mort comme d'habitude. Il ne m'a même pas laissé le temps de parler, il m'a flanqué une dérouillée pour être allé traîner et puis il m'a jeté dans la cave. Sans Yvonne Le Bihan, j'y serais peut-être mort.

Il eut un rire sans joie en la voyant pâlir.

– C'est loin de l'image que tu te faisais de moi, n'est-ce pas ? Pour toi, mon père ne pouvait être qu'un type bien, comme Milic. J'aurais rêvé que ce soit le cas, que ta famille soit la mienne, et elle a failli l'être, ajouta-t-il amèrement. Tu vois, Marie, la vérité est souvent peu reluisante. Alors moi j'ai enjolivé la mienne. Tu étais trop petite quand mon vieux a enfin eu la bonne idée de crever, tu n'as pas mis en doute ce que je racontais.

Le regard de Marie se voila. Elle prit sur elle pour ne pas s'attendrir.

– Tu as dit : sans Yvonne Le Bihan, je serais peut-être mort...

Il haussa les épaules.

– Le flic n'est jamais loin avec toi, hein ? C'est elle qui m'a libéré le lendemain, j'avais deux côtes cassées. Le vieux cuvait dans un coin. Elle m'a emmené me faire soigner chez le père Pérec et m'a fait jurer de ne jamais parler de ce qui s'était passé sur la falaise.

– En échange de quoi ? Des lingots ?

Les mâchoires du skipper se crispèrent sous l'affront.

– En échange d'Anne. Elle avait à peine trois ans. Yvonne a menacé de dénoncer mon père aux services sociaux, de me faire envoyer en maison de redressement, elle disait qu'Anne irait en foyer, que je ne verrais plus ma petite sœur. Alors j'ai juré.

Entre ses paupières mi-closes, il vit l'émotion envahir son visage, et sut qu'elle était touchée.

Elle l'était. Mais ne désarmait pas pour autant.

– Si seulement tu m'avais fait confiance. J'aurais pu comprendre.

– En es-tu aussi sûre ? Moi pas. Pour toi j'étais un héros, sans peur et sans reproche. Pas un gamin battu qui a survécu en mettant les voiles, dans tous les sens du terme. Tu es tellement entière, Marie. Pour toi, il y a les bons, les méchants, et rien entre les deux. Si je t'avais dit la vérité, l'image du héros aurait volé en éclats. J'avais trop peur de te perdre pour en courir le risque.

Jeanne, Loïc et maintenant Christian. Était-ce vraiment pour elle, par amour pour elle, qu'ils avaient tous gardé le silence ? Elle fut prise d'un vertige à l'idée que, d'une façon ou d'une autre, elle portait la responsabilité des drames qui avaient frappé sa famille. Une onde de désespoir la parcourut.

Christian s'approcha d'elle et posa timidement une main sur son épaule.

– Est-ce que je t'ai perdue ?

Il posa rapidement le doigt sur ses lèvres pour l'empêcher de répondre.

– Non. Ne dis rien. Pas maintenant.

Devant le désarroi évident de la jeune femme, il décida de pousser son avantage, lui effleura la joue d'un baiser. Pas de réaction. Pas de rejet non plus. Il s'enhardit, enfouit sa tête dans son cou.

– On n'a toujours pas arrêté le meurtrier, souffla-t-elle en se dégageant doucement, alors fais attention à toi.

Il préféra croire à une marque de tendresse plutôt qu'à un prétexte pour le repousser. Elle se préoccupait donc encore un peu de lui ? Tout était peut-être encore possible.

Il acquiesça, un peu rasséréné.

Elle s'en alla sans lui avoir demandé d'aller s'installer ailleurs, ce qu'il prit pour un second signe d'espoir.

*
**

Les nerfs à fleur de peau, Lucas faisait un premier point sur les recherches.

– Cette île fait quinze kilomètres sur huit, vous êtes une cinquantaine à la quadriller dans tous les sens et vous n'êtes pas fichus de retrouver Ryan ?

L'adjudant-chef Leroux fit un pas en avant.

– L'arrivée de Bréhat a attiré tout un tas de curieux, Commandant. Ça ne facilite pas le boulot.

– Vous ne voulez pas qu'on vous le serve sur un plateau

comme un tourteau ? tonna-t-il, furieux. Fouillez chaque maison, interrogez chaque îlien. Ryan est comme vous et moi, il a besoin de faire trois repas par jour, quelqu'un l'a forcément vu ou aidé à se ravitailler ! Alors on se remue ! Je veux des résultats !

Les gendarmes s'éparpillèrent.

Il vit alors Annick qui l'observait sans rien dire, avec une expression éloquente.

– Quoi ?

Elle haussa légèrement les épaules.

– Ils n'y sont pour rien si un marin russe a eu le mauvais goût de ne pas se faire opérer de l'appendicite avant d'embarquer pour plusieurs mois.

Il ouvrait la bouche pour rétorquer, quand elle ajouta :

– Armelle de Kersaint vient d'appeler. Elle dit qu'il se passe des choses étranges au château.

– Étranges comment ?

La secrétaire eut une mimique d'ignorance :

– Elle a dit que ça se ne racontait pas. Que ça se montrait.

Le gigot était rosé à point, l'employée remplaçant Jeanne était une véritable perle, en dépit des événements Arthus était descendu déjeuner, Juliette rayonnait, Ronan la dévorait des yeux et Armelle avait convaincu Philippe d'être des leurs. Ce premier repas censé sceller l'alliance entre les deux familles ennemies avait pourtant bien commencé.

Par un toast porté par un Pierre-Marie d'excellente humeur.

– Juliette... Ronan... Je bois à vous, les enfants. À vous aussi Philippe. À nos familles qui s'agrandissent.

Armelle toussota discrètement pour attirer son attention : la formule n'était pas des plus heureuses compte tenu du « rétrécissement » de celle des Le Bihan.

PM se fendit d'un sourire confus, posa son verre et se mit à découper le gigot avec entrain tout en continuant de soliloquer.

– Ce bébé est finalement une excellente nouvelle, d'ailleurs rien ne dit qu'il sera tar...

Il distribua une nouvelle salve de sourires contrits.

– Et qu'Erwan soit encore vivant c'est – comment dire ? – inespéré. Je n'en reviens pas qu'il se soit mis à l'écriture...

Il tourna la tête vers Philippe :

– Mon grand frère était plutôt porté sur le sport quand il était jeune. Si vous l'aviez vu faire le saut de l'ange du haut du phare. Ah là là ! J'était tout petit mais je m'en souviens comme si c'était hier.

Puis il s'adressa à Arthus, qui s'était imperceptiblement raidi en bout de table.

– Vous l'aviez filmé, si ma mémoire est bonne ? Ah, c'est vrai, suis-je bête ! Vous avez préféré vous séparer de tous ces souvenirs qui vous rappelaient trop son absence...

Il dressa le couteau sur lequel perlait un peu de sang.

– Saignant, le gigot, père ?

Le vieil homme le dévisagea avec une hostilité non déguisée, repoussa sèchement son assiette et se leva avec difficulté.

– Tu me fatigues, Pierre-Marie.

Armelle se précipita pour aider son beau-père non sans fusiller son époux du regard. Celui-ci prit l'air faussement repentant.

– L'éternel conflit des générations... Vous devez connaître ça, non ? dit-il à l'intention de Philippe et Ronan...

Et sans attendre leur réponse, il enchaîna :

– Vous avez pensé à un prénom ? Pour le bébé ?

Ronan ouvrait la bouche pour répondre que c'était un peu tôt, quand PM décréta :

– Si c'est un garçon, la tradition des Kersaint veut que l'aîné se prénomme Erwan.

Du coin de l'œil, il vit son père, soutenu par Armelle, se dégager sèchement du bras de sa bru et quitter la pièce, seul.

Il croisa le regard noir de sa femme et fronça les sourcils.

– Eh bien quoi ? Qu'est-ce que j'ai dit encore ?

Armelle préféra ne pas répondre.

– Très bien, je me tais, grommela PM.

Durant les minutes suivantes, on n'entendit plus que le cliquetis des couteaux et fourchettes qui s'entrechoquaient dans les assiettes.

Et soudain un bruit sourd, comme une chute.

– Ça vient de la chambre de père ! s'exclama Armelle.

Ils se précipitèrent.

Le vieil homme avait eu envie de s'allonger, plus éprouvé qu'il ne voulait l'admettre par les sarcasmes de son fils.

Alors qu'il posait sa canne contre le coin du lit, son regard avait accroché un cadre en appui contre la carafe de nuit. Ses pupilles s'étaient dilatées, ses mains décharnées avaient saisi le cadre et s'étaient violemment crispées sur le châssis en bois.

Sur la photo, Ryan, une main sur l'épaule d'Arthus, souriait largement à l'objectif.

Le vieil homme terrifié s'était affaissé, les mains serrant toujours le cadre, le regard fixe, halluciné.

Fersen sortait de la gendarmerie quand il se retrouva nez à nez avec Marie. Il ne s'attendait pas à la revoir si tôt, s'en trouva déstabilisé et détesta cela.

– Je te croyais partie en voyage de noces ! lança-t-il froidement.

– Écoute Lucas, je ne voudrais pas que tu croies...

– Quoi ? Que vous avez couché ensemble ? l'interrompit-il, glacial. Pourtant c'est très exactement ce que je crois. Et tu n'as pas à te justifier.

– Tu n'en penses pas un mot.

– J'ai du boulot.

Et il monta dans le quatre-quatre. Au moment où il démarrait, Marie ouvrit la portière et monta en voltige. Il lui décocha un regard furieux qu'elle ignora superbement. Le véhicule bondit en avant.

Ils roulèrent plusieurs minutes dans un silence épais. Insupportable. Ce fut lui qui craqua le premier.

– Je suppose que tu vas épouser le héros du jour, dit-il en appuyant volontairement sur les derniers mots.

Il bifurqua dans l'allée menant au château.

Elle lui glissa un regard en coin, mais il gardait le sien obstinément rivé à la route devant lui. Elle haussa les épaules.

– Je m'y suis engagée, répondit-elle, laconique.

Il salua machinalement les gendarmes qui gardaient l'entrée principale et s'arrêta dans la cour du château, non loin d'une estafette.

– Alors parce que tu as donné ta parole, tu vas gâcher ta vie.

– Tu ne peux pas comprendre...

– Ça je te l'accorde !

– Lui et moi... C'est une longue histoire... Je ne peux pas lui refuser une deuxième chance.

Il descendit du véhicule et la dévisagea.

– Là tu en es au moins à la troisième ou à la quatrième... Remarque, quand on aime, on ne compte pas, ajouta-t-il, féroce, en claquant la portière.

Pour toute réponse, elle claqua la sienne et fit résonner ses talons sur le pavé de la cour. De l'estafette, les gendarmes, surveillant la porte d'entrée, virent Fersen rattraper la jeune flic et la retenir par le bras.

– Je ne comprends pas comment tu peux imaginer un seul instant vivre avec un menteur, doublé d'un lâche. Et d'un imposteur ! Tellement pressé de revenir vers toi qu'il n'a pas pris le temps de se raser ! Enfin... je suis con ! Il ne devait pas savoir que tous les médias seraient là, sinon il l'aurait fait.

Elle lui en voulut de mettre des mots sur ce qu'elle ressentait.

– De toute façon, toi et moi, c'était voué à l'échec, rétorqua-t-elle en se dégageant.

– Rassure-moi, la railla-t-il. Tu n'as quand même pas cru que j'allais te demander en mariage ?

– Je te rassure. D'autant qu'on n'a rien en commun.

– À part le sexe.

Elle rougit de colère et accéléra l'allure.

– C'est vrai, lui concéda-t-elle, on a eu quelques moments agréables.

– Faut dire qu'il n'y a pas beaucoup d'autres distractions, dans ce bled.

Distraction, ses yeux étincelaient.

– C'est exactement le mot que je cherchais !

– Si tu veux arrêter l'enquête pour te consacrer à ton futur mari, je comprendrais très bien.

– C'est adorable, persifla-t-elle. Mais quand je m'engage, je vais jusqu'au bout, je te l'ai déjà dit.

– Génial.

Et il tira violemment sur la chaînette de la cloche.

Le regard toujours aussi fixe, comme tourné vers l'intérieur, les lèvres décolorées, Arthus était assis dans un fauteuil près de la fenêtre. Penché sur lui, PM lui prodiguait à mi-voix des paroles réconfortantes.

– Tenez bon, père... Ce serait terrible si vous nous quittiez avant d'avoir revu ce cher Erwan.

Le vieil homme ne répondit pas, mais les jointures de ses doigts, posés sur les accoudoirs, blanchirent un peu plus, signe qu'il comprenait.

Son fils tourna la tête vers la porte en entendant Marie et Fersen arriver en compagnie d'Armelle.

– La police est là, père. Tout va s'arranger, maintenant.

PM eut une mimique inquiète à l'intention des arrivants.

– Il n'a toujours pas dit un mot. Pourtant il m'entend, j'en suis sûr.

Marie prit la photo qu'Armelle lui tendait, sursauta en voyant le portrait et le passa à Lucas.

– J'ai eu la même réaction que vous, Marie, bredouilla Armelle. C'est totalement insensé. Nous n'avons jamais pris de photos de Ryan et de père...

– Sa chambre est restée vide combien de temps ? demanda Lucas, rogue.

– Père est descendu à midi pour le déjeuner, le renseigna PM en s'avançant. Il n'avait pas beaucoup d'appétit, le pauvre... Je dirais : une petite demi-heure.

– Celui qui a mis cette photo ici a peut-être bénéficié d'une complicité à l'intérieur du château, suggéra Marie en dévisageant Armelle, puis son époux. L'un d'entre vous a-t-il quitté la table à un moment ou à un autre ?

– Si vous cherchez à insinuer que... commença PM.

– Répondez, aboya Lucas.

– Personne. Et ce n'est pas en nous soupçonnant que vous trouverez le criminel qui a fait ça.

– Un nom vous vient en particulier ? demanda sèchement Fersen.

Armelle coupa court, fébrile.

– J'exige une protection étroite autour de chacun des membres de ma famille.

– Engagez des gardes du corps !

– À moins que Pierre-Marie, ou son père, n'ait de bonnes raisons de se croire en danger, temporisa Marie, nous ne pouvons mobiliser des effectifs pour rien.

PM posa la main sur l'épaule d'Armelle.

– Inutile de dépenser l'argent du contribuable. Ma femme est beaucoup trop émotive. Ce n'est qu'une photo.

– Truquée, précisa Lucas. Assez grossièrement d'ailleurs. Le but n'était pas de décrocher le premier prix d'esthétisme, mais de terroriser votre père.

Il s'approcha du vieil homme et lui agita la photo devant les yeux.

– Votre fils vous adresse un message, monsieur de Kersaint...

– Moi ? C'est n'importe quoi, grogna PM.

– Vous n'avez pas le monopole de la filiation, que je sache ! décréta froidement Lucas avant de revenir à Arthus. Ryan ou plutôt Erwan veut vous signifier que, où que vous soyez, où que vous alliez, il sera toujours là, tout près...

Les paupières du patriarche se mirent à tressauter, parcourues de tics nerveux.

– Laissez-le tranquille, à la fin ! protesta PM. Vous ne voyez pas qu'il est très faible ? Au lieu de vous acharner sur lui, concentrez-vous sur Ryan. Trouvez-le ! Arrêtez-le !

– On le fera, soyez-en sûr. Mais vous et moi savons très bien qu'il n'agit pas seul.

PM haussa le ton.

– Ne l'écoutez pas, père. Ce sont des calomnies.

– Attaquez-moi en diffamation, le défia Fersen. Je rêve de vous retrouver dans un tribunal.

Il se pencha vers Arthus.

– Il suffit que vous parliez pour que je mette un flic devant votre porte vingt-quatre heures sur vingt-quatre.

Le vieil homme garda un silence farouche. Lucas haussa les épaules.

– Comme vous voudrez.

Et il quitta la chambre.

Marie dévisagea Armelle, puis son époux.

– Espérons qu'on trouvera Ryan avant que lui ne vous trouve.

Lucas était assis dans le quatre-quatre et raccrochait son portable quand elle le rejoignit.

– Si Ryan s'était introduit à l'intérieur pour déposer cette photo, les gendarmes l'auraient vu. À moins qu'il ne soit passé par en dessous. Les vieux châteaux ont parfois des passages secrets, des souterrains. Cela expliquerait aussi comment PM a disparu l'autre jour... Il y a les plans au cadastre, on devrait...

Elle s'interrompit en le voyant la dévisager, sarcastique.

– Quoi ?

– J'ai déjà appelé la mairie. Ils ont fait des recherches. Les plans ont disparu.

*
**

De loin, Jeanne vit qu'il était allongé dans le hamac tendu entre les deux mâts. De plus près, qu'il ruminait sa peine, en silence, les yeux mi-clos, la bouche formant un pli amer. En un éclair, elle le revit gamin quand il débarquait chez eux, la mine en biais, après que son père l'eut rossé. Christian avait sept ans quand sa mère était morte en mettant Anne au monde, et quinze quand le vieux Bréhat s'était noyé en tombant dans le port, une nuit de beuverie.

Ce fut du moins la conclusion des gendarmes et personne ne chercha à savoir si c'était vrai ou non. Le vieux poivrot était mort. Paix aux âmes des vivants.

Elle songea à la passion que Christian avait eue très tôt

pour la voile. Il disait que c'était sa vie. Elle aurait dit : sa survie.

Elle franchit l'échelle de coupée et mit le pied sur le pont, avant qu'il ne la remarque.

La visite de Jeanne le mit mal à l'aise. Il réalisa seulement qu'il n'était pas allé la voir après avoir appris les nouveaux deuils qui les avaient frappés, Milic et elle, ne serait-ce que pour partager avec eux le chagrin. Mais la mère de Marie n'était pas venue pour s'apitoyer avec lui.

– J'ai scrupule à te dire ça après ce que tu as vécu, mon grand, mais il faut que tu quittes Lands'en, déclara-t-elle sans ambages. Et je...

– Je suis capable de me protéger, si c'est à ça que tu penses.

– Et je veux que tu emmènes Marie avec toi, poursuivit-elle en ignorant l'interruption.

Le regard bleu s'assombrit.

– Aucune chance qu'elle accepte.

Jeanne soupira intérieurement. Dieu que les hommes étaient d'étranges créatures ! Prêtes à braver les océans, mais facilement désarmées par une femme.

– Ta sœur organise un dîner ce soir, pour fêter ton retour.

Elle le vit faire la moue et leva une main impérieuse.

– Peu importe que tu en aies envie ou pas, c'est l'occasion ou jamais !

Elle sortit l'écrin rouge de son cabas et le tendit à Christian.

– Dis à Marie de venir. Renouvelle ta demande. Je connais ma fille. C'est quelqu'un de droit. Elle ne pourra pas se dérober.

Le skipper prit l'écrin et le tripota fébrilement.

– Et si tu te trompes, Jeanne ? Si je la perdais ?

– Si elle reste là, tu la perdras pour de bon.

Il la dévisagea longuement.

– Ce n'est pas à cause de l'enquête que tu dis ça, n'est-ce pas ?

– Ça jase beaucoup sur Marie et ce flic de Paris ces derniers temps. Personne ne te dira rien pour ne pas te faire de peine. Moi je te le dis parce que je pense que son bonheur est ailleurs, loin d'ici.

Le regard bleu s'éclaircit. Un rayon d'espoir traversa le brouillard. Il pressa doucement la main de celle qui le lui apportait en cadeau.

– Je la rendrai heureuse, Jeanne, je te le promets.

La mère de Marie se contenta d'acquiescer et s'en alla.

*
**

Le quatre-quatre dépassa le site mégalithique et brinquebala jusqu'au musée.

C'est Marie qui avait eu l'idée d'y faire un tour.

– Il y a un gros bouquin consacré à l'histoire des Kersaint à travers les siècles. Plein de gravures. D'encres. De plans. Je l'ai souvent feuilleté quand j'étais gamine.

L'ombre d'un sourire avait joué sur le visage du flic en l'imaginant soudain, du haut de ses huit ans, penchée sur le vieux grimoire telle la Hermione d'*Harry Potter*.

Elle avait haussé les épaules.

– Si tu as mieux à suggérer...

Il n'avait pas.

Elle l'entraîna directement dans la deuxième salle vers une vitrine qui contenait effectivement un gros livre posé sur un lutrin. Elle la déverrouilla, prit le volume et le lui tendit avec un sourire triomphal.

Il l'ouvrit et feuilleta les pages d'un rapide mouvement du pouce.

Une curieuse expression se répandit sur son visage.

– Quoi encore ? demanda Marie.

– Sympathique, dit-il en lui tendant le livre, goguenard. L'encre devait être sympathique.

Toutes les pages étaient blanches.

– Il a vraiment pensé à tout, gronda-t-elle, éberluée.

– Oui. Il ne veut vraiment pas qu'on mette le nez dans les dessous du château.

– On ne peut tout de même pas le désosser pierre par pierre.

– Mais le perquisitionner, si. Je vais demander une commission rogatoire au procureur.

– Je connais bien Dantec, ce serait peut-être mieux si je l'appelle.

– C'est bon, Marie, je devrais m'en sortir.

Elle le suivit tandis qu'il téléphonait, et monta dans le quatre-quatre alors qu'il s'énervait.

– Un rapport ?... Très bien, vous l'aurez d'ici une heure par fax ! Mes respects, monsieur.

Il raccrocha, se mit derrière le volant et laissa échapper sa colère.

– Tu sais ce qu'il m'a dit, ce con ?

– Qu'Arthus de Kersaint est un notable de la région, que sa belle fille Armelle joue au golf avec son épouse Carline, et qu'il ne crache pas sur les relations des châtelains pour accéder à de plus hautes fonctions.

– La prochaine fois c'est toi qui appelles.

Elle éclata de rire devant son air dépité. Un rire contagieux qui le gagna peu à peu. Leurs regards se rencontrèrent et ne se lâchèrent plus. Soudain l'habitacle sembla rétrécir, l'air se raréfier. Il avança la main vers elle et effleura sa joue. La caresse l'électrisa. Et le désir monta.

Il approchait son visage du sien quand un portable se mit à vibrer sur le tableau de bord.

Celui de Marie. Elle décrocha et se raidit. Lucas n'avait qu'à la regarder pour savoir qui l'appelait. La magie était rompue.

Il démarra en faisant hurler le moteur.

26

Des tréteaux avaient été dressés à l'extérieur du café, sur l'emplacement réservé au marché. Des lampions dispensaient une douce lumière colorée. Les femmes allaient et venaient avec des marmites de moules marinière tandis que les alcools circulaient. Un accordéon jouait en sourdine. On se serait cru un soir de 14 Juillet.

Tout le monde était venu fêter le retour du héros. Pour quelques heures, Lands'en avait décidé d'oublier les drames qui l'endeuillaient. Et si les rires étaient un peu trop forts, les accolades un peu plus appuyées, les rasades un peu plus généreuses, nul ne s'en formalisait.

Seule Marie n'était pas au diapason.

Elle regardait Christian qui n'en finissait plus de raconter son sauvetage et pensait à Lucas qui n'avait plus desserré les dents depuis le musée.

Elle regardait l'un en pensant à l'autre. L'un qu'elle aimait depuis tellement d'années, mais qui l'avait déçue. L'autre qu'elle ne connaissait pas trois semaines auparavant, mais qui l'avait envoûtée.

Et si elle se trompait ? Christian n'était pas parfait, loin de là. Mais Ryan avait peut-être raison en décrétant que tout homme a ses faiblesses. Et si son aventure avec Lucas n'était qu'une toquade ? Une passion purement charnelle ?

Elle regardait l'un, et avait envie de l'autre. Torturée.

La voix grave du skipper qui réclamait le silence la ramena à la réalité.

– Je ne l'ai encore dit à personne, commença-t-il, mais j'ai décidé de lever un peu le pied côté courses...

Les commentaires fusèrent, il leva une main apaisante.

– Je n'abandonne pas la voile... Je veux juste me consacrer un peu plus à ma vie privée.

Il se tourna alors vers Marie.

– On va pouvoir penser un peu à nous, et au bébé qu'on désire tous les deux...

Quelques applaudissement éclatèrent.

Christian s'approcha de sa fiancée, qui s'était imperceptiblement raidie.

– Quand tu as accepté de devenir ma femme, ce fut le plus beau jour de ma vie. La vie nous donne une deuxième chance, mon amour, ne la laissons pas passer. Les bans ont déjà été publiés. Nous pouvons être mariés demain. Épouse-moi.

L'écrin rouge apparut comme par magie dans sa main. Il l'ouvrit. Les deux alliances étincelèrent.

– Non.

Bien que faiblement émis, tous eurent l'impression que le cri se répercutait jusqu'au bout de la jetée.

L'accordéon s'était tu. Les invités les avaient laissés régler ça en famille.

Consciente des regards de ses parents, d'Anne et de Christian, Marie se mit à bredouiller :

– Je voulais juste dire que ce n'était pas le moment.

– Et dans combien de temps penses-tu que ce le sera ? demanda Christian amèrement. Dans trente autres années ?

– Il y a tellement de choses à régler, balbutia-t-elle, consciente d'éluder. L'hôtel, le chantier... les employés. Qui va s'en occuper ?

– Marie a raison, décréta Anne en se resservant un verre, je les entends parler au café, ils sont tous inquiets pour leur sort.

– Pour l'hôtel, c'est quasiment fait, dit sobrement Jeanne.

– Attends ! Tu ne veux pas dire que tu l'as vendu aux Kersaint ? s'insurgea Marie.

– Les acquéreurs ne se bousculaient pas, dit Milic, volant au secours de sa femme. C'était la meilleure solution.

– Pareil pour le chantier naval, renchérit Christian.

Vous le connaissez bien mal, ma chère, lui avait dit Arthus en parlant du skipper. Comme il avait raison.

– Gildas te maudirait s'il savait ça ! lui lança-t-elle, le regard chargé d'orage. Vous n'avez pas perdu de temps pour tout leur brader. Vous savez pourtant que les châtelains se fichent complètement de l'avenir des employés !

– J'aimerais aussi que tu penses au nôtre, d'avenir. Mais apparemment, ça te pose un problème.

Christian se leva et rangea l'écrin dans sa poche.

– Et je sais très bien où il est, le problème !

Il s'éloigna à grands pas.

Marie croisa le regard de son père. Il lui disait combien elle avait été lâche. Elle tourna les yeux et s'en alla à son tour.

*
**

La lumière blafarde des néons accentuait les cernes du flic. Des dossiers étaient ouverts, des gobelets de café remplissaient la corbeille, le cendrier débordait de mégots. Il avait beau essayer de les discipliner, ses pensées n'en faisaient qu'à leur tête et le portaient toutes vers le port. Le café. Elle.

Il se demanda si elle avait mis la robe blanche qu'elle portait le soir de Brest. Et se traita de pauvre con.

Il imagina le skipper faisant le joli cœur et écrasa rageusement sa énième clope, fumée à moitié. La moitié qui ne donnait pas le cancer, disait-il.

Il crut être le jouet d'une illusion en le voyant. Rasé de près, les cheveux blonds soigneusement coiffés, le regard bleu décidé.

– Il est un peu tard pour une déposition, proféra le flic froidement.

– Ce n'est pas ce qui m'amène.

– Vous voulez quoi, au juste ? Mon absolution ou ma bénédiction ?

– Vous remercier, rétorqua Christian sur le même ton. D'avoir pris soin de Marie durant mon absence. Maintenant je suis là, a-t-il ajouté, alors ne vous mettez plus entre nous.

– Si c'est ce qu'elle veut...

– Ce qu'elle veut c'est m'épouser, très vite, et quitter l'île. On se marie demain.

Lucas essaya de digérer ce qu'il venait d'entendre, mais son estomac révulsé lui refusa cette faveur. Ainsi elle était allée jusqu'au bout... Il déglutit avec difficulté et fixa le skipper du regard.

– J'aime trop Marie pour ne pas respecter son choix, même si je le trouve déplorable. Mais si jamais j'apprends que vous ne la rendez pas heureuse...

– Vous m'arrêterez pour obstruction à l'enquête ?

– Les prisons sont déjà surbookées.

Un vague sourire passa sur les lèvres de Fersen qui précisa sa pensée :

– Je balancerai tout à la presse. Je me demande comment vos fans réagiront en apprenant qui est vraiment leur héros.

L'allusion au naufrage de 1968 provoqua une réaction immédiate.

– J'étais un môme, à l'époque...

– Mais pas quand vous avez agressé Marie à l'abbaye.

Christian se trémoussa, mal à l'aise.

– Elle m'a pardonné, lança-t-il sans grande conviction.

– On dirait, oui. Pas moi.

Une pause. Regard froid.

– Un conseil : ne testez pas mes limites.

Sans ajouter un mot, Bréhat pivota et s'éloigna rapidement.

L'instant d'après, le moteur de sa voiture rugissait.

Et Lucas balayait rageusement d'un revers tout ce qu'il y avait sur son bureau.

La jeune femme faisait les cent pas dans sa chambre quand Christian arriva. Elle fit volte-face.

Il lut dans son regard ce qu'elle s'apprêtait à lui dire et coupa court en affichant un air désolé.

– Je sais ce que tu penses, et tu aurais raison, C'était très con de vouloir te forcer la main.

– Écoute, Christian...

– Laisse-moi parler, d'accord ?

Il inspira profondément.

– Je ne veux pas que tu te sentes liée par un quelconque serment, Marie. Je te veux libre et consentante. Il y a trente ans de ça, je t'ai promis que si je me mariais un jour, ce serait avec toi et avec aucune autre femme au monde. Cette promesse, je la renouvelle.

Il sortit l'écrin abritant les alliances et le lui tendit.

– Garde-les. Prends le temps de réfléchir. Je t'attendrai aussi longtemps que nécessaire. Mais n'oublie jamais, Marie : quoi que tu décides, je t'aimerai toujours.

Elle allait prendre l'écrin quand elle entendit une porte claquer à l'étage.

Il y avait un seul autre occupant dans l'hôtel. Une angoisse sourde lui tordit soudain le ventre. Et, mue par un instinct plus fort que tout, oubliant toute pudeur, elle tourna les talons et se précipita dans le couloir.

Il se dirigeait vers l'ascenseur dont les portes s'ouvraient devant lui, sa valise à roulettes à la remorque.

– Tu t'en vas ?

Le cri avait jailli. Sourd, violent, animal.

Lucas tourna la tête vers elle et la dévisagea. Son regard parcourut brièvement le visage de Marie, s'arrêta sur ses lèvres, la prit tout entière. Puis se fit distant.

– Je vais m'installer ailleurs... le temps que l'enquête soit bouclée.

Et il entra dans la cabine.

Elle courut vers lui, le cœur en bandoulière, les yeux brillants de larmes contenues.

– Ne pars pas, murmura-t-elle.

Il approcha son doigt du bouton RDC sans la quitter des yeux.

– Viens avec moi. Maintenant. Tout de suite.

L'hésitation fut brève – un battement de cils – mais suffisante. Il eut un sourire amer.

– Je sais ce que je veux, Marie. À toi de savoir ce que toi, tu veux, dit-il en appuyant sur le bouton.

Les portes se fermèrent lentement sur lui.

Elle refoula ses larmes, se détourna et se cogna au regard mauvais de Christian qui se tenait sur le seuil de la suite.

– Je... Je suis désolée, se contenta-t-elle de balbutier.

– Pas tant que moi.

Il passa devant elle et descendit l'escalier.

Elle était seule.

*
**

L'angoisse empêchait le vieil homme de fermer l'œil.

Assis dans le fauteuil tourné vers la fenêtre, il regardait les nappes de brume, poussées par le vent, envahir le parc, quand son oreille perçut l'écho de rires lointains. Intrigué, il alla ouvrir prudemment sa porte. Le couloir était désert. Les rires semblaient venir d'en bas. Des rires jeunes. Des murmures étouffés aussi.

Juliette ? Il était plus de 3 heures du matin. L'idée le traversa que le jeune Ronan était peut-être revenu en douce. Ses sourcils se froncèrent. Il descendit lentement les marches et tournait à l'angle de l'escalier quand une main ouvrit en silence la porte de la chambre qu'il venait de quitter.

L'intrus se dirigea droit sur la table de chevet, sur la carafe de nuit posée dessus.

Une main vida le contenu d'une fiole qui troubla à peine l'eau.

Pendant ce temps, le vieil homme se dirigeait vers la bibliothèque vaguement éclairée.

Il ouvrit la porte, et le sol se déroba sous ses pieds. Il se sentit tomber dans un gouffre. Armelle, qui revenait des cuisines, un verre à la main, arriva dans son dos, et le héla à voix basse.

Mais il était ailleurs. Loin. Très loin dans le temps...

Il fixait les images du film 8 mm projetées sur le mur.

Un grand jeune homme de dix-sept ans au regard clair

adressait un salut radieux à l'objectif, avant de se lancer dans un saut de l'ange du haut du phare.

Erwan. Beau comme un Dieu. Sa fierté. Son soleil.

L'image suivante le montrait émergeant de l'écume, hilare, heureux. Il grimpait habilement les rochers et courait vers sa mère, qui tenait un enfant de trois ans dans les bras. L'instant d'après, l'enfant boudeur était à terre et Gaïdick tournoyait dans les bras de son fils aîné, en riant aux éclats...

– Le petit garçon, c'est Pierre-Marie, s'exclama Armelle... Et la femme, sa mère... Donc l'autre, c'est Erwan. Ce qu'il était beau ! murmura-t-elle, extasiée.

Le vieil homme, arraché brutalement à ses souvenirs, la dévisagea comme si elle venait de blasphémer, et alla arrêter le projecteur d'une main tremblante.

– Qu'est-ce que vous fichez là, à moitié nue ? demanda-t-il d'une voix sourde.

Sa bru resserra machinalement les pans de son déshabillé et croisa les bras sur sa maigre poitrine.

– Vous devriez dormir au lieu de regarder de vieux films, rétorqua-t-elle aigrement. Il sort d'où, d'ailleurs ? Je croyais que vous aviez détruit tout ce qui vous rappelait Erwan.

Arthus la fixa d'un œil froid et s'éloigna sans répondre.

Il se dirigea vers la chambre de son fils et ouvrit la porte à la volée.

Pierre-Marie, confortablement installé dans son lit, était en train de lire un bouquin. Il dressa un sourcil étonné.

– Un problème, père ?

Le vieil homme fit le tour de la chambre des yeux et reporta sur lui un regard suspicieux.

– Tu ne dors pas ?

– C'est la faute de Ryan... enfin d'Erwan, répondit-il, suave, en exhibant le roman.

Les pierres qui parlent.

– Une fois qu'on a commencé, on ne peut plus le lâcher. Je vous le prêterai dès que j'aurai fini.

Arthus se crispa et sortit sans répondre.

Son fils retourna alors le bouquin, et sourit largement à Ryan dont la photo s'étalait au dos de la jaquette.

– T'avais raison, grand frère. C'est beaucoup plus excitant de faire tourner le vieux en bourrique.

Le patriarche rentra dans sa chambre qu'il ne put s'empêcher de parcourir des yeux comme s'il s'attendait à voir resurgir du passé quelque nouveau fantôme.

Tout était paisible, et seul le bruit familier du vent troublait le silence. Il donna néanmoins un tour de clé. Un volet claqua. Les nerfs à fleur de peau, il pivota en direction de la fenêtre.

Ses pupilles se dilatèrent.

De l'autre côté de la vitre, semblant flotter dans l'air, deux grands yeux verts le regardaient. L'espace d'une seconde, il vit le visage pâle, les longs cheveux bruns flottant au vent, la gorge béante et ensanglantée !

Puis l'image disparut.

La bouche du vieil homme s'ouvrit démesurément sur un cri silencieux. Il étouffait. Le souffle court, la poitrine comprimée, il se dirigea d'un pas lourd vers la table de chevet, fouilla fébrilement dans le tiroir, fit tomber plusieurs comprimés avant de réussir à en glisser un entre ses mâchoires crispées, attrapa la carafe de nuit, arrosa généreusement la tablette en se servant un verre d'eau et le but avidement pour faire passer la pilule.

L'anxiolytique agirait en quelques minutes, et le sommeil le délivrerait. Ses doigts noueux agrippèrent la couverture et la rabattirent. L'épouvante le paralysa.

Le poignard ancien d'Erwan-Marie le naufrageur était posé sur le drap blanc.

Maculé de sang.

Le vieil homme se laissa tomber à genoux au pied du lit et se mit à pleurer.

*
**

Marie avait dormi à peine une heure et s'était réveillée en sursaut, en proie une fois de plus au cauchemar qui ne lui laissait pas de répit. La soirée de la veille lui laissait le souvenir d'un énorme gâchis. Toute la nuit, elle avait tourné et retourné les options qui s'offraient à elle. À l'aube elle avait décidé de remettre sa décision à plus tard. Tout serait sans doute plus clair dans son esprit quand il serait libéré des démons qui l'obsédaient, se dit-elle un peu lâchement.

Il était encore tôt quand elle arriva à la gendarmerie.

Elle salua brièvement Annick qui nota les yeux cernés et la petite mine sans faire de commentaires.

– Du café ?

Marie acquiesça sans s'arrêter.

– Attendez, je vais vous ouvrir les volets du bureau.

La jeune flic agita la main pour dire qu'elle le ferait, entra dans le bureau et se dirigeait vers la fenêtre quand elle trébucha sur un lit de camp placé en travers. Elle s'affala de tout son long sur son occupant, dont le torse nu dépassait de la couverture kaki réservée aux prisonniers.

Lucas, réveillé en sursaut, fronça les sourcils en voyant son visage à quelques centimètres du sien. La jeune femme tenta de se redresser, mais dans le mouvement vif qu'elle fit, la charnière joua, l'appui se déroba, et elle s'affala à nouveau sur lui.

– Deux fois, c'est de la provocation, murmura-t-il en la bloquant de ses bras.

Il verrouilla son regard au sien.

– Ce n'est pas lui que tu aimes.

Elle baissa les yeux.

– Regarde-moi, Marie, et ose me dire le contraire.

Elle releva lentement les paupières et le fixa de son immense regard vert. Et tout en lui explosa. Car le regard de cette femme, tendu, superbe, lui disait quelque chose d'immense : elle l'aimait.

Il prit son visage entre ses mains, ses lèvres glissèrent vers les siennes, humides, frémissantes, et les invitèrent à s'entrouvrir. Et le baiser chassa les démons qui hantaient les nuits et les jours de Marie.

Sans abandonner sa bouche, il entreprit de faire sauter un à un les boutons du chemisier, et enfouissait son nez entre les seins si doux quand Annick entra, un café à la main.

Elle les regarda se séparer rapidement, puis posa la tasse sur le bureau.

– Je vais en chercher un second.

Elle allait s'éclipser quand elle se ravisa.

– Il y avait un message de l'hôpital sur le répondeur, dit-elle en regardant ailleurs tandis que Marie reboutonnait son chemisier, et que Lucas attrapait sa chemise posée sur une chaise.

– Pierric Le Bihan est sorti du coma. Il peut parler. Je suis contente. Très contente.

Lucas la dévisagea, amusé par sa fougue.

– Pour Pierric, vous voulez dire ?

– Aussi, oui.

Elle referma la porte sur elle.

Du pont de la goélette, Christian suivit des yeux Marie qui descendait du quatre-quatre et qui se dirigeait vers le bac prêt à appareiller, en compagnie du flic.

Fut-ce la puissance de son regard ou l'appel muet qu'il contenait ? Toujours est-il qu'il la vit se retourner brièvement, se pencher vers son compagnon auquel elle chuchota quelques mots avant de venir vers lui.

Il la regarda approcher. Détailla le port altier, le teint nacré, les grands yeux verts, les lèvres pleines et ourlées, la poitrine ronde et douce, les cuisses fuselées. Même un sac aurait mis en valeur les courbes sensuelles.

En cet instant, il eut violemment envie d'elle.

Si elle franchissait l'échelle de coupée, il l'entraînerait dans le carré, la jetterait sur l'une des banquettes, la prendrait, là, tout de suite...

Elle ne la franchit pas.

– Je dois faire un saut à Brest, je serai de retour dans la soirée, lui dit-elle du ponton. Ce serait bien qu'on se parle... Enfin, si tu veux.

Les traits crispés du skipper se relâchèrent imperceptiblement. Était-elle en train de lui dire que tout n'était pas fini entre eux ? Il descendit la rejoindre.

– Ce que je veux, c'est que tu sois heureuse, Marie, murmura-t-il.

Ses yeux bleus étaient creusés de cernes profonds. Elle en eut le cœur serré.

– Je passerai dans la soirée, promit-elle.

– Je t'attends déjà.

La corne annonçant le départ imminent du bac retentit. La jeune femme lui sourit brièvement puis s'éloigna.

Il la suivit des yeux, la vit rejoindre le flic abhorré qui l'attendait au pied de la passerelle, et monter avec lui à bord du bac.

Comme un couple, songea-t-il.

En cet instant, il eut violemment envie de la tuer.

*
**

Marie était vraiment heureuse à l'idée de revoir Pierric.

Elle se dit qu'avec sa nature simple, lui au moins n'aurait pas changé. Une tendresse la liait depuis l'enfance à ce gaillard qu'elle avait toujours croisé errant sur l'île.

Chaque fois qu'elle le rencontrait, il lui dédiait un sourire de bébé, désarmant de naïveté et de confiance, la solitude de cette grande masse enfantine bouleversait Marie. Les habitants de Lands'en ne répondaient même pas à ses saluts, certains par peur de sa différence, de cette force brute et peu contrôlable, d'autres ne le considérant pas davantage qu'un élément du paysage.

Seule Gwen prenait réellement soin de lui. Qui, à son retour de l'hôpital, allait s'en occuper ? Marie résolut d'en parler le moment venu à Jeanne et Milic, ce serait plus facile maintenant qu'il avait retrouvé la parole. Rassérénée par cette idée, et par les propos du médecin traitant qui confirma que Pierric s'exprimait de mieux en mieux, dans la limite bien sûr de sa déficience mentale antérieure, Marie retrouva l'impatience de ces retrouvailles, qui en outre, allaient les aider à élucider une part du mystère.

Lorsqu'ils pénétrèrent dans la chambre, Pierric, assis dans son lit, la tête enturbannée, la bouille réjouie, jouait à démantibuler la commande de la télé. Marie eut un élan de tendresse et se dirigea vers lui pour l'embrasser.

– Pierric ! Je suis tellement contente de te voir

Il eut un brusque mouvement de recul et la considéra en plissant le front.

– T'es qui toi ? T'es qui ?

Elle resta saisie, puis se tourna vers le médecin avec stupéfaction. Il commenta ce qu'il n'avait pas eu le temps de leur préciser, à savoir que, séquelle probable du choc, Pierric souffrait d'amnésie.

Le phénomène était réversible, ses souvenirs existaient, son collègue psy avait pratiqué une courte séance d'hypnose qui en avait attesté, mais Pierric ne parvenait pas à s'y connecter en mode conscient. C'était une question de temps sans doute. Malgré la déception, Lucas ne perdait pas l'enquête de vue.

– Vous pensez que, sous hypnose, il pourrait remonter à un souvenir d'enfance très marquant ?

– Si c'est sans aucun danger pour lui, bien sûr, tempéra Marie.

Tous trois se tournèrent vers Pierric qui, le regard maintenant dans le vide, se balançait d'avant en arrière en malaxant compulsivement son tas de chiffons.

L'étrave du yacht des Kersaint coupait les eaux vertes que la brume rendait laiteuses.

PM, à la barre, fixait l'horizon avec exaltation, il jeta un coup d'œil à son GPS et rectifia sa route.

Un grommellement indistinct attira son attention vers la banquette avant. Arthus, dont la grande carcasse gisait à demi couverte d'un plaid, reprenait lentement ses esprits.

– Qu'est-ce que je fais ici ?

PM réduisit la vitesse, cala la direction d'après les indications du GPS, et vient se planter devant son père, avec une expression de plaisir sadique.

– Rappelez-vous, père, cette nuit, vous m'avez supplié de vous aider à quitter l'île.

– Jamais de la vie ! Ramène-moi immédiatement ! tonna le vieillard.

– Quel dommage ! Pour une fois que nous avons l'occasion de passer un moment seuls tous les deux... Le temps va se lever, ça va être épatant !

– Je t'ordonne de me ramener !

L'ordre avait claqué avec mépris, accompagné d'un mouvement menaçant de la canne à pommeau d'argent.

Les petits yeux noirs de PM étincelèrent de haine.

– Décidément, vous n'avez jamais su me parler autrement qu'en aboyant des ordres.

Il saisit au vol la canne de son père, la lui arracha, la brisa net sur son genou et envoya ce qu'il en restait à l'eau.

– Vous ne rosserez plus personne avec ça. Je vous dégoûtais trop pour que vous me touchiez, sans doute ?

Il considéra la stupeur du vieux avec un sourire de satisfaction, et fit demi-tour vers les commandes. Il s'absorba dans la trajectoire de sa route sans prêter la moindre attention aux imprécations d'Arthus qui s'était redressé mais ne parvenait pas à se mettre debout. PM arrêta le ralenti des moteurs, jeta un coup d'œil à sa montre et faisant le tour du bateau, il scruta la mer alentour.

Le vieux hurlait de rage et d'incompréhension. PM lui jeta à peine un regard.

– Bouclez-la, vous me déconcentrez.

Une main gantée de Néoprène noir et luisant vint agripper l'échelle de coupée à l'arrière du bateau. La tête ruisselante d'un plongeur émergea, l'homme se hissa silencieusement à bord.

À l'avant PM, les bras croisés, faisait face à son père, se délectant de le voir, pour la première fois de sa vie, perdre sa morgue dans une agitation incontrôlée et, délice suprême, suppliante.

– PM, s'il te plaît, reviens à la raison, je t'en prie, rentrons...

– Vous ne voulez pas discuter tranquillement avec votre cher fils ?

– Si, mais plus tard, ailleurs, cher Pierre-Marie, nous prendrons tout le temps...

– Je ne parlais pas de moi, mais de votre fils aîné, l'irremplaçable Erwan, persifla PM.

Arthus se figea alors, en voyant venir vers lui l'homme-grenouille, qui enleva son masque, arracha sa cagoule et le fixa de son regard bleu pâle.

– Cela fait trente-cinq ans que j'attends ce moment. Bonjour, père.

Ryan considéra Arthus crûment.

Ses désirs de vengeance, aiguisés par trente-cinq années de prison, avaient fantasmé une lutte finale âpre, face à un ennemi retors et affûté. Il avait enfin fini par découvrir qui était le coupable. Celui qui avait égorgé sa femme, fait son malheur, détruit sa famille, enraciné la haine et semé la mort sur Lands'en. Et ce n'était qu'un vieil homme avachi et tremblant.

– Êtes-vous conscient que vous avez été pervers et malfaisant, que vous nous avez tous détruits ?

– Je n'ai pas de leçon à recevoir d'un voleur et d'un assassin ! persifla le vieillard avec morgue, sa vraie nature reprenant le dessus.

Alors l'ancienne colère du jeune Erwan resurgit en Ryan. Il choisit ses mots pour qu'ils atteignent ce qui comptait le plus pour son père : son orgueil et son nom.

– Vous n'avez rien à envier aux Le Bihan, votre vulgarité est bien pire, non seulement vous avez tué pour de l'argent, mais celle que vous avez égorgée portait notre nom, elle était ma femme, et la mère de mon enfant !

– Quoi ?

– Qu'avez-vous fait de mon enfant ?

– Qu'est-ce que vous racontez ? Il n'y avait pas d'enfant, je vous le jure !

Sa surprise et son incompréhension sonnaient juste mais, trop blessé par les mensonges passés, Erwan ne pouvait plus le croire.

– Vous mentez ! Vous avez toujours menti !

– Attendez ! Je me souviens, maintenant... La femme répétait : « Il l'a emporté, il l'a emporté ! »

– Mais qui l'a emporté ?

– D’après PM, un gosse est parti chercher du secours... C’est peut-être lui.

– Qui, lui ?

– Christian Bréhat.

Ryan avait interrogé tous les naufrageurs sauf Christian. Le vieux avait peut-être raison. Et si le petit Bréhat avait trouvé l’enfant nouveau-né ?

Depuis le poste de pilotage, PM interpella son frère.

– Alors ? Il a craché le morceau ? Il les a planqués où, les lingots ?

Ryan-Erwan se tourna vers son frère. Pauvre type, pourvu qu’on le pousse un peu, lui aussi serait prêt à tout pour de l’or, prêt à tuer.

Même son propre père...

La séance d’hypnose était commencée, Pierric, calé contre ses oreillers, les yeux mi-clos, était inhabituellement calme. Le psy, sous la surveillance du médecin, lui parlait d’une voix douce et monocorde.

– Vous êtes complètement détendu, Pierric, vous avez six ans, c’est la nuit, vous suivez votre sœur et ses camarades, vous les suivez...

– Gwen...

Pierric s’était mis à chuchoter. De façon surprenante, sa voix avait un timbre enfantin, des expressions se succédaient sur son visage auquel Lucas et Marie étaient rivés, fascinés.

Ils s’étaient longuement entretenus avec le psy, lui donnant tous les détails en leur possession sur ce qu’ils savaient des comportements des enfants naufrageurs cette nuit-là.

– Gwen... Attends-moi...

Le psy laissa planer le silence puis encouragea à nouveau son patient avec douceur.

– Gwen ne vous attend pas ?

Soudain le visage de Pierric se renversa en arrière, les yeux fermés, sa voix se fit plus distincte bien que toujours aussi enfantine.

– Gwen ! A peur...

Pierric n’était plus dans cette chambre d’hôpital. Il était

sous l'orage, il avait six ans, réfugié près du cairn, accroupi sous la pluie, il sursautait à chaque éclair qui illuminait la mer écumante et déchaînée, à chaque coup de tonnerre qui claquait puis roulait au loin en grondant. Il tremblait en serrant contre lui un ballot de chiffons, et ne quittait pas le dolmen du regard. Comme résonnant sous le monstre de pierre, il entendait des échos indistincts de voix d'enfants. Soudain son regard s'écarquilla.

La terre semblait s'entrouvrir sous le dolmen. Il vit alors émerger Gwen comme un korrigan surgi des profondeurs. Le petit garçon tenta d'aller vers elle, de lui tendre ses chiffons, mais sans même le voir, la fillette partit en courant comme si elle avait le diable aux trousses.

Gildas et Loïc sortirent à leur tour, dégoulinants d'eau et de boue, les deux gamins s'enfuirent sans écouter ses appels, puis il vit apparaître la tête de Pierre-Marie qui tentait de se dégager. Il allait se rétablir hors de la cavité, quand une main le saisit à la cheville, le faisant hurler de terreur.

Pierric vit alors une jeune femme tenter de se hisser hors du trou, sans lâcher PM, terrorisé. Visiblement elle l'exhortait, mais Pierre-Marie, épouvanté, ne cherchait qu'à se libérer à grands coups de pied. L'enfant le vit soulever une lourde pierre et taper, taper sur la tête de la jeune femme jusqu'à ce qu'elle le lâche et qu'il puisse s'enfuir à son tour.

Impossible pour le petit Pierric de se lever, de marcher, de courir, il restait là, fixant la femme qui tentait de se traîner hors du trou béant. Elle pleurait et appelait... Alors le petit posa son paquet de linges et rampa vers elle. Ses cheveux longs souillés d'eau, de terre et de sang, elle s'accrocha à lui, il s'arc-bouta pour essayer de la tirer de sous le dolmen, mais la force lui manquait, il comprit qu'il ne pourrait pas, il se mit à pleurer.

De toute sa masse, Pierric sanglotait dans son lit en gémissant.

– Trop petit moi... Je peux pas l'aider la dame... trop petit moi...

Marie, bouleversée, se tourna vers le psy pour interrompre

la séance, mais un cri de Pierric reporta toute son attention vers lui.

– Non ! Lui, non !...

Dans la zébrure éblouissante d'un éclair, une grande silhouette noire se découpait non loin du gamin. Elle progressait vers lui, inexorable. L'enfant terrorisé rampa derrière le cairn où il se tapit, reprenant contre lui son ballot de chiffons. La sinistre silhouette s'immobilisa au-dessus de la jeune femme qui gémissait et se tordait à ses pieds en tendant les bras.

L'homme, immense, d'un geste brusque, tira de son côté une lame qui brilla dans l'obscurité. Il se pencha, saisit la jeune femme par les cheveux, et d'un geste précis et sec, il lui trancha la gorge, un flot de sang jaillit.

– Le sang, le sang partout ! Il a fait ça, avec son couteau, Arthus il a fait ça...

– Calme-toi, Pierric, je suis là, avec toi, détends-toi, l'orage est parti, il ne pleut plus, il fait jour, tu as chaud, tu es bien, bien...

Le psy apaisait Pierric dont les larmes coulaient sur ses grosses joues rouges mal rasées. Le médecin se préoccupa de Marie qui semblait respirer avec difficulté, Lucas l'avait vue vaciller, au bord du malaise, au moment où Pierric décrivait l'égorgement de la jeune femme. Mais elle se reprit rapidement, se dégagea, et d'un geste reporta leur attention vers Pierric en s'adressant au psy.

– Comment va-t-il ?

– Ça va, il va sortir tout doucement de l'état d'hypnose...

Comme pour le contredire, Pierric s'agita, il cherchait à attraper quelque chose et son visage marquait la colère, la contrariété. Il cria de sa voix d'enfant.

– Mon bébé ! Je veux mon bébé ! Mon bébé...

– Il réclame son doudou, ses chiffons.

Marie les récupéra sur la table de chevet et les mit dans les bras de Pierric mais, à la surprise de tous, il les jeta sans ménagement.

– Non, pas la poupée, je veux mon bébé ! Le bébé que j'ai trouvé, rends-le-moi ! Il est à moi !

Marie et Lucas échangèrent un regard d'incompréhension, Lucas fit un signe au psy qui se pencha vers Pierric.

– Tu es calme, Pierric, calme, très calme... Et tu penses au bébé, à ton bébé, Tu as trouvé un petit bébé ? Où est-ce que tu l'as trouvé ?

– Sur le sable, il pleure, il a peur, comme Pierric...

Le gamin de six ans, apeuré, arrivait en bas des rochers de la crique des Naufrageurs, peinant à suivre les autres qui ne faisaient aucun cas de lui. Lorsqu'il mit pied sur le sable, il entendit pleurer tout doucement non loin, il vit alors la jeune naufragée, inconsciente. Elle tenait serré contre elle un paquet de chiffons qui s'agitait en vagissant. Pierric approcha, fasciné. D'une main hésitante, il écarta les linges et entrevit une petite frimousse de nouveau-né. Au contact de la main du gamin, le bébé tourna la tête et ouvrit la bouche pour chercher à téter.

Des coups de feu retentirent. Instinctivement, l'enfant saisit les langes qui se déroulèrent, une poupée en tomba que Pierric ramassa et, fourrant le tout contre lui, il rampa vers les rochers qu'il entreprit d'escalader, tandis que d'autres coups de feu claquaient dans la crique.

Le visage de Pierric se plissa, certainement comme l'avait fait celui de l'enfant qu'il était, il pleurnicha.

– Voleuse ! Voleuse, elle a volé mon bébé...

– Qui t'a volé ton bébé, Pierric ?

– Non, non, pas tuer le bébé ! Pas dire ! Il faut pas tuer mon bébé...

Les gémissements se muèrent en sanglots et en une agitation qui les convainquirent tous qu'il était temps de laisser Pierric se reposer.

En quittant l'hôpital, les deux flics étaient encore sous le choc : Mary avait eu un bébé, et il était encore vivant après le naufrage. L'enfant de Ryan !

– S'il apprend que c'est Arthus qui a égorgé sa femme, je ne donne pas cher de sa peau, fit le flic.

Marie acquiesça.

– Il y a toutes les chances pour que ce soit Yvonne qui ait volé le bébé à Pierric, je crains le pire...

Lucas rallumait son portable et écoutait ses messages, il s'exclama avec colère :

– Ah non, c'est pas vrai ! Arthus et PM ont disparu, leur yacht aussi !

*
**

Armelle, toute dignité pulvérisée, errait dans la cour du château. Elle courut vers Marie et Lucas, gesticulante, le serre-tête de travers, des plaques rouges marbrant son visage pointu. Elle les assaillit, rejetant toute la responsabilité de cette double disparition sur les deux flics qui auraient dû protéger son mari.

– PM a refusé toute surveillance, lui rappela Fersen. Y compris la vôtre, apparemment...

– Il est devenu complètement ingérable ! Il ne me dit plus rien, je ne le comprends plus, je me demande s'il ne perd pas la raison ! Cherchez-le, faites quelque chose au lieu de rester là bêtement !

Lucas, horripilé, avait le plus grand mal à entendre les infos qui lui parvenaient par téléphone. Il s'éloigna de quelques pas et fit signe à Marie de le rejoindre.

– Le yacht ne répond pas aux appels radio, le radar de surveillance a localisé un bâtiment à la dérive dans le secteur des Iroises, mais avec cette brume à couper au couteau, les patrouilles de recherche ne peuvent rien faire...

Armelle ne les lâchait pas et ne cessait de caqueter. Lucas s'apprêtait à la remettre vertement en place lorsqu'une phrase accrocha leur attention : la femme de ménage avait trouvé dans la chambre de PM un objet étrange.

Armelle les précéda dans la chambre de son mari et leur désigna, posé derrière la porte, un grand cerf-volant. Sur une armature légère, l'engin était affublé d'une voilure à l'effigie d'une femme aux longs cheveux, aux grands yeux verts, au linceul opalescent, à la gorge béante peinturlurée de rouge sang.

– Mais... C'est le fantôme qui t'a terrassé sur la falaise ? sourit Marie.

Lucas ne releva pas l'humour, mais lui fourra la voilure sous le nez en désignant des trous dans le tissu.

– Et ça, c'est quoi ? Six impacts de balles, carton plein !

Armelle, qui n'y comprenait rien, s'agitait autour d'eux en quémandant des explications, Lucas la foudroya du regard.

– Vous voulez vraiment que je vous dise ce que c'est ? C'est la preuve de la culpabilité de votre mari pour tentative de meurtre sur un flic !

Marie enchaîna sans lui laisser le temps de réagir.

– La nuit de l'agression du commandant Fersen, vous avez prétendu être au lit avec votre époux, non ? Vous tenez vraiment à risquer dix ans de prison pour faux témoignage et complicité de meurtre ?

Armelle déglutit, enfin muette.

Au crépuscule, dans la brume qui commençait à peine à se dissiper, la silhouette imprécise du yacht des Kersaint dérivait en silence.

Allongé sur une banquette du carré, PM, inerte, eut un gémissement, ses paupières tremblèrent, il ouvrit lentement les yeux et se réveilla avec peine. Il fixa alors le sol d'un air hébété.

Du sang maculait le parquet de la cabine.

Il suivit du regard les traces qui barbouillaient les marches menant au pont. Il se leva comme un automate et marchant avec dégoût sur les traînées sanglantes, et sortit.

Sur le deck, c'était pire, du sang tachait le bastingage et, sur le sol, au milieu d'une large flaque sombre, gisait un couteau.

Machinalement, PM le ramassa.

Soudain la voix puissante d'un haut-parleur retentit en même temps que d'énormes projecteurs braqués sur lui l'éblouirent.

– Police ! Mettez les mains en l'air ! Ne bougez plus !

PM, complètement hagard, s'exécuta.

La même expression d'hébétude flottait sur son visage tandis qu'au poste Marie et Lucas se relayaient pour l'interroger.

– PM, reprenait Lucas, votre père est toujours introuvable, le sang retrouvé sur le yacht est le sien, le couteau ne porte que vos empreintes, et il n'y avait personne d'autre à bord, la conclusion s'impose...

– Je me tue à vous dire que Ryan est monté sur le bateau ! En tenue de plongée, je ne sais pas d'où ni comment il est venu ! C'est lui qui a tué mon père, je vous le jure ! J'ai voulu m'interposer et il a dû m'assommer, après je ne me souviens plus de rien.

– Comme pour Gwen ? Assommé puis amnésique, deux fois ça fait beaucoup, non ? susurra Lucas avant que Marie n'enchaîne.

– Ma mère m'a raconté qu'enfant vous étiez sujet à des crises de somnambulisme et d'amnésie, vous avez pu tuer dans un état second et vous ne vous en souvenez plus...

– Ce n'est pas possible, ce n'est pas possible ! J'ai l'impression de devenir fou.

– Je vous déconseille de plaider la folie, l'interrompit Marie, l'hôpital psychiatrique à vie, ce n'est pas mieux que la prison.

– Je confirme, c'est pire. Mais pour vous laisser le temps de faire votre choix, mon cher PM, je vais vous mettre en garde à vue, conclut Lucas.

Il prit la peine de mettre deux gendarmes en faction devant la cellule avec ordre de ne pas quitter le prévenu de l'œil. Marie étouffa un bâillement, Lucas lui tendit sa veste, ils feraient le débriefing demain matin, il était plus judicieux d'aller dormir quelques heures.

Il vit à son expression qu'elle était ailleurs, préoccupée.

– Qu'est-ce qui ne va pas ?

– J'ai promis d'aller parler à Christian, il doit m'attendre depuis des heures...

Lucas eut une fulgurante envie de faire un hachis de skipper, il se contenta de bousiller le stylo qu'il allait ranger et se retint de proférer les horreurs qui lui venaient à l'esprit.

Il se félicita de son *self-control* hors pair, en s'entendant dire d'une voix douce :

– Je te dépose ?

Ils n'échangèrent pas un mot sur le court trajet. Mais lorsqu'il la laissa à l'entrée du ponton où était amarrée la goélette de Christian, il lui prit la main et y déposa un baiser.

Marie lui sourit, touchée, et retira lentement sa main.

Il la regarda marcher en direction la goélette et fit demi-tour.

En accélérant, il jeta un dernier regard vers elle dans le rétroviseur, il fronça les sourcils en apercevant Christian qui, la mine sombre, une bouteille vide à la main, était assis à même le quai, d'où il était clair qu'il les avait observés.

*
**

Marie sauta sur le pont de la goélette et se pencha vers le carré qui était éclairé.

– Christian ?

Intriguée de ne pas obtenir de réponse, elle descendit.

Elle nota un désordre inhabituel, une boîte de conserve entamée, des canettes de bière vides.

La porte du carré claqua violemment. Elle se retourna et vit Christian qui était entré et avait refermé derrière lui. Elle comprit tout de suite à ses yeux et à sa démarche qu'il avait bu, copieusement, elle décida de ne pas lui en faire le reproche et avança calmement vers lui, quand il commença à l'agresser.

– Tu me prends vraiment pour un con ? Ça fait des heures que je t'attends ! Tu devrais être ma femme et tu me traites comme un chien !

– Christian, s'il te plaît...

– Tu fais quoi, avec ce type ? Tu crois que je ne vous ai pas vus ? Tu te conduis comme une traînée !

Il la poussa rudement vers le fond du carré, elle vit dans son regard trouble l'effet de l'alcool, de la jalousie, de l'excitation sexuelle, un mélange malsain qui la dégoûta et fit surgir en elle toute la rage, le sentiment de trahison, d'injustice qu'elle contrôlait depuis trop longtemps. Marie avait devant elle tout ce qui la désespérait : le dieu de son enfance, son idéal, ses rêves, métamorphosé en une caricature rougeaude et vulgaire.

Il marcha sur elle et la saisit à bras-le-corps pour la renverser à même le sol.

– Tu es ma femme ! Ma femme, tu entends ? Je n'accepterai jamais de te perdre ! Tu es à moi !

– Lâche-moi ! Christian arrête ! Arrête !

Marie se débattait, sentant son sexe en érection qui se frottait contre elle, sa bouche humide qui lapait bruyamment ses seins, elle cria de dégoût et de désespoir.

La porte du carré s'ouvrit alors à la volée sur Lucas.

Elle ne sut pas comment elle se retrouva avec lui sur le quai. Ils marchèrent en silence. Puis Lucas murmura sans la regarder.

– Je me suis mêlé de ce qui ne me regardait pas ? Tu m'en veux ?

– Non. C'est à moi que j'en veux.

La seule image qui lui restait de cette horrible scène à laquelle Lucas venait de l'arracher, était celle de Christian, au sol, se relevant en hurlant.

– Si tu quittes ce bateau, c'est terminé, tu entends ? Toi et moi c'est terminé !

Lucas l'emporta, tremblante, choquée, il la coucha, lui ôta ses vêtements déchirés, la massa doucement jusqu'à ce que ses larmes se tarissent et qu'elle s'endorme contre lui.

27

Christian, sonné par le direct de Lucas, avait tenté de se relever, mais, en proie au mélange de l'alcool, de l'adrénaline et des impulsions contradictoires qui s'agitaient en lui, il était retombé lourdement au sol.

Le cliquetis de l'ouverture du carré le tira de sa prostration. Il eut une lueur d'espoir, il leva la tête en ébauchant un sourire, croyant voir apparaître Marie.

La stupeur le foudroya en découvrant l'homme qui, en tenue de plongée, descendait droit vers lui.

– Ryan !

Le visiteur inattendu ne quitta le carré qu'à l'aube, alors que Christian gisait inerte sur la banquette.

Ryan se pencha sur la table pour récupérer un petit enregistreur qu'il glissa dans son sac étanche. Il reporta un instant son attention sur le skipper, comme s'il hésitait, puis il se redressa et murmura d'une voix grave et monocorde.

– Tu dors, très profondément... Quand tu te réveilleras tu ne te rappelleras plus de rien, de rien...

Il eut un sourire froid.

– Il y a pire que la mort, tu verras, bien pire : perdre la femme qu'on aime...

Lucas n'avait guère dormi.

L'aube naissait à peine quand il ouvrit les yeux. Il regarda Marie. Avec douceur et mille précautions, il détacha de lui le bras dont elle l'enserrait et, dans un ralenti le plus maîtrisé qu'il pût, il se leva puis parvint à s'éclipser sans l'éveiller.

Ses efforts n'avaient pas pour unique but de laisser Marie se reposer, il voulait pouvoir parler à Jeanne seul à seul. S'il y avait une chance pour que quelqu'un ait eu connaissance de cet enfant trouvé, c'était elle, le dernier parent d'enfant naufrageur qui fût encore en vie.

Il avait pris ses renseignements et l'attendit à la sortie de la chapelle isolée où elle avait, à l'aube, ses habitudes pieuses. Lorsqu'elle le vit, son visage se ferma aussitôt, et ses yeux se portèrent aux alentours, cherchant sans doute la présence de sa fille.

Lucas lui prit doucement mais fermement le bras et lui proposa, non sans ironie, d'aller parler chez elle plutôt qu'en plein vent. Il savait que Milic était à la maison et qu'elle tenait par-dessus tout à ce qu'il en sache le moins possible.

Elle entraîna Lucas à distance, comme si la proximité de la chapelle lui était pénible pour ce genre d'entretien.

Lucas lui rendit compte des révélations de Pierric, elle l'écouta avec une attention extrême, le visage impassible, le regard perdu vers la mer qu'elle ne voyait certainement pas. Il se dit qu'il devrait batailler ferme, voire menacer, pour obtenir d'elle quelques bribes de confession. Il fut saisi quand elle prit la parole.

– C'est moi qui ai arraché l'enfant des bras du petit Pierric. J'ai réussi à sortir le bébé des linges et à le lui prendre.

– Pourquoi n'en avez-vous jamais parlé ?

– Vous croyez que j'avais de quoi me vanter ? Mes fils étaient responsables de la mort de ces gens, de la mère de ce petit... Et moi je...

Jeanne baissa la tête, se signa et poursuivit dans un murmure qui visiblement lui coûtait :

– Je l'ai abandonné, le matin même, à Brest... Sur les marches de l'église Saint-Séverin. Je me suis toujours demandé ce qu'il était devenu, pauvre petit gars, je m'en veux encore... J'espère qu'il a été adopté.

Elle releva le visage vers Lucas, pour la première fois elle lui livrait une émotion, elle avait les larmes aux yeux.

– Dites à Marie de ne pas me juger... Plus tard elle le regretterait.

Lucas promit de transmettre le message et recommanda à Jeanne de ne parler à qui que ce soit de ce qu'elle venait de révéler. Elle était la seule avec Pierric qui sût quelque chose sur l'enfant de Ryan.

Vivant. Mon enfant était vivant lorsque le bateau s'était écrasé sur les récifs de Lands'en ! Imaginer Mary mettant notre bébé au monde durant cette terrible nuit, sans moi à son côté, me faisait frissonner.

Dieu du ciel ! Pourquoi avais-je accepté qu'elle embarque avec nous ?

Il était prévu qu'elle reste en Irlande jusqu'à l'accouchement et qu'elle nous rejoigne en Amérique, plus tard.

Après avoir fait le casse à Paris, les Sullivan et moi avions rallié Rouen où un bateau nous attendait, prêt à appareiller.

Un bateau, et Mary.

J'avais tout essayé pour qu'elle renonce à son projet de nous suivre, mais elle avait pointé son menton en avant, obstinée, et refusé de céder.

Et le bateau était parti, sans moi. Avec Mary, et le bébé...

Où était-il aujourd'hui ? Qu'était-il devenu ? Le seul qui pouvait me le dire était cloué sur un lit d'hôpital, à Brest, et avait perdu l'usage de la parole.

Je ne quitterais pas l'île sans savoir ce qu'il était advenu de mon enfant.

Aucune force au monde ne pourrait m'empêcher de le retrouver s'il était encore en vie. Rien ne me ferait renoncer.

Je regardai le phare qui se dressait à l'extrême pointe de Ty Kern, je songeai à cette vengeance et aux lingots aujourd'hui dérisoires après lesquels j'avais couru durant trente-cinq ans, sans me douter un seul instant qu'il y avait, quelque part, un bien mille fois plus cher à mes yeux.

L'enfant de Mary. Notre enfant.

Je me dirigeai vers le site...

La lumière du soleil progressait vers l'oreiller au creux duquel Marie dormait à poings fermés. Lorsque le rayon doré arriva sur son visage, ses paupières tremblèrent et elle émergea lentement. Sa main chercha le corps de Lucas et son absence l'éveilla tout à fait. Elle ressentit une petite contrariété à ne pas le trouver auprès d'elle. Puis la ronde infernale des pensées noires vint la tourmenter...

Sa famille décimée, Christian, Ryan, Pierric, l'enquête. Elle rejeta le drap d'un coup de pied et sauta hors du lit.

Instinctivement, ses foulées la menèrent en direction du site. Des écharpes de brume s'accrochaient encore aux herbes miroitantes de rosée. Elle força l'allure pour rejoindre deux gendarmes qui patrouillaient, visiblement exténués.

– Alors ?

– Aucune trace de ce Ryan ! Je vous fiche mon billet qu'il n'est plus sur l'île depuis belle lurette !

Ils lui adressèrent un vague signe de la main et s'éloignèrent. Elle poursuivit son chemin à petites foulées. Contrairement aux deux gendarmes, elle était persuadée que Ryan était toujours à Lands'en. Elle le sentait...

Elle eut soudain un coup au cœur. Comme si sa pensée venait de se matérialiser, une silhouette se dessinait à une cinquantaine de mètres d'elle. Elle s'arrêta net. Ryan ? Son instinct en avait la certitude, sa raison l'obligea à analyser ce contour flou, trop lointain pour qu'objectivement elle puisse reconnaître celui ou celle qui se tenait face à la mer, au bord de la falaise surplombant la crique des Naufrageurs. L'instinct l'emporta, elle partit en courant de toutes ses forces vers l'ombre grise et immobile. Le sang battait dans ses tempes, le personnage en contre-jour bougea, se dirigea lentement vers le site. Elle accéléra, trébuchant pour ne pas le lâcher du regard, elle le vit passer entre les menhirs puis derrière le dolmen...

Il ne réapparut pas.

Marie força encore sa course, hors d'haleine, elle rejoignit enfin les monolithes, la seule personne sur l'île qui puisse disparaître de cette façon sous le dolmen, c'était Ryan. Elle se glissa sous le mastodonte de pierre quand une voix la fit sursauter.

– Qu'est-ce que tu fais ?

Surprise, elle se tourna vers Lucas qui se tenait au-dessus d'elle.

– Tu savais que j'étais là ?

Aux deux petites rides creusées entre ses sourcils, elle vit qu'il était de méchante humeur.

– Les retours vidéo ont cessé de transmettre, les caméras ont toutes été détruites, méthodiquement.

Elle l'interrompit avec fébrilité.

– Ryan vient de disparaître sous le dolmen, viens !

Elle ne se laissa pas troubler par les sarcasmes de Lucas, appuya sur le sigle du soleil, la dalle de pierre vibra et laissa apparaître les premières marches taillées dans la roche, menant à la crypte.

Marie alluma sa torche et regimba quand Lucas, la prenant de vitesse, descendit en premier.

La salle ronde était vide.

– Je ne l'ai pas quitté une seconde du regard, il a forcément disparu là ! se défendit Marie.

Lucas ne l'attaquait pas, mais son silence sonnait comme un doute à ses affirmations.

– Je ne sortirai pas de cette salle tant que je...

Elle s'interrompit brusquement. Le faisceau lumineux de sa torche venait de passer sur un détail qui l'intrigua. Elle revint en arrière et s'accroupit, portant toute son attention sur une petite brindille de bruyère qui, curieusement, semblait coincée entre deux blocs de granit pourtant bien ajustés. Lucas s'agenouilla près d'elle. Précautionneusement, il plia l'extrémité de la brindille.

– Elle est souple, pleine de sève, fraîchement détachée de la plante... Et il y a un interstice entre ces deux blocs...

– J'en étais sûre ! Il y a un passage, c'est par là que Ryan a disparu, il faut trouver le mécanisme.

– Il aura le temps d'être loin, marmonna Lucas.

– Aide-moi, au lieu de grogner.

Elle poussait l'énorme pierre de toutes ses forces, sans succès. Lucas, en retrait, étudiait l'agencement des blocs.

– Tu permets ? Laisse faire l'homme.

Il écarta Marie et exerça une pression à plusieurs endroits. La troisième tentative fut la bonne, un pan étroit de la muraille pivota.

– Et voilà. Épatée, non ?

– Mouais, pas mal, fit-elle avec mauvaise foi. Passe devant, je te suis...

Il s'engagea, Marie à sa suite, dans un goulet qui s'élargissait en un passage assez haut pour avancer à peine courbé. Visiblement cela ne datait pas d'hier, les parois de granit grossièrement taillé semblaient à l'épreuve du temps, l'air était confiné mais parfaitement respirable. Ils marchèrent pendant plusieurs minutes qui leur parurent très longues. Lucas comptait ses pas en calculant.

– Huit cents mètres... On n'a pas arrêté de faire des zigzags, je me demande où ça débouche...

– Si ça débouche, ajouta Marie plus narquoise qu'inquiète, car des empreintes de pas indiquaient des passages dans les deux sens.

Ils arrivèrent enfin au pied d'un escalier qui s'interrompait brutalement sur une cloison apparemment hermétique.

*
**

Armelle de Kersaint avait le plus grand mal à recouvrer un semblant de maîtrise de soi, l'ambiance sinistre du vieux château désert accentuait sa nervosité, le moindre craquement la faisait sursauter, elle était saisie d'étranges sensations, tantôt d'une solitude funèbre, tantôt d'une présence invisible et menaçante.

Lorsque la grande tenture du couloir se souleva soudain à quelques mètres d'elle, elle émit un hululement et se rétrécit dans un coin.

Deux fantômes venaient d'apparaître. Marie et Lucas débouchaient du souterrain.

Ils durent transporter ce qui restait de la pauvre Armelle dans le salon et lui servirent un double cognac qu'elle avala cul sec, avant de pouvoir se remettre de son épouvante. Tandis qu'il appelait les renforts pour une fouille poussée du château, Lucas, presque à regret, la vit reprendre des couleurs mais aussi la parole.

– Quelle horreur ! Tout le monde peut entrer et sortir d'ici, alors ?

– Et Ryan ne s'en est certainement pas privé. Votre époux non plus, sans doute...

Lucas suspendit sa phrase car il lui sembla entendre un cri à l'extérieur. Tous les trois tournèrent la tête vers l'entrée en entendant des pas précipités. La porte s'ouvrit d'un coup, sur le tout jeune jardinier.

Le visage exsangue, celui-ci ne parvenait même pas à articuler. Il leur fit signe de le suivre, ils se précipitèrent à l'extérieur.

Dès qu'ils furent dans la cour, le jeune homme leva un regard terrifié et leur désigna, juste au-dessus de la porte, le blason de pierre des Kersaint.

Il ruisselait de sang.

Armelle vacilla, Marie eut le réflexe de tendre les bras pour qu'elle ne s'écroule pas au sol. Avec l'aide du jardinier, ils la transportèrent à l'intérieur et parvinrent à la ranimer, tandis que Lucas montait dans les combles pour examiner le fronton sanglant.

– Je suis sûre qu'il est arrivé un malheur à PM ! gémit Armelle en reprenant ses esprits.

Fersen entra juste à temps pour la détromper.

– Arthus, dit-il en écoutant son portable.

Il entraîna rapidement Marie.

Glissé dans une housse ouverte, le corps d'Arthus de Kersaint gisait sur le quai où des pêcheurs l'avaient déposé. Sinistre prise, ils avaient remonté le cadavre accroché à une ligne de traîne. Détail tout aussi sinistre, le vieillard avait été égorgé, d'une oreille à l'autre.

Comme l'inconnue de Molène.

PM, ramené par la brigade maritime, avait subi un nouvel interrogatoire, mais cette fois la donne était différente : tout, absolument tout l'accablait. En conséquence, il opposa moins de résistance. De plus en plus défait, il reconnut qu'il s'était mis d'accord avec Ryan pour droguer son père et pour se charger de l'emmener en mer.

– C'est mon frère ! Il voulait qu'on terrorise le vieux pour lui faire avouer où étaient les lingots. Je le détestais, c'est vrai, mais je vous jure que ce n'est pas moi qui l'ai égorgé ! C'est lui qui l'a tué ! C'est un monstre ! Je sais où il est, vous allez voir ! Je sais où il se planque depuis qu'il vous a fait croire à sa mort !

Fersen et Marie l'accompagnèrent jusqu'au site, tandis que, enfin volubile, il leur fournissait des explications que seuls les anciens naufrageurs et certains de leurs parents connaissaient.

Au XVIIe siècle, la crypte des anciens druides avait été reliée au château, et à l'automne 1968, quelques mois après le naufrage, sous prétexte d'aménager le site de Ty Kern et de construire le musée pour en faire un pôle touristique, le vieux Pérec, alors maire de l'île, et Arthus de Kersaint avaient fait construire une autre pièce secrète pour stocker momentanément les lingots à l'abri de toute convoitise ou d'une éventuelle perquisition. Cette pièce était reliée à la crypte d'une part, et d'autre part au musée par un second souterrain.

Dès qu'ils descendirent dans la crypte, PM se précipita et actionna le mécanisme permettant le passage vers le musée.

– C'est là qu'il se cache ! Venez voir ! Regardez !

Son agitation virait à l'hystérie. Les deux flics durent faire intervenir les gendarmes qui perquisitionnaient avec eux pour ceinturer PM. Hors de lui, il tentait de balancer des coups de pied dans une tente de camping désertée.

– Salaud ! Salaud, il s'est tiré avec mes lingots, il s'est tiré par le musée ! Mes lingots ! Voleur ! Assassin ! Il faut le retrouver ! écumait-il, comme enragé.

Lucas donna l'ordre à quelques hommes de circonscrire et protéger la cache de Ryan et de faire venir les techniciens de la PS.

PM insista pour entraîner Fersen et Marie vers la galerie qui menait au musée. Ils s'engagèrent dans le passage et débouchèrent rapidement dans la salle principale, juste derrière les restes de l'épave de la *Mary Morgan*. PM hurla :

– Ryan ! Ryan ! Il est là ! Arrêtez-le ! Vous attendez quoi ? Qu'il se tire ?

Adossé à un pilier, Ryan les observait, apparemment avec calme. Marie nota tout de suite que son visage était très pâle, marqué de fatigue, sa voix exprimait la lassitude.

– Arrête ton numéro, Pierre-Marie, tu en fais trop. Si j'avais voulu fuir, je serais loin.

– Où sont mes lingots ? Réponds !

Ryan dévisageait son frère avec commisération.

– Mon pauvre PM, il n'y a vraiment que ça qui t'intéresse... Ils sont là, les lingots, regarde.

Il fit quelques pas vers l'épave de la *Mary Morgan*.

Marie, qui ne le lâchait pas des yeux, remarqua qu'il semblait avoir de la difficulté à se mouvoir. Pourtant il se pencha vers le vieux coffre qui laissait apparaître aux visiteurs un trésor de pacotille, parmi lequel des lingots grossièrement peints en jaune.

Ryan, du bout de l'ongle, gratta l'un des lingots, laissant peu à peu apparaître sous la peinture le reflet chaud de l'or.

PM échappa alors à Lucas et se jeta sur les lingots en les grattant à son tour frénétiquement. Fersen fit signe à deux gendarmes qui les avaient rejoints de l'encadrer. Ryan, tranquillement assis sur une banquette destinée aux visiteurs, précéda la question de Fersen.

– Pendant mes trente-cinq ans de prison, je n'ai pensé qu'à une chose : savoir qui avait égorgé ma femme.

– Vous avez fait parler les anciens naufrageurs sous hypnose et vous les avez tués ! s'exclama la jeune flic presque malgré elle.

– Non Marie, je vous l'ai dit, je voulais seulement savoir. Ils m'ont tous parlé, sauf Loïc. Il s'est suicidé avant...

– Vous m'avez dit que c'était Gwen, encore un mensonge !

– C'est ce que je croyais à ce moment-là. J'avais prévu de la faire parler mais je n'ai pas eu le temps, vous aviez découvert mon passé, il fallait que je disparaisse...

– Alors vous m'avez fait votre numéro de magicien...

– Je vous demande pardon, Marie, mais il fallait que je découvre qui avait tué ma femme.

Lucas laissait faire sans intervenir. Il observait leur échange, cela n'avait pas le ton d'un interrogatoire, mais d'un tête-à-tête, il se passait quelque chose entre ces deux-là, autre chose qu'un rapport entre un flic et un suspect. Visiblement Marie souffrait des trahisons de cet homme, et Ryan éprouvait de la difficulté à devoir la blesser. Ils avaient une relation particulière qu'il craignait de comprendre.

– Lorsque j'ai pu la mettre sous hypnose, Gwen m'a dit que ce ne pouvait être que PM, poursuivit Ryan.

Il jeta un regard à son frère. Sous la surveillance des deux gendarmes, Pierre-Marie était effondré près des lingots et regardait l'écrivain par en dessous, comme un animal peureux qui cherche le moment pour mordre.

– Je ne me doutais pas que mon propre frère et mon père profitaient de mon retour et de mes recherches pour passer derrière moi, je ne pouvais pas penser qu'ils allaient se débarrasser des anciens naufrageurs, l'un après l'autre.

– Mais il est dingue ! Vous n'allez pas croire ça ? C'est lui qui est venu me trouver ! C'est lui qui m'a proposé un plan pour récupérer les lingots et se débarrasser du vieux ! hurla PM.

Ryan secoua la tête, écœuré.

– Arrête, PM. C'est toi qui m'as révélé que père avait tué Mary, c'est toi qui as tué Gildas, Yves...

PM s'époumona comme un forcené : tout ça était faux, ce type était un menteur, un malade ! Lui il n'avait tué personne, il avait des alibis...

– Votre femme est revenue sur son témoignage, elle a dit que vous n'étiez pas au château ces nuits-là, lui assena calmement Lucas.

L'argument électrisa PM.

– Armelle ?... Non, pas elle, non !...

Il leva alors un regard halluciné sur son frère.

– Elle était de mèche avec toi ? Vous êtes tous ligués contre moi ? Armelle, père et toi, c'est ça ?... C'est ça ? Je le savais ! Père est un monstre ! Vous êtes tous des monstres ! Moi j'ai rien fait ! J'ai rien fait, je vous le jure...

Il s'effondra sur lui-même en gémissant, se recroquevilla, les bras sur la tête comme pour ne plus rien entendre.

Ryan se détourna, secouant la tête comme au comble du dégoût.

– J'imagine que les idées de mise en scène sont de mon père, dit-il. C'est sordide... Mais j'avoue que je suis curieux de savoir comment ils ont fait saigner les menhirs.

Il se tourna alors vers Marie.

– PM a raison sur un point, je voulais tuer mon père. Il s'est toujours mal conduit : il a abusé de la naïveté d'Yvonne et l'a rejetée, bafoué ma mère, il m'a chassé de Lands'en... Et j'ai découvert à mon retour qu'il était devenu pire encore, un assassin... Alors j'ai décidé de le tuer. J'ai fait croire à PM que je voulais lui faire avouer où il avait caché les lingots, et j'ai eu l'idée du yacht. Je les ai rejoints en mer, comme prévu...

– Vous voyez, il avoue ! Il était sur le bateau, je vous l'avais dit !

– Mais dès que père nous a révélé où était l'or, tu t'es jeté sur moi, tu ne voulais pas partager, c'est ça ?

– Quoi ?

– Tu m'as poignardé et tu m'as jeté par-dessus bord !

PM se dressa comme un diable et se remit à hurler que tout cela était faux, archi-faux, qu'il ne l'avait pas touché.

Ryan, comme à regret, releva alors son pull et découvrit un bandage de fortune qui cachait mal une entaille ensanglantée.

PM, les yeux exorbités, eut comme un hoquet et enchaîna sur un rire complètement délirant.

– Alors la victime, c'est lui ? Et moi j'ai tué tout le monde ? J'ai tué tout le monde ! Tout le monde ! Trop fort !

Le monstre de Lands'en, c'est moi ! Trop fort ! Je suis trop fort !

Marie, les nerfs vrillés par ce rire dément, s'adressa à l'un des gendarmes.

– Transportez-le en cellule et faites appeler un médecin pour lui administrer un calmant...

Ryan regarda partir son frère avec une expression d'accablement.

– Pauvre PM, c'est à se demander, à force de jouer au fou, s'il ne l'est pas devenu pour de bon...

– Nous vous emmenons aussi pour interrogatoire. Dès que vous serez convenablement soigné, lui signifia Lucas sans état d'âme.

Ryan acquiesça lentement.

– J'ai tout mon temps, c'est horrible à dire, mais maintenant que mon père est mort et que PM est sous contrôle, je n'ai plus rien à craindre.

Il fit effectivement preuve d'une bonne volonté et d'une patience irréprochables. Pendant des heures, il répondit dans le moindre détail à toutes les questions des deux flics.

Il disculpa Armelle qui avait eu pour seul tort de vouloir couvrir PM.

– Mais sa plus grande erreur a été avant tout d'épouser mon frère. La pauvre a mis le pied dans une famille terrible, qui n'a su mettre son intelligence qu'au service du malheur.

Lucas se leva d'un coup et, à la grande surprise de Marie, il appela un gendarme pour reconduire Ryan chez lui.

– Vous êtes libre. Mais je vous demande de ne pas quitter Lands'en.

– Je n'ai aucune intention d'en bouger. Trop de choses me retiennent ici. Après tout il y a encore une Kersaint : la petite Juliette... Si je peux lui être utile, qui sait ? Marie...

Elle fit face à son regard qui lui renvoya une sollicitude presque tendre, et un repentir qu'elle sentit sincère.

– Je vous demande à nouveau pardon.

Elle était trop troublée pour lui répondre et mit cet émoi

sur la vive désapprobation qu'elle ressentait face à la décision de Lucas de le libérer.

Sans qu'elle ait le réflexe de s'en défendre, Ryan lui prit la main et s'inclina comme pour la porter à ses lèvres, puis d'une démarche engourdie par la douleur et l'épuisement, il sortit, suivi du gendarme.

– Tu es persuadé qu'il est coupable et tu le laisses partir ? s'insurgea-t-elle aussitôt.

– Tu vois une autre solution ? Sa démonstration était d'une habileté diabolique. Sans preuve tangible, il fera juste quelques heures supplémentaires de garde à vue. Ce n'est pas en l'enfermant qu'on le coincera.

Elle lui concéda une simple moue.

– Il y a quelque chose qui m'échappe. Il aurait très bien pu prendre les lingots et filer. Pourquoi est-il resté ?

– À mon avis parce qu'il cherche autre chose.

– Tu crois qu'il est au courant, pour son enfant ?

– A priori non, mais je pense que c'est là son point faible... Et s'il apprend que Pierric n'est plus muet, il risque de s'attaquer à lui.

*
**

Tant que Pierric était à l'hôpital, sa surveillance était facile à assurer, d'ailleurs rien ni personne ne vint troubler son rétablissement.

Pendant cette courte trêve, l'île aussi semblait en convalescence. Une petite pluie obstinée tramait la lande et la mer. Les menhirs de Ty Kern, lentement lavés de toute trace, se faisaient oublier sur fond de ciel gris, de mer grise. Chacun restait chez soi, tout semblait en attente, la saison s'était immobilisée, à croire qu'il n'y aurait pas d'été et que c'était déjà septembre.

Ryan, avec des habitudes de métronome, rendait chaque jour visite à Juliette et Ronan, qui couvaient leur futur d'enfant. Et Jeanne couvait le jeune couple, elle les gâtait, profitant de l'absence d'Armelle qui s'était installée à Brest pour rester proche de PM prostré dans un établissement psychiatrique.

Chez les Le Bihan, Philippe se consacrait entièrement à la bonne marche de l'entreprise. Douloureusement débarrassé du matriarcat écrasant qui l'annihilait, il se révélait efficace, heureux de se découvrir performant. Quant à Marie et Lucas, ils étaient comme dans une bulle, passant leurs journées au poste où ils poursuivaient des recherches complémentaires, notamment sur l'enfant abandonné à Brest en mai 1968.

Ils tiraient les rideaux sur leurs nuits et s'apprenaient l'un l'autre. Ils ne se promettaient rien, ne parlaient jamais d'avenir, ils vivaient ce moment suspendu en essayant de ne savourer que des instants présents, conscients que cette bulle fragile pouvait éclater d'un instant à l'autre.

*
**

Vint le jour du retour de Pierric.

Au débarcadère, Philippe, Juliette et Ronan étaient venus l'attendre. Marie sourcilla en voyant que Ryan était également présent, mais elle ne fit aucun commentaire.

Depuis le quai, tous lui firent des grands gestes dès qu'ils l'aperçurent, enturbanné de blanc, son éternel amas de chiffons sous le bras.

Le SRPJ de Brest l'avait fait escorter par deux flics qui avaient pour mission de ne pas le lâcher, et avec lesquels il avait visiblement sympathisé, leur tapant vigoureusement sur l'épaule, leur chipant leurs képis.

Marie avait prévenu Philippe et Ronan que Pierric était toujours amnésique, et il leur fallut quelques minutes pour l'apprivoiser, pour le convaincre de venir avec eux.

Elle embrassa le grand gaillard en l'assurant que tout irait bien désormais, elle allait le laisser avec sa famille quand il se mit à gesticuler comme un dément, en poussant des cris sourds, les yeux exorbités.

Tous se précipitèrent sur lui pour le calmer et, dans le mouvement, le tas de chiffons que Pierric gardait serré contre lui tomba au sol. Avec un curieux bruit mat.

Marie se précipita pour ramasser le doudou.

Seul Ryan vit ce qui troublait aussi fort Pierric. C'était Jeanne qui rentrait chez elle, Jeanne, que Pierric fixait avec épouvante en marmonnant d'une voix anxieuse :

– Mon bébé, mon bébé !... Voleuse, voleuse !

Marie n'entendit pas les mots qu'il prononçait, elle fixait, fascinée, la poupée émergeant du tas de chiffons.

Une vieille poupée. Au visage de porcelaine.

À cet instant précis, un rayon de soleil vint frapper l'œil de verre. Un œil rond, aux cils peints.

Marie ne vit plus que cela. Cet éclair dans l'œil fixe et grand ouvert.

Tout s'évanouit autour d'elle.

La vague sanglante de ses cauchemars avait resurgi et l'enveloppait tout entière.

En une fraction de seconde, elle revit tout : la longue chevelure de Mary dans les remous de l'eau, la vague qui la projette sur la crique, les lumières des torches, les coups de feu, le sable ensanglanté, la main du petit garçon qui surgit et l'emporte, le halètement de son souffle, les coups sourds de son cœur, l'ombre monstrueuse surgie sur la lande, l'éclair de la lame, le jaillissement du sang, le cri étouffé, puis à nouveau l'œil de la poupée, et son visage tout entier contre le sien...

Sa bouche s'ouvrit sur un cri silencieux.

– Ça va, Marie, tu es toute pâle...

Elle fit un effort pour reprendre pied, et vit Ronan penché sur elle, inquiet. Sortant de sa torpeur, elle se redressa avec difficulté et rassura rapidement le jeune homme. Elle rendit la poupée à Pierric qui s'était calmé et lui adressait un sourire éclatant. Leurs regards se croisèrent, limpides, lumineux, complices. Spontanément, elle se serra contre lui.

– Merci, lui murmura-t-elle du fond du cœur.

Puis, à travers les larmes qui brouillaient ses yeux, elle les regarda s'éloigner.

C'est alors qu'elle réalisa que Ryan n'était plus avec eux.

*
**

Jeanne ne sut pas comment il était entré, mais elle le trouva devant elle, dans sa cuisine. Elle eut un frisson de peur et sentit son sang se glacer. La force que lui avaient léguée les générations de femmes de marins bretons dont elle était issue lui fut salutaire.

Elle fit face à Ryan et se maîtrisa, droite, muette, et apparemment inébranlable.

– Je pensais que vous m'aviez reconnu, lors du dîner au château... Le plateau qui tombe... Pourquoi n'avez-vous rien dit ?

– Au premier instant j'ai su que c'était toi, et puis j'ai douté, ton regard était gris et froid, pas ce bleu tendre que je te connaissais. Ensuite j'ai appris que Ryan avait tué un policier autrefois, et je me suis dit que je m'étais trompée.

Elle planta son regard gris dans le sien.

– Mon Erwan n'aurait jamais fait ça... Il était trop droit.

– Trop droit pour supporter l'attitude de son père envers Yvonne, tellement droit qu'il a voulu révéler la vérité et qu'il a payé le prix fort.

– Ça ne justifie pas de s'acoquiner avec des voyous et de cambrioler une banque.

– Il y a des choses qu'il faut avoir vécues, Jeanne, pour savoir si on n'aurait pas fait pire.

– Ma fille dit que c'est l'excuse des lâches.

– Ou des gens désespérés.

Elle secoua lentement la tête.

– Je ne te juge pas, mais je vais te demander de t'en aller.

– Dès que vous aurez répondu à mes questions.

Elle se dirigeait vers la porte quand il la retint par le bras. La violence du geste démentait la douceur de sa voix.

– Ne m'obligez pas à utiliser d'autres moyens pour vous faire parler.

Jeanne se tassa.

– Qu'est devenu le bébé récupéré par Pierric ?

– Quel bébé ? Lâche-moi, tu me fais mal.

Elle jeta malgré elle un regard par la fenêtre, comme pour appeler au secours, et se figea.

Marie approchait.

Elle tourna un regard suppliant vers Ryan.

– Va-t'en, je t'en supplie.

Elle désigna le salon qui s'ouvrait à l'arrière sur une courette.

– Passe par-derrière, ça donne sur la ruelle.

Il aperçut Marie et comprit.

– Si vous tenez à votre fille, pas un mot sur ma visite ! Pas un geste suspect, c'est clair ?

Il eut à peine le temps de se dissimuler derrière la porte du salon que Marie entrait. Toute à sa propre préoccupation, elle ne remarqua pas l'agitation inhabituelle de sa mère.

– Tu tombes mal, ma petite, j'allais sortir, dit Jeanne en attrapant une veste.

– Arrête, maman... Je sais tout...

– Je n'ai vraiment pas le temps, marmonna Jeanne en la repoussant vers la sortie.

– Mais arrête, écoute-moi ! Cet horrible cauchemar que je faisais toute petite... C'est parce que je l'avais vécu. Je suis l'enfant de Mary, l'inconnue de Molène...

À quelques mètres à peine, Ryan s'adossa au mur sous le coup de la stupeur. Il entendit Jeanne s'insurger violemment contre sa fille.

– Qu'est-ce que tu racontes ? Tais-toi ! Tu dis n'importe quoi !

– Arrête de me mentir ! Je le sais, c'est en moi ! Pierric m'a récupérée sur la plage, il s'est sauvé en m'emportant serrée tout contre lui. Avec lui j'ai assisté au meurtre de cette femme, de ma mère, égorgée par Arthus !

Le visage de Ryan était devenu livide, il était totalement immobile, seule sa respiration trahissait son émotion.

Des sanglots sans sa voix, les mains de Jeanne dans les siennes, Marie poursuivit :

– Tu as été si dure, je ne supportais pas que tu me rejettes, maintenant je comprends, c'était vraiment pour me protéger que tu voulais que je parte... Tout ce que tu as fait, c'était pour moi, pour que je ne sache jamais que j'étais la fille d'un vulgaire truand...

– Tais-toi ! Erwan de Kersaint était un jeune homme magnifique ! Loyal, courageux !

– Un manipulateur qui a volé, menti, tué... Je le déteste !

– Tu le juges comme tu m'as jugée, et tu te trompes encore une fois ! C'est Arthus qui a semé le mal sur cette île, c'est lui qui a fait son malheur, et celui de toute sa famille, et de la nôtre, et des Le Bihan...

– Mon père et mon grand-père sont des assassins ! Je vais vivre comment avec ça ?

Ryan sentait sa vie basculer. Sa raison de vivre était là, leur enfant, à Mary et à lui, à quelques pas, celle dont la seule existence, s'il l'avait connue, aurait instantanément effacé tout désir de vengeance. Elle était là, superbe, inespérée, et elle le haïssait...

Jeanne, les larmes aux yeux, passa sa main sur le visage de Marie.

– Tu trouveras la force. Je l'ai bien trouvée, moi. J'ai vécu en sachant que mes fils étaient responsables de la mort de ta mère. Je t'ai gardée à cause de ça. Et puis je t'ai aimée, ma chérie... Plus qu'eux... ajouta-t-elle dans un souffle.

Marie prit Jeanne dans ses bras, elle aurait aimé lui dire tout son amour, mais chez les Kermeur, aimer ne se traduisait que par des actes, la pudeur empêchait de dire je t'aime, plus le sentiment était fort, essentiel, plus c'était le réduire que de dire simplement ces mots-là. Pour la première fois, Jeanne venait de les lui offrir.

– C'est à toi et à papa que je dois ce que je suis, à personne d'autre.

– Ne renie pas tes parents, Marie, ils n'ont pas eu le bonheur de te voir grandir.

– J'ai tout fait pour défendre Ryan, j'aurais tellement voulu qu'il soit innocent... Il a tué mes frères, mes amis, je le renie, il ne sera jamais mon père.

Ryan reçut ces mots comme un coup de poignard. Mais étrangement, il se sentit différent. Marie, sa fille, venait de le délivrer de tous ses démons, de sa haine, de sa rancœur contre un destin trop injuste, de toutes ces obsessions, ces agissements qui lui rongeaient l'esprit.

Il sentit monter en lui une sensation qu'il n'avait pas éprouvée depuis plus de trente-cinq ans. Ce qu'il avait vécu de plus beau dans sa vie, son amour avec Mary, resurgissait, intact, concret, superbe. Leur enfant était en vie et ressemblait à leur passion : c'était une jeune femme rayonnante, entière et courageuse. Le bonheur de leur fille était maintenant ce qu'il y avait de plus important pour lui, et il fut incroyablement heureux de penser qu'il allait pouvoir faire quelque chose pour elle.

Seule Jeanne entendit la porte donnant sur la courette se refermer doucement. Tout en parlant avec Marie, elle s'était demandé ce qu'il allait faire maintenant, elle pria pour qu'Erwan de Kersaint l'emporte en lui sur Ryan. Inquiète, elle dévisagea la jeune femme.

– Qu'est-ce que tu vas faire ?

– Je ne sais pas encore... Rien, peut-être... J'ai besoin de réfléchir.

Elle rejoignait sa voiture lorsqu'elle reçut un appel de Lucas. Elle laissa la messagerie prendre le relais, incapable de partager avec lui une révélation qu'elle ne parvenait pas encore à intégrer, elle se sentait trop confuse, elle devait se déterminer seule, et décider sans influence de l'attitude à adopter vis-à-vis de Ryan.

Elle posa la main sur la portière de sa voiture et s'immobilisa, tous les sens en alerte : une cassette audio était posée en évidence sur le siège conducteur.

Elle balaya les alentours du regard, mais ne vit rien d'anormal.

Marie hésita, puis roula jusqu'à un coin tranquille, glissa la cassette dans le lecteur et sursauta en entendant la voix de Ryan s'élever.

– Parlez-moi du naufrage...

– Une nuit de merde... répondait la voix de Christian. Des creux de sept mètres, des vents de plus de cinquante nœuds, j'allais perdre, je ne supporte pas de perdre, c'est pour ça que j'ai organisé ma disparition.

Le sang de Marie ne fit qu'un tour. Malgré une articulation

curieuse, presque mécanique, les propos du skipper étaient intelligibles. Elle comprit immédiatement qu'il était sous hypnose. Elle comprit aussi, à l'altération de la voix de Ryan, qu'il était surpris par la confession qu'il avait déclenchée.

– Comment ça, *organisé* ? demanda-t-il.

– Mon sponsor s'est occupé de tout... On m'a discrètement récupéré, on m'a planqué quelques jours, puis on m'a remis à la mer sur la route du cargo russe. C'était un gros coup de pub...

– Vous comptiez dire un jour la vérité à Marie ?

– Pour quoi faire ? Elle non plus, je n'admettrais pas de la perdre... Je ferais n'importe quoi pour ça... N'importe quoi...

La voix se tut, laissant Marie effondrée. Sa désillusion sur Christian était totale, dire qu'elle s'était culpabilisée, et accusée de l'avoir trahi avec Lucas...

Ryan se remit à parler, il recadra le skipper en évoquant un tout autre naufrage, celui de 1968... Elle retint son souffle. Qu'allait-elle encore découvrir ?

La voix de Christian se fit plus fluette. Comme s'il avait de nouveau dix ans, il parla de Pierric, du bébé...

Tandis qu'elle l'écoutait poursuivre, une violente nausée submergea la jeune femme.

*
**

Christian était dans son hamac quand elle monta à bord de la goélette.

La première chose qu'il vit d'elle, ce furent ses yeux verts, brillants de larmes. Était-ce parce qu'il lui manquait autant qu'elle lui manquait ? Pris d'un fol espoir, il se redressa et s'approcha d'elle. Il s'attendait à tout, sauf à ce qu'elle lui murmura.

– Tu savais pour le bébé, et tu n'as rien dit.

Il sursauta. Qui avait bien pu lui raconter ça ? Pierric ? Il avait entendu dire qu'il parlait à nouveau, mais qu'il avait perdu la mémoire...

– Ce bébé avait à peine quelques heures, Christian, poursuivit-elle d'une voix étranglée. Tu courais sur la falaise quand Pierric t'a appelé, il était planqué derrière le cairn, il t'a demandé de les emmener avec toi, lui et le bébé, et tu l'as laissé tout seul.

– C'est lui qui t'a dit ça ? marmonna-t-il.

– Non. Je le sais car j'étais là.

Elle le vit tressaillir et déglutit avant d'ajouter :

– Ce bébé c'était moi, Christian.

Il la dévisagea, incrédule. Mais le regard vert ne mentait pas. Il sentit brièvement sa raison l'abandonner.

– J'étais qu'un môme...

– Pierric avait à peine six ans et il m'a sauvé la vie en me gardant contre lui toute la nuit.

Christian eut une expression amère.

– Je ne peux pas refaire l'histoire, Marie, mais je peux faire en sorte de changer pour que la nôtre ait une chance d'exister. Demande-moi ce que tu veux, n'importe quoi.

– Arrête de naviguer.

Les mots avaient fusé. Simples. Directs. Précis. Il sourcilla et mit une fraction de seconde de trop à répondre.

– D'accord.

– Tu continues à me mentir, Christian, et ce qui est pire, à te mentir à toi-même... Toute ta vie n'est qu'un mensonge, si ce n'était pas le cas, tu n'aurais pas triché comme tu l'as fait en jouant les faux miraculés. Tout ça pour quoi ? Qu'on parle de toi ? Quelques contrats de plus ?

Elle lui tendit la cassette.

– Qu'est-ce que c'est ? marmonna-t-il.

– Une partie de toi que j'ignorais.

Elle s'éloigna, sourde à ses appels.

*
**

Ayant commencé à agir, elle savait maintenant qu'elle irait jusqu'au bout, elle devait révéler à Ryan qui elle était. Elle ignorait comment allait tourner cette rencontre, mais quoi qu'il arrive, elle devait avoir lieu.

Elle marcha jusqu'au phare. La porte était ouverte. Elle

hésita, sentit contre elle la forme rassurante de son arme glissée dans son holster sous sa veste et entra. La porte claqua toute seule derrière elle, elle sursauta. La voix de Ryan descendit alors vers elle, résonnant dans l'immense escalier.

– Je vous attendais.

Curieusement, toute sensation de peur avait disparu. Elle gravit les marches en songeant que son destin, qu'elle avait toujours cru banal et paisible, se révélait singulièrement cruel : le même jour, elle découvrait qui était son père, puis elle devait l'anéantir. Marche après marche, elle se répétait que son devoir l'y obligeait, cet homme fascinant, elle se l'avouait, était un criminel, il avait décimé sa propre famille, du fait même de leur lien, elle ne pouvait laisser à personne d'autre la tâche de l'arrêter. En montant les dernières marches, elle s'en persuadait et se sentit plus sûre d'elle, et de sa capacité à assumer son devoir.

Et puis elle se trouva face à lui. Tout l'amour qu'elle lut dans son regard trouva un tel écho en elle que plus rien n'exista pendant quelques secondes. Il eut un sourire désarmant de douceur, de bonheur, puis répéta la même phrase qui, cette fois, traduisait l'essentiel de sa vie.

– Je vous attendais...

Marie était bouleversée. De toute évidence, il savait. Ryan la regardait comme l'être le plus précieux qui soit au monde, son enfant, celui de la femme qu'il avait toujours aimée et dont il cherchait les traits à travers ceux de sa fille. Elle dut faire un effort considérable pour ne pas devenir simplement ce qu'il projetait sur elle, mais bien qu'elle se fît violence, elle fut surprise de la gentillesse de sa propre voix.

– Ryan, je peux comprendre la haine que vous avez entretenue contre ceux qui étaient responsables de la mort de votre femme...

Il l'interrompit avec gravité, sans cesser de la regarder.

– J'ai toujours perdu ceux que j'ai aimés... Et trente-cinq ans de prison ont fait de moi... Un fou sans doute, un fauve qui n'a trouvé la force de survivre qu'en rêvant de se venger.

– Vous l'avouez ?

– Oui, j'avoue avoir désiré venger ma femme assassinée et mon enfant perdu...

– Votre enfant n'est pas perdu...

– Je sais, Marie. Et même si je ne te mérite pas, je suis si fier de toi.

L'espace d'un instant, elle eut une image folle, légère et délicieuse d'un couple marchant bras dessus bras dessous sur une plage sereine, un père et sa fille, elle et lui, riant et devisant, la vision d'un bonheur banal. Qu'ils ne connaîtraient jamais.

Elle chassa cette pensée, mais en garda un peu de douceur.

– Est-ce qu'une seule fois dans votre vie, vous feriez quelque chose pour votre enfant ?

– Crois-tu que je puisse te refuser quoi que ce soit ? Tu ressembles tellement à ta mère : la même obstination, la même beauté.

– Si je vous demande toute la vérité, me la direz-vous ?

– Oui. Je te la dois. Viens.

Il l'entraîna sur la passerelle, cet endroit qu'il aimait tant, au carrefour du ciel, de la terre et de la mer. Il se fit grave.

– Je sais que tu dois m'arrêter. Mon destin et celui de ta mère sont tragiques, le tien est très lourd aussi, il est de détruire ton père. Mais j'espérais...

– Quoi ?

– Juste un moment de douceur... Sentir le baiser de mon enfant, juste une fois dans ma vie.

Il ne fit pas un geste vers elle, ne la supplia pas du regard, ce fut Marie qui, sans même le décider consciemment, s'approcha de lui, posa un baiser sur sa joue, et se laissa enlacer. L'espace d'un instant, leur émotion fut intense.

Soudain, d'une détente aussi rapide qu'inattendue, Ryan saisit l'arme de Marie dans son holster et tout en l'immobilisant contre lui, il l'en menaça. Marie, transpercée par un sentiment de trahison, se débattit avec désespoir.

– Lâche-moi ! Tu n'as pas le droit de me trahir, pas toi ! Pas maintenant !

– Tu n'aurais pas dû dire à ton ami de venir.

Il la tourna de sorte qu'elle vît, arrivant sur la route de la lande à toute vitesse, la voiture de Lucas suivie du tout-terrain de la gendarmerie.

– Je ne savais pas ! Lâche-moi !

– Marie, essaie de comprendre, j'ai passé l'essentiel de ma vie en prison, je ne supporterai pas d'y retourner. Écoute-moi, nous n'avons plus que quelques minutes à partager, il ne faut pas les gâcher...

– Tu vas me prendre en otage pour t'échapper, c'est ça ? Tu voulais juste te servir de moi !

– Tu dis des bêtises. Je veux que tu saches que ta mère était une femme exceptionnelle, pour elle je serais allé au bout du monde...

– En faisant des casses alors que vous attendiez un enfant !

– Mary n'a rien fait, elle m'attendait à Rouen, nous devions partir et tout recommencer dignement, pour toi, pour t'élever comme tu le méritais.

Les coups sourds portés à la porte du phare l'interrompirent. Ryan, d'un geste inattendu, tendit à Marie l'arme qu'il lui avait dérobée.

– Tiens. La porte ne résistera pas plus d'une minute.

Marie hésita, se demandant où était encore le piège.

– Prends, insista-t-il. Mais accorde-moi cette minute.

Marie saisit l'arme et le mit en joue avec hésitation, alors il écarta les bras, adossé à la rambarde, complètement démuni.

– Si j'avais su que tu avais survécu, rien d'autre n'aurait compté. Ma vengeance n'aurait plus eu de sens. Je ne t'aurais rien dit, je me serais contenté de te regarder vivre, de faire de loin et discrètement ce que je pouvais pour que ton existence soit heureuse, mon seul but aurait été de devenir simplement ton ami. Juste un ami cher à ton cœur. Mais ce n'était décidément pas notre destin.

Marie, bouleversée, entendait, tout comme lui, les pas précipités qui résonnaient dans l'escalier comme un compte à rebours.

– Je suis heureux que tu existes, Marie, tu es la plus belle chose qui me soit arrivée. Je te souhaite tout le bonheur possible avec Lucas.

Il sortit alors de sa chemise un objet qu'il lui glissa dans le creux de la main.

Elle n'eut pas le temps d'esquisser le moindre geste car Lucas déboula sur la passerelle comme un fou, arme à la main.

– Ne bougez pas ! Ne la touchez pas !

– Arrête Lucas, c'est bon, tu vois bien que...

C'est alors que Ryan poussa violemment Marie dans les bras du flic. Tous deux déséquilibrés eurent à peine le temps de le voir enjamber la balustrade de la passerelle.

Erwan de Kersaint échangea un ultime regard avec sa fille, puis il se tourna vers le large, écarta les bras, et plongea en saut de l'ange dans le vide.

Marie hurla.

Ils se précipitèrent et se penchèrent, mais ils ne virent qu'une énorme vague qui venait de se fracasser sur les rochers au pied du phare, puis elle se retira, ne laissant que l'étendue blanche et tourbillonnante de l'écume.

*
**

Marie, assise sur un rocher au pied du phare, contemplait, dans les flaques d'eau laissées par la marée basse, toute la vie qui s'y mouvait, elle se concentra sur une anémone de mer dont les dizaines de bras souples et colorés ondulaient doucement, attrayante beauté, douceur d'un piège mortel... Elle vit les deux hommes-grenouilles qui émergeaient quelques mètres plus loin, ils adressèrent un geste négatif à Lucas qui les attendait.

Deux jours de vaines plongées. Pas la moindre trace du corps de Ryan. Secrètement, Marie se sentit soulagée quand elle entendit Lucas déclarer qu'il était inutile de poursuivre les recherches.

Machinalement, elle fouilla dans sa poche et y trouva le contact rond et lisse de l'objet que Ryan lui avait glissé dans la main juste avant de sauter. Elle le sortit et contempla le médaillon : sur l'or lisse était gravé un soleil, exactement identique à celui qui ornait le dernier des menhirs, le seul qui n'avait pas saigné.

Marie songea que l'ultime acte de Ryan avait été de lui transmettre ce bijou qui revenait traditionnellement à l'aîné des Kersaint. Était-ce pour qu'elle assume cet héritage, devrait-elle le transmettre à son propre enfant ? Elle décida que non. Elle s'était battue pour rester sur Lands'en, pour faire face à son passé, en explorer les moments les plus sombres, cette épreuve avait été jalonnée de deuils, de douleur et de désillusions, maintenant elle voulait rompre cette chaîne et décider d'infléchir elle-même son destin.

Lucas suivit Marie du regard, elle grimpait prestement les rochers vers le petit pont qui reliait le phare à la falaise. Ses gestes étaient déliés et sûrs, sa chevelure flamboyait. Il décela, dans sa façon de se rétablir sur le chemin et de lui faire signe, une légèreté, une allégresse qu'il ne lui connaissait pas. Il eut un rire intérieur.

Lui le décrypteur professionnel de mystères, l'investigateur de l'inexplicable, renonçait à résoudre une énigme pourtant essentielle pour lui : par quelle magie ce bout de bonne femme parvenait-elle à métamorphoser un macho cynique en amoureux transi, un célibataire endurci en une vraie demoiselle des postes qui rêvait mariage et descendance...

Il grimpa à son tour en grognant intérieurement. Il ne voyait plus comment se passer de cette tête de mule de Bretonne et ne voyait pas non plus comment intégrer ce délicieux paramètre à sa vie de flic itinérant.

*
**

Dans les jours qui suivirent, l'île fut rouverte au public et un temps estival s'installa, encourageant l'afflux des touristes. Lands'en, aplati sous un ciel bleu uniforme, flottait immobile sur une mer assagie qui se contentait de lécher gentiment les pieds des vacanciers.

Sur le site de Ty Kern, des familles en troupeau suivaient un parcours balisé, chuchotant des détails effrayants de l'affaire, cherchant vainement sur le granit des menhirs une trace de sang, histoire d'agrémenter leur quotidien d'un frisson sécurisé. Les petites routes fourmillaient de vélos, le port sentait la friture ou la guimauve, Lands'en était devenu une station balnéaire comme tant d'autres.

Marie supportait mal de voir son île trivialement apprivoisée, dénaturée, asservie à l'argent du tourisme. Vu la joyeuse banalité ambiante, on pouvait croire que les événements horribles de ces dernières semaines n'avaient existé que dans un cauchemar.

Ceux de Marie avaient disparu, comme définitivement dissous par la révélation de leur origine. Les journées se passaient à rédiger le dossier de l'affaire dans ses moindres détails, et à attendre les résultats des dernières analyses. Marie surprit un coup de fil de Lucas, indiquant qu'il s'intéressait déjà à un nouveau mystère, des disparus dans le pays cathare. Du coup, elle fit un aller-retour à Brest pour renouer avec son équipe qu'elle devait retrouver sous peu. Ni l'un ni l'autre n'osait rompre le pacte tacite de ne pas aborder un éventuel avenir commun.

Vint le moment du départ. Le premier bac de la journée déversait sur Lands'en sa fournée de touristes bariolés, dont le flot se divisait pour remonter les ruelles du village. À contre-courant de la foule, Marie, accompagnée de Jeanne et de Milic, se dirigeait vers le port.

Depuis le pont du bac, Lucas repéra sa chevelure dorée, il les vit s'arrêter et s'embrasser.

– Je déteste les adieux, lui avait-elle dit le matin même.

Milic et Jeanne aussi, visiblement. L'émotion les mettait mal à l'aise.

– Prends soin de toi, petite, murmura simplement le vieux pêcheur en se dandinant sur place.

Marie acquiesça et fut surprise lorsque Jeanne la prit soudain dans ses bras et la serra contre elle.

– Va vite, il t'attend, lui glissa-t-elle en se détachant d'elle tout aussi soudainement.

Au bout de la dernière panne du port, Christian s'affairait sur sa goélette aux derniers préparatifs de départ. Du coin de l'œil, il vit la jeune femme se détacher de ses parents et traverser la place du port sans se retourner.

Marie prit conscience des regards qui convergeaient vers elle.

Ses parents, Christian, Lucas...

Elle accéléra le pas et c'est presque en courant qu'elle atteignit la passerelle et monta sur le bac.

Elle vint s'accouder au bastingage, à côté de Lucas. Il sentit son épaule et sa hanche s'appuyer contre lui. La corne du départ retentit. La vibration des moteurs ronronna sourdement, machine arrière, le bac se dégagea du quai, faisant bouillonner l'eau du port.

Sans échanger un mot, ils virent la goélette filer rapidement vers le large, on distinguait clairement Christian campé derrière la barre. Avec un pincement de jalousie, Lucas admit en lui-même qu'il avait fière allure et se demanda si Marie n'éprouvait pas quelques regrets en contemplant la silhouette de celui qu'elle avait admiré pendant tant d'années. Comme si elle avait entendu sa pensée, la jeune femme détourna son regard vers Lands'en, qu'ils contournaient lentement.

Deux gamins qui se poursuivaient vinrent les heurter en piaillant, le plus petit tomba assis sur ses fesses au pied de Lucas, celui-ci se pencha et le releva très maladroitement en le tirant par un bras. Le gamin couina et repartit en courant. Lucas rencontra le regard de Marie, elle souriait avec une lueur de moquerie. Il plongea dans son regard avec un air de défi.

– Je suis capable de faire des progrès, je te préviens pour que tu ne t'inquiètes pas.

Elle haussa les épaules.

– Le jour où j'aurai décidé de choisir un père à mes enfants, je n'aurai besoin de personne pour prévenir.

– Ce serait honnête, vu ton caractère et ton hérédité... Je me demande si tu as eu raison de renoncer à ta part d'héritage. Avec un château, une fortune et un serre-tête façon Armelle, tu aurais été plus facile à caser...

– J'y penserai... Dès que j'en aurai marre du cynisme à

deux balles d'un flic même pas capable de comprendre comment on fait saigner les menhirs...

Le bac passait devant le site de Ty Kern, ils contemplèrent ensemble les silhouettes des grands monolithes dressés comme des sentinelles.

Marie vit un sourire se dessiner sur le visage de Lucas. Son sourire de gamin qui méditait une blague. Il se dirigea vers un distributeur de confiseries et prit un bâtonnet de glace à la framboise qu'il dépouilla de son emballage. Il revint vers elle et le tendit sous son nez. Bien qu'un peu surprise, elle esquissa un geste pour le saisir, il retira prestement le cornet hors de sa portée.

– Ce n'est pas pour manger, c'est juste pour regarder.

Elle ne comprenait pas. Il poursuivit.

– Tu n'as pas trouvé étonnant que Ryan, aussi bien dans son appartement du phare que dans sa cache sous le château, se soit équipé d'un mini-congélateur si performant ?

Marie venait de comprendre : la glace à la framboise, réchauffée par les rayons du soleil, coulait maintenant sur la main de Lucas.

– J'ai demandé à la PS la simulation d'une hypothèse que je leur ai soumise. Juste avant de partir, j'ai reçu le résultat. C'est une technique sophistiquée, mais le principe est simple.

– Ryan congelait le sang de ses victimes ?

– Dans des moules aux formes des symboles profondément gravés sur les menhirs. Il avait dû charger Morineau de faire des empreintes bien auparavant. Les glaçons, recouverts de poudre de granit, adhéraient aux entailles des symboles puis fondaient lentement avec les premiers rayons du soleil.

Il tendit à nouveau la glace dégoulinante à Marie qui se détourna avec une grimace de dégoût.

– Tout ça reste à prouver.

– On s'y emploie. Avoue que c'est fort, d'avoir trouvé ça...

– Ryan était très fort, oui...

– Je parlais de moi, tête de mule. Note qu'avec un QI comme le mien mêlé à l'hérédité de celui de Ryan, nos enfants seront hyper brillants.

– Quoi ? Qu'est-ce que tu dis ?

– Des bêtises. Maintenant il reste à les faire.

Il la prit dans ses bras et l'embrassa, longuement, passionnément. Indécemment, pensèrent les quelques témoins qui se détournèrent.

Lands'en disparaissait à l'horizon.

Sur le site de Ty Kern encore désert, le soleil vint frapper à l'horizontale le fronton des menhirs.

Et sur l'un d'eux, celui portant le signe du soleil, des gouttes de sang commencèrent à suinter, puis à couler lentement sur le granit.

Direction littéraire
Huguette Maure

assistée de
Maggy Noël
et
Sophie Renoul

Composition PCA
44400 – Rezé

Dépôt légal : avril 2006
ISBN : 2-7499-0428-5
LAF 715

Achevé d'imprimer par Corlet, Imprimeur, S.A. - 14110 Condé-sur-Noireau
N° d'Imprimeur : 90554 - Dépôt légal : avril 2006 - *Imprimé en France*